ASSASSIN'S CREED

刺客信条

长安望 上

碎石 著

中信出版集团 | 北京

图书在版编目（CIP）数据

刺客信条：长安望/碎石著. -- 北京：中信出版
社, 2022.3
ISBN 978-7-5217-3330-3

Ⅰ.①刺… Ⅱ.①碎… Ⅲ.①长篇小说—中国—当代
Ⅳ.①I247.5

中国版本图书馆CIP数据核字(2021)第134120号

刺客信条：长安望

著　　者：碎石
出版发行：中信出版集团股份有限公司
　　　　　（北京市朝阳区惠新东街甲4号富盛大厦2座　邮编　100029）
承 印 者：北京盛通印刷股份有限公司

开　　本：880mm×1230mm　1/32　　印　张：16　　字　数：374千字
版　　次：2022年3月第1版　　　　　　印　次：2022年3月第1次印刷
书　　号：ISBN 978-7-5217-3330-3
定　　价：69.80元

楔　子

　　"水清——长——顺——"

　　一名身着巫祝服饰，长须冷面的老者大声吟唱着。他站在船尾，手持团扇，对着几丈之外粗大的桅杆挥舞。

　　他神情肃然，双眼紧闭，但山羊胡子却微微翘起，嘴角露出一丝不易察觉的微笑，仿佛正顺水而下的船是凭他一人之力推动的一般。

　　这是一艘往来于隆州与合州的客船，虽然只有两层，船体却比寻常客船长了差不多一倍。到达合州之后，它甚至没法进入合州城府河道，只能在城外由小舟周转。

　　正是卯时，东边天空挂着一缕暗暗发亮的云霞，西面却仍暗沉一片，头顶天穹呈现出将明未明的诡异颜色。看得久了，有一种坠入深渊的眩晕感。

　　正是雨期，西汉水宽逾三四里，站在船头四下张望，周遭一片晦暗，只有几点零星的渔火，也不知是哪处的穷苦渔家这么早出来讨生活。

　　说是巫祝，其实做的不过是民间法事。据说前隋韩擒虎夜渡长江时，亲自祷祝，连绵数日的大雾霎时烟消云散，让隋国大军顺利抵达采石，遂灭陈国。此后讲究的船家都愿意请巫祝随船来做法事。

巫祝颂唱完了，接过船家递来的酒壶，灌了老大一口酒。已经是暮春了，清晨的江面上却仍然寒气刺骨。

"什么时辰了？"巫祝问。他眼睛翻白，是个瞎子。

船家一屁股坐在桅杆边上，皱着眉道："天还没亮透呢。"

"听说这几日长安城内到处锁拿，"巫祝问道，"又要乱了吗？"

"不是乱，"船家一面熟练地解着绳索，一面压低声音，"说是要动某位显赫之人呢。"

"朝廷大臣？"

"嗯，"船家点点头，"高门望族。听说还跟皇族有关系呢。"

"这有什么可隐晦的？便是长孙太尉了。"

"嘘！"船家赶紧出声阻止。

"说是早就有谶语出来了呢……"巫祝说，"后宫之中，有人要干政了……"

"喀喀……这话可别乱说。"

"咱们小老百姓，天不收地不养的，怕啥！姓武的出身贩马贱商，不过是攀了高祖的龙须爬上去，算什么高门子弟？长孙太尉可是先太宗皇帝手下的第一功臣，凌烟阁排首位的！一朝贬斥，竟是一丝回转之力都没有。"

"那还是当今天子的亲舅呢。"船家也跟着叹息。

"所谓天家无亲，便是这个意思了。"巫祝感叹着，"只怕又要死很多人了……"

"天家的事，谁管得了……"

嗖！

一支短箭射入船家左眼，力道带着他往后倾倒，脑袋撞在桅杆上。他身体顺着桅杆慢慢滑落，无声无息地死去。

巫祝身体猛地一震，却没有说话。他翻着白眼，仰着头，尽力镇定地往嘴里倒酒。

一柄刀离他的咽喉不到半尺，顿了片刻，又收了回去。

"张嘴。"一个冰冷的声音说。

巫祝颤抖着张开嘴。一把铜钱被粗暴地塞到他嘴里，他发出含混的呜呜的声音，拼命睁大眼睛，好让对方看到自己浑浊昏暗的眼球。

然而他并不知道，在船家倒下的同时，几支箭射破了挂在桅杆上的灯笼，他整个人已经陷入黑暗之中……

身边窸窸窣窣地响着，十几名黑衣人从船舷外爬上来，越过瘫软在地的巫祝，飞快地钻入船舱。

先前那人一步步后退，低声说："用这钱上道儿买口饭吃。"

巫祝听了这话，刚要开口，咻的一声轻响，咽喉被一柄薄刃切开。他双手拼命捂住伤口，但热血还是从指缝间喷射而出。

直到倒下，他终究没能喊出一个字。

"啊！"

"哇啊！"

叮……当当……

睡在底舱的王大娘第一个惊醒，有些茫然地抬头张望。楼板上方传来模糊的惨叫声和金属相击之声，间或咚咚地响，像重物坠落，又或是身躯摔倒在地。

声音越来越大，越来越急促，王大娘的心不由自主地跟着狂跳起来，但她张口结舌，一个字都喊不出来。

底舱内其余几十个人陆陆续续都醒过来。底舱狭小，柱头上点着几盏小灯，几乎照亮不了什么。众人只看得见周遭影影绰绰的脸孔，听着头顶上混乱的声音，又惊惧，又茫然。

突然，舱门砰的一声被撞开，一个人咕噜噜地顺着陡峭的楼梯滚落下来，撞在柱子上才停下。灯光晦暗，那人的面目看不清楚，只是躺着不动。

那人就捽在王大娘身旁。王大娘壮起胆子，伸手摸到那人身上，只觉手上湿漉漉的。

她把手伸到面前看了看。

旁边一个人看清了她的手，蓦地尖叫起来："血！血！"

底舱里瞬间炸了窝，所有人都发出尖叫，拼命往后挤，想要逃离楼梯。众人辨不清方向，只是没头没脑地你推我搡，几盏小灯疯狂摇动着，好几名妇女当场晕死过去。

这个时候，搏斗早已变成了屠杀，再也听不到怒吼声或是兵刃搏击之声，取而代之的是杂乱无章的咚咚咚的脚步声，以及偶尔的惨叫声、鲜血喷溅之声和尸体倒地之声。

王大娘瘫软在楼梯下，也不说话，也不躲藏。杀手没有任何呼喊、询问，只是一味地挥刀。显然对方不是抢钱劫色，唯一的目的就是杀光全船人。她僵直地回头瞧了一眼，只见所有人此刻都挤在船舱尾部，瑟瑟发抖。

忽然她眼角瞥见一个女孩，没有跟众人挤在一起。

她看上去十五岁左右，身形瘦小，还远没有长开，顶着高高的飞云髻，显得头重脚轻。

头顶上脚步声咚咚乱响，不停有人惨叫着倒下。她脸上不仅一点惧意都看不到，嘴角甚至微微上翘，那剑一般的眉毛向上飞起，眼睛幽幽发光，仿佛遇见了一件开心至极的事。

　　她慢吞吞地解开外面的纱衣罩衫，将宽大的袖子翻到肩头，用牙齿咬着带子，双手麻利地将袖子扎紧，露出两只白生生的纤细胳膊。

　　她脱下木屐，试着走了几步，似乎觉得袜子也碍事，便俯身脱下袜子。便在这时，砰的一声响，一个人从楼梯上跳了下来！

　　舱内几乎所有人同时发出惊恐的狂叫声！

　　伴随着狂叫声的，是一阵阵砰砰砰的击打声。一开始狂叫声压过了击打声，但是须臾之后，狂叫声就戛然而止，只剩下砰砰砰的声响，仿佛每一拳都打破皮肤，打穿血肉，一直打裂骨骼，打到内脏里去。

　　末了，那女孩从已经打得血肉模糊的尸体上站起来，向一干目瞪口呆的人脸上看去。她伸出舌头，舔了舔血淋淋的手背，转头对王大娘说："别跑。"

　　"啊？啊？"王大娘胯下一热，尿了一裳。

　　"还有十一人。想活命就待在这里，别出声，别动。"女孩呸的一声把血吐出来，从尸体身上搜出一把匕首。匕首在她手指间转了两圈，她才说道："等……一刻吧。"

　　"啊？等、等……等啥啊？"王大娘已经完全傻了，脸上又哭又笑的，自己都不知道在说什么。

　　"一刻之内，杀这十一人够了。"女孩说着，撩起笨重的长裙，用腰带乱七八糟地绑在腰间，露出两条跟手臂差不多细的长腿。

　　她刚要迈步，王大娘忽然颤巍巍地问："你……你究竟是谁？"

　　女孩闻言叹了口气，回头对王大娘说道："你不会想要知道我是谁，因为知道我名字的，只有死人。"

女孩赤着脚，一步步走上楼梯。她没有看到，拥挤在一起的人群中，有双明亮的眼睛始终一眨不眨地盯着她。

　　女孩上了船舱上层，顺手关了舱门。她才走两步，觉得脚下又黏又热，低头看脚丫上……整个地板上全是血。

　　"哧……哈哈哈。"她咧嘴笑了。她的一颗心怦然乱跳起来，却不是慌乱，不是恐惧，而是——兴奋！

　　多么熟悉的感觉！

　　女孩反手一刀，匕首直插入偷袭之人的咽喉，劲力过大，刺穿了颈骨，从另一侧透出尖来。

　　偷袭之人的大刀已经砍到她头顶，但就差这么一瞬，便彻底没了劲道。大刀从女孩面前掠过，刀锋切断了她额前几缕头发，啵的一声插入甲板之中。

　　女孩手腕翻动，一拖一带，抽出匕首。

　　那人脖子被割断了一半，脑袋可怕地朝右侧歪斜，因为刚刚用力过猛，全身气血正汹涌翻腾，无处可泄，便从断裂处疯狂往外喷射，顿时将旁边整面木墙都染红了。

　　事实上，女孩步出舱门时，四个人刚从门前跑过。但他们只瞥了一眼瘦小的女孩，就把她留给了最后一人——鬼头王五，大刀之下无完人。

　　所以，当鬼头王五半吊着脑袋滚落在地时，三人俱是大惊，一起回身。当先一人长剑一挑，直向女孩刺去。这是摆明了欺她只有短小的匕首，无法正面与他的剑花对抗。

　　女孩赤脚往前，脚趾夹住插在地上的环首刀刀背，一手握着刀柄，咧嘴而笑。眼见剑花已刺到离她咽喉不到两寸，女孩身体往后猛倒，脚尖顺势一踢，啪啦啦一阵急响，环首刀劈开甲板，挟着无数木屑碎片腾起，刀尖直向那人小腹要害劈去。

那人惊出一身冷汗，回剑格挡，叮的一下，堪堪将环首刀挡住。这么一刹那，那人眼前骤然一黑。女孩纵身而起，如一缕烟、一道影，鬼魅般地越过了他的头顶。

嘶——那人喉头一道血线，鲜血激射而出，将另一侧的木墙也染成了血红色。

"下面！"那人左侧身材矮小的人招呼一声，双手背在身后，突然双肩一沉，双手同时挥舞，嗖嗖嗖嗖，十几枚飞镖闪电般射出。

女孩身在空中，双脚同时往天花板上一扬——那人料到她无处可躲，必定要踢中梁柱，借力朝下方扑来，避开自己射出的飞镖，因此飞镖射的方向恰恰比她身体略低一点，要在半道拦截。

谁知女孩不仅没踢横梁，反而十个脚趾同时在梁上抓了一下。

就借着这么一丁点力，她直挺挺地往前又飞了一丈才滚落下来——已是落到了矮小之人的面前！

那矮小之人没有丝毫犹豫，右手一伸，袭她胸前膻中要害，同时左脚踢她下盘。

这一招同时两处进攻，虚虚实实，可以随时转换。他料到女孩可能避开暗器，但他仍然低估了女孩的灵巧。她的身体仿佛没有一丝重量，不知怎么地一跳，两只纤细的脚就站在了那人踢起来的左脚上。

嗤——他的右手穿透了女孩的衣服，却从她身旁滑过，劲力全失！

那人放声狂叫："老三！"

啪啦啦——

老三的铁锤终于杀到，扫过那人头顶，将右侧的木墙打得稀烂。

女孩往后连着翻滚两次，才躲过劲道逼人的铁锤和走廊里四面激射的断木铁钉。

她的双腿双脚沾满鲜血，白的地方愈白，红的地方愈红，飞云髻散乱了，懒懒地一直垂到腰间。她眯起猫儿一样的眸子，咧开樱桃红唇，朝使铁锤的老三甜甜一笑。

"老四，退回来！"老三粗着嗓子吼。

矮小之人往后退了两步，回转头来，但见他嘴巴不知何时被女孩的匕首划破，伤口一直拉到耳后，整个牙床被切断，连其后的颅骨都被剖开，一些白白红红的黏液往外翻涌。他只看了老三一眼，就仰天翻倒，再无动静。

几个起落间，四人中就只剩下老三还站着。老三脑子里一片空白，眼见那女孩舔着手腕上的血慢慢走近，他只听见咯咯咯的声音，却不知道那是自己牙齿打架的声音。

"你……你是谁？"老三绝望地质问。

女孩咧嘴一笑："你不会想知道……"

突然走道拐角冲出一群人，当先一人手持弩弓，嗖的一箭朝女孩射来。这一箭却深深插入老三后背。在老三的哀号声中，女孩顶着半死之人向前猛冲，一瞬间杀入人群。

楼上的杀戮声比刚才更加激烈，许多人怒吼着，狂叫着。刀刃叮叮当当地乱砍，拖沓沉重的步伐踩得楼板咚咚乱响。不时有人嘶声惨叫，痛苦不堪地倒下，然后是惊呼声、尖叫声……

王大娘手脚酸软，依旧瘫软在楼梯旁，面如死灰。此时，不知是谁推开瑟瑟发抖的众人，走到楼梯口，抬头仰望。

王大娘微微抬起头，那人裹着一袭粗麻衣服，连头脸都遮蔽着，只露出一双眼睛。楼梯上方灯火摇晃，他眼里仿佛有两团火，也跟着晃荡不停。

王大娘悲哀地喘出一口气："完了……我们死定了……"

那人摇了摇头："不见得。"

他说着揭下头上蒙着的麻布，露出一头又短又卷的褐色头发。

王大娘原是长安人，见了倒也并不惊讶——这必是西域来的商客，眼窝深陷、鼻梁高挺。他蓄着两片小胡子，看不出多大年纪，只是一口汉话非常标准，显然在大唐已待了不少时日。

王大娘叹道："我……我也见过许多打家劫舍之人，但哪有这般一语不发、只顾杀人的？那必是船里……"

西域人好奇地问："船里怎么了？"

王大娘环视躲在角落里的人，低声说："船里……藏有谁的仇家，下手之人无法分辨，只好不留一个活口……我的命好苦啊！"

西域人点了点头，然后抬头又听了片刻，说："但也许死不了。"

王大娘问道："为什么？"

"你听呀，"西域人淡淡一笑，"上面的打斗声一直没停。但上去的，可只有那个女孩一人。"

王大娘呆呆地坐着，一时没回过神。西域人似乎晕船，一直扶着舱壁，不时晃一晃脑袋。他的目光追随着楼板上砰砰砰的声音，继续说："不是她死，就是别人死。可她一直没死……那便是对方一直在死。"

突然，又有个血肉模糊的人从楼梯口摔了下来，一柄钢刀跟着打着旋儿落下，插在一根柱子上。周围的人再次尖叫起来。

那血肉模糊的人滚到楼梯下，还瞪着眼睛，喉咙里咕噜噜地响，

刺客信条

血沫和呼出的气一起往外涌。

王大娘当即晕死过去。西域人却忍着头晕，上前一脚踩在血肉模糊的人胸口，凑近了观看。

"真是很细的刀口。"西域人用手指捅开伤口，啧啧称奇，"切在咽喉正中，这一刀算得很准啊！"

血肉模糊之人挣扎着，但他双肩琵琶骨被挑断，根本动不了分毫。西域人眼中露出又惊奇又兴奋的光，慢慢地将两根手指戳进他咽喉的伤口里，使劲搅动。血肉模糊之人猛地一抖，终于死去。

楼上的打斗声都消失了。西域人用一条丝巾擦干净手，随手扔了。他扶着舱壁定了定神，一步步走上楼梯。

上层舱室到处堆满了尸体，有三具则是撞穿了木墙，生硬地卡在里面。地板已经完全被血染红，变得极其滑腻。西域人本就有些晕船，此刻腹内更是翻江倒海。

他强忍着不吐出来，两手扶着木墙，一步一步小心地挪动。蓦地身后有个什么地方响动了一下，西域人一回头，不料脚下一滑，摔了个四脚朝天。

西域人撑了几下，但地板太滑腻了，始终撑不起来。眼角忽然一亮，一只沾满血污但露出来的部分仍然白得发亮的赤脚出现在他身旁。

西域人抬起头，只见女孩反手握着一把匕首，两只乌溜溜的眼睛一眨不眨地盯着自己。她浑身几乎被鲜血浸透，但显然没有一滴血是她自己的。

她舔舔嘴角，匕首在手里转了一圈又一圈，神色平淡，隐隐有一丝不耐烦，像猎人盯着半死的猎物，正想着最后一刀怎么处理一般。

西域人在一片血污之中坐直了身体，才朝她点头致意："在……呃……在下李云当。"

女孩冷笑一声："伪姓贱奴。"

彼时长安城中，多有西域使臣、商贩，还有大食人、新罗、倭人等。这些人中多有仰慕天朝上国而留下定居的，便给自己取了汉姓正名，其中又以国姓李字居多。

这些当然不是天子赐姓，他们取归取，长安贵胄们却并不认可，反而嘲笑其为伪姓贱奴。李云当再怎么梳髻戴冠，也一眼就能看出不是中土人士。

听了这句话，李云当的呕吐感顿时压了下去。他收起笑容，正色道："在下可不是伪姓，此乃当今……"

女孩手中匕首一顿，李云当顾不上矜持，挪动着就往后退。女孩环顾四周，踢了一脚身旁的一具尸体。

"他们是要来杀你吧？"

李云当一怔，随即坐直了身体。"当然。除了在下，船上岂还有可杀之人？"

"来杀你的人手法不怎么高明，可见你的身价不高。"

李云当刚要回答，突然间，船身猛地一震，船板发出让人毛骨悚然的咯咯声，朝一侧倾斜。

李云当大叫一声："搁浅了！"转身抱住一根柱子。船身向前冲去，一边颠簸一边倾侧。李云当腹内顿时又一阵抽搐，眼睁睁看着满地的尸骸哗啦啦地朝一侧滑去，瞬间在角落堆积成一座小山。

船身剧烈摇晃了一阵，慢慢平息下来。看来船是搁浅在岸边，暂时没有倾覆的危险了。

李云当勉强稳住了身体，转头去看女孩，却见她泰然自若地站在尸堆上，正从一扇窗户探头出去张望。

"你……你不好奇，为什么他们要杀我？"

"我对死人没兴趣。"

"我还没死！"李云当赶紧声明。但女孩仍然没回头看他。

李云当见那女孩身体一动，似乎就要纵身而出。不知为何，他竟瞬间急出了一脑门的汗。

"喂！"李云当突然大喊一声，"我该怎么找你？"

女孩半边身子已经探出窗外，听见他没头没脑的这句话，愣了一下，回头看了眼李云当。

李云当身体紧紧贴着舱壁，双手死死抱着柱子，不让自己一头扎进死人堆。虽然形势窘迫，他见女孩回头看自己，却还勉强挤出一个笑容，好显得自己十分从容。

女孩摇了摇头。她转身刚要跳，却迟疑了片刻，然后回过头。身体已经悬空、马上就要掉下去的李云当捕捉到她的眼神，又拼命挤出一个笑容。

女孩轻声道："我，叫作长孙绮。"

"啊？啊呀……"

李云当一声惨叫，终于抱不住滑不溜的柱子，跌落下去，一头扎进尸体堆，摔得他满头满脸都是血。他吓得手足并用地爬到一边。稍微稳住了心神，再抬头看时，女孩的身影早已消失无踪了。

第一章

长孙绮的记忆里，合州的春雨如蚕丝一样，细细的，软软绵绵，从压得低低的云雾里飘落下来，被风一吹，便斜斜地垂挂在屋檐下、油纸伞边。

然而此刻，雨却打得油纸伞噼里啪啦地响。

三水为合。合州因西汉水、涪江水、巴水三水合流而得名，自古便是蜀中乃至关中通往渝州的必经之路，巴蜀繁华之所。

长孙绮走过的这片街巷，却并非三水合围的合州本城，而是远离江河、建在山岗之上的子城。因为子城里除了官衙文庙外，大多数都是勋贵、门阀之家，是以又被合州人称为"衙城"。

衙城长不过三里，宽不到二里，与山岗下那宏伟的合州本城相比，实在太小。但这里汇集的乃是合州全境最富贵的权势之家，修得亦是格外奢靡。单是将整个子城的地面用青石铺完，就费时三年，花了近四十万钱。

雨下得虽大，青石路面上却绝无泥泞，多余的水也顺着两侧的水沟悉数排走。长孙绮赤脚踩在青石上，冷冷的，偶尔滑溜溜的。

水沟边长满青草，水哗啦啦地流过，青草就跟着曼舞。她觉得十分有趣，便低着头一路边走边看。

当年离开的时候，也是这样的雨，也是这样的青草。十年过去了，她已经换了容颜、变了心境，青草却似乎一点也没有变化。

上了好长一段坡，都快要接近山岗顶端了。不知什么时候，油纸伞顶不再噼啪作响。长孙绮放下伞，果然雨停了。

忽然有人厉声道："且住！"

长孙绮站住了。四个人挡在了面前，站位呈弧形，把她围了起来。

长孙绮抬起头，眼前是一座大户人家的别院。从大门的形制和门后的照壁大小来看，府邸的主人至少是中书侍郎、正四品以上职位。但大门上方原本挂匾额的地方，此刻空空荡荡。两根铜钩还没拆，显然匾额是被人匆匆取下来的。

不仅如此，大门两侧的灯笼也没挂，院墙下的杂草也没除，似乎巴不得再长高点，连门都掩住。只有门旁的白玉石柱上刻满的山茶花图案，显示着宅邸主人的身份。

那四人装束普通，也不见悬挂腰牌，手中没有兵刃，腰间却鼓出一块。四个人的右手垂下，左手微微向后勾着，随时准备抽出背后的刀。

长孙绮冷笑："原来真躲在这里。连牌子都不敢挂，干脆连姓名也改了得了。"

那四人顿时又惊又怒。当先一人反手抽刀，但就在抽出刀的一瞬间，他看清了长孙绮的模样。

那人心中念头一闪，抽刀的手顿时一滞，长孙绮的脚已经踢到面前。那人不动声色地微松手掌。长孙绮毫不费力便将他的刀踢飞，铮的一声插在大门上，不停摇晃。

那人故意向一侧踉跄两步，跟着才大喝一声，往前猛冲，长孙绮却已不见身影。只听身旁传来"啪啪啪"三声，三名同伴的刀都未抽出，脸上便各吃了一脚，被踹得四散飞开。

长孙绮纵身跃起，越过照壁，翻进了前院。

那人顾不上抽出门上的长刀，狂奔进了院子。长孙绮好像一道影子，飘飘悠悠经过堂屋，穿过回廊，径直往内院而去。

那人大叫："有刺客！有刺客！保护家主！"

整个院子里立即响起急切的锣鼓声，几十条汉子从院子的各个角落拥了出来。这些人都身着黑衣、举着兵刃，但都噤声不语，只是拼命追赶。

那人追到内院，见女孩并没有闯入内堂，却蹲在院中那口巨大的石缸上，先松了一口气，随即喊道："围住她！快！"

几十人一下将长孙绮团团围住，各种刀剑明晃晃地指着她。长孙绮视若无睹，蹲在石缸上看鱼。

那石缸高丈许，养着家主最喜爱的赤鲟公。那人见长孙绮竟然伸手进去，怕是下一刻就要抓一条出来玩，急得忙夺过身旁一人的刀，就朝她砍去。

忽听有人大喊："住手！"

长刀当的一声砍在石缸上，砍得火星四溅，离长孙绮的脚趾不到两寸远。长孙绮眼皮都没抬一下，只紧紧盯着水面。

一名干瘦的老者匆匆跑出来，黑衣人立即后退一步，躬身行礼："方管家，您来了就好！这女子……"

方管家举起一只手，阻止那人说话。他颤巍巍地走近石缸，小心打量着长孙绮。看着看着，他脸上露出又似哭又似笑的神情，但是用力捂住嘴，不敢喊出来。

扑哧一声，长孙绮一把抓出一条赤鲟公，顺手扔给方管家。方管家赶紧捧在怀里。

周围的人都愣了，这条鱼看上去至少七八斤，头顶雪白，可是家主最珍爱的"舞娘"。寻常谁要敢多瞧一眼，就要吃板子，这会儿被人抓出来，看样子方管家居然还很开心。

长孙绮拍了拍手，跳下石缸，说道："别烤了，焖着吃吧。"

方管家一个劲儿地点头："欸、欸！焖着吃，焖着吃好！老奴这就叫人焖去！"

长孙绮抬脚向内堂走去，这下子谁也不敢拦她。等她步入内堂，方管家环视四周，重新严厉起来。

"都回去，打起精神来！"方管家冷冷地说，"这几日最是要紧，懂吗？"

"是！"黑衣人一起行礼，随即各自散开。为首那人刚要走，却被方管家叫住。

"拓跋楠。"

拓跋楠立即站住。

"小姐……发现了吗？"方管家小心地问。

拓跋楠微微摇头。

方管家长出一口气："你下去吧，不要让她再看见你。"

拓跋楠并不说话，盯着长孙绮消失的门瞧了片刻，冷哼一声，这才转身离去。

长孙绮一步步走入内堂。

在进入内堂之前，她还一脸冷漠不屑。但右脚刚跨过内堂高大的门槛，她就突然冷静谨慎起来。

面前是一扇巨大的屏风，画着孔子问礼图。长孙绮看到这屏风，一下站住。她低头看了看自己，赤着脚，衣服上还有血污。

身后的门关上了。四名侍女无声无息地上前，两人捧着水盆，两人捧着衣服和鞋。长孙绮认真地洗了手脸，一名侍女跪着替她洗了脚，穿上鞋子。但当两人要为她更衣时，长孙绮推开了衣服。

侍女们没有任何犹豫，一起躬身，退了出去。

长孙绮深吸一口气，绕过屏风，迈步向前走去。

内堂香雾缭绕，这是祖父最爱的静香。但是祖父并不在内堂。长孙绮手指在家具上轻轻拂过，一直穿过内堂，拉开了一扇绘着鹤舞梅雪图的木门。

眼前是一处方圆十几丈的小巧精致的院落，中间铺满青石，周遭围满了假山和精心培育的花木。花木最多的便是长孙家族族徽上所绣的山茶花，后面一排是长得密不透风的湘妃竹，把这后院和外面的喧嚣尘世彻底隔绝。

院落中竖着一扇屏风。屏风上画着亭台楼阁，皆是工笔描绘。屏风上方有一个长条形金银平脱漆盒，盒里垂下八根细线。

这些线虽然细，长孙绮却知道它们是由东海鬼鱼的鱼胶合着蚕丝一起，一百条丝才缠绕成一根线，最是坚韧。

这些线吊着两个人形傀儡，一男一女。

傀儡做得惟妙惟肖，除了手脚、躯干能跟着线动作外，头颅也能转动，嘴也能开合，甚至连眼珠都能左右顾盼。这些西域进贡的宝石制作的眼珠，在光照下发出诡异的光，仿佛真的一般。

此刻，这一对男女傀儡正在交谈着什么。女子坐着，男子半蹲半跪在她面前。似乎听见了长孙绮的声音，它们一起转过头，眼珠里泛着蓝色光芒，默默无言地盯着长孙绮。

长孙绮一屁股坐在门外的回廊上，也不说话。须臾，那对傀儡突然动了一下。

男傀儡说："来者何人？"

女傀儡摇摇头："妾身不知也。"

她的声音是男人用尖锐的嗓音说的，听得长孙绮头皮一紧。她不说话，依旧冷冷地看戏。

男傀儡站起身，一手叉腰，一手指着长孙绮："来者何人！"

长孙绮在草丛里找了一颗石子，扔过去砸在男傀儡头上。男傀儡立即捂住脑袋，"啊啊"地叫起来。

女傀儡道："见这嚣张气焰，想来便是那长孙家的野丫头。"

男傀儡佯装不知："长孙家丫头没有一百也有五十，不知是哪个丫头？"

女傀儡拍了一下男傀儡的头："除了九娘，还有谁这般大胆？"

长孙绮听到"九娘"这个名字，忽然一怔，眼圈隐约有些红了。但她立即忍住，继续不动声色地看着傀儡。

男女傀儡等了片刻，长孙绮始终微笑地看着它们。咯咯咯……咯咯咯……男女傀儡渐渐颤抖起来，忽而线一松，它俩一齐落下，堆在一起，再也动弹不得。

一位须发皆白的老者从屏风后站了起来。他身穿寻常衣服，头上也没戴冠，只松松地梳了个髻，但眼神中自然有一股凛然之气，不怒自威。

这便是大唐的开国元勋、太宗皇帝的姻亲、凌烟阁二十四功臣之首、赵国公、权倾天下的托孤重臣、当今皇帝陛下的至亲舅舅长孙无忌了。

长孙绮与他对视了片刻，才慢慢站起身，双手作揖，躬身行礼。

"九娘。"长孙无忌轻声呼唤。

长孙绮立即大声道："孙女长孙绮，拜见祖父大人！祖父大人福寿延绵！"

　　长孙无忌眼中闪过一丝愤怒，随即隐去。他顿了片刻，捻须点头道："回来就好，回来就好啊。"

　　十六名侍女躬着身，端着各式盘碟，从后院侧门鱼贯而入，而后一起停在回廊里。方管家背着手，在两名嬷嬷的陪同下，一一检视。前面一名嬷嬷揭开盖子，后面一名嬷嬷便小心地尝一口。

　　始终没有任何人讲话。除了侍女的裙裾发出的窸窸窣窣的声响，或是偶尔从天上传来的一两声鸟鸣，四周一片寂静。

　　两位嬷嬷示意菜肴无恙，方管家才点头，领着嬷嬷和侍女进入屋内。

　　这栋内堂修得像明堂式样，除了正面有墙体窗户外，其余三面都用高大的柱子撑着，辅以落地门。此刻三面的门被悉数拆下，可以看到花园将这三面完全包围着。

　　看着婆娑的树影、狰狞的岩石棱角，听着叮咚的流水声，仿佛置身泉林之间。

　　屋中间是一张高出地面的巨大的榻，放着两张几、两只铜炉。长孙无忌和长孙绮两人分坐主宾之位。几上摆满了菜，长孙绮面前的好多菜已经吃完，长孙无忌面前的却动也没动一下。

　　侍女们膝行上榻，把菜肴一一更换。方管家亲自把一尾鱼摆放在长孙绮面前。

　　长孙绮第一次露出笑容："方伯，你最好了！"

　　方管家脸上的褶子都笑得舒展开来："小姐，您能回来就好！老奴一天天盼着，这都多少年了……"说着用袖子擦了擦眼睛。

长孙绮柔声道："方伯，你还像以前一样，叫我九娘便是。"

长孙无忌端起酒杯，自顾自地喝，眼皮也没抬一下。

方管家连连点头："欸！是、是！你方伯老了啊……想着，你再不回来，就快见不到了！当年你娘……"

长孙绮立即道："方伯，别说了。"

方管家赶紧收敛心神，行礼道："是、是！我这张嘴真是……"方管家拍了拍自己的脸，向后退去。他退出房间，领着下人退出了后院。

内堂里沉寂下来。

长孙绮自顾自地吃鱼，长孙无忌默默地饮酒。天色迅速暗淡下来，内堂里则比外面更暗。

方管家再度推开后院侧门，正引着六名举着火烛的侍女进来，长孙无忌突然厉声喝道："出去！"

"快、快快！"方管家立即转身，将侍女赶出去，随即关上了门。

长孙无忌站起身，下了榻，在门廊之间慢慢地踱着步。

"九娘。九娘啊。"长孙无忌长长叹息着。

"我父亲呢？"长孙绮突然问。

"他……还在洛阳。"

"若是局势再进一步，他会去哪里？"长孙绮不依不饶地追问。

长孙无忌沉默了片刻："阿翁不想瞒你——已经有旨意下来，是去夏州朔方县，大概半个月后吧……"

"朔方……那死不了。"

"九娘……"

"我那伯伯呢？有长乐公主的余荫，他应该能躲过去吧？"

"暂时没有议到他。"

"我猜也是。"长孙绮冷笑一声，"他都没动，剩下那些叔叔，大抵也都平安了。最多是贬斥到荆楚岭南之地罢了。长孙家只需把我爹爹送出去，便能安心不少呢。"

"九娘！"

"难道不是吗？"长孙绮平淡地说，"祖父大人是托孤重臣，却被那许敬宗一封密信便告倒，真是笑话。我听说当今陛下甚至都没有召见祖父，便匆匆下令彻查，真是急不可耐要把我长孙家连根拔掉啊。"

"当今陛下，也是你表叔！"长孙无忌怒斥，"注意你的言辞！"

"行啊，他是你的亲外甥，所以祖父大人果然镇定如斯，在这里静待陛下回心转意。"

长孙绮的声音始终平淡，既不急躁也不生气，好像在看别人家的笑话。长孙无忌几次想要怒斥，却怎么也开不了口。

不知何时，雨又落了下来。先是林子里沙沙地响，继而庭院里的假山发出哗哗的声音。再后来，屋檐下一串一串的水柱滴进檐下的石兽口中。

石兽口里迅速蓄水，发出叮咚的声响，提醒侍从该关门窗了。

不过此刻，侍从全都离得内堂远远的，谁也不敢上前。雨雾渐渐将外面的一切都遮蔽了起来。

良久，长孙无忌才叹息道："我知道，你始终在怪我，怪我把你丢到西域苦寒之地，一去就是这么多年……"

"不。"

"你不必说了，阿翁知道你心里苦……阿翁也有不得已的苦衷。当年那么多孙辈，你师父偏偏一眼就看中了你，也是没有办法的事啊……"

"哈哈哈哈！"长孙绮突然仰天大笑。

长孙无忌顿时心中大怒。但他耐着性子，等长孙绮笑完。

良久，长孙绮才止住笑，转身对着长孙无忌。她第一次整顿衣裳，把血红的裙裾压在膝盖下，双手伏地，恭恭敬敬地磕下头去，给长孙无忌行了一个大礼。

"孙女谢过祖父大人。"

"你便……这么迫不及待地想要羞辱我吗？"长孙无忌冷冷地问。

"孙儿此刻所言，绝无羞辱之意。"长孙绮坐直了身体，郑重地说，"多亏祖父当时力排众议，让师父带走了我。否则今时今日，我岂不是要跟其他长孙家的人一样，坐困愁城，除了哭着等死，什么也做不了？"

咚！咚！咚！

长孙无忌在内堂里来回猛冲，大袖翻飞，发髻散了，苍白干枯的头发被风吹得乱飞。他终于找到了一只酒壶，朝长孙绮扔了过去。

长孙绮微微一侧头，酒壶擦过了她，砸在她身后的柱子上，摔得粉碎。

长孙无忌浑身发抖，双目血红，指着长孙绮大吼："我长孙家没有倒！我长孙无忌不会倒！谁哭着等死？我长孙家没有这样的子孙！"

长孙绮坦然道："今年之后，也许真的没有长孙家的子孙了。"

长孙无忌拿起一根蜡烛，试了试太轻，随手扔开。他举起铜烛台，奋力朝长孙绮掷去。不料铜烛台的重量超过了他的预期，只扔出去不到五尺就落下地。长孙无忌恼羞成怒，一脚踹在铜烛台上，却差点撞断脚趾。

长孙无忌扶着脚，脸涨得通红。他咬着牙转过身，艰难地朝榻上挪动。

长孙绮冷眼看他，刚要再开口说话，却忽然发现他佝偻着背，头发散乱，浑身都在微微颤抖，逆光之下，显得无比苍老。

长孙绮默默地吞下一口气，从怀里掏出一块刻着"长孙"二字的铜牌，放在榻上。

"祖父千里传唤孙女，想是已经知道该怎么做了吧？"长孙绮说，"祖父就别废话了，直截了当地说出来岂不痛快？"

长孙无忌挪到榻边，费力地坐下，背对长孙绮。

"你连一份颜面……也不肯给阿翁吗？"

"祖父错了。"长孙绮冷冷地道，"我来，便是准备好将这条命奉送给长孙家。祖父是觉得颜面重要，还是长孙家重要？"

长孙无忌忽然呼吸急促起来。他抬起头，警惕地看了看四周。在确定这里只有祖孙二人之后，他才面向长孙绮低声道："我长孙家，确实还有翻身的机会……唯一的一次机会！"

"请祖父大人示下。"

长孙无忌这当儿却咬紧牙关，仿佛要吐出的字重逾千斤。他双手用力撑着，倾身向前，手指深深陷入密实的榻里。

长孙绮被他的郑重感染，也倾身上前，第一次凑近了自己的祖父。

长孙无忌一字一顿地说道："推、背、图！"

方管家进来的时候，堂屋里漆黑一片，只听见一个人沉重的呼吸。

方管家本想点灯，但摸到烛台时又犹豫了。他低声询问：

"家主？"

过了好久，才传来长孙无忌疲惫的一声低哼。

方管家这才点燃了烛台。长孙绮的身影已经消失，长孙无忌蜷缩在榻上，低沉而艰难地呼吸着，似乎刚才耗尽了精神，连把自己身体撑起来的力气都没有了。

方管家膝行到长孙无忌身后，伸手去扶家主，发现他浑身滚烫，而且双目紧闭，身体不停颤抖。

方管家顿时老泪纵横，哽咽道："家主？家主！您……保重啊……"

"放开。"长孙无忌冷冷地说。

方管家一惊："家主？"

"放肆！"

长孙无忌一把抓住方管家的手，用力之大，疼得方管家差点惨叫出来。他奋力甩开方管家的手，慢慢地自己撑起身子，重新坐直。

他喘着气冷笑道："好，好……我那孙女鄙视老夫，你也瞧不起老夫了，是不是？"

方管家伏倒在地，拼命磕头："老奴死罪！老奴死罪！"

长孙无忌用力裹紧衣服，勉力控制双手不再发抖。

他冷冰冰地道："传令拓跋楠，盯紧长孙绮。一有异动，立即格杀，不必等老夫回复！"

"啊？"

"传！"

"是、是……"方管家迟疑片刻，壮起胆子继续问，"那……今日上午那位陛下的使者……"

"伪姓贱奴，算什么使者！"长孙无忌终于停止了颤抖，厉声道，"不过是一介亡国之奴！"

"可他确实……确实有陛下的信函……陛下这算是亲自开口，家主您……"

"哼！"长孙无忌打断方管家，"要我自辞爵位，长孙家退隐江海之间？荒谬！我自幼便从高祖、太宗起事，凡四十二年，功居凌烟阁第一，与国同休！这文书、这贱奴，分明是那姓武的贱人假陛下之手派来的，我岂能如她所愿？"

方管家颤声道："家主，这……这是抗旨……"

长孙无忌顺手抓起几上一只酒壶，砸在方管家头上。方管家头破血流，却不敢去擦，更用力磕头道："是！要不要把那伪姓贱奴一并杀了？"

长孙无忌道："哼，杀他岂不脏我长孙家的刀？大食人早就派出杀手一路追杀了，他只不过碰巧与九娘同船，才逃了一命。等大食人自己去解决他吧。"

"是！"

长孙无忌叹息一声："此非我长孙家一门之事，而是……事关八柱国能否再坚持百年。百年内，无论如何，也要解开那天大的秘密……"

方管家小心地道："可……可是先皇后……"

长孙无忌终于停止了颤抖，站起身来。他盯着漆黑的屋顶，仿佛那里有什么在注视着他一样。

"小妹……"长孙无忌对着虚无喃喃道，"你为我长孙家选的路，兄长……替你走完……"

第二章

火……毫无征兆地燃烧起来。

悬空观垂天阁依着绝壁而建，上下五层，高达十丈，在黑夜中像一根通天的火柱。

奇怪的是，如此巨大的火焰，却一点声音也没有，静静地燃烧着，似乎早已失去咆哮的兴致。

但从谷口刮进来的风，发出嗖嗖嗖的尖厉声音，把火柱推高一尺，又推高一丈……仿佛想要把烈焰一直推到天上去。

望着那冲天的火焰，十二岁的长孙绮一边跑一边大口喘气。她的心怦怦乱跳，但不是因为狂奔，而是因为——她看见了！她看见师父了！

垂天阁的楼顶，那片黑瓦之上，高昌公主持剑肃立。狂风把她的长发吹得纷纷扬扬地向上飘起，不时有火光在她身旁闪动，她却目光淡定，浑然不觉。

"……啊……啊啊！"长孙绮张开嘴，却除了"啊啊"的声音，一个字也喊不出来。两条腿如同灌满了水银，手臂也疼得举不起来，一双赤脚更是被尖利的山石刮得血肉模糊。

但她仍然僵硬地跑着，不停歇地跑着，朝着冲天火柱跑着。

突然，一个身影在火光中出现，举着陌刀，朝着高昌公主头顶猛地劈去！

长孙绮终于张开嘴，用尽全身力气狂叫出来："师父！"

长安，皇城外。

第一盏宫灯挂起来时，宫墙外四十丈，正在一棵遮天蔽日的大树上闭目养神的长孙绮突然睁开了眼睛，心狂跳到要爆炸开来。

她一只手死死捂住嘴巴，另一只手捂住胸口，好像怕巨大的心跳声惊扰到皇宫中人。

老半天，长孙绮的心才逐渐平复下去。她拿开捂着嘴的手，只见手心有一团淡淡的血沫。

这个梦已经出现了千百次，每次绝望地呼喊时，她仍会吐出血来。长孙绮颓然一笑——不杀光害死师父的人，这血始终不会消失呢。

长孙绮顺手抹去血迹，转头看着那盏灯在风中微微晃动。

四十丈之外看这盏灯，只是小小的一个光点，旁人甚至根本不会留意。但长孙绮紧紧盯着光点，脑后的头发都一根根竖起来。师父说，这是她的本能。任何细微的变动，都能让她本能地警觉起来。

"像一只……"师父说到这里时，浅浅地笑着，"怯懦的小猫。"

又一盏宫灯挂了起来，与第一盏相距两丈。长孙绮屈起手指，低声地数着："一、二、三……"

等她屈到第五根手指，第三盏宫灯挂了起来。

"两个人，步速很慢。"长孙绮一边自言自语，一边把绳索绕在左臂上，"风灯距宫墙大概一丈，一跃而过是不行的……"

宫墙高三丈三，墙下有清明渠，宽约三丈，深一丈四，穿墙而过，流入皇城。从落脚的树到沟渠是三十丈，渠边只有草丛，一棵树都没有。

挂宫灯的时候，正是晚饭时刻，宫墙上巡逻的侍卫从三队减少到一队，出现了大概半刻钟的防守空隙。

她脱下外衣，将里衣的袖子捋起往后扯，利落地绑在背后，裙子也往上扎在腰间，露出的手臂和小腿都已用黑色布条裹得紧紧的。最后她慎重地脱下鞋袜，跟外衣叠放在一起。

初夏的夜晚，树身仍然冰凉。长孙绮赤脚踩在长满苔藓的树皮上，全身颤抖了一下，刹那间又清醒了不少。

眼见第五盏宫灯挂起来，挂风灯的人马上就要转到大殿的另一侧，长孙绮突然深吸一口气，双脚腾空，纵身下树。

快要落地的一刹那，她就地一滚，跟着躬身冲入草丛，猫着腰狂奔。她只吸了两口气就冲过了三十丈。

宫墙上走过来一队卫士，其中一人往下看了看——草丛在风中起伏，四周一片平静。他耸了耸肩，继续巡逻。

在他张望的时候，长孙绮整个人就趴在沟渠的斜面上，但她的黑色装束与沟渠几乎融为一体，卫士也绝想不到有人敢就这么四肢张开躲在自己眼皮底下，所以只粗粗看了看草丛就走开了。

等卫士的脚步声消失，长孙绮没有起身，而是松了手，让身体顺着沟渠斜面慢慢滑入水中。水漫过了腰，她冷得浑身一哆嗦。在这样的天气潜泳，她还从未试过。长孙绮用手急速在脸上搓了几下，无声无息地潜入水中。出人意料地，水里倒比外面还暖和些，她一口气游到宫墙下方。借着宫墙上方微弱的灯光，长孙绮凝神细看，没多久就看到了那条穿过宫墙的水道。清明渠从这里东流入皇城，继而转北，流经位于皇城西南的秘书省，最后注入大兴宫后廷南海池。

前隋文皇帝下令修建新都，"必为亘古至今最宏大之城池"，名臣宇文恺奉命营造，穷天下之力，仅仅花了九个月时间，真的将大兴城建成了前无古人、后无来者的巨大城池。

不知道宇文恺是不是自己都被这座伟大的城池震撼了，于是又花了三年时间，和上百名将作监官吏一起，将整个大兴城每座宫、每道渠、每条小巷都巨细靡遗地记录在《大兴图志》里，希望能永久流传，以为后事之师。

大唐高祖皇帝登基之初，历数前隋罪孽，第一条就是靡费天下之力，滥修宫城，以为私用。太子李建成上奏，称《大兴图志》所涉宫城、皇城的图纸，恐为奸人所乘，窥视大内。高祖遂下令焚之。

然而，让高祖始料不及的是，负责焚毁《大兴图志》的长孙无忌，却偷偷将其中最关键的二十卷图纸私藏。而成长轨迹与长孙家所有人都不同的长孙绮，便是奉长孙无忌之命，唯一看完所有图纸的人。

根据《大兴图志》记载，这条水道另有暗渠连接秘书省内的池塘，是防备起火时取水所用。

长孙绮考虑了很久，觉得这个时节从水底潜入虽然艰难，总比翻越宫墙安全——谁也不知道宫墙后是什么，而且正因为水冷，对池塘的守卫就会松懈很多。

长孙绮抬头一看，天已经彻底黑下来了。她摸索水道的入口，深吸一口气，矮身钻了进去。

秘书省殿外，三名身穿灰色袍服的侍卫挂上最后一盏宫灯，一起转身走下台阶。

就在他们转身的刹那，一道黑影从宫墙跃下，一手抬起窗户，闪电般钻入大殿，窗户无声无息地落下，堪堪关上。

三名侍卫似乎毫无察觉，继续往前走。

秘书省为历代典籍保存重地，皇帝陛下不时会亲临此地，因此修建的格局颇为庞大。有一殿四阁，在皇城中罕见地拥有独立的殿院，比更显赫的中书省要大得多。

主殿居中，四栋三层的楼宇分布在两侧，呈"工"字形，甚是壮观。

飞檐上排列着九头神兽，门前的庭中亦有九尊石像，中轴线上安放着三只铜鼎。

三名侍卫走过主殿前空无一人的广场，绕过院门前的照壁，出了大门。

大门外，密密麻麻地站着四十名重甲士兵，全部持剑，一半的人同时持盾。其身后是二十名长弓兵，每人背着两副箭囊，携带超过四十支箭。

再往后，还有二十名骑兵，但此刻他们全部下马，马匹口部也套着笼罩，马蹄包着布，摘了马铃，务求不发出一丁点声音。

这个阵势，几乎赶得上一支府兵旅的规模，此刻悄然无声地待在皇城内，若是哪位文臣看见了，少不得又要弹劾一大批武将。

天黑后，大兴宫各处的灯都已亮了起来，这里却连一只灯笼都没有，只有一片隐隐的闪光，那是兵刃映出的远处的亮光。

这些人见到三人出来，仍然保持队形，一动不动，但眼睛都追随着中间那名侍卫。

那人挺直了身体，身旁的两人一起动手，替他解开外袍，露出里面精致的皮甲。

他大概三十来岁，身材高大，面色冷峻，两片上翘的小胡子。左额上一条刀疤，让他左边的眉毛像秃了一样淡淡的。

皮甲下的衣服为深绯色，腰间配着银鱼袋，显出他乃是正四品武官。大唐开国以来，年年在西域用兵，京城之内三品以上的武职，大多是勋贵虚衔。真正有实权掌兵者，从四品以上算得是凤毛麟角了。

两名侍从帮他挂上佩剑和两把匕首，正要给他戴盔，他伸手拿过头盔夹在腋下，目光冷冷地扫过众人。众人则以信任和渴望战斗的目光回应。

"已经进去了。"那人环视四周，简要地说，"一个人。"

所有人都盯着他，一动不动。

"今日是初七，秘书郎照例会在甘露殿侍奉陛下与重臣。"此人熟知此事，可见对宫中事务颇为了解。

"将军所言极是。"一名侍从连连点头。

"时辰？"

"刚过了亥时。"

"两个要求，"那人声音严厉起来，"一，活的。懂？"

所有人同时点了点头。

"二，这里是皇城，今日我带队进来，已是犯了天大的规矩。谁敢大声喧哗、随意乱跑，惊了圣驾，全队一起陪葬。懂？"

所有人用力点了点头。

"二队，配合弓箭手，把这里给我围起来，一只苍蝇也不许放走。一队，跟我来！"

那人转身要走，士兵同时本能地一起站直，右手拍左胸，发出哗啦一片响动。院外树上的鸟立即惊起一大片。

几名队正吓了一跳，拼命挥手要士兵噤声。那人回头狠狠瞪了众人一眼，恼火地一把推开身旁的侍从，戴上头盔，推门率先走了进去。

几乎凭着最后一口气，长孙绮钻出了水道。她已经顾不上有没有人在监视池塘，一头扑了出来，哇的一下吐出一大口水，痉挛似的喘着气。

长时间憋气潜泳，她浑身疼得快要裂开，只能斜倚着，勉强把自己挂在池塘边缘。

万幸这会儿确实是交接之时，没人有闲心在池塘边晃悠。她躲在池塘边高高的水草下方，好久才渐渐找回了身体的感觉。

她无声无息地爬出池塘，藏在草丛之中，脱了湿漉漉的衣服，解开一只密封的牛皮囊，换上一套贴身的夜行衣。她把湿衣塞入皮囊，再装入石块沉入塘内，这才闪身进入秘书省主殿，躲在一根柱子后，小心打量四周。

主殿从外看是座殿堂，里面却是一圈回廊，环绕着中间巨大而通透的三层殿阁。每一层都有十六尊铜铸龙首伸出，每条龙嘴里衔着铜链，链条下挂着巨大的琉璃灯。

底层绕着殿阁有一圈水池，里面装饰着白玉雕的仙山普陀，以及红色珊瑚树等珍稀之物。

更妙的是，水池刚好位于琉璃灯下方，这样即使宫人打开琉璃罩添加灯油时不小心落下火星，也不会引发火灾。

每个柱头或转角处则立着造型各不相同的铜灯，或是单凤独立，或是饿虎踞岗，或是小儿闹春。各式各样的灯烛照得殿堂中央亮如白昼，不过窗户皆由不甚透明的轻纱蒙着，从外面看并不觉得有多亮。

　　殿堂中央整齐地摆放着六张朴素的苇席，席前各有一张几，几旁一排笔架、一盏铜灯，几上一叠纸张，如此而已。

　　这就是传说中抄录历代经书的地方，也只有这样的布局，才当得起历史的重任吧。

　　长孙绮被殿内的情景震撼住了，站起来有些茫然地四处看了片刻，才顺着楼梯从底层走上了二楼回廊。

　　二楼比底层拥挤得多，上上下下全是书架，密密麻麻地塞满了各种书籍。长孙绮落脚之处堆满了竹简，大概是商周时期所传的《书》《礼》《诗》等典籍。长孙绮沿着回廊走，绕过了竹简，前面又是一卷一卷的丝卷、布卷，也有羊皮文书，同样是以六书为主。

　　书架上的书堆得太满，以至于墙角都摞着比人还高的卷轴，有《公羊》《左传》《尚书》，也有《六韬》《盐铁论》《太平经》等。这些好多都是自汉以来传承的孤本，但长孙绮毫无兴趣，匆匆略过。

　　转到二楼的西侧，长孙绮忽然看到一本《春秋灾异》，据说是后汉秘书郎郗萌所著，记录了春秋一代所有的谶纬。长孙绮一下子兴奋起来，开始仔细在周围搜索。

　　此处的收藏非常杂乱，不仅有竹简、残本，更有许多铜鼎、铜盆，里面刻着晦涩的金文。长孙绮匆匆翻阅着，突然背脊一阵发毛。这感觉极明显，她立即闪身躲在柱子背后。

　　二楼对面书架上卷轴的色签晃了晃，仿佛只是被微风吹动，然而长孙绮分明看见一个人影闪身溜出藏身处。

　　居然在秘书省遇到同道，长孙绮真有点哭笑不得。

　　但她随即想到，今日是秘书郎侍奉陛下与重臣的日子，对方定然跟自己一样，是算准了秘书省殿内空虚才溜进来的。

长孙绮屏住呼吸，慢慢向后缩去，融入背后的书架，把自己变成了一道影子。

黑影全身黑衣，头脸也用黑布蒙着，只露出一双眼睛。他似乎也被秘书省主殿内部的宏伟所震撼，一时间不知从何找起，只得沿着书架漫无目的地走着。

看着，念着，忽然他似乎发现了什么，拿起一卷文书。文书上覆满灰尘，黑影小心地用袖子拂去尘土，看见了书上的文字。

黑影突然激动地四处张望，跟着抚胸低头，行了一个庄重的礼。

"火祆教？"黑暗中的长孙绮有些吃惊。她见过火祆教的仪式，此人的手势与普通人不同，显然他的身份不低。

过了片刻，黑影才站起身，把那卷书小心地包起来，收入怀中。他继续往前走，渐渐地接近了长孙绮藏身的地方。

长孙绮手腕翻动，一柄匕首握在了手里。

但黑影顺着回廊走着，看着，一直走到回廊的另一侧。长孙绮吃不准他究竟要做什么，正在想要不要先离开，再找时间来寻。忽听那人脱口惊道："《推背图》？！"

长孙绮一震，祖父的话在脑子里响起："《推背图》乃先太宗皇帝命袁天罡、李淳风所著，藏于禁中。外人只知其名，不知其书中所述，皆是震古烁今之言！我长孙家的命运，便系于此！"

长孙绮眼睁睁看着黑影从书架顶端取下一只螺钿漆匣，从匣里抽出一张纸，轻轻念着纸上的字。隔得远了，听不见他的声音，但分明见漆匣里有微微几处光点。

黑影左右看了看，将纸放回漆匣，再用一根布条飞也似的将漆匣捆在自己背上，跟着站起身，快步向窗户走去。

长孙绮心中飞快地计算着，从黑影的位置到窗户，只有不到三十步远，而自己却在回廊的对面。他若全力冲刺，一旦冲出窗户，那张纸可能就要永远消失……

黑暗中亮光一闪，黑影左手一挥，藏在袖子里的铁护腕击中飞来的飞刀，火星四射。飞刀铮的一声插入头顶木梁，黑影就地一滚。

他刚滚开，叮叮叮三声轻响，三枚飞刀插在他刚才站立的地方。

长孙绮从对面回廊里跃出，在下方铜铸的龙头上一借力，同时右手挥出，一根长索缠住了回廊上方的柱头，拉着她飘飘悠悠向黑影飞来。

黑影看见了长孙绮，当即停下了脚步。长孙绮生怕他从窗口逃走，在空中一扭身，滚落在黑影前方。她来不及起身，就地一滚，手中的匕首就朝黑影脚踝刺去。

黑影万没有料到她一出手就如此狠辣，急忙后退。长孙绮蜷曲着身体，不停翻滚，一刀一刀只往那人脚踝猛刺。

那人再退两步，撞到身后的书架，再无可退之处。长孙绮一刀刺来，那人突然低声喊道："长孙绮，住手！"

长孙绮一惊，这一刀便没有刺下去。

黑影松了一口气，刚要说话，眼前一亮，只见长孙绮手中匕首直向自己咽喉刺来。

黑影吓得魂飞魄散，来不及有任何躲闪。这一刀却擦着他脖子划过，铮的一声轻响，刺在书架上。长孙绮手一横，匕首刃部死死抵在黑影咽喉。

"我只问一次，"长孙绮低声道，"你是谁？"

"你不知道自己看吗？"

话音刚落，黑影就感到锋利的刃部已经切开了自己的皮肤，血开始往下流。他慌忙道："我的脸！"

长孙绮伸手扯下他脸上蒙的布，却是那日船上遇见的李云当，顿时一呆。

李云当冲她做了个鬼脸，一边用手小心地推开抵在咽喉上的匕首，一边低声道："我是来救你的。"

"什么？"

"嘘……听！"李云当指了指外面。长孙绮侧耳听去，脸色顿时大变。

咯——轰……

高大厚重的秘书省院门被缓缓推开。等不及门完全打开，一队重甲士兵就蜂拥而入。开门的两名值更亭长躲闪不及，被挤倒在地。

两人哪敢多嘴，爬起来赶紧站在门口，垂头恭立。

院门之外，更多持剑的重甲士兵分作两队小步奔跑，将主殿严密地包围起来。他们都沉默无言，只听见哗啦哗啦的甲胄晃动之声，和偶尔传来的轻微的兵刃碰撞之声。

重甲士兵占据了秘书省的院子，却并不入殿搜查，只是持剑警戒着。须臾，一名器宇轩昂的武将慢慢走了进来。两名亭长跟在他身后，脑袋垂得更低了。

武将站在院中央，抬头看了看四周，鼻子里哼了一声。

两名亭长不知所谓，跟在武将后面的一名低阶武官王成厉声道："今日值守情况呢？将军见问！"

一名亭长赶紧上前一步，说道："回将军的话，今日无人在此值守，也未有六部人员申请查阅典籍。"

王成道："有任何其他人进入吗？"

亭长道："此乃秘书省，乃禁中最为重要之所，按律，没有秘书监、丞在此，任何人不得入内……"

那武将冷冷地看了他一眼。

亭长的脑袋几乎要垂到地上去，拱手道："将军持皇后殿下的手谕，自然是能够进来的。"

武将举起右手，微微一挥，重甲士兵簇拥着武将与两名亭长进入主殿。

回话的那名亭长吓得浑身颤抖，但眼见士兵如狼似虎地到处搜查，额头上汗如泉涌，颤声道："将、将军！按律，秘书省内禁止……"

他还没说完，王成嚓的一声抽出刀，刀口抵在那亭长脖子上。

亭长扑通一声跪下，不停磕头："秘书省禁止无诏入内搜查，否则乃是诛九族之罪啊！"他身后那名亭长也跟着跪下，只是磕头。

武将冷笑一声，淡淡地说："本官今日不来，你们才是诛九族的罪。"

"将……将军？"

王成大声道："尔等理当奉公恪守，却放任宵小进入秘书省，罪该万死！"

那亭长缩成一团，哭道："宵小？不不，将军！小的万死不敢，万死不敢啊！"

此时重甲士兵已经搜完底层，除了四人扼守住楼梯外，其他人通过四周的楼梯往上冲，殿内响起巨大的脚步声。

突然，一名重甲士兵大叫："谁？"随即叮叮当当几声，一名重甲士兵撞断了栏杆，从二楼一头摔下，砸碎了一张案桌。回廊里的士兵一齐大喊起来。

武将站着不动，饶有兴致地看着士兵们朝回廊的一角冲去。两名亭长见秘书省里竟然真有刺客，吓得当场晕死过去。

一片喊杀声中，一名黑衣蒙面人纵身跳上栏杆。他双脚连踢，将刺来的刀剑一一踢开，猛地往上一纵，一手攀上三楼的栏杆，翻入三楼。不过重甲士兵早有准备，已有一队抢先冲上三楼，从两边围堵黑衣人。

围攻的人越来越多，黑衣人闪避不及，被一剑划破了袖子。他退后一步，右手抓住腰带，突然一抖，唰唰唰几声轻响，围在中间的几名重甲士兵同时惨叫。

重甲士兵后退几步，却见黑衣人手中握着一柄腰带软剑。软剑像游龙一样游走不定，忽地一划一甩，就有一名重甲士兵中剑，连连后退。但他似乎不愿下杀手，被刺中的重甲士兵都只是皮外伤而已。

这下重甲士兵不敢过分逼近，只是将黑衣人死死围住。黑衣人慢慢后退，包围圈就随着他缓慢移动。

黑衣人猛地连刺数剑，刺中一名重甲士兵。趁众人后退之际，他再次纵身上了栏杆，往四楼跳去。

黑衣人的手刚抓住四楼栏杆，铮的一声轻响，一支箭擦着他的手腕射来，插入栏杆之中，直没至羽，将他的袖子死死钉住。

黑衣人吊在半空，用力扯了一下，袖子竟一时扯不开。身后风声大作，他拼命一转身，又一支箭擦着他左肋飞过，将一根栏杆射穿，一直插入后面的书架才停下。

武将接过王成奉上的第三支箭，搭上弓脊。此时重甲士兵也已冲上四楼，朝黑衣人围拢过来，黑衣人再无可躲避之处。武将手里的铁胎弓起码有一石的力道，这一箭射中，只怕要被穿个对过。

眼见武将就要拉满铁胎弓，黑衣人突然大喊道："张谨言！"

嗖！箭离弦而出，黑衣人全身一紧，那支箭却避开了他，射入第四楼的楼板之中。

黑衣人松了口气，扯破袖口，跳上四楼，随手一甩，那柄软剑嗖的一下缠上他的腰，重新变回腰带。重甲士兵围着他，但不敢上前。

黑衣人对周围明晃晃的剑尖视若无睹，扶着栏杆，一边喘气，一边对下面那武将说道："张谨言！我知道你奉命行事，但在下何尝不是？"

黑衣人从怀里掏出一块铜牌，随手丢了下去。王成早在下面守着，接住了铜牌。他只看了一眼，就脸色大变，立即恭敬地双手捧着，将铜牌递到张谨言面前。

张谨言并不接，稍稍瞥了一眼，点了点头。王成收回铜牌，转身手一甩，铜牌飞上四楼，被黑衣人一把操在手里。

张谨言冷冷地道："你奉谁的命，我不管，但这副打扮夜闯秘书省，被御史知道，便是陛下也保不了你！"

黑衣人无所谓地笑笑，纵身跳了下去。

重甲士兵吓了一跳，一起拥到栏杆边。只见他手在二楼栏杆上随意一抓，借了点力，轻飘飘地越过张谨言和王成，落在殿门口。他走到张谨言面前，从怀里掏出一卷羊皮卷。

王成道："大胆！竟敢来秘书省偷东西！"

"这是我们波斯的一部经，是五十年前进贡给前隋文皇帝的。"黑衣人笑嘻嘻道，"我已经求着陛下要了它去，只是一直没来拿而已。今日确实有些孟浪，不过真要闹到二位圣人那里去，嘿嘿，那大家都别想得了好去！"

张谨言并不回头看黑衣人，脸色却变得很难看。黑衣人也不等他回应，推开了门。

院内包围主殿的重甲士兵立即持剑上前，将他围住。更远的地方，弓箭手弯弓搭箭，瞄准黑衣人。

王成低声道："将军，要……"他手一挥，做了个斩首的姿势。

张谨言却忽然道："撤。"

"将军？"

张谨言冷冷地看了王成一眼。王成一凛，忙走到门口，挥一挥手。重甲士兵看见了，立即缓缓后退。

黑衣人回头朝张谨言马马虎虎地抱了抱拳，这才抬脚往下走去。重甲士兵始终围着他，直到他走出秘书省院门，才一齐停下。

王成在张谨言身后道："将军，单凭私闯秘书省之罪，就能杀他，即使是陛下的命令也……"

张谨言扑哧一笑："什么陛下的命令？有陛下的命令还需要铜牌？这小子根本是在狐假虎威。"

王成一怔："将军知道？那……那为何还要放他？"

张谨言无所谓地搓搓手。正在此时，两名重甲士兵跑来，向张谨言行礼，并呈上一件湿漉漉的夜行衣。

王成一下醒悟过来："进来的是两个人，还有人是从池子里出来的！快去搜！"

"不用了，"张谨言一挥手，"现在知道那小子的用意了吧。"

王成想了想："难道他是为了掩护另一人逃走？"

张谨言冷哼一声，一面走下台阶，一面道："所有人立即撤出去，再派人把这里收拾一下，砸烂的都弄好，别让御史来烦我！"

"是！"

"全城大索，七日之内必须查到另一人的线索，不然提头来见！"

"是，将军！"

第三章

咚咚……咚咚……

一阵鼓声传来。这是宵禁的鼓声。

一刻之内，长安城所有坊间大门都将关闭，左右侯卫旗下的左右翊府中郎将和左右街使上街值守。除了手持文牒执行公务之人，所有三品以下官员，国公、亲王或公主以下勋贵，都禁止上街。有违宵禁令者一律笞二十。

轰轰……轰轰……五十名卫士持着枪，行走在长安东市的街道上。街道上已经没有行人，沿街的商铺皆忙着打烊，人们纷纷取下灯笼、店幌，扎紧箱笼，关门闭户。

一盏盏灯笼被取下后，街道迅速陷入晦暗之中。

今晚没有月亮，天空中有一层薄薄的云，星光也显得黯然。卫士提着灯走过街道，微弱的光在他们的铠甲和青石路上晃动。

东市第二十三行，故昌香店老板唐玉嬣关上店门，用楔子顶住已经有些松动的门板。

她站在昏暗的铺子中间，环视了一遍周围堆得满满当当的香料，嘴唇翕动，不知在数着什么。末了，她举着油灯，穿过铺子，走到中庭。

中庭内没有摆放货物，却满是假山、花木，布置得很是精致。假山间有一口井，唐玉嫣把油灯放在井边，扔下木桶，俯身吃力地提水。

她精心盘好的发髻上插着三根银簪，掩藏不住些许白发，不过脸上却还没有一丝皱纹。她提起一桶水，倒入一只银壶，再提着油灯、银壶，走入后院。

后院里仍然干干净净，看不到任何货物、箱子。靠近院墙的地方种满了花卉，其后是一排绿竹掩住墙体。

院子中央是一棵歪脖松树，树下有一张石桌、几只石凳，石桌上摆着一架铜炉、一鼎香炉。铜炉里微微燃着火，香炉则升起一缕若隐若现的白烟。

在东市这寸土寸金之地，唐玉嫣似乎根本没有想着做生意赚钱，而是如何过得惬意舒服。

唐玉嫣用清水洗净了手，顺手往香炉里丢了一些香料。她坐在石凳上，深深吸了一口气，良久，才不胜疲惫地徐徐吐出。

"想来，还是自个儿活着最顺心呢。"

唐玉嫣手一挥，一支银簪向后激射而去。银簪刚一脱手，她就地一滚，跟着又是两支银簪飞出。

三支银簪闪电般飞出，对方却一丁点声音都没有。

唐玉嫣大骇，连滚出三丈远，才一翻身跳起，手中已紧紧握着一柄匕首。没了银簪，她的发髻滑落下去，头发散乱地披在面前，握着匕首的手因为紧张而止不住地颤抖。

唐玉嫣的目光穿过乱发，四处打量。

"谁！"半天，唐玉嫣才憋出这个字。

歪脖松树后慢慢走出一个人。

那人的脸被树影遮住，看不分明，只知身形瘦小，仿佛是个半大孩子。那人手中有什么光在不停闪动，唐玉嫣凝神看去，却是自己的三支银簪在那人手中旋转把玩。

对方接银簪时悄无声息，显然举重若轻，唐玉嫣瞬间就明白，自己与对方的差距不可以道里计。

"你要钱财，妾身店里的香料可值十万贯，你……拿去便是！"

那人轻轻笑了笑："这些可是故高昌国王室所用香料，岂止十万？即使面对生死，你也不肯泄露身份呢。"

唐玉嫣一跤坐倒，浑身抖得像筛糠一般，两手撑地向后退，绝望道："你……你究竟是谁？！"

那人顿了片刻，从影子里走了出来。

唐玉嫣看清了她的模样，先是一呆，继而惊喜，却又立即更加惊恐地往后缩。

"小……小姐！"

长孙绮对着她笑了一笑，三支银簪突然脱手而出，唐玉嫣没有任何反应，两支银簪穿透她的衣服，贴着她的身体飞过。第三支却穿透了她左手背，将她的手死死钉在地上。

唐玉嫣浑身剧烈颤动，却不敢发声，也不敢去拔那银簪，只用右手死死捂住嘴巴，痛得眼泪滚滚而下。

长孙绮冷冷地道："师父之死，虽不是你之过，但你隐匿于长安竟不思报仇。今日这支银簪，便是罚你，你可心甘？"

唐玉嫣强忍疼痛，勉强扭动身体跪下，朝长孙绮深深叩下头，哭道："妾身甘愿受罚……妾身想为公主而死！"

轰……

一根着火的原木坠落下来，在距离长孙绮不到十丈远的地方，与山石猛烈相撞。

原木撞成数段，着火的碎木四处飞散，击打得山壁噼啪作响。断裂开的几段原木被火焰包裹着，继续向下坠落，一直坠到五十余丈下的谷底，才彻底摔成一片火花。

长孙绮右手挂在石壁上，左手横在面前，挡住飞溅而来的火星。

她衣服上到处是烧破的洞，左腿上鲜血淋淋，那是被一块坠石砸破的。她吐出一口气，吹灭了着火的袖口，抬头往上看去。

垂天阁建造在悬崖上，一半深入岩石，一半则用巨大的原木做支撑，悬挂在石壁之外。这场火应该是从二楼开始，再沿着楼梯，向上下自一路燃烧过去。

此刻，火已经烧到了最底层的基座。基座突出石壁约十丈，下面由一百八十八根梁木搭成网状，合力撑起五层高的垂天阁。火焰在狂风助力之下，正在基座的缝隙之间来回穿梭。

风大的时候，这些火焰就疯狂地钻过缝隙往下喷射，发出猎猎的尖啸声；风小的时候，火焰就在缝隙间盘踞，耐心地将叠了四层原木的基座一点一点吞噬……

长孙绮的身体也跟着风时而贴近石壁，时而被刮得双脚悬空，仅凭双手抓住石缝，保持身体不被风卷走。

忽然又是一声尖厉的破裂声，整个基座都在震动。

长孙绮向右侧看去，只见离她二十来丈、最右侧的那片基座下，一半的梁木都已着火，一根接一根地往下坠去，化作一团又一团烈焰。基座也因此而慢慢倾斜，不时发出巨大的断裂破碎之声。

长孙绮深吸一口气，左手挥出，奋力将手中的绳索甩上去。但绳索飞到一半，就被往下压来的狂风吹落。

长孙绮只得把绳索收回来，身体紧贴在石壁上，脚尖踩着一块突出的岩石，飞快地将一把匕首绑在绳索顶端。

砰！一根原木从她身后坠落，炙热的火焰把她的头发都燎得卷曲起来。

长孙绮来不及测试匕首是否绑得结实，用力向上一抛，匕首斜着插入基座下方。她一手拉着绳索，一手攀着石壁，飞快向上爬去。

眼见离基座还有十来丈的距离，突然听见头顶传来天摇地动般的崩裂声，整个山体都跟着猛烈震动起来！

长孙绮瞥见左首有一块凸出的石头。那石头太远了，远到平时的她根本就不敢想，现在却根本没时间想。

她甩开正在松弛的绳索，脚在石壁上一蹬，猛地纵身向岩石扑去！

扑到了！她的手指搭在岩石上了！

手指一滑，被巨大的力道甩开了！

长孙绮在空中骤然蜷缩身体，向下翻滚，跟着双腿往上绷直，拼命向后摆动——右小腿成功地钩住了岩石！

长孙绮没有丝毫停留，借着脚钩住岩石的一点力，身体再度翻滚，双手一下死死扣住了岩石侧面，身体悬挂在半空乱晃。

基座整个坍塌了！

刚刚离开原来的位置，基座就分崩离析，断成数十块，与支撑它的上百根梁木稀里哗啦往下坠去，一路与山壁疯狂碰撞着，连带一大片山壁都被剥离开来，跟着往下坍塌。

在剧烈的抖动和震耳欲聋的轰隆声中，长孙绮放声狂叫，炙热的火焰扑面而来……

长孙绮慢慢坐了起来。

她浑身衣服湿透了，黏黏地贴在身上，头发也散乱地贴在脸颊上，好像刚从水里爬出来一样。

她定定坐了好久，还未从茫然中回过神，忽听叩叩声响，有人敲了两下门。

长孙绮瞬间跳起身，手腕一翻，却没有抓到匕首。她这才发现自己不知什么时候已经换了一身浅绿的睡衣，头发也没梳髻，随意地披散在眼前。

"小姐，"唐玉嫣的声音从门外传来，"你醒了？"

"我……我……"

长孙绮举起左手看了看，衣袖完好，并没有什么被火烧穿的窟窿。但她把袖子撩起来，仍然看见了手臂上那块几乎覆盖了整个小臂的深色肌肤……

呼……长孙绮松了一口气——原来并不是梦！

一刻之后，长孙绮坐在铜镜前，仔细打量着镜子里的自己。唐玉嫣站在她身后，左手缠着白布，有些艰难地给长孙绮梳理头发。

"小姐长大了……"唐玉嫣感慨道，"初见小姐时，才五六岁，那么小，就到塞外受苦，唉……"

"别说了。"长孙绮淡淡打断她，"这些年你在长安，就没有嫁人生子？"

唐玉嫣道："妾身早就死过一次，是公主让妾身再活过来，这条命就是公主殿下的。妾身日日焚香祈祷，等哪日闭了眼，再去侍奉公主。有了牵挂，妾身怎能去得从容？"

长孙绮默默点头。

唐玉嫣给长孙绮梳好发髻，打开首饰盒，将饰物一件一件佩上去。

长孙绮忽然道："嫣姐，当年在长安的那些耳目，如今还在吧？"

唐玉嫣手一抖，被一支珠花刺了一下。她继续摆弄着饰物，一面道："妾身当年奉公主之命，经营长安。后来公主殿下去了，妾身想着，也许小姐吉人天相，尚在人间，有一日或许会需要妾身，因此还维系着几人……"

长孙绮点头："好。"

"只是他们多年来一直沉寂，骤然启用，妾身也没有把握究竟忠心如何。"

长孙绮道："我不会让他们动手。我只要他们打听一个消息。"

"还请小姐示下。"

"一本谶书。"

唐玉嫣一怔，低声问道："这书……有什么特别之处？"

"听说这本谶书乃是先太宗皇帝命袁天罡、李淳风二人所作。"

唐玉嫣惊讶道："是不是那个……那个推……什么……"

"它叫作《推背图》。"

长孙绮说着推开了唐玉嫣的手，转过身，郑重地道："这部书不设标，不记档，不入库。只知道它可能在禁中，却无人知道真正的位置。"

"这……禁中藏书浩渺如海，这本谶书不设标、不记档、不入库……差不多就跟不存在一样……"

"我要它。"长孙绮盯着唐玉嫣略显惊惶的眼睛，不容置疑地说，"不惜任何代价，我要它。"

唐玉嫣深深地低下头："是。妾身这就去安排。"

待唐玉嫣出了房间，长孙绮才重新回头，看着镜子里的自己。

这不再是一张五岁小女孩子的脸，不再是权倾天下的赵国公的孙女的脸，这甚至都不是自己认识的脸。

她有着修长的剑眉，圆圆的眼珠漆黑如夜，几乎反射不出什么光芒。她的嘴唇紧紧抿着，更显出脸颊瘦小，一丁点多余的肉都没有。

大漠的阳光把她的皮肤灼晒成了古铜色，额头的碎发之间，还有一道浅浅的刀痕。单凭这刀痕，她就永远回不去那个富丽堂皇得不似人间的家了。

长孙绮盯着镜子里那个眼神咄咄逼人的女子，跟她对视良久。

"你猜，他会不会真的赴约？"长孙绮问镜子里的人。

然后她冷笑一声，对着自己用力点了点头。

"他敢不赴约！"

一辆马车在长安崇仁坊的街道上奔驰着。

崇仁坊乃是除皇城之外最为尊崇的地方，住这里的人非富即贵。路旁种着高大的松柏，其后根本看不到寻常街道上的店铺、酒家，只有延绵不断的灰色、白色院墙，有的甚至长达一两里。

院墙后面，同样是茂密的树冠，偶尔露出一段屋檐，也均是两三层高的楼阁，屋檐上雕着精美的飞仙、走兽、人马，显得主人富甲一方，格局不凡。

马车驶近了一座宅院。这座宅院独占崇仁坊东南四分之一，院墙高达三丈，覆以包砖——这是需要天子特别恩赐才能使用的。但宅院的大门却紧紧关闭，连一个守门人都没有。

大门外没有悬挂任何牌匾，门槛下的几只灯笼不知已挂了多久，受尽风吹雨打，大半都只剩竹架，残存的纸面也已褪色得一塌糊涂，再也看不出原本显赫的姓氏。

马车没有停顿，直接驶过了大门，沿着院墙又驶了一阵，周遭没有一个人影。墙面有些斑驳了，包砖脱落，露出其后的夯土。不知谁在墙上用黑灰画了一个圆。

李云当忽然无声无息地跳下马车。马车径直驶走，李云当的身影一晃，也消失在院墙之后。

李云当翻过院墙，却不料院墙后是一处荷塘，他扑通一声掉进水里。

李云当对水充满恐惧，更别说这样毫无准备地落入水中。他惊慌失措地乱扑腾了半天，却发现荷塘只有齐腰深的水，他只需微微站立，便高出了水面。

李云当顿时暗骂一声"见鬼"，狼狈地拂开荷叶，拖泥带水地爬上岸，站在岸边气愤地抖落着身上的水。

不远处传来扑哧一声轻笑。

李云当黑着脸转过身，却见不远处一座六角亭里，站着一位娉婷少女。

长孙绮梳着牛角髻，因为堆得太高，插着三根玉簪。发髻侧面别着一支彩贝镶银的步摇，随着她的笑而颤巍巍地摇动。额前一排碎发，却压不住碎发下那一对英气勃发的剑眉。

她穿着一袭藕荷色的长裙，外面罩着一件半透明的米色衫子，腰间佩着一对翠羽流苏。

六角亭位于李云当落水的池塘的另一端，此刻硕大的荷叶铺满了整个荷塘，遮住了六角亭的基座，长孙绮仿佛站在一片无边无际的荷叶之上，有些嘲弄又有些温柔地看着湿淋淋的李云当。

李云当哭笑不得。"你为何在这个位置做标记？"

长孙绮道："院墙那么高，摔进水里，岂不是更安全？我也是为你着想呢。"

李云当抬头看看院墙，又看看长孙绮，愤愤道："安全？你只是想看我出丑而已！"

长孙绮笑嘻嘻地向李云当招招手："来吧，我请你喝茶。"

长孙绮在前面带路，穿过曲曲折折的水上回廊，穿过一片假山堆砌的石林，穿过一道又一道中门、侧门、院门、园门……

两人走入一片茂密的桃林里。这片桃林的桃树全都一般粗、一样高，显然是同一时间种植。

正值三月，桃花纷纷开放。放眼望去，除了头顶的蓝天，便是灿烂的桃花，整个天地仿佛只剩下这片桃林。

"果然是长孙家。"李云当驻足观望，忍不住赞叹一声，"这片桃林比禁苑的桃林还要大，恐怕长安最好的园林，便在你们家了。"

长孙绮淡淡地道："那又怎样呢？今年过了，还不知道便宜了谁家呢。这边。"

两人穿过桃林，走到一处院落前。院落门上的红漆脱落得很厉害，门上的锁也锈迹斑斑，比其他地方破败得更严重。

长孙绮对李云当使了一个眼色，李云当茫然不解。长孙绮只得自己提起裙子，抬脚一踹。咣当一声，两扇院门应声而倒，腾起一片浮尘。

"这是哪里？"

待浮尘散尽，李云当跟着长孙绮走入院中。这是一个两进的院落，地上的落叶铺了厚厚一层，门窗上的漆几乎掉光了，窗格上全都光秃秃的，露出一个个黢黑的洞口。

只有院中一棵槐树还在顽强地生长，庞大的树冠几乎覆盖了整个院子。

去年年末，陛下突然责难长孙无忌，将其贬斥出京。然而李云当知道，长孙家失势的征兆，早在五年前已就显现出来。

永徽六年，礼部尚书许敬宗上奏，言贞观年间刊定的《氏族志》里，没有武后娘家的姓氏，以为不妥，要求重修《氏族志》。

这样做，明摆着是要强行巩固武后的地位。长孙无忌当即反对，并带着褚遂良等一干权臣联名上书。陛下虽没有责备长孙无忌，却也没有反驳许敬宗。

显庆四年，许敬宗奉上全新的《姓氏录》，李、武二家赫然排在第一，陛下龙颜大悦。天下便知道，顾命大臣长孙无忌失势了。

这几年来，长孙家各房陆陆续续搬出长安，分散到各州郡县，便是未雨绸缪。去年年末贬斥发生之后，长孙家族全部奉旨出京，再没有一人留下。不过眼前这个院落，却像是有十几年没人住过了。

长孙绮走到屋门前，照例一脚踹开门，走入房中。

房间内积满了尘土，一股子霉味扑面而来，但家具物品倒还一应俱全。李云当脑子里灵光一闪：这院落自它被锁住的那日起，就再也没有人进来过。

长孙绮环视四周，目光在布满蛛丝的各件家具间跳动，最后落在窗前小几上的一堆东西上。那堆东西已经被蛛丝和灰尘掩埋，看不出本来面目。她深深叹了口气。

"这是我的房间。"

尽管已经猜到了，李云当还是装作惊讶道："啊？这……这里竟然是……"

长孙绮白他一眼："你早猜到了，装什么呢？"

长孙绮走到窗前，吹开灰尘，拂开蛛丝，露出里面一尊观音小瓷像。她用衣角擦去观音像表面的积灰，捧在手里看。

十年风雨，观音瓷像上彩绘的衣衫已几乎褪尽，只有墨染的眉眼还在，二分开八分闭，注视着这空寂的废宅。

"你究竟是谁？"

李云当饶有兴致地看了看房间，反倒问长孙绮："你不是说请我喝茶吗？"

长孙绮将瓷观音放回原处，又问了一遍："你究竟是谁？"

"我嘛，"李云当指指自己的鼻子，"我是个闲散野人。"

"你说是当今天子赐你的姓，我信。"

"你信？"

长孙绮道："除了陛下的亲信，我不相信有人能夜闯秘书省，还能在被抓住的情况下坦然走出来。"

李云当道："哈哈，那可不一定……或许是神灵庇佑呢？"

长孙绮道："你是西域胡人，却能得到陛下赐姓，身份一定不简单。我瞧你模样，似乎也不是突厥人。"

李云当笑嘻嘻地道："你怎么能确定我不是突厥人？"

长孙绮道："突厥的火袄教信徒可不行你那种礼仪。"

李云当收起笑容，第一次沉下脸，双手交叉在胸前，严厉地道："是波斯圣教！"

这下轮到长孙绮笑嘻嘻地说："对你是圣教，对我嘛……可不就是异教吗？你是突厥哪个部落的人？"

李云当跨前一步，目光炯炯地盯着长孙绮，大声说道："我是波斯王伊嗣俟之子，卑路斯之兄，我本名阿罗憾！我乃当今大唐天子赐名李云当！非低贱的突厥种可比！"

长孙绮无所谓地耸耸肩："是了，是了，王子殿下！"

李云当本想怒气勃发地用身份压压长孙绮，可是转念一想，人家的祖父是长孙无忌，大唐曾经的第一权臣，天可汗太宗皇帝托孤的顾命大臣。虽然长孙无忌此刻失势，但仍然是大唐最显赫的赵国公，长孙绮的身份也比自己这个落魄王子要显贵得多。他不禁气馁地叹一口气，肩膀无力地耷拉了下来。他退后两步，在一张布满灰尘的椅子上坐下。

长孙绮见他神色突然委顿，好奇地问："你是质子？"

其实此时的大唐，已是亘古通今最庞大的帝国，东突厥、高句丽等或覆灭或衰落，连强大的吐蕃都自请天子"册命"，以臣属自居。环顾大唐万里边境，已经找不到任何威胁，是以派遣王子入京为质之事，已是十余年不曾听闻。

长孙绮在西域时曾听过波斯的名字，知道那是一个大国。但究竟有多大，也无人能说得明白。

高昌公主曾经说过，波斯强盛之际，不在大唐之下，只是已衰落多时，不知道现在灭亡了没有。现在却在千里之外的长安，见到了一位波斯王子。

李云当摇摇头："不……我只是一个使臣，还轮不到我做质子。大唐……太大了，而我们波斯……"李云当说到这里，深吸一口气，没有再说下去。

"波斯怎么了？"

李云当不说话。他双手捏成拳头，用力挥舞了几下。片刻，他仿佛重新获得了力量，再次抬起头来。这一次他的目光里有一种长孙绮把握不住的神情。

"但今日我来，却并不是以阿罗憾的身份。长孙绮，我是为你而来的。"

"哦？"这下轮到长孙绮往后退了一步，李云当稳稳地站了起来。

"离开长安吧。"

"什么？"

"离开长安，"李云当郑重地说，"不管去哪里，只要别回来。长孙家族只要远离东西二京，就绝不会有危险。"

"谁！"长孙绮骤然惊觉，厉声喝道，"谁让你说这些话的？"

"你应该知道。"李云当冷冷地说，"天下能让长孙家族子嗣延绵的人，只有一个。能让长孙家族灭亡的，也只有一个。"

"不对！"长孙绮愤怒得额前碎发一根根立起来，咬着牙一字一顿地说，"还有一个！"

"我劝你不要说……"

"武氏！"

"住嘴！"李云当暴喝一声，把长孙绮的话掩盖下去。

他一个箭步窜到门口，往外打量片刻，确信四周无人，才回到长孙绮身边。

长孙绮此刻还笼罩在狂怒之中，浑身都在颤抖。她双目血红地盯着李云当，李云当毫不退缩地迎了上去。

长孙绮盛怒之下根本不及多想，右手朝李云当脸上掴去，被他一把抓住手腕。她左手也挥舞过去，又被李云当抓住手腕。

长孙绮用力回扯，力道之大，李云当差点抓不住，不得不借力再往前一步，更加凑近长孙绮。

"你听我说，"李云当小心翼翼地说道，"仔细听好，我只会说这一次：离开长安，保住长孙家。"

"你……你在合州见过我阿翁了，是不是？"

"是！"

长孙绮大吼："他说的话，你是没听见，还是装糊涂不懂？"

"你阿翁说……"

"我长孙家誓死不退！"

"你小声点！"

"不退！我长孙家跟那女人势不两立！"长孙绮继续失控地大吼，"大不了鱼死网破！我就算死在长安，我长孙家族灭亡，也绝不离开一步！"

"再大声点！你想现在就死在这里？"李云当终于也愤怒地冲着长孙绮喊道，"你还不明白吗？想一想我是谁的使臣，用你的脑子想一想啊！"

两人怒气冲冲地对视，鼻尖都差点凑到一块。长孙绮看着他明亮的淡蓝色眸子，恍然间仿佛看到了垂天阁后那片碧蓝的天，和蓝天之下那广袤无垠的大漠……

渐渐地，长孙绮的心平静下来了，她的理智也渐渐恢复……她看着李云当的眼睛，低声说："你……是陛下的使臣？"

"你终于清醒一点了。"

"那……陛下……和那女人的想法……并不一样，是不是？"

李云当道："是。你阿翁终究是陛下的亲舅舅，当年若非他相助，这个皇位归谁还很难说。所以……要长孙家覆灭的人，不是陛下。我今日要传达的，就是这个信息，你仔细掂量掂量！"

长孙绮双手卸了劲儿，慢慢后退。

李云当放开了她的手腕，这才觉得自己双手又酸又疼，背上冒出来密密的一层汗。刚才那一瞬，为了制住狂暴的长孙绮，自己究竟使了多大的力气啊？

　　长孙绮走到门前，望着外面院子里那棵槐树，喃喃道："那女人……当初我阿翁那样阻止陛下立她为后，还差点以祖宗之法诛杀她。不杀光长孙家的人，她又岂会安心？"

　　李云当道："你能明白就好。但武后的权势，毕竟还有陛下压着。陛下命我传话给你阿翁，若他远离长安，不问政事，武后也不会再追究。长孙家族可保百世无虞……"

　　"不可能！"长孙绮斩钉截铁地打断了他。

　　"怎么不可能？"李云当道，"若真要族灭长孙家，也不过陛下一句话而已，用得着我来传话吗？"

　　"我是说，我长孙家不可能退出长安！"

　　"你……别倔强了！陛下有此心意，不过是看在甥舅的情分上。然而天家无亲，这道理你应该明白！长孙家只要还有一丝不臣之心，这甥舅情分也就荡然无存了！"

　　"一切都是武氏作梗！"长孙绮坚定地道，"媚惑天子，悖乱天下，我决不能容她！"

　　李云当急了，冲到长孙绮面前。长孙绮赫然转身，冷冷地与他对视。李云当刚要开口，长孙绮举起一只手阻止他。

　　"多谢你今日之言，"长孙绮道，"但我自有打算。还请你回复陛下，我长孙家忠君之心，天地可鉴！"

　　长孙绮说着就往外走。

　　"我知道你为何一定要杀武后。"

　　长孙绮冷哼一声，并不回头。

　　"因为，"李云当一字一顿地道，"你以为她杀了高昌公主。"

　　长孙绮一下站住了。

啪！啪啪啪！

她没有动，而脚下的地板砰然破裂，一下子裂成五块。

她一寸一寸地转过头，房间内的空气仿佛都已凝固。李云当感受到铺天盖地般的杀气，全身不由自主绷紧，瞥了一眼左首的窗户，做好随时逃跑的准备。

"你怎么……"长孙绮的杀气却瞬间消失了，跟着，她有些失神地点了点头，"是了，你当然知道……"

二十年前，当今天子李治还仅仅是先太宗皇帝的第九子，与皇位毫不相干。太子李承乾和魏王李泰明争暗斗，天下皆以为下一位皇帝必出于二者。

作为李治的舅舅，长孙无忌却暗中筹谋，一面逼迫李承乾犯错，一面又故意怂恿魏王李泰发难。除了朝局之上的阳谋，长孙无忌更广为搜罗刺客，以备必要时刺杀太子等人。

贞观十四年，高昌国被侯君集所破，从此亡国。

高昌国公主乃是当时天下闻名的高手，号称西域第一剑客。高昌国覆灭后，民间传言她与国俱焚，其实却是被长孙无忌所救。

从此高昌公主便成为长孙家的门客，隐居于敦煌的悬空观，悉心调教唯一的徒弟长孙绮。

三年前，悬空观一夜之间被屠戮得干干净净，垂天阁也在大火中化为灰烬。长孙绮拼命杀死一名刺客，在他的刀柄上发现了武后的印记。

想来，高昌公主以前是为杀李承乾、李泰而存在，后来在武后眼中，却已变成了长孙无忌准备刺向她的剑，所以才命人先拔去这枚眼中钉。

这件事，作为核心参与者之一的李治，肯定是知道的。当年他默许了长孙无忌密谋刺杀兄长之事，后来又默许了武后杀高昌公主之事。所以他的使臣李云当自然也知道。

长孙绮一瞬间心痛得几乎窒息，耳中嗡嗡作响，眼前一片模糊……

高昌公主一辈子都被人当作一柄剑而存在。需要的时候，不停地锤打、磨砺，害她国破家亡、无依无靠；不需要了，又被人肆意折断，重掷于烈焰，灰飞烟灭……

"绮儿，你须得记住……我们是无影无形的人，我们是来去自由的烟和影……"

恍惚间，她又看到了垂天阁之上，那站在火焰之中的高昌公主。她的一头银发被炙热的气浪吹得向上飞腾，脸上却依旧平淡。

她看着自己，温柔地说："你须得记住，永远不要为我报仇。"

轰！

火焰冲天而起，一下将高昌公主吞噬。她身后的垂天阁向一侧倾倒，还没落地，就在震耳欲聋的轰鸣中分崩离析。无数燃烧的柱子、窗格、楼板……劈头盖脸地砸下，朝着长孙绮扑面而来！

长孙绮绝望地尖叫！

然而她逃不掉！一只着火的手从烈焰中伸出，一把死死扣住了她的手腕！

长孙绮手臂本能地一拧一转，反手扣住对方的手腕，跟着以手腕为轴心，整个身子转了个圈。对方顿时惨叫着也被迫跟着转圈。

长孙绮身体尚在空中旋转，右脚已闪电般踢出，结结实实踹在对方胸前。

砰——

长孙绮落地站稳，略一停顿，神志才刹那间恢复。她看见右侧的窗格上撞了一个大洞，有人在窗外惨叫。

　　长孙绮惊慌地捂住嘴巴——那声音不是李云当的吗？刚才的一幕从脑海里闪过，长孙绮又羞又怒，也不管李云当死活，转身就跑出门口。

　　李云当从一大堆残木碎屑之中爬起来，眼见长孙绮就要跑出院门，不禁大喊："长孙绮！你真想要你们长孙家族灭？"

　　长孙绮头也不回："不要你管！"

　　李云当发足向长孙绮奔去，想要阻止她。突然面前疾风射来，李云当偏头躲过一枚飞刀，手中又抓住一枚飞刀。再抬头时，只见风吹得槐树哗哗作响，长孙绮的身影早已消失不见。

　　"我知道你在想什么。"李云当把玩着手里的飞刀，随手一甩，飞刀插入槐树树干，直没至柄。

　　"我会阻止你的……嘶……你这是要我命啊！"李云当捂着胸口，脚下一软，坐倒在地，疼得直抽冷气。

第四章

　　这天晚上，风刮得很大。秘书省主殿前的宫灯，早早就收了起来。一群仆役在主殿内外跑来跑去，焦头烂额地忙碌着。

　　秘书省保存的史籍、会典乃国之重典。一旦失火，就是天大的干系，负责的仆役一个都跑不了。

　　因此每当大风季节，仆役就特别小心谨慎，移除各种可能引火的东西，把大殿四周的十八只大缸注满水，随时准备扑灭一切火种。

　　一名仆役刚把水桶扔进池塘，就听见有人喊道："快快！风把东厢窗子吹开了，快去关上！"

　　那仆役来不及提起水桶，干脆扔下就跑。水桶从长孙绮眼前掠过，慢慢地往下沉去。

　　仆役的脚步声刚消失，长孙绮的脑袋就冒出了水面。她身穿皮质水靠，出水的时候控制得很仔细，一点声音都没发出。

　　东厢的窗子是唐玉嫣在皇城里的线人打开的，房间里保存的可是汉代五经的孤本，乃秘书省最重要的处所。仆役疯狂拥去东配楼关窗，不会那么快回到主殿。

　　长孙绮从容地脱下水靠，穿上一身夜行衣，毫无惊险地翻身上了二楼。

长孙绮赌的就是守卫不会相信她有这么大的胆子，敢在仅隔了一天之后就再探秘书省。

这一次她必须赌上性命，现在看来，她似乎赌赢了。

唐玉嫣在宫中留下的线人传来消息，先太宗皇帝大行之后，他曾翻阅过的书籍，大部分被存放在秘书省三楼。长孙绮直接上到三楼，开始仔细寻找起来。

找了一大圈，翻看了无数书籍、盒子、卷宗……长孙绮眼睛都快看花了，还是没有发现什么线索。

望着看不到头的书架，她一时失神，后退了一步，不料脚跟碰到了一件东西，惊了她一下。她低头看，却是一轴卷宗。

奇怪，刚才走过来的时候，地上并没有任何东西，这卷宗哪里来的？

长孙绮飞速看了看，四周全是高大的书架，堆满了卷轴。她低头看书架后的地面，却什么影子也没有发现。

难道是有人故意让自己发现的？

不知为何，长孙绮脑子里瞬间闪过李云当的身影。哼，这个人真讨厌，装神弄鬼！

长孙绮气得要将卷宗扔出去，但她犹豫了片刻，还是将卷宗顺手放入背囊之中。她反手扣了一枚飞刀，想要给他好看。

谁知等了片刻，李云当一直没有出现，也没有任何动静。看来他扔了这东西就离开了吧。长孙绮叹口气，转身继续寻找。

一刻钟之后，长孙绮终于在堆积如山的档案中，发现了那只漆匣。她取下匣子，只见上面贴着一张封条，上书"太白会运逆兆通代记图"。

作为皇朝建立的第一功臣家族，长孙家对皇家之事知道得也是最多。《太白会运逆兆通代记图》是贞观年间火井令袁天罡与太史丞李淳风奉太宗皇帝之命辑录的秘记，即是宫中秘辛《推背图》。

就是它了！

她急不可耐地打开匣盒子。就在匣盖开启的一瞬，匣子里有个光点闪烁了一下。长孙绮凝神看去，那似乎是一片极小的水晶碎屑……

不，不是一个，而是一片……

像星星，像萤火，像烟花，像……

突然之间，仿佛太行山正面撞了上来，刹那间狂风呼啸，雷鸣电闪，声音大得仿佛天崩地裂，无数不可辨别、不可言说、无法形容的画面，闪电般穿透了长孙绮！

垂天阁在冲天的火焰中轰然崩塌……高昌公主浑身着火，依然屹立不倒，变成了悬崖顶最后一根火柱……

长孙无忌亲手将五岁的长孙绮的小手，放在高昌公主的手中……他脸上永远是冷冰冰的。高昌公主看向长孙绮的眼睛，却有一丝光芒……

两个道士，打开了一只金筒……一个人惊讶万分，一个却眉头紧锁……惊讶之人身体悬在空中，周围有数不清的光点环绕着他……他倾身上前，如痴如醉地想要触碰那些光点……

巨大的洞窟中，有一个光芒万丈的池子……一个如同被剥了皮般血淋淋的人，在池子边慢慢游走着……他忽然回过头，发出一声撕心裂肺的咆哮……

几十名僧人，其中有三名是胡僧，还有一名只露出一双眼睛的女人……他们在漫天风雪中，在高过膝盖的大雪中艰难跋涉……其中一个人抬起头，惊讶地看着前方……有一束光，照亮了他的脸，他脸上的惊讶渐渐被狂喜所取代……

跟着一切又颠倒反复，刚刚撞向她的太行山飞速离她而去。电光闪烁之间，另一些画面倒着离她远去。

一口笨重的铜钟，有个人——那两个道士之一——拼命地敲打着铜钟，似乎想唤醒什么，然而铜钟纹丝不动，一点声音都没有……

唐玉嫣，她惊恐地伏在木板上……腿上鲜血淋漓，她撑不下去了……

长孙无忌……他在哪里？周围一片大火，他身穿白色孝衣，他为谁戴孝呢？火……漫天的大火……

长孙绮猛地睁开眼睛，耳中嗡嗡嗡响着，眼前一片模糊，什么也看不分明……过了好半天，耳中的啸叫声渐渐退去，她才渐渐看清楚。怎么映入眼帘的是秘书省主殿高高的藻井？

长孙绮本能地一动，顿时疼得倒抽一口冷气，全身仿佛被割了无数道口子，又被浸在冰水里，真是又冰冷又痛楚。

她这才发现，自己不知什么时候仰天摔倒在地，还带歪了一处书架，几十本书差点把自己掩埋……

长孙绮这一惊非同小可，顾不上疼痛，一下翻身爬起来。她脑中又是一阵眩晕，扶着书架才堪堪站稳，胸中憋闷得难受，可是张嘴吐又吐不出来。

这里可不是犯晕的地方！

长孙绮拼命甩头，并没有什么效果。她用力呼吸着，同时勉强掏出匕首，在自己手臂上狠狠划了一刀。

疼痛终于让她完全清醒过来。她一眼看见了那漆匣，就躺在自己脚边，里面的光芒已经消失不见……

刚才自己是怎么了？

那些奇怪的画面是什么？

长孙绮完全蒙了。

但现在可没时间思考。好在仆役还没回主殿，她手忙脚乱地把书架扶正，把满地的书卷胡乱塞回去，这才定了定心神，仔细打量漆匣。

刚刚那水晶碎屑不知哪里去了，匣里只有一张写满红字的明黄纸，纸上写着：着尚书右仆射褚奉谶书于观。

这字迹，长孙绮是认得的，正出自自己的表叔、当今的天子之手。显然先太宗皇帝去后，当今陛下命尚书右仆射褚遂良，亲自将谶书奉到观内。

想到这里，长孙绮顿时头大如斗。其时皇家尊崇老子，单是大兴宫内就有大小道观十余处，长安城内则有更多，这本谶书是先太宗皇帝亲自批阅的，放在任何道观内都是最贵重的物品。这该到哪里去寻找？

正在此时，外面传来仆役的脚步声。长孙绮来不及细想，抓起匣里的那张纸，将漆匣重新放回书架。

大殿的门被推开了，内侍鱼贯而入，其中几人噔噔噔地向楼上走来。

长孙绮无声无息地贴近窗户。她最后回头看了一眼那漆匣，才翻窗离去。

"这……确实是当今陛下的手迹。"唐玉嫣把那张纸翻来覆去地看了半天，下了结论，"纸也是陛下专用的纸，这种明黄色与纹路，是陛下的母后长孙皇后亲自定下来的，天下不可能再有第二人使用。"

"哼，"长孙绮冷笑一声，"长孙皇后尸骨未寒，就想着灭了她娘家，真是好皇帝。"

"嘘！"唐玉嫣吓得纸都掉地上，拼命对长孙绮做了个噤声的手势。她起身赶紧把所有门窗都关好，回头吹熄了两支蜡烛，只剩桌上的油灯亮着。

唐玉嫣低声道："小姐，这长安城现在可不太平，听说武后……"

"什么？"

"是、是那武氏，"唐玉嫣赶紧改口，"武氏暗中培植势力，监视所有官员，一不如意就暗中刺杀，甚至连城中百姓也多有一夜之间全家消失不见的。千万不能随便说那几个字啊……"

长孙绮哼了一声，但也没有再说下去。

唐玉嫣重新捡起纸，对长孙绮道："这种纸听说长孙皇后没有留下多少，陛下用得甚是谨慎。看墨迹的色泽，没有十年，也有七八年了。"

"应是先太宗皇帝去世没多久，"长孙绮道，"那时褚遂良还是尚书右仆射，与我阿翁一样是顾命大臣。所以这份谶书肯定非比寻常，才让他亲自从秘书省取出，送往观中。可是这观……就难猜了啊。长安城……到底有多少道观啊？"

唐玉嫣立即回答："不算已经废弃的，单是有香火的，还有二百三十七座，其中城北面的大兴宫内有十五座，城东西各九十七座，城南二十八座。"

长孙绮睁大眼睛："你怎么这么清楚？"

唐玉嫣笑了笑："当年公主和妾身来到长安……"

長孙绮惊讶地问："师父还来过长安？"

"是呢。"唐玉嫣回道，"那是快二十四年前了，我跟你现在这般大。那时高昌国还在呢，公主是奉了你的姑祖母，先长孙皇后的邀请到长安的。"

长孙绮更惊讶了："啊？对了……我记得师父有一次好像说过，她见过姑祖母。但我后来问她姑祖母说了什么，她却怎么也不肯说……后来呢？"

唐玉嫣道："后来你拜师不久，公主就让我到长安潜伏，以待时机，妾身便用了心思。这几年来，长安城无论宫殿、衙门、观庙，甚至每一间店铺都已印在妾身心中。"

长孙绮拍手道："好！那这处道观会是哪一座？"

唐玉嫣苦笑道："这就真不知道了。"

长孙绮叹一口气，趴在桌上想。唐玉嫣不敢打搅她，转身给铜炉添了点炭火。

铜炉上的铜壶咕噜噜地烧着水，门窗紧闭，屋里一时弥漫着烟气和水汽。唐玉嫣便过去开了一扇小窗户。

长孙绮盯着铜壶看了一会，视线往下移，看到铜壶下方的火焰出神。刚才从秘书省里潜出来，着实费了不少精力，长孙绮此刻眼神都有些迷离了，眼皮慢慢地垂下，就快要粘在一起。

那些奇怪的画面是什么啊？那三个胡僧，还有那两个道士……

长孙绮想着想着，记忆中的画面变得越来越模糊，只有高昌公主的身影越来越清晰……

突然，炉子里啪地一响，长孙绮骤然惊觉，一下跳了起来。

唐玉嫣慌得也跟着跳起，问道："怎么了？"

长孙绮转身翻出换下来的夜行衣，从里面取出一轴卷宗。唐玉嫣一看卷宗的颜色，惊讶地道："这是密旨！你哪里来的？"

"不知道。"

"不知道？"

"我怀疑是有人故意要我看的。"

唐玉嫣更惊讶了，但看长孙绮的神色，不像是开玩笑。她走上前来细看。

"这是先太宗时的密旨。"唐玉嫣抚摸着卷宗的表面，"这细密的雷纹和风纹交织的样子，已经十年来没有见过了。紫红的颜色，表明是密旨发布，无须经过门下省核实，也不会记录在档。"

"为何要用密旨？"

"门下省核实都还是其次，关键是无须记录在档。这道密旨说了什么，处置了什么人，永远都不会出现在起居注里，也不会在史册上留下痕迹。"唐玉嫣郑重地道，"密旨极其稀少，我曾研究过先太宗和当今陛下的许多文书，也只见过三份密旨。"

长孙绮不由得看了唐玉嫣一眼："你在长安这么多年，还真干了不少事呢。"

唐玉嫣不好意思地说："妾身也只是好奇而已。"

长孙绮道："早听说你博闻强记、过目不忘，今日才见识了厉害。"

唐玉嫣和长孙绮一起打开卷宗。两人都默默念着卷宗上的字，渐渐地，两个人的脸色都变了。

良久，唐玉嫣才开口道："这……确实是先太宗的手迹……"

长孙绮却盯着卷宗最后一排字，整张脸白得透明，拿着卷宗的手也在微微颤抖。唐玉嫣顺着她的目光看过去，看见了"辅机"两个字，瞬间背上一阵冰冷，汗毛一根根倒竖起来。

这是一卷八百里加急写给交河道行军大总管侯君集的密旨，时间正是贞观十四年。也是在这一年，西域高昌国国都终于被攻破。

其时，侯君集几乎将高昌王室悉数捉拿，囚在王宫中，并搜到了高昌王与西突厥结盟的证物。

兹事体大，侯君集将证物急送至长安，询问先太宗皇帝的意见。

当时无人知道先太宗皇帝的回复是什么，只有结果简单明了：侯君集命士兵围堵王宫，纵火焚之，高昌国遂亡。其后又毁高昌故城，在其北三十里建造新城，置高昌县，后为安西都护府所在。

然而这份卷宗，却正是当时先太宗皇帝的回复。其上写着："赵国公辅机奉诏，赦高昌王以下，徙于琼，以存其祀。"

辅机是长孙无忌的字，先太宗皇帝一直以字称呼他，以显其尊崇。这份回复侯君集的旨意，是让长孙无忌传达，除了斩杀高昌王外，其余高昌王族一律流放到琼州，以存宗祀。

然而，侯君集却在一个月后，将高昌王族悉数处死，彻底灭了高昌国。

"侯君集竟然抗旨不遵？"唐玉嫣惊讶地说。

"不……"长孙绮终于定下神，盯着卷宗上的字句，低声说道，"若是抗旨不遵，当初攻破高昌都城时，直接杀了便是，何须再向太宗皇帝请示？"

唐玉嫣小心翼翼地问："那……那是这份密旨没能及时送到？"

长孙绮冷笑一声："嫣姐多么聪明的人，怎会想不明白？先太宗皇帝下的命令，侯君集既不可能收不到，也不可能不遵照着做。唯一的可能，是这份密旨被人驳回，换了另外一道相反的旨意出去。"

"那……又是谁驳回的呢？"

长孙绮放下卷宗站起身来，走到窗口，望着外面白花花的月亮。

月亮刚刚升上中天，周围一丝云都没有。月光越白，天幕越惨淡。月光洒在屋檐和井口上，仿佛降下了一层霜。

"既然密旨是发给我阿翁，驳回的人也只能是他。"长孙绮的声音比月光还要寒冷，"我不知道他为何一定要灭高昌，但当年他说救出高昌公主……现在看，恐怕并非如此。"

唐玉嫣回忆道："侯君集焚王宫，是在中午时分。公主被救出，却是在当日夜里。妾身记得很清楚，当时公主在战乱中受伤，一直昏迷不醒。有人从王城东门进入，只将妾身与公主两人带出。妾身等还是在第二年上元节时，才得知高昌亡国之事。公主听闻后吐血不止，又是大病一场……"

唐玉嫣说到这里，以袖拭泪。片刻，她忽然想起什么，问道："小姐，这份密旨究竟是在哪里找到的啊？照理，秘书省不会有这种没有记档的卷宗。"

"有人故意让我看到的。"

"啊？谁？"

长孙绮道："我知道是谁。但我不知道他的用意是什么。不过这份密旨倒是提醒了我。"

她回头对唐玉嫣说："大兴宫内十五座道观，哪一座最为重要？"

"小姐的意思……"

"我也是刚刚突然想到的。"长孙绮眼中发出光来，说道，"着尚书右仆射褚奉谶书于观——这句话没有指明是哪座观，但可以肯定，当时陛下与褚遂良二人是明白的，很可能陛下就是在那座观内写的这份诏书，让褚遂良前往秘书省取谶书，所以不需要指明。大兴宫内有资格供奉这部谶书的，最有可能是哪一座？"

唐玉嫣恍然大悟，立即回答道："三清殿！"

第五章

"停下……歇一歇！"

听到内侍徐明的低声招呼，长孙绮立即站住，靠在墙边，双手恭敬地放在身前。她垂下头，却警惕地偷偷朝两边打量。

这是大兴宫神龙殿的东侧。两人从西门进入掖庭宫，穿过嘉猷门，走过千步廊，穿过归真观和孔庙，过了甘露殿，已经走了大半个时辰。徐明已经累得气喘吁吁，看看这里没有人，赶紧靠在墙上喘气。

徐明是唐玉嫣在宫中埋下的暗线之一，今年已经六十几，原先侍候王皇后。后来王皇后被武后残杀，徐明也被打入掖庭宫劳作，差点被人打死。是唐玉嫣使了几百贯钱，才保住他的性命，从此他对唐玉嫣感恩戴德。这两年稍有起色，在掖庭宫做到了二把手。

此次唐玉嫣亲自把长孙绮送来，只说是这小娘子知道三清殿乃天下第一观，想到观中为病危的母亲烧香求卦。

徐明无法拒绝，便找了一套宫女的衣服，让长孙绮换上。

快到未时了。陛下前月中了头风，下午一律在靠近北海的凝阴阁休息，直到申时之前，偌大的大兴宫都会鸦雀无声。

两人靠着的墙其实是神龙殿下的基座。神龙殿只是小殿，基座仅一层，却也有一人多高，刚好能挡住头顶的烈日。两人在阴影下站了一会儿。

一只鸟没精打采地飞过神龙殿的屋顶，在地面投下一个飞快逃窜的影子。北方的天气，大日头晒着热死，站在阴影里却又冷飕飕的。

长孙绮拿帕子擦了擦额头的汗，目光正追随那鸟儿飞速移动的影子，一旁的徐明说话了。

"你要……刺杀武后吗？"

长孙绮手闪电般一抓，将伪装成簪子的细刃匕首抓在手中！

"今日申时，武后或许会到三清殿焚香祈福。"徐明对已经做出刺杀姿势、随时准备扑上来的长孙绮视若无睹，继续慢吞吞地说道，"有张谨言护卫着，你要刺杀，很可能尸骨无存。我老了，当年若不是唐大娘救我，我早死在黑棍之下了。现在嘛，死在哪里都一样。你……太年轻了……"

"我不杀她。"

徐明眯着眼睛看她。

"我不杀她！"匕首在长孙绮的手腕里转了一圈，重新插入发髻之中。

"为什么？"

"礼不可废。"长孙绮道，"武獠虽孽，当今也母仪天下。能杀她的只有一个人。我，要让那个人杀她！"

"你有办法？"

"我有必胜之法！"

徐明脸上层层叠叠的皱纹慢慢展开，露出一个比哭还难看的笑容。

"你是长孙家的孩子吧？"

长孙绮冷冷地盯着他，没有说话。

"我见过你这双眼睛……长孙家的孩子，只有你的眼睛最像长孙皇后。"

"是又怎样？不是又怎样？"

"若是，老奴便明白了。"徐明道，"你想得对。单单刺杀武后，救不了长孙家。让她身败名裂而死，才是长久之计。申时之前，应该是没有人的。请——"徐明向长孙绮躬身行礼，随即再次走在前面带路。

两人绕过神龙殿，远远地看见一座小丘。小丘周围松柏环绕，松柏之间，露出一排飞檐。

与大兴宫的其他殿阁不同，这飞檐上没有使用琉璃瓦，而是质朴的黑瓦——那便是供奉李氏始祖李聃神牌的三清殿。李聃乃道教之祖，然而对当今皇室李氏来说，又另有一层祖先的身份。是以三清殿里面没有供奉道教诸神，甚至连神像也没有，而是李聃的祖位神牌。

这是天下唯一以宗祀之礼供奉李聃的地方。

两人走上小丘。这座殿原是前隋文帝时为纪念独孤皇后所建。共三进院落，大殿虽不大，却格外森严庄重。周围松柏也非常考究，密密地包围着大殿，只有一条道路通向外面。

眼见就要到三清殿前，徐明不动声色地一挥手。等他回头看时，长孙绮的身影已经消失了。

徐明微微叹了口气，继续往前，绕过了十六块石碑组成的碑林，走进了三清殿的大门。

四十名宫女、内侍正在打扫殿前的院落，见到徐明，都停下手，向他躬身行礼。

徐明道："殿内弄好了吗？"

一名内侍上前恭敬行礼："回徐太监，殿内昨日就已清理完毕，这会儿封闭着。"

"嗯。"徐明点点头，"这儿马上归禁军宿卫，你们下去吧。"

"是！"那名内侍转身拍了拍手，宫女和内侍立即排成两列，徐徐走出院门。

徐明抬头环视四周，对两名站在门口值守的内侍招招手。两名内侍赶紧跑到他面前。

徐明慢吞吞地道："你们俩仔细着，帝后过会儿就要来，明白吗？"

两名内侍一起躬身行礼道："是！"

徐明又吩咐了半天，要他们注意各处细节。估计长孙绮已经顺利潜进去了，徐明这才挥手让他们回去看着，自己转身离开。

徐明还没下到小丘底部，突然看见前面十几面旗帜翻飞，直向自己而来。他大吃一惊，来的竟是宫城内最精锐的北衙禁军。

当先一人乃是近年来最受武后信任的检校左府将军张谨言，跟在他身后的是十名千牛备身，再其后则是御前旗六对、伞四柄。再其后，是三座銮驾、三十名禁军，并内侍、宫女各五十名。

这是陛下与武后同时出行，最后那个较小的銮驾应是太子殿下。当今天下最显赫的三人同时出现，徐明脑子里顿时轰然一响，但此刻已经来不及思考，他只能赶紧避让到一旁，躬身行礼。

长孙绮从左侧一棵松树上跳入院墙，没有遇到任何阻碍，就来到了三清殿的大殿之中。

这座殿内没有神像，梁柱和墙壁上也没有绘图，整个殿内墙壁刷得雪白，大殿中挂了三十六幅白色的幡旗，各宽一尺三，从梁上一直垂到地面。

幡旗上用金色写满了各种符文，地面也是紫金砖。外面阳光照进来，先投射在紫金砖上，继而反射在幡旗的金字上，一时间金光闪闪，整个殿内仿佛都笼罩在一片金色之中。

大殿中央的神龛前，立着一张巨大的供桌，上面摆满了香烛、供品。正中的神牌上，写着"太上道德天尊李氏先祖聃"十余个大字。步入殿中，自然感到一种堂皇庄严之气。长孙绮不敢放肆，先在神牌前跪下，老老实实磕了三个头。

她心中默念道："道德天尊在上，小女子长孙绮，为陛下清奸险之徒，为我大唐诛险恶之武氏，求天尊保佑！"

默念完了，长孙绮才站起来，绕过神龛。后面才是盛放供物的所在。首先映入眼帘的是那有整面墙大小的、用沉香木浮雕拼出的《万年盛世神仙图》。

这座《神仙图》宽五丈，高三丈，厚也有两尺。其上密密麻麻地雕刻了一百位神仙。

居中自然是道德天尊李聃，周围是各仙尊、神人等，以及根本数不清楚的蟠龙、翔凤、神兽、天女，又辅以金、银、玛瑙、珊瑚等奇珍异宝。

梁下挂了一百零八盏琉璃灯。在灯光的照耀下，《神仙图》上的金银宝石等光芒四射，华贵得不似人间之物。

长孙绮对《神仙图》并没有多大的兴趣。她的目光停留在靠窗的一排排架子上。

架上供着历年四方贡奉的奇珍异宝，来自四野八荒几乎所有国家、部族，许多珍宝根本连名字都叫不出来。这些珍宝被盛放在一只只或鎏金或镶银或水晶制作的盒子里，摆得满满当当。

长孙绮刚要上前查看，突然一怔。外面传来密集急促的脚步声，还有铠甲哗哗的声音。

长孙绮大惊，一个箭步扑到后门。她的手还没拉开门，就听见殿外两边拐角同时出现了重甲禁军的脚步声。

这些重甲禁军来得好快，刹那间就将三清殿包围起来。其中两名队正跑上台阶，直向后门冲来。

长孙绮往后猛退两步，飞快打量了一下四周，那些架子高大宽松，根本没有任何躲藏的地方。

眼见一名队正的手已经摸到了后殿门，长孙绮脑子里一片空白，只是本能地深吸一口气，纵身跃起，扑到《神仙图》木雕上方。

谁知扑上去才发现，《神仙图》木雕的上平面宽约两尺，中间有一个凹槽。长孙绮不假思索，身子缩成一团，刚好藏在其中。

这一下兔起鹘落，发生在转瞬之间，她的衣角还露在外面，门就被推开了。两名队正走进房间，四处打量。

幸亏队正根本不知道《神仙图》木雕上还有能容人的空间，没有往上看。长孙绮悄无声息地收回了衣角。

长孙绮听见不停有人进进出出，正在全面搜查。她心口刚刚狂跳了一阵，这会儿已强行压制了下去，甚至连呼吸都变得极轻微，尽量不发出一点声音。

只听有人低声道："没有动静。"

另一人道："回门口守着。"

当先那人道："是！"

后门嘎吱一声关上了。但长孙绮明显感到，至少还有两人在后门守着。

长孙绮这才微微低头，查看这个凹槽，发现身子下面压着两张绢布。其中一张绢布露出的地方写着"……谨奉……泽福以降……"

长孙绮记起小时候见到这《神仙图》摹本时，父亲曾说《神仙图》木雕里有先高祖和先太宗皇帝分别手书的两份祈福文书，原来却是放在这个凹槽内。

她心里默想，这必是先高祖皇帝和先太宗皇帝保佑，假我之手除掉武氏！

这个时候，前面正殿门也被推开了，脚步声连绵不断，更多的人拥入殿中。这些人脚步轻浮，显然不是练武之人，应该是宫女和内侍。

长孙绮闭着眼睛，周围的一切都通过声音在她脑海里呈现。

一共进来了十六人……排列成四行……又进来四人，其中两人搀扶着另外两人，另外还有一个小孩的脚步声……守在后门的两人显然更加紧张，呼吸变得急促。

他们站住了……有人点燃了香烛……他们跪拜了下去……所有人跟着一起跪拜下去。有个中年妇女轻声念着祝祷之词，另一人在咳嗽，肺里好像有积痰……

那女子念的祝祷词中，有"率天下之民，伏万邦之众"之词。天下能用这几句话的，以前仅有皇帝陛下一人而已。

近来天子时常头疾发作，武后干政越来越频繁，宫中才有帝后并称之说。那么这个念词的人必然是武后本人，而咳嗽的则是自己的表叔、当今的皇帝了。

约莫过了一刻有余，武后念完祝祷词。有几人大声念着咒，一时间钟鼓齐鸣。

唱了一会儿，一名宦官大声道："止——"奏乐瞬间停下，大殿内一时间沉寂下来。

武后沉稳的声音传来："吾与陛下、太子在此聆听上意，你们退下。"

十几人一齐低声回答："是。"

窸窸窣窣的声音传来，转瞬之间，内侍、宫女都退了出去，殿门也被关上了。

与此同时，守在后门的两名队正也推门出去，关上殿门后，他们一直退到台阶之下才停住，离大殿远远的。帝后和太子在殿中说话，泄出去一个字可都是死罪。

谁也不知道，一名刺客却哭笑不得地留在了殿内。

只听皇帝不时咳嗽，太子一声不吭，武后却在殿内好整以暇地走来走去。一阵风刮进来，吹得幡旗发出嗖嗖嗖尖锐的声音。

过了好一会儿，忽然听皇帝说道："这儿……朕有几年没来了。上一次来，还是舅舅陪着朕……"

长孙绮听到皇帝无缘无故提到阿翁长孙无忌，心中顿时一紧。

嗖嗖嗖……风声越发尖厉，却也压不住武后的一声冷笑。

皇帝继续道："弘儿，今日读的什么书？"

六岁的太子李弘老老实实地回答："回阿爷，儿臣今日读的《礼记·中庸》。"

"嗯。背给阿爷听听。"

李弘一本正经地背诵起来："子曰：人皆曰'予知'，驱而纳诸罟擭陷阱之中，而莫之知辟也。人皆曰'予知'，择乎中庸，而不能期月守也。"

皇帝道："嗯。知道这是什么意思吗？"

李弘道："孔子说，人人都觉得自己聪明，可是被驱赶到罗网里却不知躲避。人人都说自己聪明，可是中庸之道连一个月也不能坚持。"

皇帝道："中庸之道是什么？"

李弘道："故尚书右仆射褚遂良有言……"

说到这里，李弘突然一惊，住了口。立即便听武后不悦道："褚遂良虽然罢相，但说的就不是孔孟之道了吗？"

李弘道："是！褚、褚遂良有言：守中，用中，度中，是为中庸。"

果然听皇帝说道："褚遂良说得不错。你身在皇家，又是储君，更应知道，中庸之道乃是维持天下平衡的关键。凡事不可过，过犹不及。"

李弘道："是！"

皇帝继续道："对臣子更应如此。我大唐虽立国才四十余年，但历经先高祖和先太宗两代，励精图治，已有盛世之兆。当此时刻，一切更应稳重。与民，则休养生息；与士，则共修国运。此，不可不重视。褚遂良曾是朕的老师，更是先太宗皇帝留下的顾命重臣。他虽已过世，灵柩应该还是要迎回来，葬在昭陵之侧的。"

李弘不知道什么与士共修国运，但也知道这是赦免了名臣的罪过，高兴道："儿臣明白了！"

皇帝道："你也来，给先祖上一炷香。"

李弘道："是！"

长孙绮听皇帝的意思，心中大喜。明着说褚遂良，其实真正指的是长孙无忌。

因为长孙无忌才是排名第一的顾命大臣，而且褚遂良被贬，也是因长孙无忌之事被牵连。若连他的灵柩都会陪葬在先太宗皇帝的墓旁，那长孙家也必然不再有麻烦。

看来李云当所言属实，皇帝并不想真的扳倒长孙家族，仅仅是打压一下而已……

只听武后说道："弘儿，你阿爷说得很对。你是太子，是将来的皇帝。今儿在这祖宗神牌之前，母后也有两句话想对你说。"

李弘赶紧道："母后请说。"

他的声音明显比刚才慌张。皇帝又开始咳嗽，但也没有阻止她。

武后慢吞吞地说道："你需记住第一句：天家无亲。"

长孙绮心中咯噔一下，立即听到皇帝："'天家无亲'这句话，乃是不偏不倚、公正无私，也还是中庸之意。并非说的是没有亲情……"

"陛下谬甚！"武后严厉地打断了皇帝。

长孙绮的心刹那间怦怦狂跳，额头暴出一层冷汗。她就算再桀骜不驯，别说对皇帝如此说话，连想一想的念头都不敢有。

然而可怕的是，武后说了如此大逆不道的话，皇帝竟然没有反驳，只是咳嗽了两声，一种匪夷所思的感觉袭上她的心头。

只听武后冷冷地道："弘儿，你生在皇家，生在这大兴宫，就必须永生永世都记住'玄武门'这三个字！"

长孙绮眼前一黑，知道即使是皇帝也无法反驳了。

先太宗皇帝光天化日之下，在玄武门射杀当时的太子李建成和弟弟齐王李元吉，逼得先高祖皇帝退位，双手血淋淋地夺来皇位，这真是"天家无亲"最好的注脚！

另外，当今皇帝李治原本也不是太子，这个皇位也是硬生生从太子李承乾与兄长李泰手里抢来的。虽然不是他亲自动手，但长孙无忌、褚遂良等一干臣子出手，这笔账又何尝不是算在他的头上？真要像他自己说的"不偏不倚、公正无私"，这皇位怎么可能落在他的头上？！

"喀喀……喀喀喀！"

皇帝剧烈咳嗽起来，武后却不去管他，继续说道："弘儿，你还需记住的第二句：天子无情。"

李弘虽小，也知道"玄武门"三个字的重量，已经是被吓得傻了，听了武后的话，哆哆嗦嗦道："啊？啊？是……请……请母后示下……"

武后道："身为天子，不得对任何人、任何事有情。有情便有义，但天子不能讲义，只能讲权！若天子有情有义，那身边就会有宇文护、王莽！"

长孙绮咬咬牙，慢慢坐直了身体。她想伸手去拔匕首，手却一直哆嗦，全身虚脱一般无力。

武后这句话的力量实在太强大，理由也太充分，根本不容任何人反驳，特别是身为皇族的人。

宇文护当年便是顾命大臣，如同今日之长孙无忌。然而宇文护废立皇帝，权势滔天，成为后世所有皇帝心中最为恐惧之人。王莽更是直接篡权夺位，灭了前汉两百年江山。

当年他们在先皇帝身边时，何尝不是毕恭毕敬，何尝不是深受信赖？一旦先皇帝薨逝，以顾命大臣身份扶持新皇帝继位，其不臣之心便不可遏止，最终导致天下大乱。

这句话说出来，长孙绮已经明白，皇帝永远不可能再软下心肠，重新启用长孙无忌。甚至很有可能，长孙家一日不除干净，皇帝心中便一日不会安宁！

皇帝咳得越来越厉害，有点失去控制。看来武后这几句诛心之言，他是既不能不听，也不敢不听。

李弘惊惶道："阿爷，你怎么了？"

武后厉声道："来人！"

殿门被推开了，十几人慌慌张张地冲了进来。只听武后说道："慌什么！立刻送陛下回凝阴阁休息，传侍御医觐见。"

一名内侍回道："是！"

武后继续说道："送太子回东宫。今日抄写谶书之事，便由吾替陛下完成。阳宝，你在外面等着吾。"

内侍阳宝答道："是！"

李弘道："母后，孩儿陪您。"

武后淡淡地道："不必了。"

李弘不敢多说，便随着众人退出了三清殿。殿内一时清静下来，只听见武后一人的呼吸声和纸张翻动的沙沙声。

力量终于重又回到长孙绮身体里。她一把拔出匕首，顿了片刻，翻身从《神仙图》木雕上跳了下来。她落地时轻轻一滚，一点声音都没有发出。

杀武后，是最后的办法了！

一阵风吹进大殿，殿内的幡旗又开始嗖嗖地响起来。长孙绮踮着脚尖，慢慢绕过墙壁，借着幡旗的掩护走向大殿。

她站住了，面前的几道幡旗被吹得猎猎作响。因为上下都被固定，它们只能不停地朝一个方向旋过去，转过几圈之后达到极限，又趁风小的时候旋回来。

它们旋转的间隙，长孙绮看见了武后。

不知什么时候，供桌前摆放了一张小几、几个蒲团。大唐皇后便坐在小几前，工整地抄写着《道德经》。

若是用惊为天人来形容，似乎过了一点。但用平庸之质，又过于贬低。她的容貌介于惊艳与普通之间，乍看上去并不怎么让人心动。但当她的头微微抬起，注视手中笔墨时，便有两道亮光从眼中射出，仿佛刀刃，扫过之处，所有的事物都会被毫无阻碍地切开。

即使这目光根本没有直视长孙绮，长孙绮也感到背脊生寒。她手中满是汗水，差点握不住匕首，不得不在身上使劲擦了擦汗。

突然，正在写字的武后头也不抬，说道："既然来了，出来吧。"

长孙绮的心差点从嗓子眼儿里跳出来。她刚要上前，却见大殿另一边有个人慢慢走了出来。

此人身穿一袭灰色麻衣，罩着头，看不见脸。他一直走到武后面前，才单膝跪下，抚胸行礼。

惊讶加上恐惧，长孙绮一时浑身麻木，伸手用力捂住了嘴巴。

李云当！

他怎么来的？他什么时候来的？他看见自己了吗？

不……等等！

他……他不是号称陛下的使臣吗？怎么却在此单独觐见武后？他究竟代表谁？

武后继续坐在几前，一笔一画地写着。李云当向她行礼完毕，仍然半跪在地。

片刻，武后写完了一张，顺手放在一边，笔往前一伸，李云当已经将砚台推到她笔下。武后蘸饱了墨，继续写下一张。

"你上次说，"武后一边写，一边说道，"这世上有神遗之地。"

李云当取下头罩，露出脑袋。他今日连发髻都没有梳，任头发垂落下来，眉心处还画了一个褐色火焰花纹。

他郑重地点头，说道："回殿下，是的。据我波斯古圣典记载，神遗之地至少有六处。听说在剑南蜀地的雪山上，便有一处。只是雪山太过巨大，世人极难发现罢了。"

武后冷笑道："便如海上蓬莱仙山一般，是不是？反正有没有，都是你们说而已，至于找不找得到，那就是人力的问题。当年始皇帝坑杀方士，不是没有道理的。"

听到这样的诛心之论，李云当却并没有惶恐。他平淡地说道："我深信不疑。因为圣火曾经给予我们启示。每一代维序者都深信不疑！"

李云当说着，不经意间往长孙绮这边看了一眼。长孙绮的目光正好跟他对上，顿时吓得浑身一震，李云当却毫无表情，眼光迅速又收了回来。

但他的脑袋却微微摇了一摇，似乎在提示长孙绮：别傻了，赶紧离开！

长孙绮一呆，趁着一阵风吹得幡旗摇晃之际，一闪身重新躲在墙壁之后。

刚才那一刻，她差点就要冲出去刺杀武后。但李云当一出现，她胸中提着的那口气顿时泄得干干净净，这会儿手软脚酸，几乎要晕倒。她靠着墙，既不敢跑，也不敢露面，完全茫然了。

只听武后说道："什么维序者，吾不想明白。即使有，也不过是尔等方外之国的事，与我大唐何干？"

李云当愈加恭敬："回禀殿下，其实华夏亦有自己的维序者，历史已有数百年，甚至可能更长。前隋独孤皇后便是使用天志石，成就了文帝。先高祖皇帝也曾借八柱国之力。"

武后的笔只微微顿了一下，就继续往下写。

李云当飞快地低声说道："据传，神遗之地便有天志石……八柱国如今虽已式微，但若有天志石……"

"便如何？"

李云当俯身在地，说道："以帝后之威仪，彼等自然是如螳臂当车。小臣的意思，天志石为帝后所执，方是天下鼎盛之兆。"

武后冷冷地笑了一声。李云当不敢再说，静静等着。武后又写了一会儿，才说道："你跟着陛下，已有五年。陛下赐姓于你，也给了你开国郡公的爵位。而你的国家，此刻却……"

说到这里，武后故意顿住。李云当立即急切地问："我波斯怎么了？求殿下明示！"

武后平淡地道："上个月传来的消息，你的弟弟卑路斯反攻大食人不利，二万精锐一夜被大食人悉数屠尽，他自己退守吐火罗。你的波斯国，大概是没有复国之望了。"

李云当一开始还沉着脸，似乎还算镇定。但很快，只听喀喀的声音，他拳头捏得乱响，牙齿也咬得咯咯作响。

终于，他一下扑倒在地，双手死死捂住嘴，发出含混不清的绝望叫喊，像是濒死的小动物。他的肩头拼命抽动，浑身上下都在颤抖，长孙绮从墙角看见他，有段时间甚至怀疑他要当场窒息晕死过去。

武后却继续写着，一张又一张，写得越发从容。

过了一刻有余，李云当才一节一节把自己重新撑起来。他的袖子、衣襟都已湿透，嘴角有血，不知是咬破了舌头还是嘴唇。他深深地吸了一口气，手抓住腰带扣一弹，一柄软剑立即弹了出来，不住抖动，发出龙吟之声。

武后纹丝不动，甚至连瞧也没瞧他一眼。

李云当擒剑在手，一剑下去，却将自己的头发削了一大把。

李云当沙哑着声音道："小臣……云当，在殿下面前失仪，本该自尽以谢罪。但小臣俗事未了，不能即死，请殿下恕罪！"

说着他左手握着剑锋，用力一拉，顿时鲜血喷涌而出，将他的麻衣染得血红。

武后说道："你打算怎样？还是要请我大唐之兵？"

李云当撕下一块布，用力扎紧了伤口。他面朝武后，双膝跪好，这才用力地磕下头去，磕得地面砰砰作响。

武后冷冷地道："你便是把石头磕破了，有些事也做不了。波斯离中国万里之遥，不是我大唐的手能伸到的。"

李云当道："小臣……愿为殿下奉上神遗之地！"

武后淡然道："你把那东西视若神物，在吾眼里，却算不得什么。吾领有大唐天下，所得已是过了。听说你们波斯称雄四百余年，大概也是气数已尽了罢。"

李云当继续磕头，砰砰砰，磕得额头全是血。他哽咽着道："纵使气数已尽，小臣也唯有以死报国……求殿下成全！"

武后慢条斯理地写完了几十张纸，李云当已经磕了不知道几百个头，浑身已经湿透，汗和血混在一起，慢慢渗入地板的缝隙之中。

长孙绮远远躲在墙壁后面，鼻子里闻到一股子血腥味，又是揪心，又是恐惧，更是不知所措。

武后终于抄完最后一字，满意地看了看自己的字，才说道："罢了。"

李云当浑身一震，停止了磕头。他体力耗尽，眼前一黑，就要晕倒。但他知道这是家国存亡的关头，下力死死撑着，虚弱地道："求……殿下……成全……"

武后站起身，整了整自己的衣衫，随意地道："你不是说，维序者为了达到目的，任何事都能完成吗？先太宗皇帝的《推背图》

你若能替吾取来，吾便信你一次。"说着转身就向殿门走去。

殿门被拉开了，武后头也不回地走出大殿，殿门立即又被关上。外面响起急促的脚步声，大殿周围的重甲士兵迅速集结起来。一名内侍大声下令，几十人的队伍沿着殿前道路渐渐离去。

风更加大了，殿内所有的幡旗都在疯狂舞动。武后抄写的经文被风刮得飞起，四处散落。

李云当喘息了半天，终于攒足了力气，慢慢坐了起来。他一抬头，就看见了长孙绮的脸。

两张白得透明的脸，透过舞动的幡旗，默默对视着……

第六章

"快看！快看！火起来了！"

一群盛装的小女孩一边跑着，一边欢笑，眼睛都望着河对岸的那簇巨大的火焰。

这是长安西市旁的永安渠。永安渠本不宽大，但在此处与漕渠交汇，形成了一片宽阔的湖面。湖水周围全是商铺，游人往来如织，变成了西市最热闹的地方。

此刻湖的对面，土地庙前一大块空地上，正熊熊燃烧着一簇十丈高的篝火。这是一年一度清明节时在长安的西域人最热衷的一件事。起源已不可考，但长孙绮知道，肯定与火祆教有关。

湖对面点燃篝火，西市的小孩子们又唱又跳地朝篝火拥去。湖的这边，却清静得多。

清明时节，长安城除了家家上香供奉之外，娘子们更爱沿河放灯。

放眼望去，此刻的永安渠里满是花灯，不知有几千几万盏，顺着水流缓缓漂去。那忽明忽灭的灯火，仿佛一个个逝去的灵魂，渐行渐远，终于都看不见了……

长孙绮的眼中，篝火、人群、天穹……一切都变得模糊、虚幻，一点也不真实。那些在渠水中起起伏伏的灯火，反而一个个无比清晰。长孙绮眼睛里，也有一团火在燃烧。

那是其中的一只花灯，一只写着"故高昌国公主神牌"的花灯。

它飘飘悠悠地在水中晃荡，一开始还看得分明，不一会儿就融入千千万万的花灯之中，难以辨认，变得毫不起眼，终于消失不见……

"不要报仇。"

说这句话的时候，火焰已经完全笼罩了高昌公主。她那原本大红色的衣服被火焰裹着，翻滚着，仿佛铅炉里沸腾的黄金。

她的头发在火焰中翻飞着向上，一如对面滚滚向上的烟和烈焰，它们纠缠在一起，相互毁灭着对方。

她说："不要报仇。"她甚至淡淡地笑着，朝长孙绮点了点头……

"小姐？"

长孙绮深深吸了一口气，意识瞬间回到身体里，这才发现自己不由自主地朝着湖对面那巨大的篝火前进，走入湖中，水已经快没到腰间了。

周围的人都惊慌地看着她，以为她要投湖自尽。许多人往这边跑着，想要看看是什么人往湖里走。

长孙绮脸一下涨得通红。好在她戴着斗笠，斗笠上披着的轻纱遮住了她的脸。她忙不迭地走回岸边，唐玉嫣赶紧拉着她的手，把她送入车中。

唐玉嫣命马夫驾驶车辆往前，沿着湖畔走。长孙绮在她的帮助下，狼狈地换着衣服。

唐玉嫣道："小姐，灯已经送走了。妾身请西明寺住持亲自点的红，灵着呢。保佑公主殿下早登极乐，下一世别再生在帝王之家，平平安安的……"

长孙绮并不说话。换好了衣服，她呆呆地望着窗外出神。

唐玉嫣凑近了长孙绮，想要说什么，但欲言又止。

"你说。"

唐玉嫣低声道："小姐，我们……还是离开长安吧。"

长孙绮回头盯着唐玉嫣，目光像刀子一样，刺得唐玉嫣忍不住颤抖。

"说下去。"

唐玉嫣在她的逼视下，踌躇了半天，终于鼓起勇气，说道："小姐还不明白吗？陛下……是不可能饶恕长孙太尉的！都说武后蓄意报复，其实没有陛下的意思，武后怎么可能指使那么多御史弹劾顾命大臣，逼迫长孙太尉离京？你知道吗？褚遂良已经死在爱州了！"

长孙绮点了点头："我知道。"

唐玉嫣一呆，见长孙绮神色自若，奇怪道："小姐知道？"

"嗯。"

"那小姐……为何还不离开长安？"唐玉嫣急切道，"现在长孙家唯有彻底远离长安，才有一线生机啊！"

马车颠簸了一下，从湖畔拐上了大道。道路上往湖边去的人流熙熙攘攘，马车走得很慢。长孙绮关上窗户，放下窗帘，神色自若，似乎一点也没听唐玉嫣说的话。

唐玉嫣道："我听徐太监说，宫里早有传言，陛下只想削去长孙太尉的官爵，但据说仍会保留扬州都督一品俸，让他迁黔州荣养。小姐此刻留在长安，又觊觎先太宗皇帝的《推背图》，这……这是在逼陛下动杀心啊！"

"那部《推背图》里，还附有一道先太宗皇帝亲手所书诛杀武氏的密诏。这道诏书密而不发，就是为了以防有一天武氏如《推背图》中所言那样专权祸国。"

"哦……什么？"

唐玉嫣一下跳起身，砰的一声巨响，脑袋重重撞在车篷上，撞得她又一屁股坐倒，差点晕了过去。

马夫听见响动，一拉缰绳，口里吁吁作声，要把马车停下来。

长孙绮伸手去拉唐玉嫣，谁知她又飞快爬起来，不顾一切地拍着车门，催促道："走！走！快走！别停下！"

马夫是唐玉嫣唯一的仆人，是个哑巴，呜呜地吼了两声。

唐玉嫣怒道："随便！只要别回去！往人多的地方去！"

她捂着脑袋，从眩晕中稍微清醒一下，立刻扑到长孙绮身边，急得连小姐都忘了喊，说道："你……你怎么没说？究竟是什么样的旨意？"

"知道此事的人，除了死，没有第二条路可走。"长孙绮平淡地看着她，"你真的那么想知道？"

"可……你怎么知道的？"

"我阿翁知道这件事。褚遂良也知道。天下知道这件事还活着的人，你是第五个。"

唐玉嫣掰着指头算了一下才说："第四个人……是武后自己？"

长孙绮微微一笑："你很聪明。武后也是聪明人，她肯定知道。"

"但……武后并没有派人去寻《推背图》啊？"

"那是因为她知道别人没动，自己当然不会动。"长孙绮道，"处在她的位置，一切必须谨慎行事。但若她发现有人在打这份密诏的主意，那一定是侵掠如火、动如雷震！"

唐玉嫣倒抽一口冷气："所以在三清殿，她发现征兆，并下令追查了！除了那个什么波斯王子，一定还有其他人在追查！"

"是的，"长孙绮点头，"现在就看谁的速度最快。若真有先太宗皇帝的密诏，即便是陛下本人，也很难违抗。嫣姐，这是我们最后的机会！"

"可是……我还是想不明白，"唐玉嫣皱紧眉头，"若褚遂良也知道此事，为何被贬出京之前，不使用这份密诏？"

长孙绮摇头："我也想不明白。唯一的可能就是，褚遂良找不到这部《推背图》了。先太宗皇帝驾崩到现在，已过了近十年。十年间，一定有人将它秘密带走，带到我阿翁和褚遂良都不知道的地方。"

两个人沉默地想了一会儿。

马车颠簸着，拐上了通向大兴宫的道路。周围的人少了很多，街道变得空寂。

"也有可能……"唐玉嫣小心翼翼地说，"是被人销毁了……"

长孙绮用力摇头："不可能！若真是销毁了，武氏不可能那么紧张。李云当是天子的私臣，武氏不惜代价挖他过来，就是为了这件事。她也许以为天子知道，但我从李云当的反应来看，天子可能真的不知道在什么地方。"

唐玉嫣有点茫然地道："天子也不知道，你阿翁也不知道，褚遂良也不知道……那……这部谶书飞了？"

长孙绮喃喃自语："飞了……飞了……啊！"

她突然眼睛一亮："或许……有人虽然不知道这道密诏，却知道这部谶书，因此才将它偷走！"

"谁？"

长孙绮说道："这部谶书之所以宝贵，是因为当年先太宗皇帝

九一

命袁天罡和李淳风两人写下的谶语。知道这些谶语的人，很可能就是盗走谶书的人！"

"是了……"唐玉嫣恍然大悟，"先太宗皇帝用这部谶书藏密诏，但这部谶书却还有另一个用处……谁会知道这部谶书的秘密呢？"

"谁？"

长孙绮突然身体半蹲而起，凑到车窗前，吓得唐玉嫣赶紧让到一边。

只听马蹄声响，一匹马不紧不慢地靠近了马车。马上的骑手戴着斗笠，一时看不清容貌，只觉得身材特别魁梧，像一座小山似的。

长孙绮一怔，伸手推开窗户："拓跋楠？"

拓跋楠支起斗笠，望向长孙绮，微微点头行礼："见过小姐。"

长孙绮的脸沉了下来："你来做什么？监视我？"

拓跋楠道："不敢。家主命我向小姐传个话。"

"说。"

"八月之前，对长孙家的惩处就会下来。"拓跋楠低声道，"届时，一切将无可挽回。"

长孙绮话都没说，直接关上了窗户。

拓跋楠回头看了看，一夹马肚子，骑着马快速往前去，不久转上一条岔路走远了。

唐玉嫣小心地道："这是什么意思？"

"还看不出来吗？"长孙绮冷着脸道，"传话谁不可以，非要他来。这是明着监视我，哼！他不肯信我，难道我为的是自己？等此事一了，我自回西域去，再不见长孙家任何人！"

李云当刚在叠翠楼前跳下马，就有一名小二殷勤地迎了上来，朝他拱手行礼，笑道："李郎君！今儿这么早？"

李云当将马鞭一扔，问道："座儿呢？"

"给郎君留着呢！"小二一面安抚躁动的马，一面说道，"二楼临河的位置，包郎君清静！"

李云当道："曲姐儿呢？没被小驴子们拐走吧？"

小二一脸老祖宗被糟蹋的模样，着急道："曲姐儿是郎君的人，那就是小的老子娘！谁也不能碰她一下不是？"

"去你老子娘的。我是爱听她的琵琶！"

"是是！郎君，您请！"

李云当掏了一把钱，顺手扔给小二。小二脸都笑烂了，一迭声地招呼他上楼。

李云当上了二楼，走入一个包厢，上了榻。小二把他的靴放好，拍一拍手，立即有侍女为李云当奉茶。

李云当一挥手："去吧，我自己来。菜品照旧，温两壶酒。快叫曲姐儿来弹一曲。"

"得嘞！"

小二和侍女退出去，拉上了门。李云当喝了一口茶，转头看向窗外。

这是芙蓉池附近的一座酒楼，楼外就是芙蓉池的一条渠。渠池外柳树成荫，渠水汇入不远处的芙蓉池。再往南就是长安城墙了。

这是长安城最南的角落，亦是外来商贾最多的一个坊。因商贾习性各不相同，语言也千差万别，因此朝廷特别开恩，宵禁令只施行到坊间，坊内并不宵禁。

如此一来，这儿反而成为入夜之后长安城最热闹的地方。虽然各坊之间仍有宵禁令，但有钱有势的人自然有办法进来，大不了通宵达旦，尽情欢乐，到天亮再回。

李云当坐在窗前，眼望叠翠楼的两侧，灯火如昼，丝竹不绝，与长安其他地方的寂静真有天壤之别。这是在大唐他唯一还能感觉到轻松的地方。

这处包厢用屏风隔开，需要时可撤去，与左右包厢连成一个大间。只听包厢外，有女子已经开始调试琵琶。左右侧包厢内，几个人大声吆喝，似乎为谁喝酒而争执起来。

李云当微微一笑，并不觉得吵闹。事实上他非常喜欢这样的市井之气，那是其他地方绝不会看到的繁华景象。

小二拉开滑门，将菜肴和酒端上来。李云当头也不回地问："曲姐儿呢？"

"郎君，来咯！"

小二刚退出去，就有一个人脱了鞋袜，走进房中，就坐在门口的凳子上。小二知情识趣地合上门，退了出去。

屋里一时沉静了片刻。

此时月亮从柳树上升了起来，只是弯弯的一道，像是深蓝色天幕上的一道划痕。李云当望着月牙儿，低声道："你随便弹一曲吧。"

身后响起窸窸窣窣的声音，那人调好坐姿，等了一等，突然铮的一声响，如闪电，如崩雷，震得李云当心头一跳。

李云当回头看去，却见是长孙绮抱着琵琶，闭着眼睛，右手弦拨翩飞，一曲《龙城孤雁》从她的指间倾泻而出，刹那间珠玉之声充塞了整个房间。

她穿着一袭乳白色的裙子，裙上绣着数不清的蓝色小碎花，没有梳复杂华丽的发髻，却别出心裁地在耳后梳了略微低垂的双平髻。又黑又直的头发垂落下来，一直垂到胸前。

裙角的下摆处，露出一双赤脚，脚踝上系着金色细绳。不知道是不是弹到了紧要处，长孙绮的十根脚趾抓紧了，脚背上露出些许青筋。

琵琶的节奏越来越快，声韵却全悬在角、徵、羽三个音调之上，持续拔高。急切如骤雨，当头泼洒而下，叫人无处可藏；高亢如流矢，一支支射向天际，霎时不见踪影……

李云当不知什么时候已站起身来，汗一滴滴流下，背上全打湿了，他却浑然不觉。他死死盯着长孙绮，手已经摸到腰带剑的剑柄，却无论如何拔不出来。

这不是《龙城孤雁》，这是波斯圣教里的曲子！

琵琶声传出包厢，传到外面。渐渐地，每一扇门后都露出几张脸，人们被这从未听过却又极富感染力的琵琶声吸引，朝包厢拥了过来。不一会儿，门外就站满了人。

李云当浑身颤抖。眼前这个女子明明一身素装，他却仿佛见到她身着血红长裙，边歌边舞，纵身投入炽焰之中，化为灰烬……

李云当闭上了眼睛……琵琶曲一声声穿透了他的身体，仿若烈火炙心……

突然他手一拍，腰带剑啪地弹出，他顺手一抖，剑身抖动如同游龙，哧的一声穿透了右边的屏风，刺入屏风后一人的身体。

那人痛哼一声，李云当抽剑回来，那人鲜血喷射而出，瞬间就将整面屏风都染红了。

两边屏风后同时响起拔刀之声。唰啦！左侧的一扇屏风被人猛地推倒。

一名壮汉举着刀刚迈过倒塌的屏风，胸口就中了一剑。那剑身极薄，又是横着刺入，从那人肋骨之间透过，刺穿了心脏，又从后背突出来。

那壮汉拼着最后一口气,想要用刀劈死面前这个瘦弱的小女孩。但女孩瞧也没瞧他一眼,身体一转,剑就顺势抽了回来。

那人前胸和后背的伤口同时向外狂喷鲜血。他举在头顶的刀剧烈抖动着,但力气随着鲜血喷涌而出,他只张了张嘴,就整个瘫软下来。刀落在地,斩断了他身后一人的脚趾。

壮汉砰然倒下,他身后那人捂着脚痛苦地歪倒在地,后面的人一阵慌乱,却一时间不敢冲过来。

长孙绮反手将袖剑插入琵琶之中,接着弹下去。这一下来得太快,中间只停顿了一瞬,仿佛只是躬身捡起什么东西,又接着弹奏。琵琶声愈加欢快,包厢外众人呆呆地听着。

与右侧包厢相隔的屏风被拉开,李云当慢慢走了进去。里面的三人持刀慢慢后退,形成三角之势,把李云当围了起来。

交战双方都坚定地保持着沉默,不让外面的人听到。四个人在狭小的房间里对视了片刻,突然同时杀了过去。

这三人拿的刀虽然不尽相同,有环首刀、横刀、弯刀,但使的刀法同出一门,都传自西域,原本是马背上使的。所以使出来都是尽力舒展双臂,大开大合地劈、砍、削,下盘则只是往前后左右简单地移动。

李云当的身形在刀光之中穿梭,手中的腰带剑软得像一条蛇,甩来甩去,飘忽不定,几乎看不见剑身,只有一道道蓝幽幽的闪光跳跃着,发出嗖嗖的破空声。

四个人瞬间交换了位置,李云当走到了房间深处,而三人转到了屏风附近。

其中一人突然单膝跪下,用刀勉强撑着自己的身体,片刻,头一垂，倒下死了。

左面屋子里的三人终于将那死去的和受伤的人拖回屋，腾出了空间。但他们没立即冲出来，而是持刀焦虑地望着对面房间里的搏杀，又来回看着长孙绮，吃不准这个女孩的立场是什么。

坐在包厢门口的长孙绮还在弹琵琶。此刻曲风一变，只听得铮铮之声，又急又准，长孙绮十根指头在琴弦上转如飞轮，仿佛滚滚雷声震动，又如千军万马从四面八方奔腾而来。

包厢外面的叫好声此起彼伏，大家都被这瘦小丫头爆发出的感染力震撼了，完全不知道隔着一扇门，里面正有人在搏命厮杀。

李云当与那两人再一次交换位置，又有一人中剑，刀落在地上。中剑之人用手死死捂着胸口，强撑着不倒下，鲜血从他的指缝不停涌出。

他咬着牙，用突厥话说道："他的剑……从下往上刺！你正面劈他，我从后面……"

另一人点点头，慢慢地将刀高高举起。

李云当也用突厥语说道："为什么要一再追杀我？"

那两人一惊，举刀那人猛地一劈，李云当侧身闪避，受伤那人却往前一扑，死死抱住他的腿。

李云当抬腿反踢，那人胸口咔啦一声，齐齐断了五根肋骨。但李云当也被他一阻，刀已经劈到眼前。

眼看无处可躲，李云当全身血都冲到脑子里，却听叮的一声，那人的刀被什么东西射中，往左偏了两寸。

刀锋划破了李云当的袖子，擦着他的肩头砍下去，在他手臂上划了一道巨大的口子，顺势将抱住李云当那人的手臂连根砍断。

那人痛得低声惨叫一声，断臂处的血喷了李云当一头一脸。他再也撑不住，倒地昏死过去。

他惨叫的那一刻，长孙绮双手同时一抓，琵琶声骤然爆发，震得众人耳朵里都是嗡的一响。李云当趁机反手挥剑，割开举刀突厥人的喉咙。包厢外有人疑惑地四处看看，但再也没听到别的动静。

右侧包厢里只剩下李云当一人还能站着。他呸地吐一口血，扯下衣裳，慢慢包扎受伤的手臂。

李云当与对面房间里的突厥人狠狠对视着，但双方打到现在，仍是默契地不发一声。外面的人被长孙绮的琵琶声吸引，纵使有些人察觉到了什么异样，也无暇多想。

长孙绮没有看任何人，自顾自地继续弹琵琶，好像与打斗毫不相干。

突厥人可不这么想。他们一会儿盯着长孙绮，一会儿盯着李云当，偶尔耳语几句，似在商量如何出手。

双方陷入了僵局。

按照宵禁令，任何人在此期间打斗，都与谋反同罪。也就是说，即使他们杀得了李云当，只要被人发现，抓住后就是死罪。

同时，叠翠楼老板亦是黑道中人，才能在这寸土寸金的芙蓉池旁开这么大的店。惹怒了他，下场可能比被朝廷通缉还要惨。

李云当也不能光明正大地出手。他虽是当今天子的私臣，但若是因为自己而让长安染血，御史纷纷弹劾起来，出兵波斯就永远是一个梦了！

随着一阵高音，琵琶曲节奏变得急促起来，连着拨了三次，突然啪的一声，长孙绮双手紧紧按住弦，琵琶声骤然停止。

周围的人耳朵里还回响着曲声，片刻，才一齐欢呼鼓掌。

长孙绮站起身，将门拉开一点，朝包厢外众人微微躬身行礼，又跟着缓慢地关上了门。围观的人一边兴奋地谈论着，一边纷纷散去。

门刚关上，左侧房间那三人立即上前一步，连那个脚受伤的人也往前挪了挪。其中一人不小心跨过了屏风，长孙绮瞪了他一眼，他吓得又立即退回去。

李云当也咬着牙站了起来，冷冷地看着对方。

刚才连杀四人，时间虽然短暂，但是惊心动魄的性命相搏已把李云当的体力消耗殆尽了。这会儿他强撑着站稳，没受伤的右手藏在袖子里，抑制不住地颤抖，用最后一丝力气勉强握着剑柄，不让对方看出来。

长孙绮低声用突厥语说道："想死还是想活？"

突厥人中的一人哼了一声，并没有回答。

长孙绮道："想活，现在就离开，我会让老板把尸体收殓了。想死，就来。我知道你们死后要火葬入土，不过若是死在我的剑下，我可没耐心，挖个大坑直接埋了。"

其中一人怒道："你凭什么？"

长孙绮看着那四人，微微一笑。

突然之间，房间内亮起了一片银色光芒，和一阵疾风骤雨般尖锐犀利的嗖嗖声。长孙绮往后退了一步，随着她的手重新扶住琵琶，光芒又瞬间消失。

站在最前面一人噔噔噔连退三步，他面前无数根细碎的毛发飞舞，像下了一场雨。那人下意识地伸手去摸自己的眉毛，却摸到一片光秃秃的皮肤。他的手再往下，摸到了同样变得光秃秃的下巴。

那人低声道："你究竟是谁？"

长孙绮淡淡地道："我的师父，是高昌公主。"

四个人沉默了片刻，当先那人向长孙绮抚胸行礼。

"高昌公主是我们西域最美的雪莲花，"那人郑重地道，"这次是看她的面子。但那个人的性命，我们志在必得。"

"下一次，在剑上见生死。"

"好！"那人瞪了李云当一眼，对长孙绮说道，"他们的尸身，请代为安葬。"

那人说完，转身打开窗户跳了出去。剩下两人扶着受伤的那人，也跟着跳出窗子，再也没有回头。

第七章

"给。"

李云当一回头，一个东西凌空飞来。他本能地伸手接住，却扯到了左手的伤口，疼得倒抽一口冷气。

他看了看手中的东西，是一坛子酒，当即戳穿了油纸，仰头咕噜咕噜灌了老大一口。

长孙绮纵身跳到李云当身旁，一把抢过酒坛。

李云当笑道："这点酒，不够打湿嘴巴的……啊！"

长孙绮毫不客气地将剩下的酒倒在李云当的伤口上。李云当疼得龇牙咧嘴，但不肯在长孙绮面前服软，旋即咬着嘴唇死死忍住。

酒冲去了大部分血迹，露出里面长长的一道伤口。长孙绮掏出一包药，洒在伤口上，跟着又用一种绿色的膏药，一点点把伤口覆盖起来。

李云当任她摆弄，自己打量着四周。

这里是芙蓉池边的堤坝，由黑色长石垒砌而成，高约三丈，宽一丈。当年宇文恺建造堤坝时，预留了五处码头，这便是其中一处。

不过因荒废多年，码头的栈桥早已消失，连石墩都垮塌了一部分。两人就坐在塌陷的石墩边，池水离他们不到三尺。

月亮升到了高天之上，但只有弯弯的一牙，照亮不了什么。今晚的天空一片澄清，没有一丝云彩。星河横贯天穹，织女与牵牛星在银河的两侧遥遥对望。

长孙绮给李云当包扎好伤口，用力拍了拍他的肩膀。李云当终于忍不住叫出来："好了好了！疼死了！"

长孙绮坐在他身后，李云当搔搔脑门，挪到一旁。长孙绮也跟着挪到他身后。李云当一下站了起来。

"干什么？"

"你别坐在我后面！"李云当着实不客气地说，"我可不想什么时候脑袋就没了！"

"我有那么蛮横不讲理？"

"跟蛮横没关系，"李云当道，"你真的不知道吗？"

"知道什么？"长孙绮好奇地问。

"你的杀气……我可不敢把后背给你。"

"哼！那就别挡在我面前！"

李云当摇了摇头，跟着又长叹一声："今日若是没有你，我……死定了。这是你第二次救我。"

"那些人，是大食王的刺客吗？"

"还用问吗？"

长孙绮沉默了。

李云当捡起石头，一块一块扔进池里，激起的涟漪被对面的灯火照亮了，一圈一圈地向外扩去。

"大食人已经占领了我们整个家园，杀戮女人和孩子，拆毁神圣的庙堂，把我们的君主和军队像羊群一样驱赶屠杀……他现在剩下唯一的目标，就是杀我！杀我！杀我！"

李云当把周围的小石头都扔光了，想要捡起一块大石头，但是左手使不上力，右手又拿不下。他用力扯了两下，却脚下一滑，摔倒在地，跟着咕噜噜滚下石堆，扑通一声掉进水里。

长孙绮也不管他，看着他笑。李云当抓住岸边的岩石，狼狈地爬出来，趴在石头堆里喘息。

长孙绮笑道："你还真是不值钱，上次在船上是一批江湖二流杀手，这次又请的突厥杀手。大食人干吗不亲自动手？"

"大食人在大唐吃不开，"李云当呸了一口，"一群蛮子。"

"你是武后的人，我本该杀了你。"

李云当听了，扑哧一笑，懒洋洋地道："我……我算什么人？我不是质子，那是因为波斯已经亡了，我没资格当质子了……我是圣上的私臣，然而肯答应为我出兵的……却只有武后……"

"所以你又投靠了武后。"

"投靠？哈哈……这只能算是一桩交易而已……"

长孙绮冷哼一声："痴心妄想！"

过了好久好久，李云当才淡淡地道："你何尝不是痴心妄想？"

"我要杀了武后！"长孙绮一下站起身来，"谁要挡我，我就杀谁！"

李云当也站起身，目光迎上长孙绮血红的目光。

"你这么恨她，当日在三清殿内，你怎么不动手？"

"那……那是……那是因为……"

"那是因为你当时还有点理智！"李云当打断了长孙绮，"知道杀了武后，根本对你长孙家毫无用处，反而会导致长孙家被灭族！"

长孙绮胸口剧烈起伏。她满肚子的话都被李云当给顶了回去。

"那道密旨，难道还没让你清醒吗？"

"果然是你！"长孙绮怒道，"你跟踪我？"

"哼。"李云当冷笑，"我是想让你清醒清醒！武后杀高昌公主，明着看很有道理，但实际呢？你用脑子想想！"

长孙绮道："就算我阿翁故意放任侯君集灭了高昌王族，那又能证明什么？"

"是，证明不了什么。"李云当道，"可你真的以为抢到了《推背图》，就能要挟武后放长孙氏一马？那本书不过是记载了一些谶言而已，与真正伟大的东西比起来，算什么？"

长孙绮呆呆地看着李云当——他知道多少？为什么武后要让他追查此事？对了，他提过"维序者"，还说什么"神遗之地"……那是什么？还有八柱国？难道八柱国也跟《推背图》有关系？

李云当只道自己戳中了长孙绮的软肋，继续道："你还是不明白，无论你做什么，长孙无忌这根钉子，陛下是一定要拔除的。离开长安，是唯一的办法……"

"独孤皇后。"长孙绮忽然没头没脑地打断了他。

"什么？"

"你说独孤皇后，"长孙绮问他，"在三清殿，你为何会说到独孤皇后？"

李云当露出一副"你怎么说得出这种话"的神情，看得长孙绮莫名其妙："你干吗？"

"你没听过独孤皇后？你真没听过？"李云当道，"你可是长孙家的孩子啊！"

长孙绮默默地摸出一把匕首。

"好好，我说，我说！"李云当赶紧举起手，"嗯……这件事的奇怪之处就在于，你其实应该知道。"

"为何我应该知道？"

"还记得上次我说的话吗？"李云当说，"在三清殿里。"

长孙绮歪着头想了想："你好像说了什么……天志石? 维序者？"

"是的，"李云当说，"其实'维序者'是我们波斯跟大秦的称谓，在你们中原被称作八柱国。"

"八柱国我当然知道！"

"但你显然不知道八柱国为何能把持朝局一百多年。"李云当毫不客气地盯着她说，"当然，若你连这层意思也听不懂，就当我什么都没说好了。"

八柱国由西魏权臣宇文泰开创，号曰国之柱石，替皇帝管束天下，震慑四海。但暗地里，却是八柱国在推动朝局。连皇位之更迭轮换，据说也是由八柱国私下权衡、安排妥当之后，再昭告天下。自西魏、北周直至前隋，皇帝家换了三姓，八柱国却始终屹立不倒，只是其中偶尔有些家族没落，有些家族又兴盛起来。

长孙家从西魏初年开始进入八柱国集团。熬过了几轮更迭后，到前隋文皇帝重新天下一统时，长孙家仍然只是八柱国中一支二流的家族，与顶级门阀间还有着巨大的鸿沟。

然而天命却在本朝开始逆转。就在八柱国阀阅世家纷纷环绕在隐太子李建成身边时，长孙家却鬼使神差一般紧跟当时的秦王、后来的太宗皇帝。接下来便是不可思议的玄武门之变，大唐天下陡然翻转。原本八柱国的顶层家族在太宗皇帝的刀斧面前，根本不值一提，顷刻间灭门的灭门、逃亡的逃亡，长孙家反而一跃成为八柱国硕果仅存的余脉，开始以八柱国首领自居。

长孙绮从小远离中原，身为家族的一员，她对这段历史仅略知一二。李云当这个波斯人，为何一清二楚？除非……他说的是真的，八柱国就是他们波斯的维序者……

李云当见长孙绮眼神变化，知道她在想什么，便冷笑一声："别想了，你根本不明白我的意思。你们中原自始皇帝一统天下开始，可有暗中掌控朝廷之事？八柱国何德何能，能延绵一百余年，经历了四朝更代，还能屹立不倒？你想过这个问题没有？"

"那是……那是因为……"长孙绮犹豫了。见鬼，她还真的从来没有想过，因为自记事以来，门阀士族这格局就像规则一样在脑中存在，祖父长孙无忌更是屡次在家族内宣言，长孙家要把门阀士族之势力延续下去，成为真正的朝廷栋梁。

此刻她回头想想，成为朝廷栋梁的意思，难道是……控制朝廷？

她忍不住想脱口问李云当，却又在话出口的最后一刻强行忍住。不行！这个人就是想凭借这些乱七八糟的东西来扰乱自己心神，或者套自己的话！他此刻说的每一句，一定有预谋，不能顺着他的话往下想！

长孙绮刹那间明悟。她快速拢了一下头发，收敛心神。芙蓉池对面的灯火荡漾在水面上，水面的光又尽数投射在她的身后。她的脸庞隐在昏暗中，她的轮廓却格外分明，一根根发丝仿佛都闪着光芒。其中有些许光芒，勾勒出她脸部的线条，和那个微微翘起的骄傲的小鼻子。李云当看得心怦然一跳，一时间有些恍惚，忘了自己要说些什么了。

忽听长孙绮道："你今天故意犯险，引我出来，就是想告诉我，离开长安？"

"啊……我……"李云当回过神来，才道，"是……当然！你能离开，当然最好。"

"就这些？"

"嗯……还有……你如果要找那部谶书……可得好好找找……"

长孙绮不再说话，只是盯紧了李云当。李云当在她的逼视下，浑身冒汗，偏过头去搔着脑袋。

"嗯……我想……大概……可能……那部谶书还在长安城内……"

"你答应了武氏，要找到谶书。所以你现在是我的敌人，是不是？"

"呃……是吧。"

"那我现在就杀了你。"

"别别！"李云当立即举起手，"我可打不过你！再说我们也不一定就是敌人啊！"

"谁敢抢我的东西，谁就是。"长孙绮老老实实地说，"我的敌人，那就得死。"

李云当哭笑不得："你也太一根筋了……算了，不跟你多说了。你……总之，你好自为之吧！"

"嗯？"

没等长孙绮反应过来，李云当嗖地跳上堤坝。只听"哎哟"一声，他仓促间摔了一跤，却没有任何停顿，爬起来飞快地跑了。

长孙绮刚要追上去，却见星光之下，乱石堆中，有个东西在闪闪发光。

长孙绮伸手捡起那东西，是一个银质的十字形。她握在手心里，还隐隐感到李云当残留的热量。

"哼，"长孙绮冷笑一声，"就知道你有鬼！"

第八章

"咦？这不是十字形吗？"

长孙绮一下抬起头："你认识？"

唐玉嫣拿起这枚十字形，仔细看着。十字形本身由银打造而成，不知是什么年代的，较长的那一条已经有些弯曲了。但显然有人不停把玩，所以表面没有变黑，而是显现出一层黯淡的灰色。

十字形上刻着许多细小的花纹，唐玉嫣凑近了看，也看不出是什么纹路，不过可以肯定并非中原风格。

"这是十字形，景教的玩意儿，"唐玉嫣很有把握地说，"听说这是他们的圣物。"

"你确定？"长孙绮问道，"就这么个十字，有什么特别之处？我还以为是……"

"你当是头饰呢？"唐玉嫣白了她一眼，"你瞧，横短竖长，这形状可是有来历的。"唐玉嫣把十字形摆正了，问长孙绮，"你说这像什么？"

长孙绮看了片刻，忽然一凛："把人绑在上面，倒是正合适……"

"是把人钉死在上面。"唐玉嫣说道，"听说，他们的祖师爷，就是这样死的。"

"是吗？"长孙绮拿过十字形，更有兴趣地打量，"所以……他们这是在纪念祖师爷？"

"也许吧，反正大唐知道的人很少。但是有一个人，却深深地相信。这个人你也认识。"

"我认识？"长孙绮瞪大了眼睛。

"长孙皇后。"

这下长孙绮的嘴巴张得大大的，再也合不上了。

呱呱……呱……

一只乌鸦从头顶掠过。

长孙绮一抬头，只看见密密的藏青色柏树树冠。乌鸦在周围盘旋着，不停鸣叫，却不见身影，长孙绮重新看向那坐落在柏树林子里的景寺。

唐玉嫣不愧是京城第一博闻强记之人，经过两天的搜索和打听，景寺的来龙去脉已经完全清楚了。

这座景寺乃是大唐第一座景教道场，先太宗皇帝于贞观十二年建造，位于长安西北的义宁坊中，靠近开远门。这里原是前隋的皇家林地之一。据说独孤皇后独喜柏树，文帝便命人种下六千七百棵柏树。历经七八十年，已成长安城内最大的柏树林。

大唐建立后，先太宗皇帝将这片林子赐给同样喜爱柏树的长孙皇后。

景教初入大唐，先太宗皇帝虽然礼遇，却并不真心信奉。长孙皇后却对景教敬重有加，据说在重病弥留之际，她违背太宗的意愿，信了景教，并获得祝福。

"姑祖母最后竟然信了景教……"长孙绮真是惊讶万分。

唐玉嫣道："是啊。当今天子李家乃老子后人，以道教为国教，堂堂皇后居然信了别的教，怎么说都很奇怪。长孙皇后据说一生谨慎，这件事只怕另有隐情。"

长孙绮默然。

长孙皇后过世两年之后，先太宗皇帝对她思念日盛，遂下旨在柏树林里建造景寺，为景教道场，以告慰长孙皇后在天之灵。

景寺的建筑风格与寻常寺庙并无不同，最前面是一道山门，后面是寺庙正门。此刻大门紧闭，不过还是能看见其后大殿的屋顶。

只不过山门上雕刻的走兽、人物造型怪异，有种说不出的悲哀、赎罪的格调，与其他寺庙的祥和之气迥异。

大殿的背后还有一座高高的石塔，上面挂着一面绘有十字图案的旗幡。

山门上原本挂匾额的地方，同样刻着一个十字形。长孙绮看看手里的小东西，跟它一模一样，都是横短竖长的形制。

唐玉嫣看到十字形，一下就能想起长孙皇后在弥留之际信了景教的传言。看来李云当是真的知道一些线索，而且把线索故意泄露给了她。

"为什么呢？"长孙绮很疑惑，"对他来说，这可是能不能请援兵回国挽救社稷的关键，他就这么心甘情愿地让给我？"

"会不会是因为小姐救过他，他心存感激？"

长孙绮冷笑一声："他那种人，怎么可能！"

"那……就是别有阴谋。"

"哼。"长孙绮望着景寺的山门，冷笑一声，"我倒要看看你耍什么花招！"

景寺作为景教道场、皇家寺庙，平日里大门紧闭，禁止常人出入。今天听说是景教的宣教日，要在大殿宣讲教义，因此开了一道侧门，让皈依的教徒入内。

等待的这会儿，稀稀拉拉地进去二三十人。看景寺的模样，也不在乎香火多少。长孙绮正等得不耐烦，忽见唐玉嫣出现在侧门，向她招手。

长孙绮走过去，唐玉嫣拉着她走入寺中，低声道："刚捐了两吊钱，算是皈依了……"

长孙绮一怔，唐玉嫣赶紧说："假的，假的！再说咱们要入教，哪那么简单？事儿多着呢！这只是可以进来听听讲经！"

长孙绮嘟嘟囔囔地说："规矩这么多……人家和尚庙巴不得别人来进香礼佛呢。"

唐玉嫣苦笑："这是西来的胡僧，跟咱们大唐不同……你瞧，他们做礼拜都在前殿。后面还有一处殿堂，不过不让人进去。"

长孙绮打量着眼前的大殿，这座殿同样是大唐的形制，但雕花壁画等全然不同。信众都穿着麻衣，戴着兜帽，在大殿外排队依次进入。

长孙绮把兜帽拉上，低声道："等那大僧侣出来讲经布道，我就找机会溜进去，你在大殿看着。"

两人用兜帽遮住大半边脸，垂着脑袋，跟着信众一起向大殿走去。长孙绮落在最后面，眼见众人都进入殿中，她忽然一闪身，来到了大殿一侧。

大殿的夯土基层高达五尺，上面则是木墙，刷着黑色大漆，连柱子都是黑色的。长孙绮走着走着，一纵身，跃上夯土，贴着柱子藏好。

两名僧侣从殿后转过来，低声细语地往前走，丝毫没有留意到身旁有人。

他们刚走过去，大殿里传来一阵唱诵的声音，礼拜开始了。

长孙绮跳下来，刚转过大殿，忽地一怔，只见一名僧侣在殿后扫地。

那僧侣或许是被殿后的柱子挡住了，长孙绮完全没留意到，待得发现，离那僧侣只有不到两丈的距离。

长孙绮右手本能地握住了袖子里的匕首。

那僧侣穿着一身麻衣，戴着兜帽，看形体姿态已经很老了。他佝偻着背，慢吞吞地扫地。地面的石板凹凸不平，他扫得甚是艰难。

连礼拜都不能参加，这大概是个等级最低的僧侣吧。

长孙绮绕过他，向院子后面走去，那僧侣却突然说道："礼拜都在大殿里。"他的声音喑哑，说不出的苍老疲惫，说完用力咳嗽了两声。

长孙绮道："我是第一次来，想参观一下，后面不能参观的吗？"

僧侣道："可以，无妨的，无妨的。"说着继续扫地，再不说话。

长孙绮大摇大摆走到中庭门口。她回头看，见那僧侣渐渐往大殿前扫去，便转身走入中庭。

中庭里平平无奇，两侧是僧侣住的厢房，中央就是那座高约三丈的石塔。

长安城其他寺庙内的塔都是用木料建造，既可以建得很高，各种飞檐、斗拱也可造得非常精致华贵，雕梁画栋充塞其中，吸引信徒顶礼膜拜。

但这座石塔就——长孙绮都忍不住叹了口气——实在是太简陋，以至于到了丑陋的地步。

仅仅是用一块块毫无美感的石头一路堆砌上去。甚至连石头都没有切割整齐，而是大大小小胡乱堆在一起，以至于塔的分层都看不出来，如果不是因为还有个塔的外形，几乎会被人当作一堆乱石头。

可能连建造者都觉得太丑，或是里面太黑，只在中部开了两个洞透光，连窗户都没有安装。

石塔有一个木制的塔顶，顶棚下吊着一口钟。长孙绮的目光本已经掠过这座丑陋的石塔，向一旁看去，却又忽然一怔，目光移回来。

在那口笨重的铜钟旁边，似乎有个模糊的人影。

长孙绮以为那人发现了自己，当即闪身躲在厢房檐下。她偷偷探头出去打量，发现那人在钟旁走来走去，并没有留意到下面的动静。

但他那个位置太好了，只需往下俯瞰，就能监视到前后两个院子，根本没法从他眼皮子底下溜过去。

正在这时，大殿内当当当地响起钟声，信众和僧侣鱼贯而出。长孙绮赶紧回到大殿前，与唐玉嫣两人携手走出景寺。

"怎么样？"唐玉嫣低声问。

"没什么戒备，一个守卫都没见到。"

"但我觉得这里到处透露着古怪。"

长孙绮冷哼一声："不过就是托了长孙皇后的福而已。如今谁还信它？"

"小姐，你小声点……"

"法主是谁？"

"听说叫作风云漫，是个从波斯来的大秦僧侣，这是到了大唐之后取的名。"

"知道了。"

两人沿着林间道路向外走，越走越慢，渐渐地落到了最后。

身后响起一阵轧轧声，两人一起回头，只见僧侣们关上了山门。

长孙绮抬头看看天，太阳马上就要落到山后去了。她把兜帽重新戴上。

"你在林子外等我。"长孙绮道，"如果宵禁了我还没回来，就先回去。"

"那……你小心点！"

唐玉嫣转身继续跟着信众往外走，长孙绮借着她的掩护，猫着腰一溜烟钻入林子深处。

她迅速绕到寺庙左侧，手足并用爬了进去。有那个人在石塔顶端，即使寺内没有什么高手，她也不肯冒险。师父说过："黑暗是刺客最好的盟友。"

师父说得对。长孙绮整个人缩到大殿的飞檐下，躺在斗拱之间。这儿寂静得可怕，除了偶尔的鸟叫，什么声音都没有。

她闭上眼睛，决定再等一会儿。

"你知道我们为什么要杀人吗？"

"啊？"

正在练剑的九岁的长孙绮抬头看高昌公主。她穿着永远不变的鲜红衣裳，坐在高高的岩石之上。

天空蓝得吓人，一丝云也没有。地面荒芜，满眼只有黄色的沙、浅黄色的岩石。高昌公主的那一袭红衣，便是整个世界的中心。

长孙绮抹了抹额头的汗。她还是不懂高昌公主的意思，但自己必须回答，否则下一刻就要受罚了。她紧张地思索了一下。

"嗯……因为……我们是刺客……"

啪！

一枚小石子打在长孙绮瘦瘦的胳膊上，痛得她一抖，却不敢出声。

高昌公主没有说话，说明她还在等待答案。长孙绮脑子高速运转，拼命想着师父平日里的话语。

"因为……有些人……有必死的理由！"

说完这话，长孙绮全身绷紧，随时准备挨一石头。但过了半天，却并没有小石子飞来。她壮起胆子偷看高昌公主，见她手里不停把玩着一枚小石子，望着极远处隐隐的雪山山头发呆。

高昌公主没有说对，也没有说不对，长孙绮就一直站着，一动不敢动。

永无休止的猎猎西风吹动高昌公主的衣袖，鲜红的颜色在蓝色的天幕下不停翻滚，长孙绮的小心脏也跟着扑通扑通地加速跳起来。

过了好久……好久……高昌公主才长长地叹息了一声，将手中的小石子远远扔了出去。

"你须记住，"高昌公主说道，"有些人，有必死的理由。然而我们，却也有不杀的道理。这道理，远比理由更重要。"

长孙绮一点也不明白，但是赶紧用力点点头："是，师父！"

"那你说，道理是什么？"

"是……"长孙绮汗水一颗接一颗滴落下来，面前的砂石地被浸湿老大一块。她的脑袋越垂越低，身体微微颤抖起来。

"罢了，"高昌公主叹道，"我尚且不能明白，何况是你。"

长孙绮一言不发。

"我们是什么？"高昌公主继续自言自语，"我们只是一柄剑而已。刺客就是剑。我们没有自己的想法，别人让我们刺向哪里，我们身不由己……剑尖永远只朝着一个方向，握着剑柄的人却数不清。但是绮儿，你……却有自己的命运。"

"我的命运？"

"比刺客本身还要艰难的命运……可能是天下的命运……"高昌公主摇了摇头。她不说，长孙绮仍是不敢问。

空中传来一声尖啸，两人一齐抬头，见一只大雕在空中盘旋。

它一定是从远方的山脉长途跋涉飞来的。不知道是不是迷路了，它已经疲惫不堪，借着地面升腾而上的热气流，不停地起起伏伏，一直盘旋着，盘旋着。

长孙绮一下忘了什么剑什么杀人的理由，兴奋地叫道："师父！打它！打它！"

她们师徒两人在这片荒漠中已修行了十天，食物早就吃完，水也快喝干了。长孙绮张着嘴巴，望着大雕都流出了口水。正想着高昌公主把它打下来后，怎么烧着吃，却见高昌公主手指一弹，小石子直飞上去，从大雕身旁呼啸着飞过。

"飞吧！"高昌公主大喊一声，"你这畜生！能活着就别死啊！"

"啊呀！"长孙绮尖叫一声，看着受惊的大雕飞走，双脚一软，跪坐在炙热的砂石地上……

长孙绮张开眼睛。

天不知什么时候变得漆黑一片，四周沙沙地响着，下起了小雨。

长孙绮慢慢坐直了身体，活动一下酸痛麻木的四肢。她在这狭窄的地方睡了这么久，居然一直没人发现，看来寺庙里一个会武功的人都没有。

长孙绮翻身跳下来，打量着四周。雨下得不大，地面半湿半干，空气中有股泥土的味道。

院子里没有灯火，只有大殿内透出来的微光依稀照亮了地面，周围一丁点人声都没有。

长孙绮抬头看石塔顶，却见那人仍在。

塔顶里点着两支火把，照得雨丝纷纷扬扬地洒落。那人一直绕着钟不停转圈，似乎在说着什么，只是隔得远了，听不清他的话语。

真是见了鬼！

这个人在上面哪怕一动不动，只需俯瞰，就能给长孙绮极大的威慑，让她始终不敢露头。

必须要解决他才行！

长孙绮猫着腰，借着夜色的掩护悄悄接近了石塔。石塔下方没有门，长孙绮一个闪身就钻入了塔中。

塔身由石头砌成，里面整个是中空的。一架木梯回旋向上延伸，每隔三丈左右，就有一个木板搭就的平台。木梯就借着一个又一个的平台，一直延伸到塔顶。

长孙绮慢慢抽出匕首。她往上走了一步，不料木梯发出嘎吱一声响。长孙绮身体紧贴在石壁上，等了片刻，没有什么动静。她脱去鞋，光脚踩在木梯边缘，悄无声息地往上爬。

爬到一半，塔顶传来一阵奇怪的嗡嗡声。长孙绮越来越觉得古怪，背上汗毛莫名其妙地竖立起来。

她爬到靠近塔顶的位置，从下方往上看。只见一个身穿灰色麻衣、梳着一个简单发髻、面容干瘦憔悴的道士，正用两手不停拍打着铜钟。

这口钟的直径足有五尺，又大又重。就算这样，似乎有人还怕这口钟晃动起来发出声音，四周用了六根粗大的铁链，一头穿在铜钟底部，一头铆在石壁内，将钟死死锁住。

那道士的两只手拍在钟面上，既晃不动，也敲不响，于是便发出嗡嗡的声音。塔顶两侧点着两根火把，借着火光，长孙绮看见他两手都已经拍得鲜血淋漓。

这钟，这道士……

突然之间，长孙绮耳朵里嗡嗡作响，眼前闪过无数纷乱的画面……道士……僧侣……钟……钟……

一个正使劲拍打铜钟的道士！

她看见了！她曾经见过！这一幕，这场景……所有的一切，曾经那样真实而又分明地展现在自己眼前！

就在秘书省，就是那只漆匣！

可……为什么自己看到的，却是几天之后的场景？

不……不仅是这一幕，之前阿翁亲手把自己交给高昌公主，以及高昌公主陷入火海之中……这些是真真切切发生过的！

那么说，那三个胡僧，还有两个道士……也应该曾经存在过……可是为什么自己会看见这些？

长孙绮感到自己面前出现了一个全新的、未知的、无法形容、无法理解的世界，一时间完全茫然，呆呆地站在梯子上。

"你……你！"

长孙绮眨了眨眼睛。

"你！你！"

长孙绮猛地回过神来，只见那道士正俯下身，凑到她面前，瞪着一双血红的眼睛看着自己。

长孙绮本能地一刀向他刺去，速度快得那人根本就无法反应。但在最后时刻，长孙绮手腕一抖，匕首斜着躲过了他的心脏，一刀插入他的手臂。

"啊！"长孙绮大喊一声。

"啊……"道士轻轻喊了一声。

"我我……我……"长孙绮慌乱地跳起来，但自己也不知道在慌乱什么。

"你……哈哈哈……你！"道士用另一只手指着长孙绮，笑得咧开嘴巴，露出一口黄牙。

"你认识我？"长孙绮惊讶地问。

"我知道你。"道士叹了一口气，像是见到多年不见的老友，说道，"观音婢，我……一直在等你。"

"好了。"

长孙绮给道士包扎好伤口，松了一口气。幸亏最后时刻收了一点力，这一刀插得不深，没伤到骨头。

她心中甚是愧疚，把自己带的伤药几乎全倒在道士的伤口上。那道士却浑若无事，自始至终都笑嘻嘻的，好像受伤的根本不是自己。

凑近了，才发现道士衣衫不知穿了多久，早就洗得失去了本色，而且打满补丁。头发也像枯草一样，乱七八糟地堆在脑袋上，仔细看那根固定发髻的簪子，居然是一根筷子。

道士的两个脚踝上各有一只铁镣，下面拖着两根粗大的铁链，铁链的另一头深入石塔的青石之中。铁镣和铁链闪着寒光，塔顶的地面竟清晰地映出他的身影——铁链在这塔顶磨砺了不知多少年，才把粗糙的青石磨得这般光滑。

"抱歉，我……我伤到了你……"

"什么是伤？"道士摇头晃脑的，"这破破烂烂的躯体，早就不想要了！"

"你是谁？"长孙绮问他。

"我是天，我是地。"道士一本正经地说，"我是过往，我是未来。我是你的仆人，观音婢的仆人。"

长孙绮一呆，这道士刚刚就说过"观音婢"这三个字，但这是自己的姑祖母长孙皇后的小字。她赶紧摇摇头："你认错了，我不是……你怎么知道这个名字？"

道士笑了笑，这笑容却比哭还难看。他一直笑着摇头，又不停点头，鼻子里哼哼唧唧的。

见他不肯说，长孙绮道："你不像是这寺庙里的僧侣。"

"为什么不像？"

"他们的发髻可不像你，"长孙绮说，"而且你这道士袍子都快烂了，也跟他们的衣服不像。"

"你知道什么是景教吗？"道士突然问她。

"不知道，"长孙绮歪着脑袋想，"好像……他们只信一个神。"

"那不是神，"道士说，"那是一个预言，一个指引，一个必然降临之物。"

"啊？"长孙绮茫然地道，"那是什么啊？"

"那是与天地同寿、与日月同辉的事物。"道士两眼放光，不由自主站起身来，看着石塔之外。

塔外一片晦暗，景寺内只有几处微弱的灯火，照亮不了什么。长安城原本璀璨的灯火也被树林遮住，只有远处低矮的云层，微微反射着红光。

从这里看不到雨丝，不过周围林子里一直沙沙地响着，显然雨一直没有停。不时有微风吹来，带来一阵阵潮湿的林木气息。

道士站在石塔边上，像是看到了什么神奇之物，伸手去触碰虚无的夜空。长孙绮忽然被这一幕震住，因为道士这个动作非常眼熟，似乎在什么地方见过……

是了！在那一场神奇的梦幻中，她看见了道士……他倾身向前，伸出手臂，想要抓住那些空中飞舞的奇妙光芒……长孙绮眼睛眯成了一条线，紧紧盯着道士的一举一动。

他望着虚空，望着想象中的光芒，像在述说又像在哭泣："大帜巍巍树两京，楚舆今日又东行。乾坤再造人民乐，一二年来见太平……"

是诗？长孙绮听不懂他说的话，却知道肯定非常重要。她一声不吭地站在道士身后，听他继续喃喃。

"杨花飞，蜀道难。截断竹箫方见日，更无一史乃乎安……日月当空，照临下土……"

"等等……"

"扑朔迷离，不文亦武……"

"住口！"

长孙绮突然暴喝一声，那道士一惊，一跤坐倒在地。长孙绮自己也吓了一跳，赶紧捂住嘴巴。

"日月当空，照临下土。扑朔迷离，不文亦武！"这十六个字像炸雷一样在长孙绮脑子里回响。这……这不正是祖父交代过的，指责武后要篡权夺位的谶言吗？

这十六个字，一旦传到皇帝陛下耳朵里，武氏有一万张嘴也说不清楚！但这十六个字，本来应该写在长孙绮正满长安拼死寻找的《推背图》里，怎么会从这么个落魄、邋遢、脑子不清醒的道士口中蹦出来？

　　长孙无忌说，当时只有一名内侍冒死传出来三段谶言，其中就有关于武氏的这一段。这本由先太宗皇帝亲自批阅、封印的《推背图》，连同藏在里面的密诏，就能彻底灭了武氏，扭转局面。

　　"嘿……嘿嘿……"坐在地上的道士嘿嘿傻笑起来。刚刚长孙绮怒吼的那一声，用上了十成功力。道士笑了几声，张嘴哇地吐出一口血。

　　"你……你知道你说的是什么？"长孙绮惊恐地压低声音问。

　　道士坐直了身体，又吐出一口血。他擦了擦嘴角的血迹，脸上依然是那痴痴呆呆的笑容。

　　"你从哪里知道的？"长孙绮凑近了他，"你是不是看过那本谶书？"

　　道士还是傻笑着不说话。

　　"它在哪里？"长孙绮死死盯着他的眼睛，"告诉我，我可以……我……"

　　长孙绮眉头跳了两下，一时说不下去。见鬼，这个疯疯癫癫的道士，有什么事是可以让他开口的？

　　道士笑了两下，一翻身爬起来。长孙绮急得抓住他的袖子。

　　"你要什么？我都答应你！你……"

　　道士深深地看了长孙绮一眼，突然说道："八柱国失算了……明明拥有神嗣血脉长达一百多年，却始终一无所获……观音婢是第一位，也是最后一位知道真相的人……天下汹汹，终究逃不过归于一统！"

　　长孙绮已经完全蒙了。在这破破烂烂的石塔之上，遇到一个莫名其妙的道士，说出的话一句比一句让人惊心动魄。她看了看四周，下定决心："你来！跟我走！"

道士摇摇头："他活着，我不走。"

"谁不许你离开？"

"他活着，我不走……他活着，我不能走……我看到过去……看到太多……"道士继续在喃喃自语，长孙绮伸手扯了扯地上的铁链，铁链纹丝不动。她正想着怎么办，忽听石塔下脚步声急，十几个人围住了石塔。

只听一个人朗声道："娘子，我家法主有请。"

长孙绮知道此时不能硬来，便低声对那道士说道："你且等着，我一定回来找你！"

道士只是喃喃自语，也不知道听见了没。长孙绮站起身，一步步走下石塔。石塔外果然围着十五名僧侣。他们手持长棍，见到长孙绮出来，便一起在胸前画了个十字，向她行礼。

"带路吧。"长孙绮淡定地说，仿佛她不是暗中潜入的贼人，倒是应主人邀请而来的贵客一般。

僧侣默不作声把她围在中间，向后院走去，走过院门，走到后殿前。这座后殿差不多跟前面的大殿一样大。

这种形制可不多见，长孙绮心想，大概这是外邦异教特有的吧。

两侧的厢房一片漆黑，只有殿内灯火通明。僧侣都停在了院门处，两名女僧侣站在殿前，向长孙绮行礼。长孙绮走到殿门前，两名女僧侣跪下为她脱下鞋袜，洗了脚，擦拭干净，便低着头无声地退下了。

长孙绮偷偷摸摸进过三清殿、秘书省，也没什么畏惧，偏偏看见这大开的门，心中反而忐忑不安。

定了定神，长孙绮抬脚跨过门槛，走入殿内。

这是一座面阔八间、进深四间的大殿，从外部看规格非常高，足以彰显皇家寺庙的气派，但内部却又极为朴素，甚至到了简陋的地步。

大殿内每一根柱子都刷着黑漆，地下的木板也刷了黑漆。然而这些柱子、地板，全都被擦得锃亮，在灯火的照耀下，反而发出一层淡淡的辉光。

每一根柱头上，都点着四盏灯，每一盏灯的光虽然微弱，但大殿在一百八十盏灯照耀下，显得格外光明神圣。

长孙绮知道景教与火祆教同为波斯三大教之一，相互影响，也崇尚光明，这样的摆设表明建造这座寺庙的法主，也可能同时接受过火祆教的影响。

除了灯，长孙绮的眼中看不到任何其他东西。她赤着脚走在地板上，地板光滑，有一种说不出的寒冷顺着脚往上袭来。长孙绮一步一顿，警惕地观察着四周。

正对殿门的地方一片空白，长孙绮并不觉得意外。景教讲究的方位本来就不在门的正面，而在进深最深的两侧。她走到第二、三排柱子的中间，转身向左。

她的目光立即被一个巨大明亮的十字形吸引。

这是一个高两丈有余的十字形，由无数的琉璃组合而成。十字形下方密密麻麻摆放着一百多盏小油灯，在光的映照下，从内部反射出瑰丽夺目的光彩。

黑色的柱子，黑色的地板，黑色的横梁和穹顶……四周都是黑色基调，唯独十字形在黑暗中闪亮发光，这视觉上的冲击真是前所未有，让长孙绮一时间呆在当场，张口结舌地看着十字形出神。

"真像。"

长孙绮一惊，这才注意到十字形的下方站着一个人。她揉揉眼睛——等等，这不是白天看到的那个扫地僧吗？

他此刻摘下了兜帽，白发尽剃。十字形的光芒映照在他那张苍老的脸上。他眉骨凸出，眉毛又长又白，眼皮耷拉着，几乎看不见眼珠子。他的脸虽然瘦，却长着络腮胡子，胡子末梢结了两个小辫。

他的胸前挂着一只金色的十字形。

扫地僧向长孙绮拱手行礼，长孙绮却同时向他行双手交叉抚胸之礼。长孙绮顿觉有些尴尬，那扫地僧笑了笑。

他一笑，脸上的褶子都在颤抖。他慢慢睁大了一点眼睛，露出一对淡蓝色的眸子。

"我见过你。"扫地僧说。

长孙绮有些好奇地看着他："你是……"

"我的本名早已遗忘。大唐的人称呼我为风云漫。"

长孙绮眉头抽动了两下。见鬼，他居然就是法主，难道法主也亲自扫地吗？

"你是长孙家的孩子吧？"风云漫始终带着一丝淡淡的微笑。

"你怎么知道？"

"长孙家里的孩子，就数你最像她。"

长孙绮茫然地问："谁？"

风云漫右手垂下，恭敬地指着琉璃十字形下方。长孙绮的目光随着他的手看去，看见了一张案桌。

这张案桌比寻常的要矮得多，长宽却还是寻常尺寸。

案桌看似不起眼，然而仔细看，案桌表面用一种极其繁复的阴刻手法刻着密密的纹路。这些纹路从正面几乎看不到，侧向一个方向时，却能看到无数的暗金色云纹。

案桌正中，放着一只同样以此手法阴刻的紫檀盒，四周每一根棱角都包着金线，下方则是纯金托架。

"这是先文德皇后遗赐之物。"风云漫说道，"本寺受长孙皇后恩德颇多，是以为她长设此座，日夜倾听我主在天上的福音。"

一听是长孙皇后的神牌，长孙绮立即跪下，朝紫檀盒行礼再三。

长孙皇后对于所有长孙家族的人来说，都是最辉煌与最神圣的存在。长孙绮头磕在地板上，心中默念："姑祖母在上，保佑孙儿夺得《推背图》，为我长孙家手刃武氏。求姑祖母保佑！"

长孙绮磕完头，站起身来。风云漫微微侧身，示意她跟自己来。

两人走过长长的大殿，朝另一头走去。

每走过一行柱子，长孙绮就警惕地四下张望。她总觉得有个什么东西跟着自己似的，但又找不到证据。从影子上来看，确实只有他们两人，但……这怪异的感觉始终挥之不去。

两人走到了另一头。这里的墙上同样有一个十字形，只是比刚才那个小一些，用很粗糙的原木制作，十字形的边缘甚至还残留着树皮的痕迹。它就那样被简单地钉在墙上，完全没有光彩，却另有一种无法言说的神圣之感。

十字形下方，是一张简陋的榻，榻上横着一方小几，小几上摆放着茶具，几旁边一个小铜炉正烧着水。风云漫请长孙绮在榻上坐了，亲自给她煮茶。

长孙绮道："大师，你来长安多少年了？"

风云漫笑道："早忘了。"

"那大师今年高寿？"

"忘了。"

"大师是波斯人，还是大秦人？"

风云漫给长孙绮斟茶，笑道："你分得清大秦与波斯，可见在西域待过许多年。"

"波斯已经灭国了。"长孙绮冷冷地说。

风云漫点头："是。国与人，都有生死，都要为所作所为接受最终的审判。"

"审判？为什么？善良的人也要接受审判吗？"

"审判不是判刑。"风云漫笑着摇头，"而是判定。善与恶，都需要判定。"

"谁来判定？"

"唯一的神。"风云漫看了长孙绮一眼，"中土有许多神，但对我们来说，永远只有一个。"

"是，我听说过。那……大师害怕审判吗？"

"谁不怕呢？"风云漫笑。

"我不怕，"长孙绮说，"没有什么能够审判我。"

风云漫把茶杯端给长孙绮，笑道："你师父是谁？"

长孙绮不客气地接过茶杯："不告诉你。"

风云漫坐到长孙绮对面，也端着茶慢慢喝，脸上的笑容一丝也没有改变。

外面传来沙沙的声音，没多久就变成哗哗的声音，雨下得大了。忽然外面闪烁了一下，照得大殿内一片通明。雷声过了片刻才隆隆地传来。

风也随着雨大了起来。啪啪啪……大殿的窗格发出轻微的颤抖声，窗户上的纸随着风压，忽而往里压，忽而往外扯。所有柱子上的灯火也跟着一起晃动，大殿像是一头活了过来的巨兽，在艰难地喘息。

"大师，"长孙绮放下杯子，在隆隆的雨声中开口，"你们景教的教义，说谎话的人会怎样？"

"死后坠入地狱，永不得入天堂。"

"我知道你们的天堂与佛家的西方极乐，并不是一回事。"

"哪有那么多不一样？"风云漫笑笑，"不过都是人生终极之事。"

长孙绮盯着他，他也眯眼看着长孙绮。过了片刻，长孙绮道："请问大师，有一部先太宗皇帝亲自批阅的……"

"正在本寺。"风云漫点点头。

他这样随口说出来，长孙绮后面的话统统哽在了喉咙里。她顿了顿，强压下怦怦乱跳的心，强作镇定地问道："那部谶书……在这座殿里，是不是？"

"是。"

长孙绮身体慢慢前倾，撑着榻的手青筋暴出，像是要越过小儿掐死神色坦然的风云漫。

"便藏在……长孙皇后的遗赐之物中？"

风云漫点了点头："是。"

长孙绮和风云漫一齐向大殿左端望去。那个琉璃十字形在十几丈外的尽头幽幽地发着光。几十根柱子被灯火照耀，随着灯火的摇动，几十道影子不停地颤抖。

隔得远了，十字形下方的案桌和上面的紫檀盒都隐藏在昏暗中，看不分明。

"是否可借我参阅一下？"

风云漫还是笑笑："长孙家的孩子，不行。"

"为什么？"长孙绮一下半跪而起。

"你们长孙家，想要造反吗？"

"造反？我们长孙家就是大唐的开国公爵，先皇后的娘家，怎么会造反？"长孙绮冷笑，"恰恰相反，我是要维护大唐江山！"

"维护？"风云漫说道，"今日可比不得百年前，八柱国权倾天下。"

长孙绮勉力笑了笑："如今天子春秋鼎盛，国家贤明在列，哪里还有什么八柱国？"

风云漫摇了摇头，片刻，又点了点头，说道："正该如此。"

长孙绮分明觉得他藏了什么话，但又不好问。那古怪道士都知道谶言，这法主不可能不知道。看着风云漫再次若无其事地喝茶，长孙绮焦躁起来。

"不管你怎么想，"长孙绮咬着牙道，"看在先皇后的分上，给我瞧一瞧，行不？"

风云漫看也不看她，笑道："长孙家的孩子，你是在观音峡出生的吧？"

长孙绮就那样看着他。真是活见鬼了，今晚遇到一个道士、一个番僧，一个喊自己观音婢，一个问自己是不是观音峡出生的……这是怎么了？

"我出生在哪儿，跟那本谶书有什么关系？"长孙绮有些生气，"你爱给不给，拿小女子的出生说事算什么？"

风云漫道："当然有关系。正是先长孙皇后下令，让你母亲在观音峡生下你。若你连这关系都不明白，那便是缘分还未到，你看不得那东西。"

"你……"长孙绮被他这般胡搅蛮缠的话弄得又好气又好笑，又因为涉及自己的母亲和姑祖母，一时不知道怎么回应，满脸涨得通红。

"总有一天，你会明白我今日的意思。"风云漫第一次收起了笑容，声音低沉下来，"因为这书不属于这个世界，而我必须将它带走……"

"交给我吧！"长孙绮热切地说。

风云漫苦笑一声："长孙家的孩子，不行……"

"行"字刚刚出口，砰！座下的榻突然猛地崩裂开来，因为长孙绮双脚在榻上一蹬，借着巨大的反弹之力，朝前猛冲！

但她只往前冲过了两根柱子，就赫然看见风云漫站在第四根柱子前！

长孙绮心头狂跳！但是现在已经停不下来了！

长孙绮来时未带任何兵刃，只有三根铜簪插在发髻上。她根本来不及细想，脚在一旁的柱子上用力一蹬，借力高高跃起——

嗖嗖嗖！

三支铜簪脱手而出，向风云漫激射而去！

铜簪从长孙绮手中飞出之时，她的身体已经飞到第三根柱子，离风云漫不到两丈距离。但是铜簪刚一脱手，风云漫就消失了！

砰——

大殿南侧的一扇窗户向外爆裂开来，长孙绮单薄的身影穿过碎片木屑，穿过屋檐下瀑布一般的水线，直飞出来，结结实实摔在大殿五丈之外的泥地上。

大雨倾盆，下了整整一个时辰，仍未见减弱的迹象。

唐玉嫣一个人坐在马车里，提心吊胆地望着外面。马车的顶篷被雨砸得轰然作响，到处都在漏水，马车内已经湿透了。

一道道闪电在天空中沉默地闪烁，照亮眼前的柏树林。林子间，一股股浑浊的泥水顺着道路流淌出来，眼看着越积越高。

马身上披着蓑衣，一直在不安地摇头晃脑，唐玉嫣每隔一小会儿就喂它一点口粮，好容易才安抚住它没有乱跑。但雨再这么下下去……

唐玉嫣愁苦地望着天，正在后悔早些时候没先走一步，忽然一道电光闪过，她吓得惊叫一声。

柏树林里，跌跌撞撞冲出一个人来，正是长孙绮。

唐玉嫣不顾一切跳下马车，蹚着没过脚踝的积水，向长孙绮跑去。刚跑到面前，长孙绮身体一软，重重地跌坐在地。在她倒下去之前，唐玉嫣扑上去，一把紧紧抱住了她。

第九章

"今日陛下在凝阴阁，你请回吧。"

一名宦官朝李云当微微一点头，不做解释，也不待他说话，转身匆匆走了。

李云当呆呆地站了片刻，直到确信再无人搭理自己，才无声地叹了口气。他整理衣冠，朝着凝阴阁的方向躬身行礼，这才转身低着头离去。

已经是第十天了……李云当在心中默默计算着。武后对皇帝的影响日盛，意味着皇帝的头疾也日重。

看来不会等待太久，大唐天下就是帝后并尊了……想到这里，李云当不由自主地捏紧了拳头，片刻，又泄气松开，转身朝宫门走去。

李云当刚走到永安门前，忽见守在门口的八名卫士一起站直了身体，其中两人上前，匆匆搬走了拒马。

李云当立即站在离宫门稍远的地方，微微垂头恭立。

只听一阵马蹄声从门洞里传来，李云当心中颇有些诧异。

永安门虽是大兴宫最小的门之一，日常多为官宦进出，但在宫门外就必须下马。二品以上的官员，或郡公以上的勋贵，方可在宫门乘坐四人的步辇进入宫内。这是什么人，敢骑马直入宫城？

刚想着，一匹马从门洞里一跃而出，马上的骑手一身金色盔甲，头盔上顶着高高的白羽，披着一件灰色斗篷，马背上挂着金羽弓，正是新近得宠的检校左府将军张谨言。

　　张谨言驰入宫门，身后三十名禁军则排成三列，整齐划一地快跑进来。当值的卫士不仅不敢阻拦，还恭敬地退到一边。

　　李云当吐了吐舌头，刚要埋头走出宫门，却听马蹄声响，张谨言转了回来，纵马绕着他转圈，摆明了要阻挡他的去路。

　　李云当叹口气，转身向张谨言躬身行礼。

　　"张将军。"

　　张谨言懒洋洋趴在马上，抿着嘴巴，皱紧眉头，像是不知道该拿李云当怎么办，愁苦万分地看着他。

　　李云当道："张将军威震长安，日夜操劳，须得保重身子骨才行。"

　　张谨言还是不说话，皱着眉头看他。禁军警惕地围在两人周围，隐隐包围住了李云当。守门的八名卫士一起转身朝向宫门外，根本不敢往这边多看一眼。

　　李云当一下子明白了张谨言的意思——他是要提醒自己，谁才是陛下和武后真正信任的人。

　　想想真是可笑！

　　这又不是自己的国家、自己的王朝，自己怎么可能得到真正的信任？陛下用自己，难道不正是因为自己谁的势力也不是，孤家寡人一个吗？

　　而自己——李云当突然间气得浑身发抖——又怎么可能效忠于他们呢？不过是一柄剑、一把刀、一只做脏活儿的手罢了！

　　想到这里，李云当抬头狠狠地瞪了张谨言一眼，转身就走。

　　张谨言似乎被他这一眼瞪得有些发愣，一直到李云当走出宫门，他才冷笑一声，坐直了身体。张谨言微微一招手，一旁的王成立即跑到他马前。

"查明了吗？"

"是，就在东市第二十三行，故昌香店。"王成低声道，"老板唐玉嫣，可能与高昌公主有关系。属下亲眼看见长孙绮潜伏在店内。"

"高昌公主，"张谨言冷笑，"长孙老匹夫的把戏。"

王成没敢接下去。长孙无忌与高昌公主的把戏，后面还站着当今陛下，不是他可以随便乱说的。

张谨言却毫无顾忌，继续道："这些屁股，还是得咱们来擦，真是麻烦……跟李云当的联系呢？"

"这……长孙绮和李云当每次出门都非常小心，属下还没有查到他们见面的确切证据……"

"要什么证据？"张谨言不耐烦地呸了一口，说道，"派人围好了，但是不许打草惊蛇，听我命令才许动手。"

"是！"

张谨言说完，一勒缰绳，胯下的马长嘶一声，转身向宫内跑去。

王成回头看了看，李云当的身影已经消失。他微微叹口气，这才跟着张谨言跑了。

李云当走出大兴宫，沿着宫墙走了老远，脑子里还在嗡嗡作响。走着走着，之前的愤恨渐渐消退，脚步愈发沉重起来。他忍不住伸手扶着高大的宫墙，慢慢往前走。

张谨言明目张胆地羞辱自己，不会是皇帝或者武后的意思，只是他自己想耀武扬威而已。但这也加重了这份羞辱——张谨言有恃无恐，是因为绝不担心自己会报复。

话说回来，自己满脑子想的都是复国、复国、复国……只有亡国之人才会复国。在这天下最为鼎盛繁华的大唐京城，这样的想法怎么可能得到尊重？怎么可能得到认可？

武后明明知道《推背图》在哪里，却让自己去拿，为什么——稍微想想就能明白，哪怕那是一个对她的重大威胁，她也不肯脏了自己的手。张谨言也绝不肯赔上自己的政治生命去抢。

不，正经人谁也不会去触碰那东西。自后汉以来，任何谶言都被认为是不祥之物，是祸国之物，一旦碰到，就意味着这辈子都会被视作不祥之人，不可能再往上进一步……

所以，自己这个亡国之人，这个天不收地不养的孤魂野鬼，才是做此事的最佳人选。

张谨言明明有杀自己的心，却一直不动手，何尝不是在等自己替他做了这件事再说？

李云当已经走到宫墙拐角处，再往前出了安福门，是辅兴坊的一座土地神龛。他再也走不动，疲惫地靠着神龛一屁股坐了下来。

今天的天空，一丝云也没有。大兴宫外，道路两侧的树很少，阳光几乎没有阻碍，直直地射下来。李云当闭上眼睛，眼皮映照出一片血红。

被太阳照到的地方火热，他的心却越来越冰冷。

周围的道路上，人和马车不停往来穿梭。大路被阳光烤得热辣辣的，尘土又被马匹和车辆扬了起来。李云当挪到神龛的背面，躲开人群，闭着眼睛，却仍然无法躲开四周嘈杂纷乱的气氛。

一个人停在了自己面前。

李云当深吸一口气——面前这个人的杀气，让他骤然汗毛倒竖起来!

李云当右手摸到了腰带剑剑柄上，感受到剑传来的力量，他狂跳的心才稍稍镇定下来。

他睁开眼睛，先看到一双浅绿色的鞋子，往上是一袭同样浅绿色的裙子。裙子外罩着一层薄纱。他抬起头，迎上了长孙绮浅笑盈盈的眼睛。

"是你？"李云当惊喜道。他放开了腰带剑，刚要撑起身子，长孙绮好心地向他伸出手。

李云当心中一震，刚刚那背井离乡、报国无门的冰冷感觉，仿佛被长孙绮温柔至极的目光瞬间融化，消失得无影无踪……他激动地想要握住长孙绮的手。

突然长孙绮一个手刀朝他颈窝砍来，李云当来不及反应，当即眼前一黑，被这一掌拍晕过去……

哗……哗哗……

李云当慢慢睁开眼睛，眼前模模糊糊，什么也看不清。脚下虚无一片，人好像浮在空中，隐隐有哗哗的声音，像是水声……

他刚动了一下，手腕就立即传来一阵剧痛。剧痛让他彻底清醒过来，这才发现一根绳索捆着双手，把他吊在半空。难怪手疼得像是要断了一般。

他往下看去，吓得倒抽一口冷气——脚下十丈远的地方，是滚滚奔腾的河水。

李云当浑身战栗，哆嗦着抬起头，只见头顶是一座桥的底部。

这是一座木质桥梁，长度超过十丈，中间由两座石墩撑起桥身，桥身离水面约五丈高。自己浑身捆得粽子一般，由两根绳子分别从桥身的两侧拉着，吊在空中不停晃悠。

"喂！"李云当拼命仰着头，不敢看下面的河水，大叫道，"臭丫头！喂！"

嚓！

右边的绳子被一刀砍断，李云当向下直坠。眼看着河水扑面而来，李云当狂叫道："我错了！"

身上一紧，左侧捆绑的绳子绷紧了，拉着李云当在离水面一丈左右的地方一晃而过，荡到最高点，又呼地俯冲下来。脚下波涛汹涌，浪头好像一波一波地要扑到身上来，李云当蜷缩成一团，拼死抬头往上。

李云当根本不会游泳，别说捆成这个样子，就算什么束缚也没有，掉进这样水流湍急的河里，也是十死无生。他生怕绳子绷不住断裂，骇得连大气都不敢出一口，任绳子摇晃着，弧度慢慢减小。

"再说一次。"

"长孙娘子……"李云当额头上的汗流进了眼睛里，疼得他眯着眼睛，说道，"在下……斗胆问一句……为什么？"

眼前一晃，长孙绮从桥上纵身跳下，手在桥身上一勾，身体借力轻飘飘地画了一个弧形，纵上石墩。她在石墩上蹲下，瞧也不瞧挂着的李云当，而是瞧着西边的方向。

远处，是延绵几千里的秦岭山脉。隔得远了，那些起伏的山脉都披上了一层淡蓝色的面纱。太阳早就落入了山头之下。山顶上方，一片羽毛般的云仿佛被点燃了，整个都染上了一层血红。

东面的天空正被黑色吞噬，天穹顶端是碧蓝色，越往西，蓝色渐次变成浅绿，浅绿又渐次变成橘黄，最后在山脉边缘勾勒出一圈金色。

长孙绮沉默地望着那片燃烧的云朵，眼睛里也有一团火。

"那……"李云当吊在空中无助地旋转着。他刚一开口，长孙绮就把手中的匕首对准了唯一的那根绳索。

"等等、等等！不不不！"

长孙绮不说话。

"你……你是想让我自己说，是不是？"李云当小心地问。

长孙绮手中的匕首转了两个圈，匕首尖没有对准绳索了。李云当暗地里长出一口气。

"嗯……你是想问，为什么我要故意留那个十字形给你，是不是？"

匕首转了两个圈，匕首尖仍未对准绳索。

李云当苦笑道："其实你也应该猜得到——我打不过他，连一点希望都没有。"

匕首尖慢慢朝着绳索移动。

李云当赶紧道："真的，真的！你相信我！我……我试了好多次，却完全没有办法。你是长孙家的孩子，长孙皇后对风云漫大师有大恩，我原以为你能……唉……"

匕首转了两圈。长孙绮终于转过头，瞧了李云当一眼。

"是吧！"李云当道，"快、快放我下……啊别动手！"

眼见长孙绮站起身，将匕首的刃部靠近了绳索。随着李云当的摇摆，绳索一次次晃开，又一次次撞击在锋利的刃部，边缘已经有些地方开始裂开。

李云当魂飞魄散，叫道："你……你究竟想知道什么？你说啊！"

"你为什么早就想要那部谶书？"长孙绮冷冷地道，"谶言对你这个波斯质子来说根本就没意义。"

"我不是质子！"李云当忍不住破口骂道，"我是堂堂的王子！波斯的使臣！"

"现在既然没有波斯，也就没什么使臣了。"长孙绮继续冷冰冰地说道，"你做不了使臣，你只是个弄臣。"

李云当全身的血液都往上冲，满脸通红，太阳穴突突狂跳。他拼命吸气，感到冷冷的水汽吸入肺里，才勉强镇定了一点。

是了……这个女人要的就是自己的狂怒，在狂怒之中失去理智，好被她一一看穿……这个女人要的不仅是别人的命，还要别人的一切秘密！

李云当突然大喊一声："什么人？"

长孙绮本能地一回头，却见身后空无一物，立即意识到上当了。等她再回过头来，李云当的身影一晃，已经蹿到了桥上。

长孙绮立即一纵身，从另一侧跳上桥面。她刚刚露头，一柄软得像蛇一样的腰带剑发出嗖嗖的声音，朝她面门闪来。

当当……当！

桥面上激烈交锋了几下，长孙绮从李云当头顶一跃而过，李云当则就地一滚，两人交换了位置，各自继续占据桥的一边。

一阵风吹过，两人都不由自主躬下身，紧紧抓住桥面。

长孙绮低头看了一眼自己的左手臂，有一道弯曲的伤口，血却并不多。李云当的剑身太软，刮出的伤口虽大，却并不深……或许也是因为他并没有拼命。

她看看对面的李云当。自己那一匕首倒是货真价实，从他肋下一直划到后背，血已经把半边衣服都浸透。哼，看他苍白痛苦的脸，活该！

"最后问你一遍，"长孙绮占了上风，扬扬得意地说，"你的目的究竟是什么？"

"复……复国！"李云当艰难地说。

"真想复国，你就该把自己这弄臣当好。"长孙绮冷笑，"别骗人了！你真正的目的就是想要那部谶书！你从武氏那里得知了谶书的所在，却因为不是风云漫大师的对手，就想骗我去取！"

李云当紧紧捂着腰间的伤口，咬牙盯着长孙绮不说话。

"是因为维序者？"长孙绮问道，"维序者究竟是什么组织？"

"你们长孙家就是如今大唐维序者最后的希望，你却问我？"李云当死死捂着伤口，反问她。

长孙绮说不出话了。该死，他这些话既不能证实，也不能证伪，活活把自己哽死了！

"看你的眼神，还真不知道……"李云当哈哈大笑，"哈哈哈，真是可笑！长孙皇后在的时候，你们中原的维序者甚至能压我们一头，没想到她一离去，却连个继承者都没有！"

"你再笑一声试试？"长孙绮握紧了手中的匕首。

李云当嘴巴抽动，倔强地想要拼死再笑两声，喉咙里却汩汩作响，一股血差点喷出来。他拼命咽了下去。

两个人彼此恨恨地对视了片刻。

"我不管你怎么想，也不管什么维序者、天志石。"长孙绮说道，"我想要的，也不是谶书本身。"

李云当明显地一怔。他皱紧眉头，一时琢磨不透长孙绮这句话的意思。

长孙绮一笑，收起匕首，站直了身体。风吹得她衣袂飘飘，她的身后，最后一丝天光正在沉入山峦之间。河边的树林变成了剪影，树林后的小丘变成了剪影，小丘后的山峦也变成了剪影。李云当的眼前，仿佛整个天地间就只有长孙绮的双目在幽幽地发着光。

"你说得对，"长孙绮叹了一口气，"长孙皇后的确有大恩于风云漫，所以……我要拼一次。"

李云当浑身一震："他答应你什么了？"

"当然没有。"长孙绮道，"要拿谶书，只有干掉他。"

李云当愣了片刻，泄气道："不可能……"

咚咚咚！

长孙绮大步朝李云当走来，李云当被她眼中的杀气惊得不住后退，突然一只脚踩空，差点摔下桥去。

他刚稳住身体，长孙绮就站在了他面前。她紧盯着他，铺天盖地的气势仿佛要活吞了他。李云当咬牙站稳了，不肯露出一丝胆怯。

"给你五天时间养伤。"长孙绮一字一顿地说道，"五天后，我要你拿出性命，跟我一起困住风云漫。谶书，迟早会是你的囊中之物。"

第十章

"这个，叫作火绳。"

"难道还能烧起来不成？"长孙绮拿着这段黑不溜秋的绳子，好奇地看着。

"听说是用降火草编的，能镇鬼压邪，还能水火不侵。呸！"唐玉嫣呸了一口，"就是那些胡商吹的牛。闻着一股子油味儿，碰着一个火星，不得烧起来啊？"

"但是够韧啊！"长孙绮用力扯了两下，绳子纹丝不动。

"你自己看吧，我觉得太粗了点。"唐玉嫣站上一个凳子，在架子上翻找着。忽听嗖的一声，火绳擦着她身子飞过，缠住了另一头的梁柱。

长孙绮用力一抖，火绳啪地绷直了，却又立即落了下来。

"嗯……确实太粗了，缠不住。"长孙绮摇头，"那柱子比这还粗呢，更不可能缠住。"

"等我找找……"唐玉嫣翻遍了左侧的架子，又搬着凳子到另一侧翻看。

长孙绮放下火绳，环顾四周。房间里堆满了架子，架子上堆满了货物。几盏油灯微弱的光，照得这些货物在黑暗中影影绰绰。

这些架子不知道多久没人打理了，上面积满灰尘，有些捆扎箱子的草绳都已腐坏。长孙绮伸手轻轻一碰，就碎裂开来。箱子里面货物的本来面目已经看不分明，仿佛一个个隐藏多年的鬼怪，在暗处偷偷窥视着她。

长孙绮感叹道："你这儿稀奇古怪的东西真多。"

"那可不，整个长安能见到的稀奇东西，都在这儿了！"忽然她在某个角落抓到一个东西，欣喜地道，"啊，果然在这里！"

"什么？"

唐玉嫣拿下一只蛇皮口袋，拍了拍上面的灰。两人立即一起回头，喀喀喀地拼命咳嗽。唐玉嫣赶紧拖着袋子走到门口，把灰抖干净。

"你这是从哪里翻出来的啊！"

"我从西域过来的路上，跟一个快死了的粟特商人买的。"

"是你杀了他抢的吧？"

"怎么可能……阿……阿……阿嚏！"唐玉嫣打了个巨大的喷嚏，揉着鼻子道，"我可是救了那粟特商人的命，他才肯把这宝贝卖给我。我想想……整整十两黄金呢！"

"这么贵？"这下长孙绮也惊讶了，"那你还束之高阁？"

"平日里也没啥用吧，后来一忙活，把这玩意儿给忘了。"

唐玉嫣打开口袋，从里面取出一捆细绳。长孙绮一把抢过来，拿在手上细看。这绳子只有寻常草绳的一半粗细，入手冰冷，又极顺滑，不知道是什么做的。

长孙绮感受着这绳索的柔顺和细滑，惊讶道："好奇怪的绳子啊……从未见过呢。但是这么细……"

"听说拉一头牛都没问题。"

"真的？"长孙绮试着扯了一下，确实坚韧，但她还是有点不相信。她将头上的铜簪取下，绑在绳头，随手一抛。绳子直飞出去，嗖地缠上了大梁。长孙绮用力一拉，却带得自己往前跟跄了两步。

长孙绮露出惊异的神色，唐玉嫣扬扬得意道："怎样？还行吧？"

"嗯……我看行……"

"哈哈！我就知道成！我看看还有什么东西……好多年没整理了……"唐玉嫣重新站上凳子，继续翻她的宝贝。

长孙绮把绳子收回来，望着门外的天井发呆，夜风吹得她头上系的流苏不时微微飘动。唐玉嫣低头看见了，莫名地觉得她的背影说不出的落寞孤单。

"你在想什么？"

长孙绮长长地吐了口气："嫣姐，我觉得……很可怕。"

"啊？"唐玉嫣吓得差点从凳子上摔下来，慌乱地道，"怎么了？谁杀进来了？"

"不是。"

"那是什么？风云漫很可怕？"

"也不是……"长孙绮摇头，"我觉得最可怕的，就是阿翁为何要我来执行这项事关长孙家生死存亡的任务。"

唐玉嫣小心翼翼地问："这不是理所应当的吗？你武功高强，又是长孙家的人……"

"论到武功，阿翁私养的那些人比我厉害多了。"长孙绮还是一个劲儿摇头，眉头越皱越紧，"论忠心，他们只怕比我这个长孙家的不肖女忠诚得多。可为何偏偏是我？而且连一个帮手都没有。阿翁就不担心我失手了，长孙家死无葬身之地？"

唐玉嫣不说话了。

"是吧？"长孙绮苦笑了出来，"你应该早有察觉吧？"

"我也实在想不到他这样做有什么理由。"唐玉嫣道，"偌大的家族，系于你一个小娘子身上，未免太过儿戏……除非……"

"除非这件事只能我来做，"长孙绮接过她的话，"而且我一定能做到。嫣姐，你想到什么，就说出来吧。"

"谶言……"唐玉嫣低声道，"谶言预言了你的存在……"

长孙绮的眸子一下子收缩了起来。

轰……

长孙绮抬头望着天。

草亭坐落在渭河旁灞桥边。这里是送别亲友离开长安的分别之处，平日里人潮涌动，送别的人攀摘了旁边的柳枝，送给远行之人。

今年的雨水来得特别早，过了清明没几日，天就跟漏了一样，隔天就是一场雨，已经连着半个多月了。

今天，整个天地笼罩在密雨狂风之中，路上一个人影都没有。道路被雨水从东犁到西，又从西犁到东，早已泥泞不堪，到处都是巨大的水坑，连平日里高高隆起的车辙都看不见了。

但是那个人……一定会来的。

外面暴雨，草亭里小雨。雨从每一个缝隙往里渗透，风从每一个方向往里吹送。长孙绮也不打伞，任风雨把衣衫湿透。她眼中的杀气，从昨晚到今日，一丝一毫都没有减弱。

她没有等多久，就看见了雨雾中缓缓走来的那个灰色身影。

李云当。

他戴着一顶斗笠，披着蓑衣，袍子下摆早已被泥水浸湿，看不出本来的面目。如此大雨，他依旧一步步走得从容，好像只是在微雨中闲庭信步一般。

他走近了，抬头看向草亭。隔着铺天盖地的雨雾，两人遥遥相望。长孙绮心中一片混乱，根本理不出头绪。片刻，她依稀看见李云当的嘴角露出一丝微笑。

这个混蛋！

长孙绮右手猛地握紧了匕首把儿，只见李云当抬脚向前，却一脚踩进一个深坑。他为了保持姿态与风度，身体硬邦邦地往下戳去，扑通一下，大半边身体都直直地插入深坑之中。

"扑哧——"长孙绮伸手死死捂住自己的嘴巴。但是随着李云当拼命挣扎，她终于忍不住，像个傻子似的放声大笑出来。

"怎么样？"

李云当走入草亭，热情地向长孙绮打招呼。这个波斯王子，现在除了模样外，一举一动一言一行，已经跟长安城那些喝酒斗鹰的纨绔子弟没什么区别了。

长孙绮不动声色地从腰间解下绳子，顺手丢给他。

李云当拿在手里，立即眼睛一亮："纵云绳！"

"你认识？"

"即使在波斯，这玩意儿也贵得要死。"李云当说，"只有大秦的工匠能做这东西，你从哪里得来的？"

"知道等会儿怎么做吗？"

李云当摘下斗笠，抹着额头的雨水，无所谓地耸了耸肩："你怎么说，我怎么做呗。"

"刺杀他！"

李云当继续耸肩："杀不了。"

"我要你刺杀他。"长孙绮冷冷地道，"不拿出搏命的姿态，就真的一点机会都没有。"

"搏命厮杀，就有机会？"李云当笑着摇头，"你碰都碰不到他。"

长孙绮狠狠白他一眼："在你搏命的时候，我会想办法做一个网。大殿再宽，也不过二十丈，只要网能阻止他一瞬间，也许就有机会抢到那盒子。你，必须坚持到我收网的时候！"

李云当走过长孙绮，找了个稍微干燥点的地方坐下，搔了搔脑袋："多久？"

长孙绮摇头："不知道。"

李云当搔得头皮嚓嚓作响，好像要把头皮都掀下来，痛苦地道："那……可真得拿命去搏了……"

身边叮叮当当一阵响，他扭头一看，立即倒抽一口冷气："哎哟，可不得了！"

长孙绮正把二十把一模一样、只有巴掌来长的小匕首，逐一插入肩胛下方和腰间的匕首袋里。这些匕首尾都有一个圆环，似乎是套绳索用，而且刃的后部有一个倒钩。装它们的口袋也是用牛皮特制。她插好了，罩上衫子，立即掩盖得严严实实。

长孙绮蹲下继续往小腿的匕首袋里安插匕首，接着是小臂上……她前前后后安插了差不多四十把匕首，等她站起身来，却一点也没发出声音，也不显臃肿。

"你……你真是刺客吗？"李云当问。

"为什么这么问？"

"说不好……"李云当迟疑地道，"我看不准你。说是阀阅世家的孩子，可我没见过你这么狠的。说是刺客……嗯……似乎又没那么多戾气。"

"什么是戾气？"长孙绮继续整理装备。她把纵云绳一圈一圈仔细地绕在自己腰间，然后通过肩膀上一个特制的铜扣，缠绕到手臂之上。

李云当留意到绳索的末端被精心收入一只铜制圆盘里。这只圆盘直径约八寸，厚不到半寸，里面发出咔嗒咔嗒的声音，似乎装有机关。

李云当一边看着，一边说道："戾气？说不上来……大概得多杀几个人吧。"

"我杀过许多人。"

"嗯……"李云当想起船上那堆尸体，由衷点了点头，"但奇怪的是，你并没有那些戾气，反而……"

"反而什么？"长孙绮装好了绳索，把圆盘背在背上，用几根皮带紧紧地系住。

"反而有股英气。"

长孙绮扑哧一笑。她瞧了一眼李云当："维序者的宗旨是什么？"

李云当一顿，神色变得肃然，一字一顿地道："天地间的秩序。"

"天志石呢？"

"维护秩序的神器！"

长孙绮扣好最后一根皮带，站起身，穿上外套，说道："今天若是能活下来，我要你原原本本地告诉我。走！"

长孙绮说着转身大步出了亭子。

"走！杀风云漫！"

第十一章

景寺山门。

倾盆大雨没有一丝一毫减弱的迹象。寺内那片密林也没能抵挡暴雨的侵袭，一股股浑浊的泥水从门内冲出来，地面积水没过脚背，往日的道路已完全看不到踪影。

两名僧侣守着大门，穿着灰色的长袍，戴着兜帽。他们浑身已经被雨淋透，仍然恭敬站立着。听到一阵急促的马蹄声，两名僧侣一起在胸前画了一个十字。

长孙绮和李云当一人一骑，裹风挟雨而来，马蹄如炸雷一般，溅起冲天水雾。眼看就要冲到门口，长孙绮猛地一拉缰绳，马儿长嘶着人立而起，马蹄扬起的水都溅到了僧侣的脸上。

马蹄悬在头顶，随时可能落下，踏破自己的脑门，僧侣却连眉头都没有动一下，依然恭敬行礼。

"吁——"

长孙绮勒住缰绳，将马停下，随即跳下马。

"先文德皇后神牌在此，不可无礼。"长孙绮对李云当说道，"我们走进去。"

李云当立即也跳下马，扛起一只巨大的牛皮袋，跟着长孙绮往里走去。当啷一声，牛皮袋里掉出一把剑。李云当弯腰去捡，只听叮叮当当一阵响，又掉出来好多把剑。

李云当和长孙绮一起站住，李云当摸到了腰带软剑，长孙绮匕首已在手中。

两名僧侣一言不发，蹲下帮他捡起剑，重新塞进牛皮袋里面。

李云当扑哧一笑，拍了拍僧侣的肩膀，转身继续往里走去。

大殿的台阶上，站着二十名僧侣。他们同样手无寸铁，披着灰色长袍，顶着暴雨站成两排。

这两排僧侣可不似山门前那两个毫无武功的人。即使隔着十来丈距离，两人仍然感到一股强大的杀气，像一堵墙挡在两人面前。

李云当停住，刚要去抽背上的剑，却被长孙绮一把抓住了手腕。长孙绮挺直了身体，慢慢揭下兜帽，露出自己的面目。

杀气消失了。僧侣无声地让出一条路。

长孙绮顿了片刻，一步步走上台阶，李云当跟在她身后。

僧侣让开的道路只有三尺来宽，也就是随便砍一刀即能砍中两人的距离。僧侣在大雨中沉默不语，面目在兜帽之后看不分明。

李云当的牙齿不受控制地咯咯咯响起来。

这些人根本不设防，一定是因为根本无须设防。在他们眼中，自己恐怕就像一具还没冷却的尸体……

李云当偷眼看前面的长孙绮，她昂着头，走得笔直。但她垂下的手缩在袖子里，袖子在不起眼地微微颤抖……

他俩穿过大殿，走到殿后的中庭，僧侣没有跟上来。中庭的门没有关闭，他俩却同时停了下来。

长孙绮靠在院门上沉重地喘气，李云当杵着一柄剑，喘得上气不接下气。单单从山门走到这里，好像就耗光了他们所有的力气。

李云当把背上的牛皮袋子一扔，呸了一口："狗贼！"

长孙绮一怔："你说什么？"

李云当道："我？没说什么……"

"你个田舍汉。"长孙绮轻蔑道，"长安人不说那个，我们都说狗辈。"

两人对望半天，突然同时哈哈大笑，笑得前仰后合。直到一名僧侣从中庭里走出来，向他俩行礼，他俩才慢慢停止了笑。

长孙绮道："走吧，别给人看扁了！"

两人走入院子，那名僧侣退了出去，将院门关上。

这是景寺中庭，石塔就屹立在院子中央，两侧是紧闭的厢房。除了石塔之外，院子里空无一物，连石制的灯都没有。

石塔的后面，是最后一道院门。院门里面，就是供奉着《推背图》的后殿。

石塔上面，关着那名疯道士。

院子里积水更深，几乎漫过了小腿。石塔每一层都有一只简陋的石兽滴漏口。大雨从天而降，此刻所有的滴漏口都往外喷涌着水柱，在塔下溅起一片又一片水雾。

这可不是个杀人的好地方。

风云漫就站在石塔之上，不知道那个疯道士是不是正在他脚边瑟瑟发抖。风云漫依旧带着浅浅的微笑，注视着两人。长孙绮和李云当却没看他，两个人都只盯着石塔后的院门。

"长孙家的孩子……"风云漫开口了，"你想要的……"

"走！"

长孙绮突然狂叫一声。

甚至在她开口之前，李云当就躬起身体，双腿猛蹬，向前箭一

一五一

般射了出去！

砰！

弥漫在空中的雨雾突然炸开，风云漫张开双臂，长袍翻卷着，像太行山一般当头压了下来！

李云当继续往前狂奔，根本没有理会就要砸到头顶的风云漫。风云漫的手已经伸向李云当，突然身体在空中一滚，躲开了两把飞刀。

长孙绮大喊道："来啊！"双手车轮般转动，嗖嗖嗖嗖，一口气射出四把飞刀。一边射，长孙绮一边往前大步奔跑，哗哗地踏着积水。这四把飞刀脱手的角度截然不同，从四个方向朝仍然身在空中的风云漫激射而去。

风云漫从石塔上纵身跳下，目标只有狂奔的李云当。他在空中转动身体，躲过长孙绮喊"走"那一瞬间射出的飞刀已是力竭。

长孙绮后面扔出的这四把飞刀，每一刀都瞄准风云漫可能翻滚的地方，角度刁钻之极。

只听噗的一声，风云漫以一个匪夷所思的姿势避过了三把飞刀，仍是被第四把击中左腿。但这把飞刀只是穿透了裤子，擦破了皮肤，又飞了出去。

尽管如此，风云漫也失去了所有腾飞之力，落下地来。就这么一瞬间，李云当已经撞开了后院大门，冲了进去！

风云漫落下来，单手在地上一撑，立即又旋身而起。长孙绮此时已冲到他身旁，风云漫右手就要顺手拍她，哪怕拍不到，单是掌风就能让长孙绮再也不能动弹。

长孙绮一边跑，一边大喊："姑祖母！孙女来看你了！"

风云漫这一掌稍一迟疑，长孙绮就纵身一跃，从李云当撞开的院门里飞了进去。她刚飞进院门，在空中扭转身子，又是两把飞刀脱手而出，封住大门。

风云漫被她连阻两次，眼见飞刀袭来，他腿一划，激起一片比他还高的水幕。飞刀穿透厚厚的水幕，顿时歪歪斜斜地冲向两边，风云漫袖子一卷，将两把飞刀卷入衣袖之中。

风云漫旋风般冲入院门，最远的李云当一只脚已经踏上了后殿的台阶。

长孙绮刚跑到院子中央。没有任何征兆地，她背后一阵冰冷的感觉袭来。

"跑！"长孙绮再一次大喊。

风声大作，两柄飞刀割破漫天的雨线，朝李云当激射而去。风云漫终于将自己的愤怒注入飞刀之中，即使不能对长孙家的孩子动手，杀死李云当他可毫不犹豫！

这破空之声尖厉刺耳，表明它的速度和力量无人阻挡。李云当正合身朝殿门撞去，根本没有发觉飞刀的危险。

突然听见当当两声，跟着扑通一声巨响。李云当回头看，却见长孙绮仰天倒在积水里。她一下翻身爬起来，却又踉跄两步，再次歪倒。

李云当撞开了殿门，滚入殿中。他刚半蹲起身，只听长孙绮喊道："关门！"

门闩被绳子绑着，吊在门旁。李云当一剑砍过去，门闩落下，哐的一声牢牢锁住两扇殿门。

长孙绮咬着牙从背上扯出一把飞刀——刚才那一瞬，她只来得及踢飞一把飞刀，只得用背挡住了另一把。

幸好她背上捆扎着一排飞刀，飞来的刀尖被又厚又密的牛皮咬住，只稍微扎破了长孙绮的肌肤。但风云漫那一手力道却透过飞刀结结实实打在长孙绮背上，这会儿半边身体又酸又疼，差点撑不起来。

二十名僧侣鱼贯而入，朝后殿冲来。长孙绮连退几步，上了台阶，直到背撞上殿门才停下。她厉声喝道："等等！"

僧侣没有冲上台阶，但他们分成两队，分别向两侧跑去，将大殿团团围了起来。

风云漫慢慢走入院子，摘下了兜帽，站在雨中，脸上说不清是愤怒还是叹息，默默地看着长孙绮。

这一次，他脸上的笑容没有了。

长孙绮喘着气，扶着门站直了身体。他笑不笑关老娘屁事？长孙绮恶狠狠地想，这个老贼装出一脸慈眉善目的样子，还真能打呢！

"风云漫！"长孙绮大吼一声。

风云漫点了点头。

"我长孙家有恩于景寺！"

风云漫再次点了点头。

"而你盗窃御用之物！"长孙绮一声比一声大，似乎想要压过这震耳欲聋的雨声，"谶书是你偷出来的！"

风云漫这次没有点头。

长孙绮知道他正在审视自己。管他的呢！他没有第一时间反对，那自己至少有一半猜对了！

根据唐玉嫣得到的线报，自景寺建立后，皇家再也没有向景寺赏赐任何东西。长孙皇后在弥留之际信了景教，坏了祖宗规矩。据说先太宗皇帝事后很不高兴，只是碍于皇后的面子，没有发作。

那么他哪里得来的这部谶书？

在见到风云漫之前，长孙绮充满疑惑，再见到他之后，才恍然大悟——以风云漫的身手，要偷到这部谶书根本不是问题！

大雨瓢泼，四周昏暗，风云漫的两只眸子却在暗处发着光，像只即将发起雷霆一击的野兽，上下打量着长孙绮。

"先太宗皇帝在世时，谶书是在秘书省中，又无任何凭证赐予过你，难道不是你盗来的？"长孙绮冷笑着，"你要是敢以手中的十字形发个毒誓，我立刻自断一只手，滚出这里，永远不再踏进景寺的山门！"

旁边的几名僧侣同时大怒，迈步上前。风云漫微微一挥手，他们只得恨恨地退回原位。

风云漫在胸前画了一个十字，平静地道，"你说得对，所以我害怕审判。"

长孙绮没料到他居然承认，呆了一呆。

风云漫继续说道："但我即使下地狱，也不后悔做这件事。你究竟是谁？"

"我是长孙涣的女儿，长孙无忌的孙女！"

风云漫笑了笑："我是问你的师父是谁？"

"你管不着！"

"你刚才射我那几刀，很有点意思。"风云漫继续笑道，"高昌公主还好吗？"

"你……"长孙绮立即闭上嘴巴。

"那么你的目的是什么呢？"风云漫继续平淡地问道，"你也想要拿走谶书，但……显然也并不是陛下的旨意吧？"

呼——

长孙绮偷偷长出了一口气。她听见殿内李云当咳嗽一声，表明他也听见了。

风云漫在试探自己的底线……这就是说，有可谈判的余地了！

长孙绮敲了敲门，殿门无声地拉开了。长孙绮站在门口，朝风云漫做了一个有请的姿势。

风云漫大声说道："我与故人在殿中说话，你们都退下。无论发生什么事，都不许踏足后院。"

一名僧侣迟疑道："法主，我愿留下……"

风云漫摇摇头："唯有皇父，可为我主。你们去吧。阿门。"

二十名僧侣一起在胸前画着十字，齐声诵道："阿门——"而后徐徐退下，须臾全部退出了院子。

风云漫缓步走入大殿，殿门砰的一声关上了。

一道红色的闪电游龙一般划过布满阴霾的天空，良久，巨大的雷声才穿云透雨传来。雨，下得更大了……

轰！

如果说刚才还是雨，一击炸雷之后，就完全变成了天上往下泼水了。

马车的顶篷根本撑不住，水从各处缝隙往里渗，里面像在下小雨。唐玉嫣狼狈地撑起一把伞，踮着脚蹲着，不停躲避在车厢里到处乱窜的水流。

"这是什么天啊？"唐玉嫣恼火地抱怨。

为了不引人注目，这辆车停在离景寺的山门大概半里的位置。早知雨这么大，就应该靠近旁边的街道，好歹能找个茶铺、酒楼什么的避避雨。

忽然，唐玉嫣侧头聆听……好像车外有什么声音……大雨滂沱，她辨别不出什么，但是背上的汗毛却一根根竖立了起来……

唐玉嫣刚要往车门扑去，突然扑扑两声，两支箭穿透了车身射进来，一支插在她面前木板上，另一支则射中她的左腿。

唐玉嫣愣了一下，才放声惨叫出来。身旁破空之声连番响起，跟着听见有人大喊一声："拉！"

啪啦！

车厢四面被猛拉得破裂开来，跟着向后飞去，连顶篷也被几根连着绳索的铁钩拉飞，马车刹那间变得四面荡然。

雨水轰地倾泻下来，打得唐玉嫣匍匐在光秃秃的车板上。她浑身颤抖，左腿传来的剧痛让她几乎无法呼吸。

两名重甲士兵一起举着一把巨大的伞，遮住了方圆一丈的范围。一道闪电划过，白幽幽的光照亮了张谨言的脸。他一步步走近马车，却并不看唐玉嫣一眼。

王成凑上前，一把扯住唐玉嫣散乱的头发，把她的脸拉到面前看了看。

"是她。"

王成顺手一拽，将她拽下车板，摔在冰冷的积水里。唐玉嫣左腿的箭身被折断，她疼得几欲晕死过去。

张谨言抿着嘴巴，永远舒展不开的眉头仿佛更紧了。他的四根手指在剑柄上咯咯咯、咯咯咯地敲着。

"将军……"王成凑近张谨言，刚要说话，张谨言却厌烦地瞪他一眼。王成立即意识到自己湿漉漉的盔甲快要把张谨言也弄湿了，赶紧退后一步。

"说。"

王成只得硬着头皮说道："先太宗皇帝有旨意，非奉旨不得入景寺……"

"旨在哪里？"

王成一愣："这……只是当时给侍奉先长孙皇后的刘太监的口谕。"

"叫刘太监来。"

王成抹了一把脸上的水，垂着脑袋道："刘……刘太监早就去守昭陵了，也……也不知是否还活着……"

张谨言转头看他。

王成额头的水一柱柱地流进眼睛里，也不知道是雨水还是汗水，刺得眼睛生疼。他抹了一把水，低声道："是！"

王成向张谨言微微躬身行礼，踩着漫过脚背的积水向前跑去。他一边跑，一边喊道："弓弩手和步兵，跟我来！骑兵队封锁寺庙！一个人都不许跑脱！所有抵抗者，格杀勿论！快上！"

周围巷子里骤然发出轰然之声。一队队弓弩手和步兵从几条巷道里拥了出来。这些弓弩手身穿皮甲，端着弩弓，每人背着三只箭筒。士兵则穿着厚重的铠甲，一些人举盾，一些人持长枪。

天空中闪电不断地闪烁着，亮光在被雨淋透了的皮甲和铠甲上流淌。这些皮甲和铠甲随着有节奏的哗啦哗啦的脚步声，整齐划一地晃动着。整支队伍像一条黑色的巨蟒，在暴雨中向着景寺的山门游去。

唐玉嫣挣扎着要撑起身体，一名士兵却上前一刀背砍在她后颈，砍得她当场晕死过去。

轰……隆隆隆……

炸雷一个接一个滚过，大殿顶部微微颤抖着，一些尘土窸窸窣窣地从瓦间梁角落了下来。

大殿的左侧，三个人围着一张小几坐着。

李云当坐在靠墙的位置，身边放着牛皮口袋，袋子口露出满满当当的剑柄。他面前的小几上靠着两把短剑，自己怀里抱着一柄宽大的阔剑。他半跪半坐，身体微微前倾，看似随意，其实半跪着的那只脚下还踩着一柄短剑。待会儿动手时，他只需在扑出去前脚下用力，就可暗中偷袭风云漫。

长孙绮坐在面北的位置，与李云当刻意隔得稍远。风云漫的掌风范围极大，可不能让他一次偷袭就打中两人。

她浑身湿透了，衣服紧紧地贴在身上，把她背上、腰间、手臂上捆绑的所有事物都暴露无遗。长孙绮也不再掩饰，右手抽出一把飞刀，在手上转着圈把玩，左手则藏在袖子里，暗扣着两把飞刀。

在他们的对面，风云漫坦然坐着，用铜炉煮着茶。

"长孙家的孩子，"风云漫慢吞吞地开了口，"你为什么一定要这部谶书？"

"这问题我正想问你呢。"长孙绮说道，"你为什么甘冒杀头的罪，从大内把它偷来？这可是御批之物，而且是先太宗皇帝亲自批阅过的谶书，天下独此无二！说得难听点，整个景寺的僧侣都砍了，也不为过！"

"亲自批阅……"风云漫感慨了一下，"是啊……那时候，我也在先太宗皇帝身边，亲眼见他批阅此谶书。"

长孙绮和李云当对望一眼，心中都是大为惊讶。那些谶言的传说，只要看一眼，便是抄家灭族的大罪，谁敢？以唐玉嫣的推测，甚至当今皇帝陛下都未曾看过。否则以武氏多疑猜忌的性格，知道皇帝看过了写有她谶言的谶书，怎么可能忍耐至今？

现在武氏放任此谶书不管，就是摆明了给皇帝看，她也不在乎，更没有看过。皇帝和皇后达成这样的默契后，总算天下太平，自当今天子即位以来，未曾闹出过乱子。

现在，这个之前名不见经传的大秦僧侣，居然说亲眼看着先太宗皇帝批阅此书……

李云当嘴唇一动，刚要反驳，长孙绮立即举手阻止了他——这个僧侣为了不说谎话，亲口承认了谶书就在大殿里。他不可能为了吹牛而说谎！

风云漫继续说道："那是……贞观十九年的三月……"

长孙绮当即打断他："不可能！贞观十九年二月，先太宗皇帝就亲征高句丽，怎么可能在长安批阅谶书？"

风云漫道："是。我记得很清楚……陛下二月从洛阳出发，三月抵达定州。诏令在定州城北设立军营，陛下一直在军中。我便是在那里，与陛下探讨……"

长孙绮再次打断他："先太宗皇帝为什么会与你讨论？太宗皇帝又不信景教。"

风云漫一点不以为意，微笑道："陛下天纵之才，寰宇之中，无所不知，世间百态，无所不晓。我以微末之身，能为陛下讲读经文，亦是我主赐下的福德。"

风云漫随即第一次罕见地沉下脸，仿佛在想一件干系极大极重的事。他不由自主屏住了呼吸，双手握拳，眉头皱紧——那一双蓝色的眸子仿佛都暗淡下去。

"《推背图》……你们知道，为什么叫这个名字吗？"

长孙绮神色冷漠地注视着他，李云当瘪着嘴巴摇了摇头。

"当年，便是在定州的军营里。那天晚上，也下着像今日这样的倾盆大雨……"

风云漫回头看了看窗户，神色依稀有些迷离，仿佛回到了十几年前……

"戌时，火井令袁天罡与太史丞李淳风奉旨从长安赶到军营。陛下以天下为器，命二人推演。起居注有记载，袁天罡与李淳风本欲抗命，但后来被陛下坚定之心折服，奉命推演……其实，在见到陛下的时候，袁天罡一直昏迷不醒,是李淳风一路将他秘密运来……你叫作阿罗憾吧？"

风云漫忽然看向李云当。李云当一怔，点了点头。

"你猜得没错，他们正是趁先帝命我随军讲经之时，从长安带来了长孙皇后的遗赐之物——从神迹流传出来的天志石。"

李云当突然激动万分地往前一扑，却忘了自己怀里还抱着的阔剑，立即被结结实实地弹了回来，摔得整个倒翻过去。他狼狈地爬起来，发现长孙绮正狠狠瞪着自己。

李云当知道现在不是妄动的时候，拼命控制住狂跳的心，重又坐下来。

"陛下与李淳风谈了许久。他们谈的什么，我没有听到。一个时辰之后，李淳风向陛下行礼，而陛下也立即下旨，所有人退下，大帐内只剩我们四人。我便知道，事情已经无可挽回了。"

"究竟是什么事？！"长孙绮问。这次轮到李云当用力拉了她一下，要她闭嘴耐心听。

风云漫又喝了一口茶。满殿的灯火摇晃着，长孙绮见风云漫脸上、脖子上的皮肤长满了老年斑，松松垮垮地垂挂着，像是随时要跟皮肉分离掉落下来，心中不禁骇然。这老家伙大半截身体都已入土，可是功夫还这么强。不知道当年他这个西来的大秦人，是怎么获得先太宗皇帝信任的……

"太史丞李淳风便在大帐内布下阵法，以金汤、银髓、黄龙膏等喂给袁天罡，又以艾草反复灸其大椎、丹田等穴。半个时辰有余，李淳风打开了一只金筒。金筒内星光闪闪，是一团天志石碎屑在闪烁……"

风云漫说到这里一顿，看了一眼长孙绮，长孙绮心中闪电般掠过在秘书省打开匣子的那一瞬……

不待长孙绮回过神，风云漫继续说道："李淳风从金筒内取出天志石碎屑，塞入袁天罡手中。袁天罡突然坐起，不及睁眼，口中就开始念念有词，说了……一些话，都被李淳风一一记下。"

"哪些话？"长孙绮呆了。

"哪、哪些话？"李云当急了。

"这些话，岂是我这垂垂老朽之人可以说的？"

风云漫一笑，在长孙绮和李云当更加杀气腾腾的眼神注视下，继续说道："袁天罡说了很多，我记得很清楚，有卦象，有谶言，有颂词，有解词。他念一象，李淳风便记录一象，袁天罡同时一只手在纸上随意地画着。他画得很快，又很凌乱。有些扔掉，有些留下又被涂黑，真正能辨认的没有多少……我把他所有的画都收集起来，分别整理，将相应的文与画标记在一起，并用绢布裹好。

"当时谁也不能明白他说的、画的是什么意思，只知道这些事将会震惊天下……陛下那时候身体不好，硬撑到了下半夜，咳了三次血。他咳血的时候，我们便停下，由内侍和宫女侍候陛下用汤药，然后再屏退诸人，继续……没有人停下，因为这皇父赐予的神圣之物正在急速消退，不知道什么时候就会消失。缺失的每一个字，都将是世人最大的遗憾……"

风云漫仰起头，眼神有些痴迷，双手微微颤抖，仿佛又回到了十四年前。在前无古人的千古第一圣君面前，激动却又麻木地做着在天皇父安排的大事……

长孙绮和李云当被他的情绪感染，更被他的话语震惊，各自都屏住呼吸、纹丝不动，任凭豆大的汗水一颗颗滴落在小几上。

"不知不觉，四个时辰过去。窗外传来了寅时的打更声。当时袁天罡刚念到第六十象，我正在整理第五十八象。正在这时，袁天罡手中的天志石碎屑突然暗淡。他骤然清醒过来，走到李淳风身后，用力推了一把，大叫了一声'天机不可再泄'，接着吐血倒地，彻底昏厥过去。

"事发突然，陛下大惊，随即命李淳风救醒袁天罡，继续推演。然而天志石的碎屑却大部分都失去了光芒，李淳风磕头请罪，说袁天罡已无力再见到神迹……"

"所以……"长孙绮呆呆地说，"这些谶言就是《推背图》？"

"是的。"风云漫道，"袁天罡昏厥后，李淳风将当夜所记的所有内容都誊清抄录下来。一直到午时三刻，方记录完毕。陛下亲自批阅，手书密诏，又花了近两个时辰，才用了玺。陛下将所有抄录内容都封入金筒之中，与剩余的天志石碎屑一起收入漆匣——"说到这里，他深深地看了长孙绮一眼，才继续道，"其余抄写的纸张，全部由我在大帐中焚烧干净，没有留下一丁点痕迹。"

风云漫说完，叹了口气。旁边的铜壶又咕噜噜地烧开了，他为两人倒茶。但两人哪里还有心情喝茶，都在心中默念着他刚才说的每一句话。

不是谎言……

长孙绮在心中迅速下了一个结论——他说的每一句话都是真的！

这么说来，一切就解释得通了——为什么最终这部谶书没有藏在大内，没有放在别的重兵把守的地方，偏偏放在这座景寺？为什么当今皇帝没有看？为什么武氏明知在此也绝不动手？原来仅仅是因为，有个目睹了一切的人还没死！

现在各方处于微妙的平衡之中——

皇帝知道有这部谶书，还有其中的密诏，但他不能随意触碰，因为不知道记载的谶言是否对自己有利，同样也不知道是否有害。作为天下之主，他根本不需要这些虚无缥缈的东西来巩固政权，反而要避开无谓的麻烦。

不管不顾，就是皇帝最好的选择。

武氏知道这部谶书，也知道其中的密诏，但她更不能触碰。密诏在，皇帝就会放心将权力交给她，因为有能够制衡她的东西。若是密诏不在了，不管是不是她下的手，她身为皇后，一定在皇帝心底不被信任。

谶书存在而不触碰，就是武氏最好的选择。

皇帝和皇后，乃天下最尊崇的两人。这部谶书同时被这两人嫌弃，就显得格外刺眼和尴尬，放在哪里都让人不安。那么很有可能是其中一个——基本上可以推断就是武氏本人——故意让这部谶书被风云漫带走。

因为风云漫亲眼见证过，而从未做出任何泄露秘密的事，他就是世间唯一有资格，也唯一能够保存此谶书的人。至于他死后会如何，只有到时候再说了！

啪啦啦——

窗外猛地闪烁了一下，雷就打在石塔上空。除了隆隆的雷声，还传来重物坠地的声音，不知哪里被雷电击中了。

忽听砰的一声巨响，一根断裂的树枝砸在大殿顶上。树枝往下滑落，稀里哗啦地拖了一片瓦下去，摔得粉碎。大殿中央立即露出一个洞口，雨水倾泻而入，一下浇灭了洞口周围几根柱子上的油灯。

风云漫坐着喝茶，眉头都没皱一下。长孙绮和李云当同时转头去看。长孙绮对李云当使了个眼色，示意那个地方等下可能是重点攻防之地，李云当微微点了点头。

刚要转回头时，长孙绮忽然一怔，朝大殿另一头望去。

那一瞬间，她仿佛见到那装着《推背图》的盒子闪起了星星点点的光，跟秘书省里那漆匣里闪烁的光点一模一样……

她眨眨眼睛，光点消失了……

见鬼……一切怪异的起源，难道真的是那天志石？

那道闪电劈下来的时候，张谨言正往石塔顶端走去，边走边望着大殿。王成跑了上来，刚要跟他报告，啪的一声天崩地裂般的巨响，王成眼前一片雪亮……

啪啦啦一阵响，后院的一棵大树倾倒下来，轰的一声，结结实实砸在大殿顶端，砸得瓦片横飞，稀里哗啦地落了一大片。

王成吓了一跳，但看见张谨言纹丝不动，他也不敢乱动。

"人呢？"

"已经全部清理了！"王成回道，"一个不留。这帮人还挺硬，弟兄们也挂了十几个，不过人数还够！"

"嗯。"张谨言点了点头，不再说话。

王成等了片刻，小心问道："将军，我们什么时候动手？"

张谨言冷笑道："动手？那东西我可不想去拿……要不你去？"

"不、不不！"王成拼命摇头，"打死我也不去！"

"东西，必须送到长孙无忌手上，这事才算完。"张谨言摸着下巴，沉吟道，"老家伙这么多年了还没人能动他，就只能指望这两人了。让弓弩手把大殿包围起来，等我的命令再动手。"

"遵命！"王成匆匆行个礼，转身下了石塔。

张谨言看着后殿窗户里透出的光，舔了舔嘴唇，自言自语道："波斯？大秦？嘿嘿……都是些胡虏！"

他走到石塔顶端，惬意地深深吸了一口气，觉得胸腹之中全是被暴雨冲刷后的泥尘和树木的气息，不禁精神一振。

闪电持续闪烁着，不知道大殿内现在怎么样了……突然张谨言浑身一震，反身就是一剑横劈，剑身劈在坚硬的岩石上，当的一声脆响，折成三段。其中一段反弹回来，黑暗中一道闪电划过，断剑鬼使神差地闪烁了一下，张谨言脖子一缩，断剑擦着他头皮飞过，切断了他老大一绺头发。

张谨言厉声喝道："谁？！"

只见一名道士模样的人蹲坐在石栏杆上，呆呆地望着后殿的方向。

活见鬼！刚刚上来的时候，张谨言明明仔细观察过，石塔顶端一只耗子都没有！但这道士不声不响就出现在身旁，若不是一道道闪电照亮了四周，他可能根本就发现不了！

而自己那一剑明明劈中了他，却像是劈中一片虚无，直直地穿透过去，砍在了石头上！

石塔下传来脚步声，士兵正拥入院子。他听到这熟悉的声音，却没有一点安全感。那道士的目光越茫然，他就越是毛骨悚然，因为这茫然分明是完全不把自己和下面的士兵放在眼里……

可能整个天下都不在他的眼里……

咯咯咯……咯咯咯……不知什么时候，那道士发出一阵夜枭似的笑声。张谨言慢慢往楼梯口移动，那道士瞧也不瞧他一眼。片刻，道士长长吐了一口浊气，对着大殿的方向念叨："你要死了，嘿嘿嘿……你终于要死了……哈哈哈哈！"

张谨言再也撑不住，转身朝楼梯下狂奔。他一口气跑下十几级阶梯，只听楼下王成正带人冲上来，张谨言脚下一滑，顿时滚落下来，正面撞上了往上冲的队伍，冲得众人七零八落。

等众人好不容易把张谨言扶起来，他头盔却不知道摔哪里去了，脑门一左一右在石阶上撞出两个包，又青又肿。

"将……将军？"

张谨言一巴掌扇得王成原地打了个转，怒道："上面有人，你们没搜过？"

"啊？"王成全身的血冲到脑子里，回头沉声道，"跟我来！"

一大群人涌上石塔顶端，四处搜寻，可是过了半天，王成硬着头皮对下面喊道："将……将军……没人啊？"

"嗯？"

李云当鼻子里轻轻哼了一声，表示询问。长孙绮暂时把天志石那种怪异到无法想象的东西抛开，若无其事又转回头来。

"你，长孙家的孩子，"风云漫放下茶杯，说道，"你以为谶书里那东西，真能拯救你们长孙家族吗？"

"当然！"长孙绮毫不示弱地回答。

风云漫笑着摇头："你太年轻了……岂有今朝的圣上屈从先皇

之事？天下归一，可不是一句谦虚的话。天下若不归一，世间必乱。这个道理，你不会不明白。"

"你……"长孙绮血一下冲到脑子里，满脸涨得通红。

"若是这部谶书还在我手里，天下就可太平。若是被你拿走，长孙家才真是要灭族了。你一定要拿到这部谶书吗？"

"一定！"长孙绮斩钉截铁地说。

"你的师父还好吗？"风云漫第二次问道。

"我师父已经仙去了。"长孙绮说。

"哦……"风云漫的眼神一瞬间有些飘忽。

"大师认识先师？"

"嗯，"风云漫点了点头，"十五年前，我本欲杀了她，但她后来说，是奉先长孙皇后之命而活，我便没有出手。"

这话里有太多莫名其妙的意思，长孙绮一时呆呆的，不知道怎么开口。

"看来先长孙皇后勘破的事，远超于我，她果然才是那个天选之人……"风云漫继续感叹着，"一切都是她布的局，一步一步，想要弥补当年的滔天之谬，却也……小心翼翼地维护着大唐天下，维护着你们长孙家族，真可谓用心良苦。只可惜先太宗皇帝骑虎难下，还是……唉！"

姑祖母布的局？长孙绮刹那间心中似有一道闪电，好像照亮了什么关键的东西，却瞬间又隐入黑暗之中。她毛骨悚然地咬紧了嘴唇。

"正是先长孙皇后下令，让你的母亲在观音峡生下你……若你连这关系都不明白，那便是缘分还未到，你看不得那东西……"

风云漫之前说的这句话浮现出来，长孙绮脑子却更加混乱了。

在她茫然之时，风云漫转头对着李云当说道："而你，波斯人，维序者……你想要重现神迹，那就是痴心妄想了。"

"为什么？"李云当不甘心地问。

风云漫用两根手指指着李云当，冷冰冰地道："触犯神迹，必遭天谴。今日我不杀长孙家的孩子，但必取你的性命！"

李云当的血也冲到脑子里，他张大了嘴，赤红着眼睛，却被风云漫陡然爆发出的杀气逼得一句话也说不出来。

"你们都以为，这部谶书能如你们的意，然而事情根本不是你们想的那样。"风云漫说道，"为什么这么一部谶书，会汇集《推背图》、密诏，还有神迹的秘密，你们想过吗？为什么先太宗皇帝会将这部谶书视为不祥之物？为什么它们都被收藏在这金筒里？你们考虑过吗？"

"你到底想说什么！"长孙绮一拍小几站起来，"故意装神弄鬼，想要乱我心智吗？"

风云漫叹息道："这或许便是天上的父，给予我的最后考验吧。"

风云漫站起身，两人立即都握紧了兵刃。

风云漫摸着胸前的十字形，说道："你是高昌公主的徒弟，又是先长孙皇后的后人，于我，乃有缘之人。只要你能摸到盒子，我便将谶书托付于你。你放心，等我杀了这小子，再来告诉你先长孙皇后的布局是什么……"

嗖！

一柄短剑从小几下激射而出，直向风云漫射去，李云当同时向后急退！

小几碎成数块，将这柄偷袭的剑打得歪向一边。风云漫的身体笔直上升，双腿在墙上一蹬，径直向李云当追去。但他还未追到李云当，便侧头看见长孙绮正以匪夷所思的速度向大殿对面的盒子射去！

原来在李云当偷袭、风云漫纵身而起之时，一柄套着绳索的飞刀贴着地板打着旋地飞出去，刀背撞上大殿中间一根柱子，立即缠绕上去。长孙绮一蹬一拉，借着绳索之力朝前疾驰而出。

风云漫在空中扭转身体，脚在墙上一蹬，就要向长孙绮冲去。蓦地身旁风声大作，李云当的剑像游龙一样贴了上来。

风云漫根本不与李云当缠斗，长袖一挥，拍在剑身上。李云当顿时手腕剧震，根本拿不住，剑脱手而出。风云漫的长袖一卷，将剑卷起，嗖的一下朝长孙绮飞去。

这柄剑抛出了一个弧形，从长孙绮头顶越过，而后急速下坠。若是长孙绮不管不顾地往前冲，就要生生撞在剑身上。谁知长孙绮不等剑插下来，往旁边就地一滚，滚入柱子背后。

风云漫身若无骨，像鬼魅一般凭空飘浮着，向长孙绮飞去。长孙绮背后拖着一根绳索，绕着大殿内的柱子狂奔。风云漫长袖飞出，想要抓住长孙绮，却每每被她险到极点地躲过。袖口不停地拍在柱子上，拍得柱子上木屑横飞。

黑影晃动，李云当又持剑杀了上来。这次他的剑是一柄宽两寸五、长五尺的阔剑，横着劈来，周围数根柱子上的油灯同时发出呼呼之声，火光乱晃，当真有雷霆之势。

风云漫侧身轻飘飘地避开剑锋，长袖再次拍到剑身上。李云当双手持剑，大喊一声，硬生生扛下这股力道。他肚腹内顿时翻江倒海，喉咙内热辣辣地翻涌。他强行忍住要吐血的冲动，身体一转，借着转身之力，剑身从下往上竖着猛挑！

扑！

风云漫灰色的长袍在空中分作两半，随即爆裂开来，炸成无数碎布，各自飘散。李云当抬头，紧张地追寻着那个瘦小的白色身影。他在几丈高的柱头顶端游走，快得像一道闪电。

"他过来了！"李云当扛着阔剑往前狂奔，一边大喊着。

长孙绮听到了头顶猎猎的风声。她往前猛跑，不料地板上全是水，她的赤脚哧溜一滑，险些跌倒。长孙绮就势猛地一扑，冲入了那片从屋顶破洞落下的水雾之中。

轰……

长孙绮往上看去，头顶一道电光闪过，风云漫张开双臂，飞入水雾中。闪电照亮了他的轮廓，却让他正面一片黑暗，只有两只眸子闪着光，向长孙绮扑来！

嗖嗖嗖嗖！

长孙绮身体急速转动，飞刀一柄接一柄射出。风云漫人在空中，双手将激射而来的飞刀一一拍开。其中一柄被他顺势一拍，反弹回去，射中长孙绮左腿。

长孙绮本来迈开左腿要跑，顿时歪倒在地。眼见风云漫不可阻挡地落下，她心口怦怦怦狂跳起来！

蓦地一柄阔剑砍破了水雾，横着劈了进来，对准了风云漫腰间要害而去。这一剑借着水雾的掩护，而且李云当一直等到破入水雾之中，才陡然加速，待得风云漫察觉，剑离他已经不到一尺距离了！

长孙绮激动地大喊："中！"

却见风云漫的身体匪夷所思地一折，又一折……瞬间下半身仿佛整个折进了上身一般，消失不见了！

长孙绮不敢相信地揉揉眼睛，就这么一瞬间，阔剑劈了个空，从水雾另一头钻出去了！

风云漫的半截身体往上飘了一段距离。他第一次露出痛苦的神情，随即嗖的一下也钻出了水雾。

水雾之外，立即传来阔剑的挥舞声，随即听见李云当大叫一声，声音里透着掩饰不住的痛楚，不知哪里又受伤了。

长孙绮用力摇摇头，从震惊中清醒过来。她低头看，飞刀插入左腿中，幸亏没伤到骨头。长孙绮一把将飞刀拔出来，疼得眼前一黑。她不敢耽搁，就地一滚，又滚出了水雾。

只见阔剑此刻插在一根柱子里，剑尖断裂，不知飞到哪里去了。李云当双手拿着一长一短两柄剑，正与恢复了正常的风云漫继续鏖战着。

长孙绮把手中的绳索挽了一个结，咬紧牙关，朝那光芒四射的十字形跑去。一边跑，她一边计算着距离，还竖着两只耳朵，听背后的动静。

嗖嗖嗖嗖……剑的破空声尖厉刺耳……

嘣……李云当的剑崩了一把……

噗……不知谁的身体被砍中的声音……

铮……剑插入了柱子内……

啪啪……李云当跟着闷哼一声……这一下至少断了两根肋骨……

长孙绮突然心脏急速跳动——十字形离自己只有十步了！

咚——李云当不知撞到了哪里，身体沉重地倒地。自始至终，她都听不到风云漫的任何声音！

但她算得到！

风云漫的外套早被李云当劈碎，所以不可能再用长袖攻击。他最后一掌将李云当拍开时，距离自己十五步。他只需要一个纵跃，就能杀到自己背后！

长孙绮深吸一口气，强行忍住向盒子扑去的冲动，猛地向右纵身一滚，再一滚，再次绕过了一根柱子。

突然脚下震动，地板像挨了一鞭子似的跳了起来。风云漫同时从柱子两侧拍在地板上，力道透过一根根蹦跳的木板条，绕着圈追上了长孙绮。

砰！

两股力道终于同时追上长孙绮，地板瞬间炸裂开来。长孙绮在最后时刻徒劳地跳了一下，却因脚伤，还是没能避开，被打得闷哼一声，滚落下地，一直撞到柱身上才停下。

前方黑影晃动，风云漫冲了出来！他的白袍已经染满血迹，这个干瘦老迈得像山魈一样的人此时双臂张开，腾入空中，双眸闪闪发光，又仿佛一只硕大无朋的金雕，压迫感铺天盖地而来！

长孙绮躺在地上，全身无一处不疼痛难当，别说抵抗，连撑都撑不起来。她憋了片刻，哇地吐出大口鲜血，徒劳地望着风云漫落在自己面前，慢慢走上前来。

"长孙家的孩子……"风云漫空洞的声音传入长孙绮的耳朵……不，这声音仿佛直接传入她的脑海，在她意识的最深处说道，"这是天下的秘密……宇宙万物的秘密……你还没有准备好……你看不到……看到的人，却迷失了自己，生不如死……李淳风后悔莫及，袁天罡……更是生不如死……"

"什么？"

"虽然你注定会来到这里，虽然长孙皇后将传承隔着数十年交给你……我却不能……现在还不能告诉你……这秘密太过重要……你承受不了……"

嘣！

嗖嗖嗖！

蓦地四周响起一阵急速的嗖嗖声，长孙绮布下的网收缩了！十几根绳索从四面八方向风云漫脚下的圆盘汇集而来，但它们被长孙绮交叉错乱地绕过了几十根柱子，因此收回来时疯狂乱甩着，从头到脚向风云漫缠绕了上去！

风云漫双手飞快拍出，打开了几根绳索。但这些绳索极其坚韧，根本没法打断，反而被力道所激，更加迅速地反弹回来。

每一根绳索末端都有一把带着倒钩的飞刀，它们发出嗖嗖的破空声，在空中打着旋，乱七八糟地交错飞过。随着绳索在风云漫身上套紧，扑扑扑一阵响，十几把飞刀或插或钩，像十几颗利齿，死死咬住了风云漫的身体！

长孙绮等的就是这个时机！

她爬起来就跑，却脚下一软再次滑倒，脑袋撞在柱子上，眼前金星乱闪，什么都看不清楚。她只是本能地不顾一切地朝盒子的方向爬去！

咯咯咯……风云漫全身渐渐鼓胀起来，绳索被绷得乱响。飞刀在这股力量下反而越陷越深，他却浑然不觉。

啪！啪啪！

风云漫身上的绳索虽然没断，但他一只脚踩在圆盘上，硬生生一根一根地将绳索从圆盘上崩断。

"啊！啊！"

长孙绮开始不受控制地尖叫起来。她爬着，滚着，盒子越来越近，越来越清晰……她只需要一伸手就能拿到了！

突然脚踝一紧，被人死死抓住，跟着往后拖去。

长孙绮疯狂地挣扎着，忽然那只手一顿，似乎停住了。

咻咻咻咻、咻咻咻咻……

周围响起一阵密集的破空之声，但长孙绮根本顾不上，她只是徒劳挣扎着，奋力往前爬。

"长孙家的孩子，把它带上。"风云漫平淡的声音继续穿透一切嘈杂，清晰无比地传到长孙绮脑子里，"我原以为可以凭一己之力守住这个秘密，可惜我们都是微末的尘埃，决定不了什么……长孙皇后看到的终究远胜于我，是时候按照她的安排去做了……"

长孙绮一下翻过身来，那抓住她脚踝的手软弱地松开了。她看着风云漫，呆呆地看着他。

风云漫仍然带着平淡的笑，就站在她身前。

周遭的柱子上，密密麻麻地插满了箭矢。风云漫更是后背被插得像刺猬一样，就那样站着死去了。

长孙绮脑子里一片空白，张着嘴，自己也不知道在喃喃地说什么……忽然不知哪里闪烁了一下，长孙绮低头，只见风云漫挂在胸前的那个十字形正静静地躺在自己胸口。

长孙绮不由自主伸手抓住了十字形。她刚抓住，风云漫的脑袋就往后一仰，跟着身体慢慢向后倾倒，直至被箭矢支撑着，再也倒不下去为止。

一只手拍在长孙绮的肩头。

"啊……啊啊啊！"长孙绮不知哪里来的力气，蹦起老高，却见李云当拼命给她打着手势。

"快……快啊！"

"啊？"长孙绮不停地跳着，呆呆地问，"啊？"

"别等他们……进来！"李云当吃力地捂着受伤的腰，对那不远处的盒子一指，"快！"

咚！咚！

殿门外响起沉重的脚步声，有人在门外大喊："冲进去！"

李云当见长孙绮还呆站着，当即转身就向盒子跑去。立即就听见后面长孙绮低吼一声，像只小野兽一般冲了过来，一把掀开了他，合身扑在盒子上，死死抱住。

"走啊！"李云当撞开十字形旁边的窗户，往外看了一眼，回头叫道，"快！"

长孙绮抱着盒子跑来，跟着李云当跳出窗外。外面的雨此刻小了许多，但地上仍积着很深的水。殿门那一侧火光闪动、人声鼎沸，这一侧却一个人都没有。两人根本没时间细想，只是凭着印象，闷着头往院墙的方向跑。

两人毫无阻碍地跑到了院墙下，长孙绮往上一跳，却重重撞在墙上落了下来。跟她一起跳的李云当也落了下来。两个人靠着墙，都像要死了一样拼命喘气。

喘了片刻，李云当上前扶长孙绮，她却拼死抱着盒子不肯让李云当碰。

李云当哭笑不得，说道："我不抢你的……你还有力气吗？"

长孙绮牙齿咯咯作响，雨水和汗水把她的头发湿漉漉地贴在脸上，只有那双乌溜溜的眼珠子在绝望地转动。

李云当蹲在她面前，双手交叉，说道："来！"

长孙绮踏在李云当手上，却疼得倒抽一口冷气。她刚要踮着脚跳，李云当叫道："别动！"

李云当扯下自己的头巾，把她的伤口包扎起来，才说道："快走！"

长孙绮紧张地问："你呢？"

"你先顾自己吧！"

李云当用力把长孙绮往上一送，长孙绮借力飞起，一只手攀上庭院墙顶。她翻过院墙，根本没力气稳住身体，直接摔在院墙外。

幸亏墙外就是柏树林，近百年的树叶积累下来形成了厚厚的一层草垫，长孙绮没有受伤。她挣扎着爬起来，低声喊道："李云当？李云当？"

墙内没有回答，却听见一迭声的脚步声，以及重甲哗啦啦的声音。

长孙绮憋着一口气想哭，挤了挤眼睛，却一滴眼泪都没有。她转身抱着盒子，对准了漆黑的林子，深一脚浅一脚地往前跑去。

隆……隆隆……

雷声正在远去，大雨也在减弱。但长孙绮身体里的热度和力气消散得更快。

泥泞拖拽着她的脚，杂草和藤蔓纠缠着她的腿，她的长裙早被扯得撕裂开来，腿上被锋利的草叶割出一道道细碎的口子。李云当系在她腿上的头巾已经被血浸透了。

但她根本无暇顾及，或者说，根本没有感觉到腿上的狼狈和疼痛。她只是抱着盒子，一步步朝前走着。摔倒了，又爬起来。

身后景寺里的呼喊声越来越大，一些光芒闪动，噼里啪啦的声音响起，不知什么地方燃烧了起来，隐约照亮了她面前的路。

她看见有一辆马车……停在路边！

长孙绮体内再次涌上一股热流，不知哪里来的力量，让她迈开大步朝马车跑去。

冲出了柏树林，冲到了马车前，长孙绮气喘吁吁地叫道："嫣姐！嫣姐！"

出来的却是拓跋楠。

"你？"长孙绮茫然地张望着，"嫣姐呢？"

"她在店里等我们。"拓跋楠问道，"东西呢？"

长孙绮拍了拍怀里的盒子。拓跋楠伸手要来拿，长孙绮立即后退一步。

拓跋楠跳上马车，说道："快上来！"

来不及细想，长孙绮一纵身上了马车，拓跋楠抽打马匹，马车飞快地向前驶去。

长孙绮瘫软在马车里，不知驶出了多远，她才长出一口气，慢慢坐了起来。她迫不及待地打开盒子，见里面有一只锦袋，锦袋旁有一张信笺。她拿起信笺，只见上面是一行小字："尊观音婢之诺，封存此物。后之苦心，朕今日方知，悔哉！李氏子弟，永不得开此封！"

长孙绮心口一跳——观音婢是姑祖母长孙皇后的小字，这竟是先太宗皇帝的手书。先太宗皇帝命袁天罡、李淳风推演出了《推背图》，为何又"悔哉"？难道先长孙皇后让他别做此事？

可是长孙皇后早在贞观十年就薨了，推演《推背图》是在贞观十九年，她是如何预知此事的？

为何先太宗皇帝不顾一切让李、袁二人推演出来，却又立即后悔，并立下永不开此封的命令？

真不想后人看到，一把火烧了不就好了吗？

长孙绮脑子里闪过风云漫的一句话："先太宗皇帝骑虎难下……"她使劲摇了摇头，把这些念头暂时扔出去，低声喃喃道：

"姑祖母，我长孙家就快亡了。形势所迫，你一定能够明白……保佑孙儿成功……"

长孙绮念了几遍，解开锦袋，伸手进去，摸到一个冰冷坚硬的东西。

她把那东西抽出来半截，是一只纯金打造的金筒，其上刻蚀的花纹极其烦琐华贵。金筒的盖子被铅封死了，铅封上盖着先太宗皇帝的徽记。

金筒的顶部，有一个明显的椭圆形凹槽，似乎曾经嵌入什么东西，但此刻已不见踪影。长孙绮用手指抚摸了一下，那凹槽里隐隐有些粗糙，可以明显地感到那东西是很早以前被抠走的。要么是嵌入的东西划伤了金筒表面，要么是有人拿走那事物时，故意磨坏了表面。

奇怪，若是姑祖母留给太宗皇帝的金筒，怎么可能如此粗糙？而且刚才风云漫事无巨细地说了那么多细节，偏偏说到这金筒时一笔带过……

长孙绮抚摸了片刻，心口怦怦乱跳，隐隐觉得这凹槽似乎特别重要，甚至比金筒本身还要重要，但这怪异的感觉却又毫无理由。

正在这时，马车剧烈地颠簸了一下。长孙绮赶紧将金筒塞进锦袋，凑到窗前往外看。她只看了一眼，就抱着金筒，咚的一声撞开车门，滚了下去。

马车继续往前狂奔，但拓跋楠的身影出现在马车顶上。他脚在车篷顶端一蹬，车篷碎裂，他则借力朝正在发力狂奔的长孙绮冲去。

天空闪亮了一下，一个惊雷就在头顶炸裂。长孙绮刚跑了十来步，脚被水坑绊了一下。平日里这根本不算什么，但现在的她却连腿都抬不起来，一下扑倒在地。

头顶风声大作，拓跋楠越过了她，落在她前方。

"你要带我去哪儿？"

"当然是安全的地方。"

"嫣姐呢？"长孙绮大声问道。

"她被抓走了！"拓跋楠冷冷地道，"你必须马上去黔州，家主正等着你！"

"不行！我要去找嫣姐！"

"随便。"拓跋楠道，"把东西给小人，小人自会去黔州复命。"

"我自己会带去……"

"不行！"拓跋楠厉声打断，"这东西在交给家主之前，不许任何人看！"

长孙绮站直了身体，打量着拓跋楠。云层上方的闪电持续不断，但都已变得很微弱，只隐约照亮了拓跋楠身体的剪影。

奇怪，这不是拓跋楠平时的态度……奇怪，这身影仿佛在哪里见过……

一股冰冷的感觉慢慢爬上了长孙绮的后背，继续向上，她的每一根汗毛都立了起来，一时之间，连呼吸都忘了……她把金筒递了出去。

"好。你路上小心。"

拓跋楠没料到她如此干脆，愣了一瞬。但金筒就在眼前，他不能犹豫，当即伸手来接。

刚要触碰到金筒，长孙绮手一松，金筒径直落下。拓跋楠本能地一躬身，稳稳将金筒握在手里。

几乎在他躬身的同时，长孙绮轻轻跃起，从他头上倒翻过去，一把抓住他的衣服，嚓的一声扯了下来，露出了他的右侧后背。

天穹的闪电剧烈闪烁了两下，将他的后背照得清清楚楚。

拓跋楠一怔，顿时大惊，猛地往前一扑，就地滚了两滚，等跳起来时，已拉上了衣服。

但眼前一亮，长孙绮的匕首已经杀到！

拓跋楠怒哼一声，随手一拍，将匕首拍得直飞出去。他右手顺势切下来，在长孙绮肩头一按一带，长孙绮根本无力抵挡，立即瘫软在地。

"是……是你！"长孙绮挣扎了一下，但全身的力气早就耗尽，又被拓跋楠这一击打得右臂脱臼，根本站不起来。她狂怒地喊着："为什么！"

"小人不知道你在说什么。"拓跋楠拿着金筒，迫不及待地上下看了看。当他摸到顶部的凹槽时，脸上一下露出释然的神情，随即又激动得用力挥了挥拳头。

"你拿到了？"拓跋楠激动地问道，"天志石，你拿到了？"

"什……什么天志石……"长孙绮喘息着道，"那……不过是一片空槽！"

空中又是一阵炸雷滚过，拓跋楠不敢置信地再摸那凹槽，他脸上神色一时三变，整个人都呆住了。但他迅速将金筒包好背在背上，用力扎紧，说道："这是命数使然……接下来就是长孙家的命运了，不过与你已经没有什么关系。事情急迫，小人要去黔州复命了！"

"你……你别走！"

拓跋楠并不回答，转身就走。长孙绮看着他急速飞奔的背影，又急又怒，突然哇地又是一口血吐出来，眼前一黑，什么都不知道了……

第十二章

哈……哈……

长孙绮剧烈地喘息着，嗓子里的血腥味越来越浓。她手脚像灌了铅一样，沉重得别说往上爬，就是勉强把身体挂在绝壁之上，也越来越觉得困难。

偌大的垂天阁刚刚从她头顶掠过，坠入身下一百多丈的深渊之中。山体的抖动现在都未停止，不停有巨石跟着剥离，从长孙绮的身边打着滚往下坠落，一路飞溅出无数碎屑。

狂风猎猎地吹着，脚下的谷底深处，垂天阁的残骸还在熊熊燃烧。风把一股一股的热浪和浓烟卷了上来，长孙绮全身炙热，却一滴汗都流不出来，她从内到外都快要被烤干了。

忽听头顶上方传来刀刃相交之声，还有人大声喊着："围住她！围住她……她支持不住了！围住！"

师父！

长孙绮不知哪里来的力气，奋力向崖顶爬去。爬近了，只听见猎猎的火焰之声，不时嗖的一声响，就有人发出惨叫。

突然，头顶人影晃动，长孙绮脑袋一缩，一个人从她身旁掠过，双手徒劳地乱抓着，差一点就抓住了长孙绮的脚。长孙绮本能地一收脚，那人绝望地叫着落了下去，很快就被下方的黑烟裹住，再也看不见身影。

砰、砰……长孙绮的太阳穴跳动得几乎要爆炸开来。她终于爬上了崖顶。

崖顶上，十几名蒙着面的黑衣人围成一圈，地上还躺着更多的黑衣人，血从他们的咽喉流出，地面上的血已经积成了几个小洼。

人圈的中间，高昌公主……浑身着火的高昌公主已经快要站不稳。她摇摇欲坠，无法呼吸，已经闭上了眼睛。但当长孙绮爬上来那一刻，她却又张开眼，朝着长孙绮笑了笑。

"不要报仇……"

说完这句话，高昌公主的剑最后闪动了一下，刺穿了一名黑衣人的咽喉，跟着她纵身一跃。

师……

长孙绮张大了嘴，干涩的喉咙里却发不出一丁点声音。她甚至连手都抬不起来，就那样趴在地上。只有脑袋和眼睛追随着高昌公主，想她再回头看自己一眼。

然而高昌公主再也没有回头。

她着火的长裙翻飞着，像一只涅槃的凤凰，飘飘扬扬，一路播撒着灼热的火焰，向深渊坠落……

五名黑衣人将长孙绮悄无声息地围了起来，一起高高举起了刀。长孙绮的目光始终追随那一团渐渐消散的火焰，对周围的一切完全没有反应。

五把刀刚往下砍去，只听一个人沉声道："等等！"

五把刀停了下来，离长孙绮的头颅不到两寸的距离。一名黑衣人走上前来，瞅了长孙绮一眼，挥了挥手。五名黑衣人立即退了下去。

那名黑衣人凑近了长孙绮，仔细看了看她。长孙绮仍然没有反应，眼眸里连光彩都没有，像是死了一般。

那名黑衣人明显松了口气，转身对其余黑衣人说道："除她之外，其余的人一律不留……"

话音未落，周围的黑衣人同时大叫出来。那名黑衣人骤然惊觉，还未来得及转身，右肩一阵剧痛传来。这剧痛刹那间就从肩胛一直穿到左侧腰间。

黑衣人惨叫一声，一下跪倒在地，背上的血喷了长孙绮一头一脸。

怒吼声中，其他黑衣人一拥而上，一些人把重伤的黑衣人往前拖，更多的人举着刀冲向长孙绮。

一击得手的长孙绮根本没给他们任何机会，将匕首扔下，纵身一跃，在一众黑衣人的惊呼声中，追着那团火焰而去……

风声一下灌满了耳朵，再也听不到任何别的杂音。她心中充满从未有过的欢喜，像一只自由的鸟在空中翱翔……

那团明亮的火焰越来越近，周遭也越来越热，长孙绮的眼泪终于夺眶而出，尽自己最大的力量张开双臂，朝着火焰冲去……

突然，一股巨大的风扑面而来，吹得长孙绮摇摇晃晃向上飞去，周围刹那间一片白茫茫的，什么也看不清楚。

长孙绮心中大急，拼命挣扎着，叫道："师父！我要师父！师父！"

呼——风声再次急切起来，白雾被吹散了，长孙绮发现自己站在石塔之上。那个瘦瘦傻傻的道士正凝视着自己。

"我师父呢？我师父呢？"长孙绮焦急地问。

"万物土中生，二九先成实。一统定中原，阴盛阳先竭……"

"什么？"

"参遍空王色相空，一朝重入帝王宫。遗枝拔尽根犹在，喔喔晨鸡孰是雄……"

"你说什么？"长孙绮激动地紧紧抓住道士的手臂，使劲摇晃着他，"你再说一次？"

道士看着她，微笑道："长孙家的孩子，你来得太早了。"

"啊？"

"时间没有欺骗我，"道士一字一顿地说，"时间毁灭了我……前朝独孤皇后之时，天志石便已稀缺至极，神……终究是要关上这扇门……"

"你……"

长孙绮刚张开嘴，道士整个人骤然向后、向内收缩，化作一团黑雾，被风一卷，瞬间消失无踪。长孙绮一下失去了重心，扑倒在地。

周遭再次陷入一片茫茫之中。

长孙绮的心跳得几乎快从嗓子里飞出来。她爬起来，伸手到处摸着，却什么也摸不到。雾气在周围盘旋着、翻滚着，雾气后有什么光在闪烁，但她看不清楚……

忽然风云漫的声音响了起来："长孙家的孩子……"

"你！"长孙绮像看见救命稻草一样激动地喊着，"你在哪儿？我没有杀你，我没有杀你！"

长孙绮脚一软，坐倒在地，捂着脸无声地哭起来。

白雾萦绕着十五岁的她，在她周围打着旋地翻腾着，风卷起她额前的碎发，又卷起她鬓边的长发，像一只无形的手在轻抚。慢慢地，长孙绮停止了哭泣。

"我没有死……或者说，我早已死去……我与天地融为一体，不会再有生死，也不会再有我……就像你的师父。"

"你说什么？我师父怎么了？"

"精神不会死亡。"

"可……我师父怎么会认识姑祖母？"

"你也可以说，是先长孙皇后刻意去见了你师父。事情一环扣着一环，任何一个错误，都会失之千里。"

"我……我不明白啊！"

"你和你的姑祖母一样，是真正血脉纯正、力量充盈之人。我和袁天罡只不过有那么一星半点血脉，借助残存的天志石碎屑，便能窥见时间之隙。可是我们应付不了更纯粹的天志石了……总有一天，你会明白的……"

"天……天志石……"

"独孤伽罗皇后留下的天志石所剩无几，八柱国崩溃了，所以才有你的姑祖母孤注一掷之举……"风打着旋上升，长孙绮的头发也跟着向上飘浮，"向西去……长孙家的孩子……"

"西？"

"沿着先长孙皇后走过的路……我曾经陪伴她走过的路……你会知道一切……因为我们在天的皇父，已经安排好了一切……"

"可……可我不知道怎么做……"

"有人会帮助你。"

"谁？"长孙绮脸上挂着眼泪，惊讶地抬起头。

李云当蹲在地上，呼呼地吹着气。他手里端着一只缺了一角的破碗，里面灰扑扑的稀粥正冒着热气。

他吹得出了一头的毛毛汗，试着喝了一口，还是有些烫嘴。李云当泄气地准备站起来，随意地回头看了一眼，却见长孙绮抬起了头，那双乌溜溜的几乎看不见眼白的眼睛正瞪着自己。

李云当像屁股上被扎了一刀似的，嗖的一下跳起老高，那碗粥结结实实泼在自己身上。

"啊！嗷嗷嗷！烫烫烫！"

李云当疯狂地拍着衣服，在房间里一边狂叫，一边蹦跳着。

长孙绮好奇地看着他，想开口说话，发现嗓子里像含着一颗火炭，又疼又干，根本发不出声音。她忍不住伸手去摸脖子，却发现手举到一半，就无力地落了下去。

"别动！"李云当赶紧上前，把长孙绮垂下的手放回去，"你终于醒了！你等着，我去给你倒点水来。"

李云当说着转身走开，继续拍打衣服上的粥，嘶嘶地抽着冷气。

李云当的身影消失了半天，身体的感觉才渐渐涌入长孙绮的头脑。她再次试着抬手，立即觉得全身百骸无一处不疼痛难忍，忍不住呻吟了一声。她一丝力气都找不到，连转头都不行，浑身僵硬。

她放弃了转头的努力，就望着头顶，却看见了一片破破烂烂的屋瓦。阳光从瓦片的破损处照进来，一束一束，每一束光里都有无数尘埃在起起伏伏，煞是好看。

她眼睛往旁边看，吓了一跳，只见一颗硕大的苍灰色脑袋就悬在自己头顶，眼珠已经不见，剩下两个空洞的眼窝，无神地望着自己。

长孙绮吓得都忘了转开眼睛，跟那对眼窝对视了片刻，才突然意识到这是一颗被风吹雨打后早已失去了颜色的佛头。

这个时候，她的力气恢复了一些，可以转头了。她吃力地看了看四周，发现这里果然是一座庙宇。

这座庙宇破败不堪，不知有多久都没香火。屋顶塌了一半，好多树枝伸进来，用力生长着，把大梁渐渐顶了起来。看样子明年就要把整个屋顶顶翻了。

后面的山墙被泥石冲垮了，一根柱子倒下，砸在佛像上，把佛头砸得歪下来，只剩塑像里的藤条勉强连着，正好对着长孙绮。

她感到身下软软的，像是垫着枯草，禁不住心中有些温暖。这地方太过破旧，李云当怕是找了好久，才为自己铺好。

脚步声急，李云当端着另一只破碗跑进来。长孙绮想要撑起来，却没有力气，李云当上前扶起她，把她的头枕在自己腿上，再喂水给她喝。

长孙绮喝了几口水，艰难地问：“……多少天了？”

“你昏迷三天三夜了，”李云当道，“我还以为你挺不过去了。”

“……哪儿？”

“这儿离长安远着呢。你放心，没有人追来。”

长孙绮嘴巴歪了歪，露出一丝苦笑：“我……我已经没有用了……他们不会再……追我了……”

“别傻了，你对我很重要。”

长孙绮一怔：“什……吗？”

李云当立即改口：“我……我是说……你对我还有用！”

李云当手忙脚乱地把她重新放好，说道：“你休息一下，我再去打点野味，给你补补。”

李云当像逃一样跑出庙宇，嘴里呜呜叫着，似乎引山鸡去了。

长孙绮无力地躺着，呆呆望着屋瓦破洞处露出的蓝天。阳光投下的明亮斑点，在破败的屋顶、斑驳的山墙上慢慢移动，其中一束渐渐移到了长孙绮的胸前。

忽然，她伸手入怀，摸到了那个坚硬的东西。她一下紧紧抓住，片刻，才慢慢从怀里掏出来，凑到眼前。

十字形在阳光下闪闪发光，似乎有一些光点甚至飞了起来，一直飞到空中才慢慢消散……

这光照得长孙绮的眼睛眯了起来。她看了半晌，把十字形放回怀中，用两只手紧紧压着，无声地笑了出来。

它还在……他，还在！

呱呱……呱……

一群老鸹干叫着，扑棱棱地从头顶越过。它们被一股升腾起的热烟吸引，在周遭绕着圈地飞翔。有几只停在一旁的树上，叽叽咕咕地朝下看。

突然呼啦啦一阵响，老鸹们惊慌失措地飞起，其中一只惨叫一声落了下去，跌入草丛。

李云当从藏身的地方走过来，提起老鸹掂量了一下。

"嘿，还挺肥的！"

李云当提着鸟，摘了一根青翠肥嫩的草叶叼在嘴里，喜滋滋地往回走。他绕过一簇高高的草丛，走进业已坍塌的庙门。

大殿前的一小片石板地上，有个缺了一只脚的香炉，不过歪斜着，并没有倒下。

此刻香炉里面烧着柴火，上面用树枝穿着一只野兔，正烤得吱吱响，油脂不停滴落下去，惹得火势更加旺盛。

长孙绮蹲在铜炉前，裹着李云当的灰色长袍，眼巴巴地看着野兔流口水。

"你起来了？"

长孙绮歪着头，朝他微笑。她还有些萎靡，眼睛半眯着，弯弯的，长长的睫毛下，闪烁着一点星光。风把她鬓边的头发吹上脸庞，一丝一丝缠绕着……

　　"嗯？"

　　"啊？"李云当一下回过神来，却完全不知道刚才那一瞬发生了什么，不禁问道，"你说什么？"

　　长孙绮嫣然一笑："我好饿。"

　　李云当上前，翻了翻兔子："好了，可以吃了！"

　　李云当撕下一条后腿，递给长孙绮。长孙绮迫不及待地咬了一口，却烫得吞不下去，包在口里呼呼地吹。

　　"你先吐出来啊！"

　　长孙绮使劲摇头，呼呼吹得稍微冷了点，就一口吞下。她闭着眼睛，露出满意至极的表情，长长出了一口气。

　　李云当笑道："你真是饿傻了。快吃吧。"

　　李云当坐在长孙绮身旁，两人面对铜炉，面对铜炉后被树木掩盖的山门，面对树木间隙中那一抹血红的夕阳，一起啃着兔子肉。

　　虽然没有抹盐，也没任何调料，但兔子肥嫩，油脂又多，李云当吃得很是惬意，差点要开口唱出来，忽然听见身旁有抽泣的声音，便扭头向长孙绮看去。

　　长孙绮一边啃着兔子腿，一边眼泪哗啦啦流着。她脸上被兔子腿上的炭灰染黑了，又被眼泪冲出几道泪痕，还被油脂乱七八糟地糊着，简直惨不忍睹。

　　但她的眼睛却被眼泪冲刷得格外明亮，眼眸淡淡的，仿佛整个蓝天都融在这双眸子里。她长长的睫毛上挂着几颗小小的泪珠，随着她的每一次抽泣，睫毛不停抖动，这些泪珠就一颗颗落了下去。

“你……”李云当想了半天，挤出一句话，“要不等一下再吃？”

“我不。”长孙绮吸了吸鼻涕，又抹一把脸，根本没意识到脸被糊得更脏了，狠狠地咬了一块肉下来，用力嚼着。

“我不。”她再次说，“不许抢我的肉。”

李云当又好气又好笑，搔着脑袋道：“我还打了只鸟，你等我烤。”

长孙绮吸着鼻涕，说道：“你为什么要救我？”

“这……这有啥为什么的？”

“我已经是个废人了。”长孙绮道，“我没用了……为什么你还要救我？”

“一定要有用，才有被救的资格吗？”

“我……没用了！我没用了！”长孙绮不停地喃喃，手簌簌抖个不停，拼命咬着兔腿，却因为太抖了，没咬下什么来。

“你对别人没用了，对我才有用。”

长孙绮转头看他：“什么意思？”

李云当咧嘴一笑：“没啥意思……你还吃不？”

李云当作势要抢，长孙绮一偏头躲开，继续啃。李云当偷偷松了口气。他瞄了长孙绮一眼，发现她根本没咽，踮着两个脚尖蹲着，身体不停抖动。

“是他。”

“嗯？”

长孙绮深吸了一口气：“是长孙无忌，下令杀了我的师父！”

李云当摸着下巴沉思了片刻，才说：“虽然如此，那也是你阿翁……”

“他们杀了我师父……”长孙绮的眼泪噼里啪啦往下掉落，脸色白得可怕，"他们打不过，就把我师父活活……烧……烧……而我师父，肯定知道是他，所以，她喊我……喊我不要报仇……"

长孙绮突然跳起来，将兔子腿远远扔了出去，又一脚踹在香炉上。

香炉经过了上百年的风雨，终于撑不住长孙绮这一脚，咣当一声裂成两半，歪倒下去，里面的柴火散了一地。长孙绮犹不解恨，上前一阵猛踢，踢得柴火四处乱飞。一时之间，院子里到处都在冒烟。

幸得李云当眼疾手快，一把抓起还架在上面的半只兔子，连退了好几步，避开怒火冲天的长孙绮。

"你怎么知道是他？"李云当小心地问。

想到拓跋楠背后那道长长的伤痕，长孙绮又狠狠踹了香炉几脚，直到把它彻底踹成碎片。香炉里的柴火点着了她的裙角，她失神地站着环视周围，居然没有发现。

李云当叫道："喂！喂！烧起来了！"

长孙绮回头恶狠狠地瞪着他，还是一动不动。

李云当只得上前，用力拍打，帮她把火拍灭。

"行了，你说是他，那就是他了！"李云当道，"别跟自己过不去啊！"

长孙绮盯了一会儿李云当，目光下移，看着他手里的半截兔子出神。李云当赶紧把手里的半只兔子递出去："你吃……"

长孙绮一把抢过兔子，继续用力地咬着。李云当看她慢慢镇定下来了，才松了口气，重新把柴火堆起来，准备烧火。

"别弄了！"

李云当终于忍不住发火了："今晚想冻死在这里？我跟你说，

这儿晚上可……"

"现在就走。"长孙绮咬了几口，顺手把兔子丢了，抹了抹嘴巴，"马上！"

"……去哪儿？"李云当看她又扔了兔子，心疼得要死，顿时口气也硬起来了，"我哪儿也不去！"

"好。"长孙绮说着转身就走。

"等等！"李云当怒吼，"你究竟要去做什么？"

"当然是去抢回谶书。"

"欸？"李云当顿时傻眼了，"你知道谶书去哪儿了？"

"当然。"长孙绮唰地扯下一根布条，把披散的头发扎起来。她摸了摸额头，已经不发烫了，然后回头看李云当："你来吗？"

李云当咬咬牙："你把话说清楚！"

"谁在景寺伏击了我们？"

"张谨言。"李云当恨恨地呸了一口，"但他也拿我没办法！"

"张谨言是傻子吗？"

李云当一怔："当然……不是！"

"那为什么他放我走了？"

"不是我帮你逃出去的吗？"

长孙绮冷笑着盯着李云当，李云当羞愧地搔搔脑袋。

"他们故意只强攻大门，而且能从至少三个方向射杀风云漫大师。"长孙绮冷笑道，"是我们自己逃出去的？"

"他这么做……为什么？"

长孙绮的眼神变得有点痛苦，低声道："风云漫大师之前说的那句话，我一直不懂。直到我受伤倒下，才突然明白——陛下和武氏可能就在等这个机会。"

"等你阿翁拿到谶书？"李云当一下明白了过来，禁不住吹了一声呼哨，"高明！"

"你也这么觉得吗？"

"当然！你阿翁毕竟是托孤重臣，又是陛下的亲舅舅，只要不做出大逆不道的事，无辜杀之，恐怕天下不平。不杀，武后又绝不甘心。但若是他故意抢夺御赐之物，而其中又内藏蛊惑世间之谶言，那赐他自尽就很顺理成章了。"

"哼，恐怕还不止如此。"长孙绮冷冷地道，"若是我阿翁向天下公布先太宗皇帝的密诏，那可就好瞧了。"

"什么？"李云当大惊，"密诏？先太宗的密诏？藏在谶书里？"

"诛杀武氏的旨意。"

"你……"李云当指着长孙绮半天，终于又无力地垂下头。

"原来你真正的目的是这道密诏……"

"怎么了？你不服气？"长孙绮盯着他，"你想要的那个什么神遗之地的秘密，不也藏在其中？"

"服气得很……"李云当眼珠转了转，一下又来了精神，"如果是这样的话，对皇帝陛下和武后来说，那就形同谋逆，别说赐他自尽了，只怕要族灭长孙家……这一计果然毒辣！"

"他们算准了我长孙家……不……算准了我那刚愎自用的阿翁，一定会想办法拿到谶书，所以就借你之口告诉我，又借我之手交给他。环环相扣，才有今日！"

"嗯！"李云当点头，"我们都是棋子……所以，那谶书呢？"

"可笑我那阿翁，一心想着清君侧，重回中枢，连他的孙女都信不过，派人前来监视我。谶书被他夺走了。"长孙绮恨恨地啐了一口。

李云当道："难怪我在路上发现你的时候，看到了另一个人的脚印。那他应该正在飞奔去与你阿翁会合。恐怕……我们追不上了。"

"不需要追，"长孙绮道，"我知道他们会在哪里。你来不来？"

"哼，我要好好考虑考虑！"

李云当抱住双臂，嘟着嘴不说话了。

"你怎么了？"

"我在想呢，"李云当道，"我好心救了某人，却连感谢都没有一句，这种人我到底要不要相信她！"

长孙绮哈哈一笑，说道："不是常言道'大恩不言谢'吗？"

"那是君子对君子！谁知道你是不是小人呢？"

"我的谢恩可大着呢。"长孙绮平静地道，"谶书归你。"

"走！"李云当一大步跨出去，超过了长孙绮，急切地道，"我知道哪里有马，快走！"

第十三章

当……当……

慈云睁开了眼睛。

才卯时刚过，屋里只有熹微亮光。慈云摸索着坐起身，用火折子点燃了榻旁的一盏油灯。

"净念。净念！"

一旁名唤净念的小沙弥睁开惺忪睡眼，一个劲儿打哈欠，直到见慈云已经坐到了榻边，才赶紧爬起身。

慈云坐着默念了一阵子经，净念已端来热水，给慈云擦拭手脸。

"今天是什么日子？"

"七月……七月二十三吧……啊……"净念大大地打了个哈欠，从架子上取下袈裟，为慈云穿戴。

刚穿了一半，忽听外面马蹄声急切，有人从山道上疾驰而来。慈云一惊，喃喃道："这便来了？"

"什么人啊，师父？"

慈云凝神静听，似乎只有两匹马。来者在山门前停下，随即传来砰砰砰的敲门声。

"你快去山门看看。"慈云推开净念，自己穿着衣服，一边盼咐道，"看他们的腰牌，如果不是长孙家的，就不开山门。"

"那……要是上香还愿的呢？"

"也不接待！"

"哦！"净念转身就往外跑。

"回来！"

"师父？"

"若是长孙家的，赶紧迎进来，恭敬点！"

"知道了，师父！"

净念一溜烟跑出禅院，朝山门跑去。

天色逐渐亮了，不过禅真宫下寺坐落在一座峡谷里，两侧是高高的山脊，中间是滚滚流淌的江水。寺庙一侧是隆隆的江水横流之声，另一侧是林子里咕咕叫的鸟声和吱吱的小狐狸的声音。

禅真宫下寺依山而建，离江面半里左右，从禅院通向山门的，是一条陡峭得几乎笔直的山路。净念顺着阶梯一路小跑，来到山门前。

七月下旬，山门旁的老槐树上，一群知了还在拼了命嘶叫着。净念走到大门前，先小心地问了一句："谁呀？"

"香客。"门外有个年轻男子的声音回答。

净念打开小门，伸头出去。苍白的晨光中，站着一个男子，牵着两匹马。其中一匹马上还坐着一个人，戴着斗笠，斗笠外围着薄纱，身形娇小，应是个女子。

净念双手合十道："施主，本寺乃是家庙，不接外面的香火。阿弥陀佛。"

男子呸了一声，把嘴里的草根吐了，满不在乎地说："家庙我见多了，一样承香纳福，哪有上门的香火不接的？"

"本寺……"

"叫你们大和尚来！"男子不耐烦地打断净念，一手推开小门，就要往里走。净念慌忙张开双臂想拦住他。那男子恼了，随手一推，净念跌跌撞撞退了好几步，摔了个四脚朝天，脑子里嗡嗡作响。

男子进了小门，自顾自地打开门闩，推开大门。净念不敢阻挡，爬起来就跑。刚跑了一半阶梯，就看见慈云老和尚一摇三晃地正往下走。

"师、师、师父！"净念捂着屁股叫，"我屁股裂了！"

"闭嘴！出家人不可妄语！"慈云厉声说，"快扶我！"

净念眼泪汪汪地忍着痛，扶着慈云往下走。走到山门，那两人已经进来了。男子站在前面，身后的女子似乎有些怕生，躲在男子身后，看不见面目。

"阿弥陀佛，"慈云合十道，"本寺……"

"我们来还个香愿，"男子上前，笑嘻嘻道，"最多住一天就走。大和尚，行个方便吧？"

"阿弥陀佛，非是贫僧不与方便，实在是……"

"我娘子惹了邪厄，以前在贵寺祈香，回来便全好了。隔了五年了，此次是特来还愿。"男子还是不让慈云说完，顺手将一只锦袋挂在慈云合十的手上。"明日，还有香火钱奉上。"

慈云双手被那袋子拉得往下一沉，险些掉落，亏得他眼疾手快，一把抓稳了，只听里面传来清脆的金属碰撞之声。待得再抬起头来时，他两根长长的眉毛颤动，微笑道："施主乃是执信诚意之人。所谓与人方便，自己方便。两位施主请。"

"师父？"净念瞪大了眼睛，随即被慈云一巴掌扇在脑袋上。

"愣着干吗？还不快引两位施主进去？"

长孙绮推开窗户，一股清新的林木芬芳立即涌入房间。她深深呼吸了一口，闭上眼睛，觉得整个肺部都一片清凉。

山势陡峭，厢房沿着山坡建造。靠山壁的一侧建造在石基上，靠外的一侧则下方夯着石基，再用木料撑起。因此从窗户看出去，自己就在高大的槐树、桐树枝干的上方。只需探头出去，就仿佛置身于整个森林的中央。

茂密的森林下方，是碧绿色的江水。透过树干的间隙，就像看到一段段长短不一的绸缎，被风吹皱了，永无休止地荡漾着。

再往前看，江水对面，是同样青翠的陡峭山体。天空在树冠、山崖的切割下，显得零碎小巧，再也没有长安城里那天幕遮蔽一切的感觉。

长孙绮贪婪地呼吸着，目光在粗糙的槐树干、光滑的桐树干、到处纠缠的藤蔓上一一跳跃，脸上的兴奋之情越来越难以遏制。

忽然传来敲门声，李云当在门口说道："你在休息？"

门一下打开了，李云当一眼看见长孙绮兴奋得红彤彤的脸，顿时一怔："你在干吗？"

"嘻嘻……没什么。"

李云当一脸狐疑地进了门，回头看了看，才关上房门。

"怎么样？"

"如你猜测的那样，他们在暗中做准备。"

"说说，具体是怎么样的？"

李云当低声道："刚刚在大殿烧了两炷香，给了一笔香火钱，借机跟大和尚聊了一下。这寺是禅真宫的下寺，平日里只有六个和尚，不过这几日另外四个和尚都出去了。"

"打探消息？"

"肯定的。"李云当说道，"大和尚口风紧，没说什么要紧的。我后来给了那小沙弥净念几个银钱，他立刻就倒豆子一样说了很多。"

长孙绮坐在窗口，冷笑道："我大概也能猜出来。他们这几日关门闭户、谢绝香客，是因为要等重要的人。至于时间嘛，不是今天就是明天。"

"所以你阿翁他们，还真没有到黔州。看来如你所说，为了逃脱追查，他们选择了绕路，倒被我们抢先了。"李云当说着，站起来在屋里走了几圈，忽然对长孙绮道，"不过这种事，就算在外面也有办法查得到。你为何一定要住进来？"

长孙绮笑嘻嘻地说："你猜呢？"

"你这家伙，脑子里想的事我哪儿猜得到？"李云当恼火道，"什么都瞒着，不到最后关头绝不透露。算了，我也懒得猜了，反正我也只是随从的命，要我干啥就干啥呗。"

长孙绮回头向他伸出手。

"来。"

李云当立即警惕地后退一步："嗯？"

"来啊！"

"干吗啊？"

长孙绮顿时眉头皱成一坨，一把抓住李云当的手腕，使劲把他拽到自己身前。

"你……要干吗？"李云当头皮发麻，紧张地四处打量。

"你不是好奇吗？"长孙绮从窗口一下钻了出去。她挂在窗口边上，低声道："来！"

"喂！等……"

话音未落，长孙绮一纵身跳了出去，李云当跑到窗口，只见她像猴子一样在树干之间跳跃，径直向密林深处钻去。

"见鬼！"李云当恼火地骂了一声，刚要钻出窗户，却听见门外有脚步声。李云当一惊，嗖地蹿到门前，透过门缝往外看。

只见净念小沙弥在门外道："施主，茶水来了。"

李云当大为恼火，不知道长孙绮跑哪里去了，这时候可不能开门。

叩叩——门响了几下，净念又在外面喊。过了片刻，门前窸窸窣窣的，忽听远处慈云喊了一声，哗啦一下，门外有瓷瓶摔碎的声音。

净念小沙弥惊慌地回答道："来了！"脚步声咚咚响，他一溜烟跑远了。

李云当松了口气，重新回到窗前。他也想学着长孙绮钻出去，谁知窗户很窄，差点把他卡住。李云当奋力挣扎出来，长孙绮早已不见了踪影。

"真活见鬼！"

李云当跳到一棵槐树上，凭着记忆连跳了几棵树。他站在树巅张望——西面是禅真宫下寺，它的两座大殿和四间厢房隐藏在叠翠之后，只看得到黑砖红檐的屋顶；东面是江水，更远处是对面的山崖；南边草木稀疏了下去，看得到来时的那条小路；只有北面林子更加茂密，树木更高大古老，其上挂满了藤蔓。

李云当向着北面而去。纵跳了三棵树之后，他发现树下长着茂密的灌木，根本看不到下面的情况，只得跳下树。

在下方走，越发觉得树木高大，树冠遮天蔽日，地上堆积着厚厚的腐叶和树枝。到处是垂下来的藤蔓，相互交错缠绕。李云当才走了十几步，回头就辨不出来时路了。

"这个鬼丫头！"李云当忍不住又恨恨骂一声。他正迷茫，忽然发现不远处有一根树枝被折断了，折断处指向某个方向。

李云当迟疑了一下，便跟着树枝指示的方向走。走着走着，他发现指示物越来越多，有时是一根树枝，有时是树上的一道划痕，有时甚至是三朵野花叠在一起。

"她到底要做什么？"李云当越发迷惑，觉得长孙绮似乎对这个地方很熟悉，她走的方向非常确定，总是从最直接的地方切入，完全没有绕弯。

走了片刻，灌木前方出现了一片山崖。山崖高约二十丈，是一整块岩石。岩石中间长着一株榕树，粗大的根系密密麻麻地缠绕着岩石，其中一些根须深入岩石的缝隙，把岩石顶破，裂成两块。

李云当在岩石前转了片刻，没见到任何痕迹。他靠在岩石上抬头打量榕树。榕树的根系千根万根垂落下来，有一些与地面接触，开始长大长粗，形成新的主干。一些飞虫在根系之间飞来飞去，煞是有趣。

他正看得开心，忽地隐隐听见长孙绮在喊自己，但声音朦朦胧胧。李云当辨别不了声音的方向，叫道："在哪儿？"

"这里……"

李云当吃了一惊，因为声音好像是从岩石里传来的。他把耳朵贴在岩石上，却又没声音了。他试着喊了一声："喂！"

岩石里立即传来回答："进来啊！"

李云当终于确信声音真是从岩石里传来的。他沿着榕树的树根寻找着，只见密的树根之间，竟然有个小小的洞口。

洞内黝黑，看不到底。李云当犹豫了片刻，随即又听到了长孙绮的声音："人呢？快呀！"

李云当硬着头皮爬进去。洞内漆黑一片，潮气很重，一股子霉味。不时有叮咚叮咚的滴水声，还有低沉的流水声。李云当一只手在前方摸索，顺着洞壁往前走。

正走着，黑暗中突然额头重重撞上一块岩石，撞得毫无防备的李云当眼前金星乱冒，痛得"啊呀"惨叫出来。

长孙绮的声音远远传来："哈哈哈……撞到了吧？"

"这是什么啊！"李云当一摸脸，热热地湿了一手，赶紧用手捂住。他伸手在面前摸，根本没有岩石，脑门顶上却倒悬着一块石头，入手润滑至极，仿佛玉石一般。

"傻子……这里好多乳石，你低下头来走……"

李云当气得火一股一股往上蹿，心中暗自决定，找到长孙绮，非打她一顿不可。

他走了一段，渐渐前方有亮光透过来，地面到处是反光，那是一个个小水洼。李云当跟着光亮前行，又走了十几丈远，拐过一个很大的弯，突然之间，眼前豁然明亮起来。

这是一个巨大的洞窟，高约十五丈，宽只有不到五丈，基本呈一个圆形。顶部有一个宽半丈左右的口子，阳光从洞口投射下来，形成一根明亮的光柱。

洞窟的岩壁全是光洁润泽的乳石，白色中掺杂着各种沁色，碧绿、金黄、湖蓝……各种颜色相互渗透、融合，又被光束照得斑斓，于是变幻出千万种色泽。

光束下方，是一潭乳白色的、泛着热气的水。潭边围绕着向上生长的乳石，它们与洞顶倒吊着向下生长的乳石相映成趣。其中一些乳石已经连接起来，变成了一根根石柱。

长孙绮坐在乳石上，双手撑在后面，仰着头，闭着眼，任阳光照耀在她脸上。她赤着脚在水面荡啊荡的，衣服、头发被阳光照得像透明一般。周遭各种颜色的光点在她身上晃动，她仿佛变成了一尊乳石雕出的滴水观音。

这洞，这水，这光……李云当像是走进了神话之中，目瞪口呆地望着那个玉石一样的人儿，一时神为之夺。

长孙绮听到了声音，转头看见李云当呆呆的样子，不禁莞尔一笑，朝李云当招了招手。

"来。"

李云当看着她往前走，不料地上的乳石历经洞顶滴水千百年的浸润，异常光滑。李云当突然脚下一滑，咚的一声结结实实摔倒在地，脑袋撞在坚硬的乳石上，顿时眼前一黑，再也控制不住，顺着乳石一路朝水潭滑去。

"啊呀！"

长孙绮也惊得大叫，眼看李云当锐不可当一路狂冲而来，她当即伸手去拉。但她也没想到乳石太滑，被李云当沉重的身体一扯，她也稳不住，同李云当一起滑下去，咕咚一声巨响，双双滚入潭中。

"施主。"

等了半天，里面一点声音都没有。净念又敲了敲，还是无人回答。他好奇地从门缝往里面看，好像没有人影……

净念试着推了推门，门里面却闩上了。他刚要再看，身后传来慈云的召唤声。净念吓得一个哆嗦，打碎了茶壶。

他急得跳脚，上个月打烂一只碗，就被师父责罚了三天，这可……只听慈云一迭声的催促，他只得把碎片先藏在门口的草丛里，匆匆跑去。

"你做什么？"

"徒儿给施主送茶……"

"嗯，"慈云皱紧眉头，有些心不在焉道，"你几个师兄如今都不在，你跑勤快些是应该的……对了，你来。"

禅真宫下寺就只有两进两殿，慈云领着净念走到前院，看看四周无人，才凑到他耳边。

"听着，最迟明日傍晚，贵客就会到来。早的话，或许今晚就要到……"

"师父，是谁呀？"

"事到如今，跟你说了也无妨——是咱们寺的家主。"慈云沉声道，"你师兄们外出，就是为此做准备。但眼下甚是犯难……"

净念看到师父愁云满面的样子，不敢多说，只垂着脑袋听着。

"十六年前，家主将本寺收为家庙，真是恩德如山。不过家主一再严令我等勿声张此事，自然是有家主的考虑……如今是我等报恩之时，万不可懈怠！"

"是，师父。"

"无论发生任何事，都不许与外人讲，明白吗？"

"是，师父。"

"那两名香客，最迟傍晚就必须离开。你等会儿送斋饭的时候，记得跟他们说。"

"啊？"净念想起今早那一幕，这会儿屁股还在疼，顿时胆怯，"弟子……怎么说呢？"

慈云不耐烦道："这有何难？你就说本寺今晚就有大户来做法事，惹了不相干的东西，怕他们留下会沾晦气，不就完了？这愿也还了，非要住一天干吗，真是……他们在房间里吗？"

仿佛茶壶就碎在慈云面前，净念浑身哆嗦了一下，忙道："在……是！师父……"

"嗯？"

"弟子这就去准备斋饭，师父放心，弟子一定让他们赶紧走！"

慈云看着净念走开，抹了抹额头的汗，抬头看天。天上的云被风刮得飞速移动，一会儿阳光热辣辣地照下来，一会儿又藏在云层之后。但这样的天，更加闷热难当。

慈云看了半天，喃喃道："贼老天，怎么还不下雨……阿弥陀佛，弟子妄言了，阿弥陀佛……"

"啊……咯咯咯……啊呸！救……咕噜咕噜……咯咯……"

李云当在水里拼命挣扎，双手乱舞乱抓。潭并不大，他只需往任何一个方向蹿一下，就能抓住边上的石头。但他却紧闭双眼，漫无目的地乱抓，一直往下沉去，渐渐地意识开始模糊，水没过了口鼻……

突然有人狠狠踹了他的屁股一脚，李云当骤然一惊，扑出水面，拼命挣扎着。他看见长孙绮就站在面前，拼命喊道："救……咯咯……快救我……"

"站起来！"

"啊？"

长孙绮揪住他的发髻往上一扯，李云当大喊一声："疼！"然后就发现自己站在刚刚漫到胸间的水里。

长孙绮看着他，嘴角边的笑容越来越难以掩饰。李云当哇地吐了几口水，狼狈地靠在乳石上喘气。

过了老半天，李云当才抬头看看四周，再看看乳白色的水面。他伸手摸了半天。

　　"这是……温泉？"

　　长孙绮白他一眼："没见过？"

　　"我……我见过的，在骊山。但是骊山的水可没这样又暖又滑……多好的温泉啊！"

　　长孙绮爬上乳石，继续坐在上面摇晃脚丫。她浑身湿透了，衣服紧贴在身体上，把她玲珑的身材完美地勾勒出来。她抓了一把头发，使劲挤着，把水挤出来。

　　李云当又傻看了片刻，直到长孙绮忽然瞪他一眼，他才尴尬地转过头，爬上乳石。两人一时都在甩头发、挤水、整理衣服，没有说话。

　　嘎嘎……嘎嘎嘎……

　　一大群鸟从头顶飞过，叫声此起彼伏。两人抬头看去，什么都没看到，那投射进来的光束却在飞快地闪动，每一闪都表明一只鸟飞过去了。老半天，这群鸟才闹腾着飞远。

　　"你是怎么知道这洞和这池温泉的？"

　　"说了你肯定不信。"

　　"说啊！你说了我肯定信！"

　　"我出生在这里。"

　　李云当看着她，一时说不出话来。

　　长孙绮把头发往后梳，笑道："瞧吧，你不信。"

　　"可是……为什么？"李云当问，"这里远在两京之外，也不是你们长孙家势力所在的扬州，离最近的黔州也还有一天以上的路程。为什么在这荒蛮之地？"

"这里荒蛮吗？我觉得这里就像仙境一样。"

"啊不……我不是那意思……"李云当忙道，"我是说，你贵为长孙家的孩子，怎……怎么会在这里出生？"

"我娘是黔州人，当年怀着我的时候，从长安出发，回娘家省亲，结果船刚走到这里，就在庙里生了我。"长孙绮停止梳理头发，眼神有些茫然，"这条峡谷，叫作观音峡。所以娘亲老爱说，是观音菩萨把我送来的。"

"啊！"

李云当突然大叫一声，身体失去平衡，再次掉入池子。他狼狈地爬起来，看向长孙绮的眼睛灼灼发光。

"你干吗啊？又发什么疯？"

"不是……我想到了一个古老的传说，一时失态。"

"传说？"长孙绮大奇。

李云当深吸一口气，装作费力地爬上岸，借机暗中平复了一下激动的心情。这个时候可不能让长孙绮看出来……他重新坐回长孙绮身旁，尽量平淡地道："在去景寺之前，你曾经要我告诉你天志石的秘密。"

"是，"长孙绮一凛，"跟这有关系？"

"与八柱国之首宇文泰有关系。是的。宇文泰的使臣曾经到过波斯，与我波斯通使报聘。"李云当说，"他当年能掌控西魏实权几十年，传说都是靠他的母亲王氏。"

长孙绮有些茫然地看着他，显然从未听过这个什么王氏。

李云当道："据说王氏出身贫寒，是在一座观音庙里诞生的。但她生而知之。"

"什么是生而知之？"

"不知道，反正传说就这么说的……大概是能通晓过去、预知未来吧。"

"哧，这些稗官野史你也……"长孙绮冷笑一声。她笑到一半，戛然而止，神色凝重起来。见鬼……在秘书省那一瞬间，自己看到的那些算不算预知未来、通晓过去？

长孙绮刹那间如陷冰窟，浑身僵直。李云当偷眼瞧她，心中又是兴奋又是紧张，脸上却绝不露出什么惊讶的神色，继续说道："凭着王氏的生而知之，能在诸多大事发生之前预先布局，宇文泰迅速崛起，成为西魏的真正统治者。但他并没有称帝，而是创立八柱国，从此开始了长达一百多年由八柱国暗中把持朝政的格局。你知道他派遣使臣为波斯送去大批珍宝，换回了什么吗？"

"什么？"长孙绮呆呆地问。

李云当一字一顿地说："在中原失传的天志石。"

"风云漫说……"

"对，就是袁天罡曾经接触过的、先长孙皇后留下的东西。传说，天志石能让人生而知之，却也并非任何人都能做到。在普通人眼里，那只是块寻常的晶石而已。你见过吗？"

漆匣里飞起点点星光……

长孙绮脑海里闪过秘书省那一瞬，赶紧否认："没有……"

李云当继续道："从宇文泰开始，据说每一代八柱国当中，都有一名跟王氏类似的人物，能够预知未来，从而帮助八柱国一再渡过难关，并始终牢牢控制朝局。有意思的是，每一代这样的人物，都与观音有缘，渐渐地，知道秘密的人就把观音当作身份传承的象征……"

他偷偷往下看，只见长孙绮的双手已经不由自主地握紧，蹲在石头边上的十根粉嫩粉嫩的脚趾都抓紧了，水珠一颗接一颗从她的碎发滑落在脸上，又滴落在她剧烈起伏的胸口。李云当看得咽了口唾沫，强行把眼光转开。

"说啊，你接着说啊！"

"啊，是……最近的一次，我记得很清楚，是前隋的独孤皇后。她帮助隋文帝夺得八柱国首领地位，但杨坚从幕后走到台前，自己做了皇帝。这一举措让八柱国其他家族很是失望，所以前隋在隋炀帝时便被高祖皇帝所乘，失了江山。对了，独孤皇后死后被追尊为'妙善菩萨'，便是观音本名。你猜她临死前见了谁？"

长孙绮脱口而出："姑祖母！"

李云当问："你怎么知道？"

"唔……我……我瞎猜的……"

李云当微笑："那你可猜对了。当时先长孙皇后刚出生不久，独孤伽罗已到弥留之际，特命人将她抱到自己身前，亲自为她祈福，并赐小字'观音婢'。后来天下只知此名，反而无人知道先长孙皇后的本名了。"

"但是八柱国同样失算了！"长孙绮冷冷地说。

"是呀。"李云当笑道，"独孤皇后薨逝后，八柱国当时谁都不知道她的传承者是谁。隋末大乱，失去了方向的八柱国匆忙推出李渊，又聚集在隐太子李建成的周围，却不知道传承者其实一直在太宗皇帝身边……"

长孙绮瘪着嘴巴不说话。玄武门之变既是先太宗皇帝最大的禁忌，也是长孙家最不能说的事。她本能地抗拒着李云当的声音，心中却有无数的念头冒出来——难道当年的事，真是姑祖母以生而知之的力量辅佐先太宗皇帝的？当时，先太宗皇帝确实是出乎任何人的意料，突然抢先一步……

忽听李云当说道："巧合吗？你娘亲居然在这观音峡生了你。"

"哈哈，果然是巧合吧？"长孙绮上半身泰然自若，十根脚趾却不受控制地张开，片刻，又慢慢抓紧。

李云当道："自然是巧合。我只是觉得奇怪，为何你娘亲怀着你还赶路？岂不是很危险吗？"

"我也不知道，好像是娘亲坚持的。但其实当时她娘家也并没有什么事。"

"你继续说……"

"娘亲生下我后，大病一场。爹不敢带我们母女俩再赶路，就花了两千贯，把这寺买成了家庙，让我们住了大半年才离开。娘说我跟观音有缘，后来每年都要带我过来住一阵子。这可不是有缘吗？"

"其实当年宇文泰的母亲……"

"好了！"长孙绮突然大喝一声，"我不想听什么宇文泰，不想听什么八柱国了！讨厌死了！这些乱七八糟的东西跟我有什么关系？啊？"

李云当吓得跳起身来，以为长孙绮要动手。长孙绮却只是气鼓鼓地叹了口气，把头埋在胳膊里。洞穴里一时间静默下来，只听见偶尔咕咚一下，那是水从洞顶滴入池中的声音。

过了好久，长孙绮重新抬起头，已经恢复了平静，伸手拍了拍身旁的乳石："你坐过来。"

李云当小心翼翼地摸到长孙绮身旁坐下。长孙绮摸着乳石，问他："你说，这些石头是不是仙人留下的呀？"

"我从来没见过这么光滑的石头，一块块像是打磨出来似的。

除了神，我想不到会是谁做的。"

"那是你们那儿，只有一个神。我们中原人杰地灵，有好多好多神啊仙的，当然不同。"

"是、是！"李云当苦笑道，"那你接着说啊。"

"……我说到哪里了？"

"说到你娘亲。你娘亲呢？"

长孙绮轻声道："我娘亲在我十岁的时候，就过世了。"

李云当呆了一下，忙道："抱歉……"

"该道歉的不是你。"长孙绮叹了口气，"我也是回到长安，才知道这消息……"

李云当错愕地道："你父亲没有告诉你？"

长孙绮道："我娘亲是妾室，纵使我父亲宠爱有加，终究……也不过是个出生在黔州僻鄙之地的妾室罢了。那时我还在西域，阿翁自然是不会让这种消息使我分心的。"

"哦……"李云当点了点头，"难怪你对他，从来没啥尊敬的意思。"

"尊敬？哼，他把我们母女当作工具，我为什么要尊敬他？可笑他也只是工具，辛辛苦苦把自己的亲外甥推上至尊之座，回头一封诏令，就贬斥到这僻鄙之地来！"

"所以今晚，你要在这里阻截他。"李云当叹息道，"你终究……还是要救长孙家的。"

长孙绮的双眸一凛，脸色慢慢沉了下来。

第十四章

两匹马在林间小道上疾驰。前面一匹马上的骑手是拓跋楠，后一匹上则是一名家仆。两人神色焦急，不知已经跑了多久，人和马都是浑身大汗、气喘吁吁。

正跑着，拓跋楠胯下的马突然一歪，一下扑倒在地。拓跋楠在马歪斜的一瞬间已纵身而起，落在前面。

身后的家仆赶紧勒住马，滚鞍下马。

"头儿，您没事吧？"

拓跋楠站起身来，先看了看身上背的包袱，见并无损坏，才摇了摇头。他走到马匹前，只见马匹呜呜悲鸣着，口中吐出血，四肢抽动，始终爬不起来。

"不中用了。"

"嗯。"拓跋楠抽出腰刀，一刀割断了马脖子。马匹无声抽搐着，渐渐僵硬。

家仆将自己马的缰绳交给拓跋楠："头儿，您先走一步。"

拓跋楠也不推辞，接过缰绳，翻身上了马。他刚要走，又回头看家仆。

"你呢？"

家仆一笑，对拓跋楠拱手行礼。

"小的留下，略为头儿清理一两个宵小。请头儿替小的向家主说一声，小七没法子侍候他老人家了。"

拓跋楠深深看了小七一眼，再不说话，顺手将腰刀扔给小七，自己打马继续向前跑去。

等他的身影消失，小七看了看周围，将腰刀叼在口中，又取下背上的弓，闪身躲藏在路边的灌木丛中。

约莫过了小半个时辰，道路上马蹄声急，二十几名黑色骑手疾驰而来。最前面的一名骑手突然举起手，指挥众人停下。

两名骑手跳下马，走到僵死的马身旁查看。其中一人回头说道："校尉，是那人的马……"

话音未落，马上的骑手突然惊呼起来。一名骑手捂着咽喉，从马上翻倒下来。那支穿透咽喉的箭折成两段，他一声都哼不出来，却没有立即死亡。

他躺在地上，鲜血一部分从咽喉的破洞狂喷出去，另一部分却疯狂涌入肺部，肺里像火烧一样疼痛。周围马蹄乱晃，从无数马腿之间，他看见一个人从灌木丛里站了起来。

那人从容地一松手，一箭射出，立即又有一名骑手中箭倒地。他手里夹着五支箭，射完一支，立即又搭上一支，速度快得惊人，刹那间五箭脱手，就有五人中箭落马。

那人眼前一黑，终于咽下最后一口气。在意识完全消失之前，他最后听见的是王成的怒吼："围住他……抓活口！"

五六名骑手已经下了马，拔出刀剑朝小七围了上去。小七哈哈一笑，扔了弓，持着腰刀上前。骑手向他砍来，他根本不躲不避，只以腰刀砍对方。

对方没料到他如此不顾死活，加上他的腰刀锋利无比，顿时被他接连砍翻四人。他自己也中了三刀，浑身上下被鲜血覆满，脸上就只剩下一双眼睛。他却浑然不觉疼痛，咧嘴笑着，继续举着腰刀向前砍杀。

骑手被他这不要命的打法震住，前面一排吓得魂飞魄散，拼命往后挤，后面的被马匹所阻，无法退开，道路中间顿时一片混乱。

忽听嗖的一声，一支箭穿透了小七的大腿。小七再也撑不住，一跤坐倒。他的力气跟着鲜血迅速流逝，腰刀也拿不住，落在地上，只是一个劲儿地喘息着。

王成怒道："你究竟是谁？"

小七呸了一口血，笑道："你们这些贱奴！大唐的江山都是我家家主打下来的，什么时候轮到你们这些贱奴张狂？呸！待……待我家主……"

他的气越来越虚弱，已经说不出话。眼看骑手又围了上来，小七突然大吼一声，骑手吓得一顿。他一把抓起腰刀，在脖子上一横，顿时一股热血激射而出，喷了离他最近的一名骑手一头一脸。

骑手又是一阵混乱，王成气得头都晕了。他打马上前，用马鞭猛抽众人，喝道："都他娘的给我清醒点！将军马上就过来了，你们一个个想死了是吧？"

骑手这才乱纷纷站好，听王成下令。

王成道："把受伤的兄弟包扎好，抬到一旁，别挡着道。死了的兄弟，就地埋了，回长安再行抚恤。"

一名骑手小心地问："校尉，这个人的尸体呢？"

王成看着小七。他已经死了，眼睛却还睁得圆溜溜的，仍然保持跪坐着的姿势，眸子里仿佛有一丝光始终盯着自己。

王成莫名地打了个寒战，低声道："也……埋了吧。"

"是！"

骑手抬伤者的抬伤者，挖坑的挖坑，各自忙碌起来。

王成对一名骑手低声道："你立即返回，不惜马力，回禀将军，那东西马上就要交到长孙无忌手中了。"

"是！"

骑手一勒马，朝着来时路匆匆跑去。

拓跋楠用力抽打马匹，奔驰在半山腰的官道上。

转过一道弯，眼前突然开阔。道路旁边是一片陡峭的山坡，看得见下方郁郁葱葱的槐树、楠树的树顶。这片树顶之外，是一条碧色的江练。江水对面，又是一片陡峭高耸的山壁。

此刻江上有一艘大船，正在一百来名纤夫的拖拽下，缓缓逆流而上。

这艘船宽达五丈，长更是超过二十丈，其上有四层楼阁、四根桅杆和一副巨大的尾舵。在这条并不太宽的江中，船身几乎占据了一半的航道，真是浩浩荡荡，格外威武霸气。

这是一艘前隋炀帝下令建造的楼船，是跟随炀帝下江南的四十八艘楼船之一。隋末时，船队曾被宇文化及焚烧，只剩下十来艘。

建唐之后，其中保存较好的六艘作为御船被征调至洛阳，剩下坏的坏、弃的弃，民间只余下这一艘。

这艘船被修葺一新，整个船身漆成黑色，船头画了一只巨大的鱼眼，用金色勾勒。船身各层甲板上的各色旗幡收拾一空。船桅上原本挂着的硕大帆篷，如今都收了下来，只剩下一根根光秃秃的桅杆。

拓跋楠见到巨船，明显松了一口气。他找到了一条向下的小道，小心地骑马向下，不料小道陡峭，马已经跑得脱力，突然收刹不住，失足摔倒。

拓跋楠跌到一旁的草丛中，顺着山坡滚了一阵才停下。他吃力地爬起来，见马躺在不远处，断了一条腿，凄声叫着。

拓跋楠当即放弃了马匹，朝着江岸连滚带爬地跑去。他几乎一路从山坡上滚下来，眼见巨船已经驶出快半里路，他举起手，一边喊一边拼命追赶。

终于，船尾出现了一个人影。拓跋楠凝神望去，正是多日不见的家主长孙无忌。

日影西斜，长孙绮和李云当蹲在江边的乱草丛里，盯着下游的方向。

过了许久，长孙绮长舒了一口气，说道："今晚……等着瞧吧。"

李云当说道："如果拓跋楠已经把谶书交给了你阿翁，他就会直下黔州。如果没有，他会借口在家庙休息，等待最后的结果。"

"是的。"长孙绮道，"但还有一个原因会让他在此滞留。"

"哦？"

"你知道为什么寺庙要建在这里吗？"

李云当想了片刻，摇了摇头。

"因为这是观音峡里最狭窄的一段，宽不到三十丈，出了峡口还有不少是滩涂，吃水很浅。大船逆水而上，需要一百多名纤夫，但在这里，还必须再增加六十名以上的人手，否则很容易搁浅。以前我乘船往黔州，都是由寺里的大和尚安排人手，在滩涂拉纤过船。"

"完美！"李云当眼睛一亮，"船在这里会有明显的耽搁，果然是出手的最佳位置。"

"哼，你知道就好。"

"但……如果拓跋楠还没有将谶书交给你阿翁，他会在哪儿？"李云当又问，"你考虑过谶书提前被劫走的可能吗？"

"不可能。"长孙绮冷笑，"皇帝陛下和武氏那个贱人可比我阿翁更急，巴不得谶书早一刻送到他手里。"

"然后呢？"

"武氏算准了我阿翁的脾气。"长孙绮道，"去年先一步逼死褚遂良，断了我阿翁的后路，又故意把他贬斥到黔州。我长孙家说是关中门阀，但当年李靖攻略江汉，我阿翁替先太宗皇帝坐镇黔州，在黔州留下大量军资。从那时到现在，我知道他其实一直在秘密经营黔州。皇帝陛下也定然知道，只要我阿翁到了黔州，必定会向天下公布谶书里的密诏。"

"这是欲擒故纵之计。"李云当道，"当今皇帝权势稳固，怎会被这道密诏左右？长孙家……完了！"

"是的。"长孙绮叹道，"阿翁年轻时智谋过人，这会儿被人算计，每一步都踏在别人设下的坑里还不自知，唉！"

"也可能他其实全都知道，"李云当说，"只是形势逼人，不得不为尔。"

"那就更不可原谅！"长孙绮恨恨地一拳打在地上，"他只为自己，哪管死后洪水滔天！我绝不会让他把长孙家都拖下水！"

"从这里到黔州，行船只需一日，"李云当沉思道，"所以今晚无论如何都要得手……"

李云当正在喃喃自语地算计着，忽听长孙绮问道："你说的神遗之地到底是什么？”

李云当一怔，转头去看长孙绮。

“我只是好奇而已。”长孙绮低着头自顾自地玩水，“不说就算了。”

“呃……是……”李云当搔了搔脑袋，说道，“其实我知道的也不多。传说中的天志石，便是从神遗之地来的。神遗之地的说法，一开始是从大秦国传来的，然而据说也不是大秦国人所说，而是从更远、更南的地方。那儿大片大片的都是荒漠，一条河流穿过沙丘，河流两岸有许多巨大的石塔，高耸入云。”

“石塔？再高也高不到哪里去吧。”

“不，”李云当严肃地摇头，“我的长辈中有人曾经亲眼见过，据说真的是直插云霄，比景寺里的石塔高了不止十倍！而且方圆宽大，比太极殿还要长数倍呢！”

长孙绮张大了嘴巴，一时想象不出那塔究竟有多高。

“那石塔周围的人，不是比我长安的人还多吗？那国，不是比我大唐还大吗？”

“恰恰相反。”李云当说，“周围一片死寂，除了河流两岸，千里无有人烟。不知道是谁，在什么时候，为了什么而建造了这些石塔。只是有句话据说出自最高的那座石塔，一千余年来，一直在大秦国和我波斯的维序者之间流传。那句话指明的，就是神遗之地的具体所在。”

“那句话是什么？”

李云当笑了笑：“我要是知道，就不会这样迷茫了。”

长孙绮当即泄气：“最关键的偏偏不知道，有什么用？”

她顿了片刻，突然间一下醒悟：“你怀疑金筒里封藏着这个秘密？"

"不然呢？"李云当说，"袁天罡、李淳风正是得到了从神遗之地流传出来的天志石，才能写出《推背图》。这个秘密实在太大，大到没有人能够甘心任它就此湮灭。如果先太宗皇帝要封存《推背图》，他也一定会将神遗之地的线索封存在里面。"

"嗯……"长孙绮沉思片刻，郑重地点了点头，"的确。若我是先太宗皇帝，恐怕也只有这个法子。"

"是吧？"李云当重新得意起来，"《推背图》对我来说，其实跟你一样，都是没什么用的。难就难在这个金筒封存了太多重要的东西，才让那么多势力都要抢夺……"

"净念！净念！"

"来……来了！"

净念急匆匆走着，不时被路上的草根绊到脚，走得跌跌撞撞。

天已经黑了，热气却始终没有退下去。天空一片漆黑，看不到一丁点星光，表明云层很厚，一丝风都没有。这更让人觉得又闷又热，透不过气来。

极遥远的天尽头，不时闪过一片亮光，但听不到雷声，知了的声音倒是震耳欲聋。大雨将至，却不知道什么时候至，最让人心慌气短。

那两个人呢？净念不知道，只知道去送斋饭时屋子里空着。也许他们自己住不惯，早就离开了吧？但为何马却还拴在马厩里？这是送给庙里了？

净念跑出山门，就看到了下方十几支火把。他一口气跑下石阶，跑上了一片平缓的河岸。

这片河岸满是鹅卵石，光溜溜的稍不留神就要滑倒。他吃力地朝火把的方向走去。

只见几个师兄和师父已经在这里等了快一个时辰了。慈云坐在一只石凳上抹汗喘气，一名师兄在他背后给他扇扇子、赶蚊虫。

在他们身后不远处，是八十名纤夫。纤夫的前面，是三名穿着红衣之人。还有四个人举着火把，旁边烧着一堆火，燃着的都是粗大的木头，随时可以拿起来当作火把用。

纤夫则全都赤裸上身，下面也只围着一片兜裆布，头上却用布层层缠绕。他们肩头和手臂明显比寻常人粗壮得多，眼神空洞，是一辈子靠拉纤为生、没有其他活路的人。

江边还停着一艘小船，船上用铁架支撑着一盆火，船上站着三名红衣人，正在忙碌准备着。

见到净念一路小跑过来，扇扇子的师兄先就沉下脸来。

"师父叫你多久了，怎么才来？"

"我……我小解……"

师兄狠狠瞪了净念一眼，把扇子扔给他。净念不敢妄言，赶紧接过来给慈云扇风。

"什么时辰了？"慈云体胖，这种天气更是难耐，喘着粗气问。

"回师父，已过戌时。"

"来了吗？"慈云转头，用力望向下游，一迭声地问，"会不会过了啊？"

但他其实什么都看不到，下游的方向完全一片昏暗。

"师父，那船上肯定是有灯的，过来了，咱能不知道吗？"一位师兄小心地说，"师父您也知道，家主那船太大了，没这么快呢。"

"嗯……"慈云略放了一点心，拍了拍大腿，忽然又想起一事，问净念，"那两人呢？"

"啊！"净念吓得一声惊呼。

慈云噌的一下站起来，叫道："怎么？来了吗？来了吗？"

几个人一起望向江面，一名师兄还跑下几步看，还是什么都没有。

"有……有虫咬我……"净念胆怯地说。

慈云气得用力敲了敲他脑门，恼道："一惊一乍的，一点规矩都没有！问你那两个人呢？"

"走……走了！早走了！"

"走了就好。"黑灯瞎火的，慈云没看见净念脸上的慌乱神色，继续坐下。

"等着吧，唉，"慈云喘着气说，"也许……是最后一次见家主了……"

第十五章

长孙绮和李云当藏身的灌木丛，离忧心忡忡的慈云大和尚不到半里。

没有风，云层又低，天像只倒扣过来的锅底，热气儿直往地下喷涌。李云当像刚从水里爬出来，浑身上下没一处干的地方，加上数不清的蚊蝇叮咬，他不停喘着气，觉得自己快死过去了。

一旁的长孙绮却冷静得像一坨冰。她伏在一块岩石上，眼睛盯着江水下游——偶尔云层里的闪电照亮那个方向，会看到两座山的剪影，以及隐约的江水反光。

啪！李云当又拍死了一只花脚大蚊子，摸着脚上数不清的蚊子包，绝望地咧嘴吸气。

"喂……你想过没有？"

"嗯？"

"如果是我的话，我可能会让大船作为诱饵，而本人带着东西，快马从陆上直达黔州。"

"不会。"长孙绮摇头。

"为什么你那么肯定？"

"因为越是大张旗鼓，在到达黔州前，就越是安全。"长孙绮平淡地道，"顾命大臣，皇帝的亲舅舅，身份在此，只要不公开宣布密诏，他就是安全的！"

啪！李云当又拍死一只蚊子，点头道："有道理……"

"来了！"长孙绮突然一下站起来。李云当也赶紧站起，朝前面望去。

禅真宫下寺的大殿右侧是一片绝壁，密林在这里缺了一角，正好能看到不远处转弯的河道、滩涂上燃烧的火把，还有火把映照出来的几十个模糊的影子。

张谨言坐在一只马扎上，一言不发地注视着滩涂上的动静。

他穿着一袭轻薄的纱衣，戴着平巾帻，系着金银缠丝腰带，在长安景寺撞的包已经消得差不多了，只还隐约看得出两个印记。一旁侍奉的两名童子，一个拿着扇子给他扇着，另一个蹲在身后，守着一只铜炉煮青梅茶。他身旁的小箱子上，还放着几个银碗。

二十名士兵默默地站在院子里。天气炎热，他们虽然没有穿重甲，只在胸前披着轻便的藤甲，但也都是大汗淋漓，汗水把脚下一圈地面都打湿了。不过在张谨言面前，没有一人敢吱声，都持枪站得笔直。

院子的角落里，一名僧人已身首异处，伏尸草丛中。

忽听一阵马蹄声急，随即有人在前院下了马，匆匆赶来，正是王成。

王成跑到张谨言身后，刚要说话，张谨言回头瞧了他一眼。

"热天热地的，给他盛一碗银耳粥。"

一名童子打开小箱子，从里面取出一只银壶。王成看了一眼，发现箱子里裹着许多稻草，稻草里面竟然全是冰块。童子用银碗盛了一小碗，递给王成。

王成双手捧着碗道："多谢将军！"然后仰头咕噜咕噜喝了，入口清凉，一下透到肚子里去，顿时觉得头上的汗都没有了。

这要紧时刻，张谨言还随车带着冰窖里的冰，这份清闲真不是寻常人享得来的。王成定了定神，说道："将军，一切准备妥帖了。"

"说。"

"目前王都尉所率一千府兵抵达黔州南部，距府城二十里；刘校尉所率二百骑兵进驻饮马镇，距府城十五里；张都尉所率斗舰三艘、艨艟十五艘、水兵五百人，在上游猫儿崖驻守，距府城不到十里。这三支人马均是半日可抵府城。大理正袁公瑜奉旨问案，正昼夜兼程赶来，目前已至涪州。"

张谨言觉得闷热，拿过小童的扇子，站起来边走边扇。

王成跟在他身后，继续道："府城内，长孙家的家臣大约有一千两百人，其中死士不到三百人。长孙无忌这些年经营黔州，以镇抚西南的名义，囤积了重甲一百五十具、藤甲五百具、长弓约两百张，另有少部分劲弩、十五架发石车。"

"谋反。"

"是！"王成赶紧道，"单是这些私藏的甲、弓、发石车，就是谋逆之罪，跑不了的！"

"那城里，我们的人安排如何？"

"目前我部共分三次、每次约六十人进入城中。府衙已与我部联系上，他们到时候肯定是站咱们这边。已经约定好南门、西门、水门，届时同时打开，迎我部入城。"

"哼，"张谨言冷笑一声，"长孙家可不是吃素的。那些混吃等死的衙役，一个也别相信。"

王成赔笑道："谁说不是呢？属下也没指望他们能派上用场，所以昨日已经把这几道门的防守全纳入我部手中……"

"时间要安排好，"张谨言不紧不慢地说，"等长孙老贼的檄文发出来再动手，但檄文一个字都不许流到外面。"

"那是自然！"

"长孙家其他人呢？"

王成抹了抹汗，从怀里掏出一张纸。一名童子提灯上前，给他照亮。他看了片刻，说道："长孙冲家在河南道宋州，长孙涣家在莱州，长孙濬和长孙淹最近，在梁州。这几家因之前有旨意，虽未监禁，但都交由有司看管，随时与我部联系。剩下约有十几名旁族子女散落在外，已请有司留意，只等这边事发，缉拿的文书就会发下去。"

张谨言不耐烦地哼了一声："等什么事发。立即发文缉拿，我要在回长安之时，看到所有长孙家族的人都在天牢里等着！"

"是！"王成犹豫了一下，还是硬着头皮道，"另有两名长孙家的女子，奉先太宗皇帝之命，在昭陵守墓，这……"

张谨言笑道："先长孙皇后仁恩泽被天下，当然不能打搅她。"

"是！"王成松了一口气。

"着有司发文，召回长安再拿。"

"啊……"

"嗯？"

"是、是！啊……"王成一指前方，"船！"

张谨言望着远处黑暗中突然亮起的灯火，眼睛几乎眯成了一条线，嘴角却微微向上，露出一丝微笑。

"等船过去了，下面的人一个都不许留。"

"是！"

一片黑暗之中，亮起了一盏灯……不是一盏，是一片灯火。那灯火快速移动，拐过了河道。这下看得更清楚了，是一艘大船！

李云当的心跳不由自主地加快。他和长孙绮都没有说话，此刻根本不需任何话语，两人同时把放在一旁的装备往身上装。

铁爪、飞刀、铁蒺藜、剑……两人各自默契地分配着东西，很快就装备完毕。李云当最后将一捆绳索背在肩上。

"好了。"李云当说。

李云当刚转过身，忽然一个温暖的身躯扑进怀里。没等他反应过来，长孙绮紧紧抱住了他，把头埋在他胸口。

李云当双手不知所措地举起，片刻，他慢慢放下，抱住了长孙绮的背。他感到了怀里的人在微微颤抖，于是将长孙绮抱得更紧了。

一阵风吹上来，吹得周围的灌木猎猎作响，隐约传来了江上的水流声。

"嗐，"他轻声说道，"我们都能活下来，是不是？"

"如果……"

"没有如果，"李云当说道，"你是刺客。别人以为刺客最大的本事是杀人，其实活下来才是刺客真正的绝活儿。"

他放开长孙绮，双手捧起她的脸，盯着她那双略有些惊恐的眼睛，说道："我会在后面挡住所有的攻击，你只要一直往前跑，不要回头，好吗？好吗？"

长孙绮勉强点了点头。

"说好。"

"……可我……"

"说好！不然我的心没法安定，就会死得很快。"

"好……"

"嗯。走吧！"

李云当先一步往江边跑去，长孙绮深吸一口气，用力甩了甩头，把乱七八糟的想法甩出去，这才猫着腰紧跟在他身后。

他们离江水只有不到三十丈的距离，从矮小的土堤跑下来，就是一片乱石滩。

这些历年来被山洪冲下来的石头，有些已被磨得光滑圆润，有些却还棱角分明。两人一边注视着下游来的船，一边回头望向禅真宫下寺的方向。两边都火光通明，在黑暗中明确地向对方发出消息。

他们磕磕绊绊地跑到滩涂尽头，腿上被岩石划破了好多道口子，也无暇顾及。前面就是奔腾的江水了，他们在一块一人高的岩石前蹲了下来。

"嘿嘿……嘿哟……"

一阵阵号子声传来，那是拉大船的纤夫。实际上，一共有一百多名纤夫，分作两列，日夜不停地拽着大船沿着涪陵水一路逆行而上。

滩涂上的八十名纤夫这个时候已经排好了队，开始热身。他们其中一部分是协助把船拉过河湾，不能让它偏离江心航道而搁浅，另一部分则会直接补充到原来的队伍中。根据命令，大船必须在明日抵达黔州，这可不是件容易的事。到黔州时，如果纤夫死亡人数没有超过十人，就算得上很顺利了。

一点火光离开了江岸，向江心慢慢驶去。船上有人挥舞两根火把，为大船做引导。

轰……

大船驶近了，一股排山倒海般的压迫感扑面而来。这一段航道被滩涂侵蚀得尤为厉害，能通行的江面不足三十丈。高达十几丈的船身驶过来时，几乎就紧贴在岸边行驶，仿佛一座小山在移动。一百多名拉纤的纤夫埋着头，奋力拉扯，另外八十人则不紧不慢地跟在船尾。

　　虽然还隔着十丈远的距离，长孙绮与李云当两个人仍禁不住朝后退了几步。

　　船上灯火通明，长孙无忌仿佛要向天下人宣告他的到来，把所有的灯笼都点燃了。但却始终没有看到有人在甲板上走动，甚至连人的声音都没有。大船沉默地在黑夜里穿行，像一艘冥界之舟。

　　哗哗……哗……

　　江水被巨大的船头排开，浪一波一波涌上滩涂，打湿了两人的脚。两人抬头望着小山一样的船身驶过自己，看着纤夫几乎与地面平行的伛偻身体，一时都没说话。

　　啪啪……咚……

　　没在水中的船体不停地撞击着突出的石块，发出咚咚的响声。船驶过一半了。拉纤的纤夫在几十丈之外，而跟随的纤夫还不见身影。

　　长孙绮忽然推了一把仍在发呆的李云当，朝着大船跑去。李云当回过了神，也跟着她跑。

　　两人一边往前，一边逐渐靠近大船。他俩跑进水里，溅起大片水花，但这点声音和大船劈波斩浪的声响比起来，根本毫不起眼。

　　他俩很快就贴近了大船。可以清楚地看见，十几只火把下，那八十名纤夫早已排好了队形。提心吊胆的慈云老和尚和几个弟子则站得远远的，生怕浪花扑上来打湿衣角。

李云当取下肩头的绳索，绳索前端是一只铁爪。他不停抬头看上面，脚下不时被岩石绊一下，跑得很是艰难。

长孙绮在他面前跑着，一直盯着站在滩涂上的一名红衣人，低声道："别忙……别忙……"

又走了十几丈，只见那红衣人举起了右手，他身后两名红衣人同时挥舞起了火把。

"准备……"

两人一起停住脚步。李云当往外走了两步，开始旋转手里的绳索。

忽听那红衣人呼哨一声，接着两根粗大的缆绳被人从船尾扔了出来。缆绳前头包着铁坠，拖着缆绳在空中划出一道完美的弧线，朝滩涂上的纤夫飞去。

"快！"长孙绮低声喊道。

李云当手一松，铁爪带着绳索直飞上去，越过甲板上的栏杆。他往后一拉，铁爪却落了回来。

长孙绮跳起老高，一把抓住铁爪，不让它落在水中。她回抛给李云当，李云当再次用力旋转。

长孙绮道："再高一点，抓第二层！"

李云当手一松，铁爪再次飞出。这一次飞得更高，直向第二层甲板飞去。李云当用力一拉，这次绳索绷得笔直，显然已经成功钩住。

"走！"李云当吼了一声。

这个时候，新加入的纤夫已经抓住了抛下的缆绳。他们拉扯的方向与之前的一百多名纤夫行走方向成一个直角，用力之下，船身明显地抖动了一下。

李云当站在水中，努力保持绳索绷直。长孙绮飞也似的往上爬去，眨眼的工夫就翻过了二楼栏杆。她转身回来，一脚蹬在粗大的栏杆柱头，抓住绳索就往上扯，加快李云当攀爬的速度。

砰——

一声沉闷的响声，大船微微颤抖了一下。新加入的纤夫绷紧了缆绳，想把船头拉离岸边。

但船实在太巨大了，船身没有任何变化地继续往前滑行着。红衣人继续吹着呼哨，指挥先前那一队纤夫停止了前进，把船身往后拉扯。缆绳越绷越紧，纤夫们小心翼翼地调整着自己的姿态，船的速度开始一点一点地减慢下来。

与此同时，小船上的人正拼命挥舞火把，指挥新加入的纤夫拉动船尾。在船的正前方，滩涂凸出江面太多，他们必须把船身转过去，绕过滩涂。

李云当奋力往上爬着。他刚爬到两三丈的高度，就跟随着船身驶到了纤夫上空。

李云当顿了一下，他不敢往下看，只是略顿了那么一瞬间，又继续往上爬。

除了呼哨声，下面自始至终没有任何人发出任何声音。纤夫默然地做着自己的事，卑微的他们不能承受任何突发事件，唯有无视一切才能活下去。

李云当爬到离船舷还有一尺的距离，绳索突然断裂。李云当早有准备，脚在倾斜的船身上一蹬，借力纵身而起，险到极点地抠住了甲板。

只听二楼有人怒吼，兵刃破空之声响起，跟着有人发出惨叫。

李云当爬上甲板，只见十几名持刀的家臣正要往二楼跑，看见了李云当，其中五人举着刀向他冲来。

李云当根本不管，一纵身爬上了二楼。

二楼的楼道里，长孙绮正与十几名家臣厮打。家臣们举着长刀，长孙绮只以一把匕首对抗。不过楼道狭窄，站在最前面的家臣实际上把后面的人全挡住了。

那家臣大吼一声，持刀猛劈。长孙绮在他劈下来之前，就地一滚，滚到他面前，这一刀劈了个空。家臣大吃一惊，来不及后退，长孙绮的匕首已扎透了他的脚背，将他的脚钉在甲板上。

那家臣大声怒吼，持刀横劈，却听见当的一声巨响，剑被劈成数段，其中一段反弹回去，刺穿了家臣的肩胛骨。

那家臣摔倒狂叫，后面的家臣要把他扯回去，他的脚却还钉在甲板上。众家臣拼命乱扯，那人疼得放声大叫。

李云当将一柄重剑杵在甲板上，拉起长孙绮，说道："你上去，我来顶着！"

长孙绮双脚一蹬，甩掉鞋子，拍拍他的肩膀，纵身跳上栏杆。李云当抓住她的脚踝，用力将她往上一送，她轻巧至极地翻过了第三层的栏杆。

家臣没法扯开那躺着的人，终于放弃，从他身上跨过来。李云当突然暴喝一声，持剑猛劈。

他的剑比寻常的剑宽了不止一倍，更是厚了三倍有余，以至于根本没有开刃。就凭着如此厚重的剑，他一剑劈下，只听一阵清脆的响声，三四柄长刀同时被他劈断，更有两人被劈折了手臂，痛得惨叫。

家臣被这重剑震住，一时谁都不敢再往前一步。

有人大喊："快上楼保护家主！"

家臣立即纷纷掉头向通道中间的楼梯涌去。

李云当左右看了看，一剑砍下一扇窗户。这雕花的窗户足有一人高。他抓住窗格抵在身前，大喝一声，猛地向人群撞去。

砰的一声巨响，众人被这力道撞得七荤八素。前面的人跌倒了，后面更多的人跌倒，刹那间把通道堵得水泄不通。更多的人因李云当撞过来，无处可退。只听啪啦啦一阵乱响，有好几人站立不稳，跌作一团。

李云当将窗格砸在众家臣身上，一步跨上去，脚下无数刀尖刺过来。他大喝一声，用力猛踩窗格，借力跳起身来，从刀尖上飞了过去。

窗格下面两人被压得当场口喷鲜血而死，但李云当也被砍了好几刀。他这一跳，直接跳到了楼梯口，重剑一挥，逼退众人。

李云当低头看自己的腿，三道口子血流如注。他呸了一口，咬牙切齿道："要死的上来！"

众家臣迟疑了片刻，再次发一声喊，举着刀冲了上来。

长孙绮从栏杆外一跃跳进三楼，正在通道里往下看的十几个侍女一起抬头看她。长孙绮和这群女人呆呆对视了片刻，突然想到这中间可能有人认识自己，吓得用手捂住口鼻。

她的手一举起来，那把匕首寒光闪烁。离她最近的一名侍女顿时尖叫一声："血！"

通道里立即炸开了锅，侍女有的尖叫，有的号哭，有的往回跑，有的往前冲，乱成一团。有好几个女人相互碰撞在一起，撞得瘫软在地，立即有更多的女人跟着摔倒，昏厥过去……

长孙绮尴尬地把匕首藏起来，靠着墙偷偷往前蹭。一名晕了头的侍女一把抓住她，长孙绮刚要动手，那侍女冲其他人叫道："快躲起来！"

"好、好……"

侍女没头没脑地往一扇门里钻去，更多的侍女朝长孙绮拥来。长孙绮硬着头皮分开众人往前走，突然楼梯口跑上来两名家臣。

长孙绮把身旁的侍女一推，厉声喝道："躲开！"

当先一名家臣手持长刀冲来，将一名躲闪不及的侍女撞得飞出去，越过了栏杆，咚的一声巨响，跌到一层甲板。

那家臣一刀横劈，长孙绮闪身避开。谁知一名原本吓晕过去的侍女此时跳了起来，被这一刀劈在腰间，劈断了脊骨。她惨叫着倒下，血喷了那家臣一身，也喷了旁边几名侍女一头一脸。

"啊！"

"杀人啦！"

侍女的惨叫陡然拔高到刺耳的程度，周围四五人同时咕咚一声跌倒，晕死过去。那家臣还没来得及收回长刀，咽喉一凉，顿时无法呼吸，只发出咕噜咕噜的声音。

长孙绮的匕首卡在他喉结处，急切之下拔不出来，往后狠狠一推。那人脑袋整个往后坠落，只剩后颈的皮肉挂着，就那样半跪半蹲地死去。

"混账！"后面一名家臣狂吼着上前，长孙绮以匕首硬挡了两下，身体旋转，啪的一声，赤脚将那家臣的刀身踢得贴在墙上。

长孙绮的匕首划过他的手腕，逼他弃刀后退。那家臣只退了一步，嗖地又抽出一柄短剑，向长孙绮刺来。这一剑又急又快，剑尖在飞速抖动，显然力道极大，只要沾上，立即就会被刬下一大块肉。

长孙绮连退两步，避开这一剑。她定神看那家臣，见他身形高大，戴着灰色嵌玉的帽子，绝非寻常家臣。她知道长孙无忌手下除了拓跋楠外，还有五名一流的剑客，这应该就是其中之一。

那剑客沉声问道："你是什么人？"

混乱中，长孙绮料定他认不出自己，一言不发，持着匕首攻了上去。

通道狭窄，侍女无处可逃，全部拥挤在一起尖叫。长孙绮被她们堵着，根本无法施展开，也不能后退，咬着牙与那家臣死斗。

那家臣的短剑乃是精钢打造，与长孙绮的匕首一样坚韧锋利，两柄利刃相交，摩擦得火星四射。顷刻间，两人交手了十几下，那家臣的剑又误伤了两名侍女。

长孙绮连退几步，暂时脱离了战斗，两人都在一片混乱中瞪着对方。

长孙绮只觉自己右手不停颤抖，无法遏止。那家臣手上的力道透过薄薄的剑身传来，竟犹如铁锤锤击打在自己身上一样。

"你是谁？"剑客再一次问，"武氏派你来的？"

他的声音很稳，显得中气十足。他肯定已经看出了长孙绮力量不足，故而用这样的声音威慑对手。

楼梯下方的喊杀声越发响亮了，乒乒乓乓的兵刃相交之声像爆豆子一样。有人大声惨叫，有人怒吼，还夹着李云当又是兴奋又是惨痛的叫声。

"啊！嘶……尔等狗辈！"李云当这个波斯人用正宗的关中腔怒骂。

李云当撑不了多久了……

那家臣看她不回答，上前一步，持刃横劈。

长孙绮突然往下一沉，躲过了他的横劈。那家臣颇有经验，立即蹲下，以剑逼开滚近身来的长孙绮。

长孙绮身体往后一缩，这一剑刺在甲板上。家臣还来不及收回剑，长孙绮的身体又滚了回来。

家臣大吃一惊，要夺回剑已不可能，当即往后急退。不料脚下被他刚刚砍中的侍女的尸体绊了一下，一跤坐倒。眼前黑影晃动，长孙绮直向他扑来。家臣一拳正面朝长孙绮面门打来，力道猛烈，竟有撕裂空气的尖啸声。

但等长孙绮的脸离他不到两尺之时，他却突然一怔，因为看见她竟然把匕首叼在嘴里。家臣反应也是奇快，怒吼一声，拳头一顿，生生将力道收回。

然而时机已经错过，长孙绮已抓住了他的手，在他收手的一瞬间，借着这力道腾空而起，身体大大地舒展开，从他头顶越过——双手钩住了他的下颌！

家臣身体猛地一个铁板桥，往后躺倒，要卸去这一杀着。长孙绮在空中感到他的动作，大吃一惊。她没想到对方身材如此高大，反应却如此迅捷。

此时身在空中，落地就要被家臣反杀。她眼角瞥到一个东西，不假思索地就用双腿一钩，钩住了天花板下挂着的铜烛架。

长孙绮放开他的下颌，想要抓住楼板。那家臣速度比她还快，一把抓住了她的双手，像一双铁钳死死箍住了她。长孙绮拼死要抽回手，那家臣半蹲而起，暴喝一声，猛地一拉——

啪咔！

这一拉力道太大，拴着铜烛架的铁链吃不住劲儿，骤然崩断，铜烛架直坠下来，轰的一声砸在家臣身上。

长孙绮感到钳住自己的那双铁掌一松，立即就地滚开。她一把取下匕首，正要扑上去，却见那家臣仍然半蹲着，一动不动。

她定了半天的神，才走近看，只见铜烛架下方的铜椎深深插入那家臣的天灵，血和脑浆咕咕往外涌着，早已死了。

"是什么人？"

长孙无忌苍老疲惫的声音响起。

楼船的最上一层，是一整间房。此时房间里没有点灯，但四周的窗户全部打开，外面的光投射进来，隐约照亮了房间。

房间很大，却也很空。中间是座双层须弥台，四周环绕着十几盏鹤形铜灯台。外面的灯火映照在这些没有点燃的铜灯台上，像流淌着黑色的光。

不知什么时候，风开始大起来了，吹得几扇没有扣好的窗户嘎吱嘎吱乱响，却没有人去管。因为此刻，偌大的第四层上只有三个人。

长孙无忌一身白衣，端坐在须弥台的中央。须弥台下方，方管家坐在右侧，拓跋楠坐在左侧。拓跋楠侧耳听了片刻。

"应该是……小姐。"

长孙无忌长长叹了一口气："终究……她要来报仇。"

"是小人的事。小人自行解决。"

"是谁做的，在她看来不都一样吗？罢了……张谨言呢？"

拓跋楠转头看了窗外片刻："应该是在寺里。他全程紧跟，不会漏掉这一次的。"

"那就让他陪老夫最后一程吧。"长孙无忌说话越来越慢，"毕竟……他受宠于武氏，注定是要……灭了我八柱国的人……"

拓跋楠转回身，向长孙无忌行礼。

"家主，小人要去阻一下小姐，免得有不堪之事。"

"你去吧，"长孙无忌淡淡地道，"小姐就交给你了。"

"是。"

拓跋楠站起身，整理衣冠，又重新跪下，郑重地向长孙无忌磕了三个头，这才站起身，走出房间。

长孙无忌望着窗外。闪电刺破了厚厚的云山。一些红色游龙般的闪电从云中一直探到大地深处，才在剧烈的闪烁中消失。

风变得更加猛烈了。

"方伯……"

"家主！"方管家立即俯下身体。

"确定金筒上没有那枚天志石吗？"

"从……痕迹上来看，确实已经被挖走很久了……先皇后千辛万苦从神遗之地带回来的，却……"方管家伏在地上，痛苦得浑身都在颤抖。

"千算万算，算计了一辈子，没想到最后却是一个笑话。"长孙无忌笑了笑，"早知如此，当初若是趁着先皇刚刚驾崩那会儿将金筒夺来，岂不省了这许多事？"

"家主！"方管家流着泪道，"家主殚精竭智，都是为长孙家作想。大行皇帝走的时候，局势皆在家主掌握之中，一切安排妥当。谁会料到那武氏竟然在两年后又回到宫中？此乃天意，非人力所及啊，家主！"

"可惜绮儿……"

方管家激动地道："家主，小姐若真是先皇后亲自选定的传承之人，则必然不会有事。也许另有机缘，让小姐接触到那天志石呢？有小姐在，长孙家不会亡，长孙家一定不会亡的！"

长孙无忌嘴角流下一行血，他毫无察觉，继续微笑着："千秋万代之下，我长孙家算什么……绮儿若真是小妹的传承……那才是……天下之……之……幸……"

暴雨将至，他的心情平静。

第十六章

"怎么了？"

张谨言仍然坐在马扎上，没有起身，但是眉头皱紧了。

他身后那名童子脸上顿时露出惊慌的神色，扇得更加小心。另一名童子正端着冰粥上前，张谨言不耐烦地将冰粥掀在地上。

"王成呢？立即传他来见我！"

"是！"

"这个老东西，临到末了，还想耍花样？"张谨言望着远处江面上的楼船自言自语。

楼船上的呼喊声越来越激烈，隔着这么远的距离，张谨言都能清晰地看见闪烁的刀剑。随着一个人惨叫着落下楼船，张谨言再也坐不住，站起身来。

"将军！"王成匆匆跑来。

"怎么回事？"张谨言怒道。

"属下也……也刚看到，"王成躬着身体，小心地道，"似乎……有刺客上了楼船。"

"刺客？"张谨言的声音陡然拔高，"这时节，还有什么刺客想杀长孙老匹夫？"

“长孙无忌为相三十年，党争之辈何其之多。况且长孙无忌心狠手辣，纵容御史，被抄家灭族者不计其数。想杀他的没有一万也有八千啊，将军！”

“行了，别说了！”

“是……将军，这……怎么办？”

张谨言突然一脚端翻了身旁的童子，怒道：“我管你怎么办！总之长孙老匹夫到黔州之前不许死，你死了他都不许死！滚！”

王成用力行了个礼，转身就跑。只听他在狭窄的山路上一边跑一边喝：“跟我来！杀！一个不留！”

“怎……怎么了？啊？”

慈云老和尚惊慌失措地站起来，望着远处的楼船，他的弟子也都不知所措。

原本沉寂的楼船上，突然间就爆发出猛烈的喊杀声。隔着这么远，也能清晰看见二楼通道上人影绰绰，叮叮当当地响着，不时刀光闪烁，然后就传来惨呼声。

这些声音在峡谷之间回荡，惊得一群夜鸟扑棱棱地飞起来，在楼船上空盘旋。

风赶在这个时候突然猛烈起来，吹得身后的山林呼啦啦响，还有树干崩断的咔嚓声。和尚吓得纷纷双手合十，念起《妙法莲华经》来。

“这……这……净念，你去看看！”

净念惊恐地看着慈云，慈云使劲挥手：“快！快去瞧瞧！”

净念只得硬着头皮，在滩涂上浅一脚深一脚地往前跑。

这个时候，楼船的船头刚刚拐向江心，但大部分船身还在往深入江水的滩涂缓慢靠过去。船底不停挤压水中突出的石头，砰砰砰的声音不时传来，偶尔还能听见啪的一声脆响，这是船身木板被挤压爆裂的声音。

这是最危险的时候。稍有不慎，船底就会在滩涂上搁浅。如此大的船体，一旦搁浅，靠人力几乎无法将其再拖回去，唯一的办法只有将船只整个拆卸、解体。

真出现这样的情况，就意味着纤夫队没有一个人能活下来。所以不管船上如何喧闹，纤夫的动作根本没有一丝变化，仍然在几名红衣人的火把指引下，喊着号子整齐划一地移动着。

"左咧——"

"嘿吼！"

"起咧——"

"嘿嘿吼！"

"扎起！"

"哦嘿！"

"啊——"

扑通！

一个人从楼船上跌落下来，摔在滩涂上。他活不了了，却还一时没有死透，手足抽搐着，喉咙咕噜噜往外吐血。

偏偏他挡在了纤夫队的道路上，纤夫不得不调整步伐，拉开距离，从这具渐渐冷却的身体旁艰难通过。

"扎起——"

"哦……哦嘿……"

净念正好跑到纤夫队旁边，一边抬头张望，一边茫然走着。突然他踩到了一个异样的东西，刚想低头瞧，却一眼看见离自己不到两丈的乱石堆里躺着一具尸体。

那尸体脑袋像个烂柿子，手臂扭曲成一团，一只脚翘着，另一边却只看见风吹得空荡荡的裤子飘动。

净念脑袋一点一点往下，看见自己的光脚……正踩在那尸体的另一条腿上。

净念眼前一黑，当即摔倒在乱石中，晕死过去。他不会知道，这一摔让他成了禅真宫下寺唯一侥幸存活的人。

他跌倒的同时，第一支箭穿透了夜色，插入前方一名纤夫的胸膛。

那纤夫惨叫着倒下，手中却仍死死拽着缆绳。楼船继续沉默着往前，那纤夫拽着缆绳，一下把所有纤夫的节奏都打乱了，纷纷东倒西歪起来。

咻……咻咻……

"啊！啊呀！"

更多的箭矢从黑暗中扑来，大部分插入乱石和船板之中，但也有好几名纤夫中箭，队伍顿时陷入一片混乱……

拓跋楠走出房间，外面是平坦的甲板，占据了第四层一半的面积。两根巨大的桅杆耸立在平台中间，此刻所有的帆篷都扎得紧紧的，捆在桅杆下方。

从第三层上来的楼梯，就在平台的尽头。长孙绮从楼梯走上来的时候，她背后的峡谷尽头，一道闪电正好划破长空。惨白的电光让长孙绮正面完全隐入幽暗中，她周身的轮廓却被完整地勾勒了出来。

轰……

这一次，终于听到雷声了。雷声在天顶的云层之间来回滚动，轰隆隆响了半天才渐渐消失。

"嘿，小姐安好。"拓跋楠先开口了。他从背上取下一只布袋，当着长孙绮的面解开，从里面拿出一柄武器。

这是一把长柄陌刀，铜铸的柄上刻满花纹，柄与刀差不多一样长，刀背厚且直，没有任何花哨取巧之处。不过刀身上两道又深又长的血槽，显示出这把刀的嗜血本性。

长孙绮一步步走上前来。她解开绑着的绳子，背上装着十几把飞刀的皮带哐当一声落下。她袖子破碎，手臂上有伤，就将两边袖子都扯了下来，用布把伤口紧紧扎住。

拓跋楠抚摸着刀背，手指在血槽里划过，说道："这是家主在三十年前送我的陌刀。我有许多年没用过它了。上一次，还是在垂天阁。"

"果然是你！"

"的确是我。"拓跋楠坦然回答。

"为什么要杀我师父？"

"我的命，是家主给的。"拓跋楠道，"家主要我杀谁，我就杀谁。家主要我死，我就死。至于原因，没有必要问。"

"所以在合州，你故意输给我，"长孙绮低声道，"就是怕我认出是你？"

"你是长孙家的小姐，"拓跋楠平淡地道，"我不能真的杀了你，是不是？"

"今天，我不是长孙家的孩子。"长孙绮也平淡地道，"我是高昌公主的徒弟。"

"好，"拓跋楠向她拱了拱手，"请指教。"

噔噔噔……长孙绮赤脚在甲板上急速奔跑，瞬间就杀到了拓跋楠面前！

此时，李云当已经退到三楼楼梯口了。

他气喘吁吁，手里的剑已经换到第三把，但也已满是缺口，剑尖都不知道在哪里折断了。

他浑身上下差不多都被血覆盖了，一小部分是他自己的，大部分是别人的。他低头看了看自己的身体，由于极度紧张与疲惫，浑身没有一处不疼，根本分不清哪里受了伤，哪里没有。

幸好他的手臂、腰间和腿部都缠着护甲，替他挡了无数次攻击。左手的护甲已被劈成几块，此刻兜在袖子里，稀里哗啦响着。

汗水和血覆了他满头满脸，被夜风一吹，变得黏黏糊糊，极其难受。他用手背去抹，顿时疼得哆嗦了一下，才发现手背上有一道深深的刀口。

在他下方，整个楼梯上横七竖八的全是尸体，以至于还活着的家臣隔着四五丈的距离，恶狠狠地与他对视。

这些家臣都是士兵出身，惯常使用的是长刀和弓弩，在这狭窄之处施展不开，这才让李云当一夫当关，守了这么久。

但是现在，他觉得自己撑不住了。全身的力气都随着血流淌出身体。从背心开始，冰冷的感觉逐渐向手臂、腿脚扩散……他知道这感觉，他知道现在只要有个人上来推自己一下，自己绝对就要撑不住倒下……

他现在还拿着剑，看似依旧威风凛凛地站着，其实右腿死死靠着一旁的墙，支撑着身体。家臣从下方看，目光被阶梯上铺满的尸体挡住，瞧不见而已。

"来！"李云当用最后的力气咆哮，"来啊！"

家臣这个时候终于从狂怒和冲动中清醒过来，没有立即冲锋，而是把尸体一具具扯下去，逐渐把楼梯通道清理了出来。

李云当脑子里嗡嗡作响，知道一旦通道清理干净，就是自己的死期。但他此刻已没力气再动，况且身后就是上第四层的楼梯，长孙绮还在上面……

他咬紧牙关，拼命吸气，看着尸体一具一具被拖走，想趁这段时间再聚集一点力量……突然，两名家臣不知从哪里攀上了三楼，持刀向李云当杀来。

李云当猝不及防，被其中一人抛出的锁子锤砸中左腿。他一跤坐倒，甩出匕首刺中那人。那人当即倒地，另一人举刀朝他砍来，李云当和他拼了两下，两人都没占到什么便宜。

船下方蓦地传来一阵惊呼，有人大声惨叫。楼下的家臣立即起了骚动，有人跑到船舷边观望。

一名家臣忽然喊道："张谨言！是张谨言！"

另一人叫道："守住船舱！快！快堵住！"

家臣顿时乱成一团，纷纷朝楼下跑去，顷刻间只剩一名正在拖尸体的家臣。那家臣抬起头，跟李云当大眼对小眼看了片刻，转身就跑。

"欸？"

李云当忍着痛吃力地挪到栏杆边，向下看去。

船的右首，原本晦暗的滩涂上，此刻火光冲天。上百支火把晃动着，从禅真宫下寺的方向，一直延伸到江边。

不过这些火把的光也照不亮整个滩涂，所以只看见数不清的模糊人影晃动着，一片片、一点点兵刃的反光闪动着。这些人影贴近了原本滩涂上的和尚、纤夫，立即就听见凄厉的惨叫声响起。

李云当的心扑通扑通地狂跳，一度快要跳出嗓子，把他哽得连气都吞不下去。这些火把看似混乱，其实训练有素，每五个一组，一下到滩涂，就一组组散开，往两侧跑去，形成一个巨大的包围圈。

这个包围圈包住了滩涂上所有的人，意味着没有一人能活着离开……张谨言终于出手了！

此时楼船的船头已经在纤夫的拖拽下转过了横在江心的滩涂，朝着江水拐弯的地方而去，但楼船的后半段仍在向滩涂靠拢。

要让如此大的楼船绕过去，必须由纤夫把船身的三分之二都拉过滩涂所在的区域，才能避免搁浅。可是纤夫早就乱成一团，四处狂奔，随即被士兵用弓弩、长刀在乱石滩中一一扑杀。

楼船失去了动力，开始慢慢地往下游退去。

李云当脑袋一缩，躲过一支箭矢。他眼见下面再没有家臣冲上来，当即猫着腰朝四楼跑去。

拓跋楠长刀一挥，长长的刀身劈开空气，因为急速抖动而发出尖锐刺耳的啸声。

长孙绮吃了一惊，没想到拓跋楠的真实功夫如此了得。

第一次与拓跋楠过招，是在倒塌的垂天阁旁，但那次拓跋楠认出了长孙绮，并没有真的动手，反倒是被长孙绮偷袭刺了一刀。第二次是在合州长孙府邸，他怕长孙绮认出自己的身手，故意露怯落败。

但是现在，她要面对他真正的实力了。

这一刀横劈，速度不快不慢，却更显出拓跋楠深厚的功力和丰富的经验。他以不停抖动的刀身无形中遮蔽了长孙绮所有可能进攻的角度，而且左手虚持，没有一丝劲力灌注在刀身上，随时可以从容改变方向，伺机反攻。

拓跋楠跨前一步，长孙绮往后退了两步。拓跋楠保持着姿势不变，再跨前一步，长孙绮又被迫退了两步。两人这样僵持了片刻。

"我不能让你再见到家主。"

"他不敢见我吗？"

"不，"拓跋楠摇头，"家主为长孙家做的事，你不会明白。"

"你们才不明白！"长孙绮勃然大怒，突然反身纵上一旁的栏杆，双腿猛蹬，借助栏杆反弹之力，像箭一般射向拓跋楠。

拓跋楠的陌刀立即变横劈为纵破，刀刃迎向扑面而来的长孙绮，但是在长孙绮就要撞到刀口的一瞬间，他手腕一转，以刀背迎敌。

谁知长孙绮在空中扭转身体，借助腰力，硬生生将身体往一侧弹开了一尺，避开拓跋楠的刀，合身扑进拓跋楠怀中。

当！

长孙绮的匕首狠狠刺向拓跋楠胸口，却扎到了一块护心镜上。拓跋楠手来不及收回，在长孙绮刺中自己的一瞬间，猛吸了一口气，跟着胸腹爆裂般向外膨胀，顿时将长孙绮弹出一丈之外。

长孙绮就地一滚，啪啦！她刚刚趴着的地方被拓跋楠的长刀劈得粉碎。长孙绮趁拓跋楠立足未稳，朝他的脚踝刺去。匕首还没有接近，他的小腿就猛地一弹，踢向长孙绮面门。

长孙绮往旁边一滚，避开这一击，匕首顺势一挑，挑中拓跋楠的腿部，却听见噗的一声闷响，原来他绑腿里包着厚厚的牛皮垫。

拓跋楠挥舞长刀，如同砸铁一般往下猛砸，砸得甲板噼里啪啦地破碎。长孙绮根本没有机会站起身，只得不停往一旁滚动，避开拓跋楠的连续重击。

两人一路滚到第一根桅杆处，长孙绮才抓住机会，身体一蜷，不可思议地顺着桅杆爬了上去。

拓跋楠大喝一声，一刀劈在桅杆上，但桅杆实在太过坚硬，他的长刀只劈进去一寸，反被嵌在中间，一时拔不出来。

长孙绮立即合身朝拓跋楠扑了过去，匕首直插他咽喉。拓跋楠被迫放弃长刀，退了一步。长孙绮手中匕首不停，嗖嗖之声急切，向拓跋楠连出手。拓跋楠手臂上缠着又厚又硬的牛皮护手，以手臂格挡。一时间匕首在护手上割出几十道口子，却没有一刀真正伤到皮肉。

长孙绮有点急了，突然身体一沉，避开了拓跋楠的手臂，刺他下盘。她这一招甚是毒辣，却也将自己的身体完全暴露在拓跋楠面前。

拓跋楠的身体沉得比她还快，一脚盘地，一脚极快地踢向她。长孙绮眼见这一脚势大力沉，对着自己咽喉致命之处而来，根本避无可避。她心中一凉，差点就要放弃等死。

但拓跋楠猛地一顿，收住了力道。长孙绮来不及思索，立即一刀猛戳，刺穿了拓跋楠腿部的皮革，刺入他的小腿，随着他腿部的余力，往上拉出了一道又深又长的口子。

拓跋楠怒吼一声，一掌拍开长孙绮。这一刀划开了他左边小腿的肌肉，有一段甚至伤到了腿骨。他身受重创，当即瘫倒在地，一时站不起来。

长孙绮也被他拍得半边身体麻痹，趴在船板上喘气，同时拼命聚集力量。这时候谁先站起来，谁就更可能杀死对方。

"你故意让我？"

拓跋楠吃力地摇头。

"我不要你同情！"长孙绮更加愤怒。

船身忽然震动起来，各处船板都在颤抖，发出连绵不断的轰响。拓跋楠立即变了脸色，第一次忍不住痛哼一声。

长孙绮歪头去听，这才发现不知什么时候开始，船下方有无数人在嘶声惨叫，另有密集的刀剑相交的声音、不停有人扑通落水的声音……这可不像是李云当与家臣的缠斗，简直像是两支军队在交手。

从峡谷里吹出来的狂风把这些声音吹得很缥缈，无法准确判断是从哪个方向传来的。长孙绮心中突然一酸，难道李云当已经……死了？

拓跋楠用一根布条用力扎紧小腿。他痛得满脸憋得青紫，大吼一声，扶着一旁的栏杆勉强站了起来。

长孙绮一凛，跟着翻身爬起。拓跋楠试着往前迈了一步，但腿上的伤实在太重，他又慢慢靠在栏杆上。

"我老了，"拓跋楠嘿嘿地笑着，"你来取我性命便是。"

长孙绮咬着牙道："为什么要害我师父？她已经不是高昌公主，甚至不再是人，变成了你们的剑，为什么……为什么还是容不下她？"

"你不明白，"拓跋楠笑道，"有些人，只要活着，便是他人的障碍。"

"你就是我的障碍！"长孙绮大叫一声，刚要冲上去，忽见房门开了，方管家跌跌撞撞地跑出来，叫道："小姐，住手！"

长孙绮一怔，拓跋楠却神色大变，挣扎着道："家主他……"

方管家摇摇头，对着长孙绮深施一礼，说道："小姐，当年给拓跋楠下令的，是老奴。小姐要动手，便先杀了老奴吧。"

长孙绮冷冷地道："你以为我不敢？"匕首一送，比上方管家的咽喉，刺破肌肤，流出血来。

方管家双眼紧闭，说道："谢小姐成全。"

长孙绮心中一动，刚要把匕首刺进去，猛地回头，却是李云当咚咚咚从楼梯冲了上来，看了长孙绮一眼，再看一眼拓跋楠，说道："好！"

"好？"

李云当不再看她，冲到离自己最近的桅杆前，举起剑狠狠砍在捆帆布的绳索上。绳索应声而断，原本捆扎得紧紧的帆一下松散开来。

"你干什么？"

李云当不答，抓住一旁的绞盘，拼命旋转，帆开始缓慢上升。

长孙绮和拓跋楠都莫名其妙地看着他。拓跋楠最先回过神来，转身趴在围栏上往下看，立即叫了一声："该死！"

长孙绮也赶紧扑上去看，只见楼船下方，几十支火把乱纷纷舞动着，照亮了滩涂上的上百个人影。

滩涂上横七竖八地躺满了死人，纤夫看样子想从侧面逃命，但被追上一一杀死。和尚的尸体则相对集中，想来根本没有任何反应就被悉数杀光。

没有了纤夫的牵引，楼船事实上已经搁浅。船头虽然已经指向正确的方向，船身却微斜地靠在滩涂边上。

此刻除了一些还在搜索漏网纤夫的火把外，其余火把都集中在船身中间部分。对方显然有备而来，先是十几名弓弩手往船身第一层甲板附近射箭，压制船上的家臣，另外十几人则纷纷将带着铁钩的绳索抛上来，拉紧了就往上爬。

刚爬上来的几人大声惨叫着，被家臣砍得血肉模糊扔下去。但是更多的人趁机从两侧爬了上去，第一层甲板上立即传来乒乒乓乓的打斗声。

看着口衔利刃往上攀爬的人流，拓跋楠脱口道："张谨言？"

"除了他还有谁！"李云当叫道，"为今之计，只有让船跑起来！"帆的一头已经升到一半，另一边却还垂在甲板上。

长孙绮紧张地叫道："哎呀！歪了！"

"愣着干吗？快来拉啊！张谨言上来就全完了！"

长孙绮当即把拓跋楠甩到脑后，几步跑到另一个绞盘前，跟着李云当一起旋转。船帆顶着狂风，慢慢升到了桅杆顶端。

拓跋楠叫道："下锁！固定！"

李云当四下里看了看，发现桅杆周围有八个铜兽样的固定栓。李云当立即用铜兽上的机关死死卡住绞盘。船帆剧烈震动了一下，终于稳定住了。

三个人同时感到船身一震，在风力的压迫下，开始缓缓向后方移动。

李云当和长孙绮大喜，但船身只移动了几丈远，又慢慢停下。看来没有纤夫的拉扯，船身搁浅得超过预期了。

"快、快快！"李云当一叠声地喊。这下两人配合默契，飞快地把船帆升了上去。

拓跋楠沉重地叹了口气，撑着重伤的腿，一瘸一拐地朝房间走去。他勉力走到门前，跪坐在地，重重地磕了个头。

"家主！"拓跋楠带着哭腔喊道，"下决心吧！"

屋内一直没有回应。但不知什么时候，房间里亮了起来。

拓跋楠不停磕头，哭泣声越来越大。

正跟李云当一上一下固定船帆的长孙绮停住了手，呆呆看着拓跋楠，以及在他身后越来越明亮的房间。

李云当还在固定绞盘，没防备长孙绮手一松，绞盘飞旋起来，撞翻了长孙绮，又差点打断他的腿。他吓得拼死稳住，叫道："你疯了！"

长孙绮却挣扎着爬了起来，眼睁睁地看着……天啊！那巨大的房间烧起来了！

"阿……阿翁！"长孙绮放声尖叫出来，"阿翁！"

呼啦啦……呼啦啦……狂风陡然加紧，房间后面的一扇窗户突然爆裂开来，一大团火焰从窗口冒出，顺着狂风向天上飞去。

第十七章

"滚开！"

张谨言一脚踹翻了前面的一名士兵。那士兵正走在陡峭的石阶上，收不住脚，往前扑去，抱住了前面一名士兵，那名士兵也手忙脚乱地往前扑……山路上的队伍顿时乱作一团，十几人跌出山路，滚入密林。

张谨言发足狂奔，前面的士兵被吓得更加疯狂地往前跑。他们一口气跑下石阶，还没来得及散开，张谨言就冲了下来，像一匹狂暴的烈马，咚咚地撞翻数人，率先一步冲到了滩涂之上。

他站住了，瞠目结舌地看着滩涂尽头的楼船。冲天的烈火，仿佛一瞬间就从楼船的第四层燃烧起来。狂风裹挟着浓烟、火舌，一会儿呼啦啦往天上扯去，一会儿又轰然压下来，在楼船四周翻滚着，很快第三层也烧起来了！

楼船上传来惊天动地的哭叫声，眼瞧着一个个人影从三楼、二楼的甲板往下跳。有些跳入水中，被江水卷走，有些却跳到乱石堆里，当场摔死。

但是让张谨言魂飞魄散的还不是这些……那里，高高的楼船顶端，两张巨大的帆升起来了！

它们被狂风抓住，迎风的一面深深凹陷进去——由此也更铆足了劲儿，拉着本已搁浅的楼船慢慢离开了滩涂边缘，朝着江心深处驶去！

张谨言茫然地往前走了几步，被一块岩石绊倒。一名士兵赶紧上来扶他，却被他用力推开。

"王成呢？王成在做什么？"张谨言呆呆地问。

"是！将军，王校尉在……"

"在哪儿？"

"在……在……"那士兵惊慌失措地到处张望，随即被张谨言一巴掌扇翻在地。

张谨言扔了沉重的头盔，扔了佩剑，迈开步子，朝着楼船狂奔而去。

"抓住缆绳！抓住缆绳啊！"张谨言边跑边喊。

但靠近楼船的地方，上百名士兵正在强攻，与船上的长孙氏家臣殊死搏斗。刀剑声、呐喊声、惨呼声、落水声……场面混乱不堪，根本没人听见他的喊叫。

"王成！王……啊呀！"

疯了一般的张谨言在滩涂上的乱石间奔跑，一不留神就摔个狗啃屎。等他挣扎着跑到楼船边上时，已经摔得七荤八素，额头破了口子，血流得满脸都是。铠甲也松开了，一只靴子不知道哪里去了，脚上割破了好多口子。

真……他娘活见鬼！

要是长孙无忌死在这里，死在燃烧的楼船上，自己的身家性命也就到头了！

船身驶离滩涂，现在已经离开五六丈远了。那些爬上楼船的士兵跟家臣搏命厮杀着，根本不知道此刻的情况，而滩涂边上的士兵乱哄哄的，有些跟着楼船跑，有些原地站着，呆呆地看楼船上跳下一个又一个人。

"王……喀喀喀……"张谨言声嘶力竭地喊着，仍然没有听到回答。不知王成是不是已经攻到楼船上去了。他已经喊不出声，便走过去拉一名士兵的手臂，要他传令。

那士兵回头看见张谨言衣甲不整，不似同袍，劈面就是一刀砍来。张谨言本能地侧身避开，一巴掌将那士兵扇到地上，怒道："是、是……喀喀喀！"

那士兵大喊："有贼人！有贼人！"

周围好几名士兵都转过身，提着刀冲来，对着张谨言乱砍。张谨言勉强用手臂的护甲挡了几下，手背上中了一刀，疼得转身就跑。

他边跑边看，这才发现自己袍服散乱，佩剑头盔都不在，发髻也散了，头发奋拉下来，被脸上的血一粘，在这混乱昏暗的地方，根本看不出本来面目。

身后喊杀声紧，张谨言慌不择路，跑到了滩涂边上。只听身后几把刀同时劈来，张谨言在心中痛骂着王成，奋力往前一扑，扑入了江水之中。

长孙绮往前狂奔，不料甲板光滑，她失神之下重重摔了一跤。等到爬起来的时候，房间的火焰已经冲天而起！

熊熊火焰从门、窗、所有的洞口里往外喷涌。空气中弥漫着一股浓烈的灯油味道。长孙绮才走到离门两丈远的地方，炙热的烟尘已快把她的皮肤烤焦，她额头上的碎发都卷了起来。

长孙绮的心脏都停止了跳动，耳朵里嗡嗡作响，眼睛里全是赤红的火焰……阿翁呢？阿翁呢？

面前的门被烧穿了，其中一扇被穿过房间的狂风一卷，翻倒下来，腾起一片浓烟。长孙绮死死盯着里面，眼睛被浓烟熏得不停流泪……

突然，她看见了！

那里，房间的正中，须弥台之上，端端正正坐着长孙无忌！

他穿着一身丧服，双手捧着象牙笏板。周遭已经陷入烈火地狱，须弥台还神奇地没有被火焰吞没。他如老僧入定般端坐着，双眼紧闭，须发被热浪吹得向上飞起，似乎已经失去了意识……

"阿翁！"

长孙绮狂叫一声，就要往里冲，蓦地里拓跋楠猛扑过来，将她按倒在地。

长孙绮狂怒之下，双腿绞着拓跋楠按住自己的右手，纵身一滚，咔嚓一声，将他手臂活活扭脱臼。拓跋楠再也无力压制，被她一脚踢开。

长孙绮爬起来，又要往里冲，却听方管家大叫道："小姐！家主已服下落魂散，早已仙去了！"

"什么？"

方管家放声大哭："半个时辰之前，家主就已经服药，此刻药力早已深入了经络之间，纵使华佗再世，也无力……无力回天了！"

长孙绮只觉得天地翻覆，周遭的一切都围绕着自己高速旋转起来。她双腿一软，咕咚一下坐倒在地。

方管家声嘶力竭地喊道："武氏在朝，惑乱天子！家主为大唐熬干了骨血，却还是落得个兔死狗烹！"

"为……为什么……"

"家主不死，武氏岂肯罢休！那藏着密诏的谶书，是悬在武氏头上的剑，更是悬在我所有长孙家族子孙头上的屠刀啊！家主……家主为了长孙家族……不得不出此下策……就是要跟着金筒一起陷入火海，换取长孙家下一个百年之势……"

轰……

不知道房间里洒了多少油，所有的柱子、窗格、楼板都烧得轰然作响。长孙绮的耳朵里再听不见拓跋楠的号哭之声。她只是茫然地望着烈火之中那个单薄瘦小、模糊一团的影子……

她心中一片澄明，所有的线都在这一刻串了起来，所有的事都无比清晰地浮现出来……

原来这才是长孙家存活之法！

原来先太宗皇帝写下那份密诏，一半是要诛杀武氏，一半是要族灭长孙氏……

先太宗皇帝看得很准。他用谶言压制长孙无忌，让他自恃身份不敢轻易触碰谶书，又用密诏压制武氏，让她知道真相反而投鼠忌器。

武氏算无遗策。她用皇帝压制长孙无忌，再用整个长孙家族的命运，逼他走上你死我活的谋反之路。

然而阿翁看得更准，算得更狠！无论先太宗皇帝还是武氏，他们只是在算别人的心，而阿翁从一开始，就把自己的性命算了进去！

单这一条，就算过了武氏，算过了先太宗皇帝，算过了所有人……

长孙无忌与密诏同死！

长孙无忌与谶言共化为灰烬！

长孙无忌凭一己之力,将武氏的诅咒、长孙家的诅咒全都带走！

如此一来，天下谁还敢说长孙无忌犯上作乱？谁还敢说长孙家族密谋造反？而当今天子，反而不得不背上逼死亲舅、处置托孤重臣的污点，也给武氏一个贪功冒进、残害良相的罪名。

谁还能再将罪责加诸长孙家？

再加上这火，他甚至把高昌公主的恩怨也一并交代了！

阿翁这一世，真是算尽了人心，也用尽了人心！临到末了，把自己也算尽用干！

"小姐，这件事是家主精心谋划的，小姐千万不要给家主报仇！"方管家跪下给长孙绮磕头，"小姐难道没有想过，家主为何一定要你去寻金筒吗？"

"为……什……"

"因为家主要小姐亲手拿到天志石，变成观音婢的继承者！"方管家道，"那是先皇后留下的遗言。家主只能保长孙家不灭，小姐却是复兴长孙家之人！"

"我……我……"长孙绮浑身战栗着，自己也不知道要说什么。

"先皇后殿下之言，老奴曾亲耳听到，必不会有错。当命数来临之时，小姐自然会明白。"方管家说着，喉头一哽，吐出一口黑色的血。

"求小姐成全……求小姐成全！"

长孙绮呆滞地转过头，只见拓跋楠不知什么时候拿到了自己的匕首。他把匕首尖顶在咽喉处，说道："小人杀了高昌公主，求小姐成全！"

长孙绮慢慢摇了摇头："不……"

"求小姐成全！"

"我师父……不要……不要我报仇……"长孙绮捂住了脸。

拓跋楠叹了口气，放下匕首，唯一能动的一只手撑着地板，艰难地用还能动的右脚站了起来，说道："多谢小姐！"

拓跋楠转身对着房间，刚要奋力一跃，却被方管家一把死死抓住。拓跋楠手臂一震，便将方管家震开，又往前跨了一步。

"拓跋楠！"方管家的口鼻甚至眼睛里都流出血来，嘶哑着用力说道，"家主的命令，你还听不听？"

拓跋楠一怔，停下了脚步。他呆了呆，再也无力站稳，跪倒在地，放声大哭。

方管家笑道："小姐便交给你了。"说罢越过拓跋楠，慢慢走入房间，浑身上下瞬间被火吞没，变成一个火团。那火团似乎还想往中间的须弥台靠近，但只移动了不到一丈，就跌倒在地，再也没有动弹。

火焰越来越盛，须弥台的边缘也燃烧起来了……须弥台正中那团影子仿佛被烈焰熔化了一般，慢慢地缩小、塌陷，慢慢地冒出烟尘，慢慢地燃烧起来……

长孙绮眼前一片模糊，嗓子里被烟和泪水堵住，咕噜咕噜响着，却一声也喊不出来……

蓦地里砰砰几声响，跟着咔啦啦……一根粗大的桅杆从天而降，砰的一声砸在房间顶端。已经被烈火烧得吱吱作响的屋顶，根本撑不住这么大的力道，瞬间大片着火的屋顶塌陷了下去，露出一个巨大的洞口。

长孙绮堵在嗓子眼的气咕咚一声咽进去，跟着"啊"的一声，终于放声大叫出来。

只见李云当砍下一块帆布，不知在哪里打湿了，顶在头上，从桅杆上方一路朝房间上的洞口狂奔而去。

“你……疯了！”长孙绮尖叫着，跳起来想抓住他。李云当早有准备，跳起身躲开长孙绮的抓扯，往前一扑，从洞口钻了进去。

张谨言从水里勉强探出头，猛吸了几口气，沉重的铠甲再次把他拖进了水里。

水面之上，楼船熊熊燃烧，照亮了整个夜空。水面之下却是一片冰冷。张谨言在水里挣扎着脱去铠甲，但不知哪里的带子被缠绕住了，铠甲一直半挂在他身上，怎么也甩不开。

张谨言双手乱挥，碰到一个沉重的东西。他以为是木板，当即拼命拉扯到面前，死死抱住。

但那木板却带着张谨言缓缓下沉。他定睛看去，却看见自己怀里是一张死去的女人惨白的脸。

张谨言惊恐之下一把推开尸体，一口气憋不住，咕噜咕噜喝了老大几口水。那尸体瞪大的眼睛一直盯着他，直到慢慢沉入深处，彻底融入黑暗之中。

张谨言肺里进了水，胸口疼得要撕裂开一般。他疯狂地乱踢乱打，终于甩脱铠甲，一下扑出水面。

此刻楼船在帆篷的牵引下已经离开滩涂十余丈远，向下游漂去。大火已经从最上面一层烧过第三层，烧到第二层。

楼船像一座熊熊燃烧的小山，照亮了滩涂上目瞪口呆的士兵，照亮了江水里拼死挣扎的家臣和侍女，照亮了整个夜空。

第一层甲板上，仍然传来搏命厮杀的声音，那是杀红了眼的士兵和垂死挣扎的家臣。不时有人惨叫着落入水中，甚至两人抱在一起撞破栏杆落下来。

“哈……哈……我他娘要杀了王成！”张谨言一边喘气一边怒

骂。江水冲刷着他，把他推得更加靠近楼船。突然头顶啪啦啦一阵巨响，张谨言抬头看，吓得差点当场尿了裤子。

只见一面超过三丈宽的木墙，燃着熊熊烈火从楼船上崩落，正朝自己脑袋砸来！

长孙绮惊恐地看着着火的房间，只见李云当从破洞中纵身跳入，正好跳在须弥台上。

须弥台用一整块檀木雕刻而成，经特制药水浸过，本是防火防虫的。是以周遭全都已经陷入火海，须弥台还是只有最边缘在燃烧，没有蔓延到中间来。

李云当用湿布蒙着口鼻，衣服也全湿透了。就算这样，一跳入这火窟之中，所有裸露在外的皮肤都立即火辣辣地刺痛起来。

须弥台正中长孙无忌的尸身早已匍匐在地，在高温下缩成一团，一些油脂渗出丧服，蒸腾冒烟，让他整个看上去像是笼罩在一团黑雾之中。

李云当死憋着一口气，扑到长孙无忌尸体前，疯狂地搜寻着。他急不可耐地把长孙无忌的尸身翻过来，眼前一亮，那只金筒端端正正躺在地上。

李云当狂喜之下，一把死死抓住金筒，却立即仰头狂叫一声，坐倒在地，拼命挥舞手掌。只见整个手掌冒起一股黑烟，黑烟之下血肉模糊。

原来金筒被长孙无忌揣在怀里，随着尸体被烤焦，滚烫的油脂覆盖在金筒上，温度极高。就这么一瞬间，炙热的金筒把李云当整个右手都烫烂了！

李云当痛得几欲昏厥，在地上疯狂地滚了几下。幸亏心中的执念让他又瞬间清醒过来。他强忍剧痛，左手从长孙无忌尸体上扯下一块布，胡乱将金筒一裹，塞进怀里。

好了！无论如何，他拿到了！波斯王族最后的希望，神遗之地永恒的秘密，终于都掌握在自己手里了！

李云当兴奋得一时忘了疼痛，忘了周遭的大火，却听噼里啪啦一阵响，他刚刚砸开的那个洞越烧越大，终于导致整个屋顶裹着熊熊烈火垮塌下来！

李云当看着向自己砸下来的漫天火焰，长长叹了口气。不知为何，这一瞬间他突然觉得全身放松，双手交叉在胸前，闭上眼睛，静静地等待死亡将自己带到彼岸……

突然身体一紧，李云当被长孙绮死死抱住，巨大的冲击之下，两人直飞出去，摔在须弥台之外。

"你……"

啪！长孙绮一个响亮的耳光扇在李云当脸上，打得他精神猛地振奋。两人一起撞在须弥台侧面的栏板上，砰的一下撞碎了栏板，滚入须弥台下方的空洞内。

"你……"

"屏气！"长孙绮又一记耳光，打得李云当耳朵嗡嗡作响，张嘴拼命吸了一口气。热浪把烟尘往上卷，须弥台下方还残留着一些新鲜空气。李云当吸入两口，顿时觉得肺里的剧痛稍减。

砰！

须弥台被塌陷的屋顶和桅杆砸得剧烈震动，但因为是整块檀木雕出来的，又硬又厚，已经七零八落的屋顶根本砸不破它。

"我们……"

"撑住！"

这次长孙绮来不及打他了，双手双脚紧紧撑住须弥台下的格子，将自己的身体固定住。李云当赶紧学她的模样，用手脚撑起身体。

他刚固定好身体，只听周围啪啦啦、啪啦啦一阵乱响，须弥台虽然撑住了屋顶和桅杆，被灼烧已久的楼板却撑不住，一块接着一块崩裂。

"我……"

"吸气！"

啪啦！

随着一声爆裂般的巨响，须弥台下的楼板整个断裂，带着两人和须弥台向下一层塌去！

李云当眼睁睁看着楼下的地板朝自己扑来，早已失去任何思索的能力，只是本能地死命贴在须弥台下的格子里。

轰！

须弥台结结实实砸在第三层的楼板上，整个楼板猛地一跳，气浪和飞弹起来的碎屑劈头盖脸射在两人身上，划出无数道血淋淋的口子。

但现在根本没有时间逃脱或者躲避，甚至连动一根指头的机会都没有，重逾千斤的须弥台直接砸破了第三层楼板，轻易得像捅破一层纸，带着两人和第三层的楼板继续向下坠去！

"去你娘……"

李云当眼前已是一片血红，什么都看不清楚，感到自己像一只夹在两块巨石之间的老鼠，马上就要被活活挤成肉泥。他一丝气都透不出来，只在脑子里疯狂地乱骂着。

突然，一只柔软温暖的手抓住了他的手，李云当心中一颤，刹那间什么也不知道了……

楼船崩溃了！

楼船上方传来惊天动地的响声，巨大的撞击声接连传来。楼船还没有完全拐过前面的滩涂，就已半歪斜地搁浅。随着撞击声的持续，冲天的火焰和烟尘四散蔓延。

第一层甲板上的人疯狂地尖叫着，接二连三地想跳上江岸。但他们已经错过了最后的机会，此刻船身靠近滩涂，这些人跳下数丈高的船体，砰砰作响地摔死在乱石之中。

更多的人还没来得及跳，从上面一路坍塌下来的楼板就将他们掩埋，继而被烈火包裹。其中好几人奋力推开遮挡他们的木板，勉强把身体探出来，就再也不能动弹，被火慢慢地烧成了焦炭。

随着上面四层楼阁全部倒塌，这艘隋炀帝所建、数易其主的楼船，终于走到了生命的最后时刻。火焰和浓烟裹挟着它，狂风和江水持续推搡着它，它再也支撑不住，慢慢倾斜，慢慢下沉……

江面上飘满了碎木、帆布，还有数不清的尸体。因为有滩涂的影响，这一片形成了回水函，水在此盘桓，生出无数旋涡。

这些尸体、碎木便随旋涡打着转，围绕在尚未完全沉没的楼船周围，似乎舍不得离去。

水里有些人还没死透，在这些漂浮着的乱七八糟的东西里拼命挣扎着、呼叫着，抓住一切他们能抓住的东西。

两艘小船这时冒险驶入这片水域。但是当呼救者游向小船时，等待他们的不是救援，而是一柄冰冷的长枪。

被刺中的人根本来不及出声，就被长枪往下一推，按入水中。等到长枪那端的人不再挣扎，持枪者才收回长枪。船上的四个人继续往前划，向下一个活着的人驶去。

片刻工夫，他们就悄无声息地干掉了十几名幸存者。船头的人环顾四周，耐心地找寻目标。

突然，水里扑出一个人。那人刚冒出水面，就拼命往外哇哇吐水，胡乱抓住一具尸体，尸体沉了下去，他又仓皇扑腾，终于抓住一块木板，总算稳住了身体。

站在船头的王成微微点头，船无声无息地向那人驶去。那人疲惫地趴在木板上，身旁的楼船仍在噼里啪啦地燃烧、坍塌，根本没留意到近在咫尺的危险。

船上一名士兵举起长枪，对准那人后背，就要狠狠扎过去。突然，那人一回头，看见了船上的人。

"动手！"王成低声喝道。

"王成！"那人兴奋地大声喊了出来，"你他娘的……"

"将军？"王成蒙了，然而眼角一瞥，看见那士兵正手持长枪朝张谨言心窝扎去！

"啊！"王成狂叫一声，不顾一切地往前猛扑，抢在枪尖扎中张谨言之前砰的一下压断了枪身，自己也扑通一声落进水里。小船上顿时一阵大乱……

等到众人终于把张将军、王校尉拉上小船，只听身后咕咕声不停，水面剧烈动荡，楼船整个倾侧、沉入了水中，掀起的浪头和旋涡把周遭的一具具尸体也拖入冰冷的江底……

张谨言趴在船头，浑身哆嗦着，心惊胆战地看着水面上的一切渐渐沉没消失，老半天一句话都说不出来。

他身后的王成抖得比他还厉害，拼命捂住嘴巴，不让张谨言看出自己的恐惧。刚才那一枪要是没收住，自己怕就要就地问斩，与长孙老匹夫一起永生永世埋在这江底了……

此时，另一艘小船绕过楼船沉没的地方，朝这边划了过来。

王成道："都杀完……咯咯！你们赶紧靠岸！"

王成立即感到张谨言狐疑警惕的目光投在自己身上，一时间心口乱跳，额头上暴出一层细密的冷汗。

却听对面船上的人喊道："将军！我们抓到了两个人！"

张谨言一下跳起来："谁？"

那士兵兴奋地道："长安景寺逃脱的那两人！"

ASSASSIN'S
CREED

刺客信条

长安望下

碎石 著

中信出版集团 | 北京

第十八章

咚……咚……

这是垂天阁的钟声。钟声像是闷在锅里，发不出来，即使就在垂天阁下，也听不分明。

然而在毗邻垂天阁的山谷对面，这声音仿佛被长长的谷地吸了进去，又从狭窄的谷口吐出来，虽然依旧低沉，却绵绵不绝，在耳蜗里形成一种特别的震动。

躺在山坡上的长孙绮，不仅耳朵里嗡嗡地回响着钟声，整个身体都似乎跟着山体微微颤抖。她闭着眼睛，享受着这一天里难得的放松时刻。

呜……呜呜……

牛角号吹起来了。这种在牛角后加了近一丈铜管的长号，吹起来声音特别沉闷，稍不留神就听不见，但她的身体已经不由自主地跟着颤抖起来。

长孙绮一下翻过身，伏在草丛之中。她从晃动的草叶间望出去，只见不远处一朵红云正飞速飘来。

一根铁索，一头固定在垂天阁的第三层，一头固定在这片山坡下的一座草亭里，距离长孙绮不到二十丈。

高昌公主身着一袭红衣，在狂风中翻飞着，像一团红云，更像一团火焰，浑如无骨，沿着铁索一路飘然而下。

那铁索虽有小儿手臂粗细，但隔得远了，在碧蓝无垠的天幕下根本看不清。是以每当高昌公主这样飘忽而下时，途经的旅人总要目视跪拜，以为她真的是火神降临凡尘。

由于隔着深深的峡谷，加上这片山崖四面都是绝壁，寻常百姓很难上来。这草亭也不知是谁建造。每半年左右，高昌公主会在十五日这一天，孤身一人来这里。总要等到月上中天，她才悄然无声地回到垂天阁。

今天早上，长孙绮借着买食物的名义出了门。她不敢走铁索，穿过深谷的风太大，能把她直接刮到天上去。她绕了一条老长的路，花了一个多时辰勉强下到谷底，又花了更长的时间才攀到草亭旁。

此刻可万万不能被师父发现。长孙绮伏在自己提前挖好的坑里，用草和泥土掩盖好，静静地等着。

高昌公主下了铁索，顺着一条石阶而上，缓缓走入草亭。她的目光偶尔扫过草堆，长孙绮一颗心怦怦乱跳，脑袋埋在草堆里，一动也不敢动。

过了好久，长孙绮才偷偷抬起头。只见高昌公主在草亭正中，面朝谷口的方向寂然独立。看来她并没有发现自己……长孙绮松了口气。

师父要等谁呢？谷口是正西方，她要等故国的人吗？

然而高昌国早已灭亡，故城被侯君集夷为平地，另在三十里外建城，为安西都护府。过了这么多年，还有故人来访吗？

长孙绮调整了一下姿势，耐心等着。

不知过了多久，长孙绮的眼皮止不住地打架，脑袋一点一点的……她忍不住打了个哈欠，打到一半，骤然惊觉，忙把剩下一口气吞了进去。

她抬头看去，师父仍站在原地不动，甚至连姿势都没改变一下。她像一根石柱，面对西方……极遥远极遥远的西方，穿过漫长的深谷，穿过无边无际的荒漠……一轮浑圆的红日正缓缓沉入地平线。

红日的位置比这山坡、这草亭要低得多，所以阳光从下方投射上来，照亮了草亭内部。高昌公主凝固一般的身体被光线勾勒出一圈明亮的金线。随着红日一点一点往下沉，这些金线像活物一般一点一点往上爬着……

突然之间，一种彻骨的寒冷爬上长孙绮的背脊，六月炎热的天气之下，她竟忍不住打了个寒战。她眨了眨眼睛，感觉脸上有一丝冰冷，伸手一摸，却是一行泪水。

怎么了？长孙绮呆呆地看着自己的手。忽听高昌公主的声音传来："绮儿。"

"是，师父！"

长孙绮刚一开口，吓得赶紧用手捂住嘴巴。片刻，她垂头丧气地站起身，走到草亭里。

"师父……你一早就发现绮儿了，是不是？"

"为师问你，拜师第一天教的是什么？"

"是……出手之前，隐藏自己。"

"第二天教的是什么？"

"永……"长孙绮胆怯地看了高昌公主一眼，她的姿势没有丝毫改变，仍对着西方站立。

太阳已经完全沉入地平线之下，它落下去的地方血红一片。往上的地方，红色慢慢变成黄色，继而是绿色，再往上，到天幕三分之一的地方变成了藏青色……

"永远要清楚自己的位置……"

"那你翘着屁股趴在草丛里做什么？"

长孙绮转头看了一眼铁索，羞愤地低下头。高昌公主从那么高的地方一路下来，自己居然趴在草丛中让她一览无余。如果是对手，早就一箭射穿自己了……

"师父……"长孙绮委屈地嘟着嘴巴。

"嗯？"

"你早看见了，为什么不出声呵斥绮儿？"

高昌公主淡淡一笑："你不就想看看为师要做什么吗？"

"嗯……"

"你看见了什么？"

"绮儿看见……"长孙绮想要说什么，却突然卡住。她嘴巴张了半天，也没说出一个字来。

"你看见的不是为师。你看到的是一个亡国未死之人。"高昌公主转过头来，看着长孙绮，"你记住，师父是个亡国未死之人。"

长孙绮被高昌公主眼睛里的寒光骇得浑身僵硬，垂着脑袋一动也不敢动。高昌公主的手摸到她的下巴，手冷得像冰块，激得长孙绮一哆嗦。

"抬头看我。"

长孙绮鼓起勇气，稍稍抬头，顿时吓了一跳。高昌公主两只眼睛瞪得滚圆，豆大的眼泪一颗一颗往下垂落，扑簌簌地落在长孙绮的衣襟上。

"师……师父……"

"我是未死之人，我是无姓无名之人。"高昌公主怔怔地说，"有一天，我会化作一团火、一堆灰，烟消云散……你会不会忘记我？"

"不会……"

"啊？"高昌公主的眼神在长孙绮脸上游移，平生第一次有些惊慌，"可你知道，为什么我这亡国之人不肯死去吗？"

长孙绮老老实实地问："为什么啊？"

"因为，我奉长孙皇后之命，在这里等你。"

长孙绮从深不见底的梦里慢慢醒转。她稍微一动，身边立即响起一阵叮叮当当的声音。

长孙绮睁开眼，眼神呆滞地看着手上的铁链。一束橘色的光不知从哪里射来，照在铁链上，映得铁链忽闪忽闪的。长孙绮的目光捕捉到这跳跃的闪光，一时间心中迷迷瞪瞪，什么念头都没有……

周围忽然猛地一震，长孙绮整个身体都弹起来，又重重摔下来。只听外面有人大声惨叫，立即又有人怒骂。不知多少人跑来跑去，纷纷攘攘地乱成一团。

这一震，把长孙绮震清醒了些。她徐徐地长出一口气。

这是一辆本该奢华的宽大马车，但此刻马车里什么都没有，只在地板上铺了厚厚一层被褥，长孙绮就躺在被褥上。

车厢的窗户和门上蒙着厚厚的布，车厢内本该一片漆黑。但经过长达半个月的奔波，每天超过数十里的狂奔，车体已被震得快要散架，到处都是裂缝。这些裂缝处透进来一束束阳光，长孙绮有些贪婪地望着阳光发呆。

从光束几乎与地面平行的角度来看，太阳已快要落入地平线之下了。这么说，已经离开了延绵的山区，进入平坦的关中腹地……或许，就要到长安了吧。

她略一动弹，到处都在叮叮当当地响。她的四肢都套着铁链。铁链固定在车厢的四个角落，把她扯成一个大字。

身体的感觉渐渐复苏，长孙绮立即感受到浑身上下无一处不疼痛难忍。她咬着牙撑起半边身体。然而手被铁链系着，如果坐直了身体，两只手就不能撑地，只能以一个别扭的姿势往后仰着坐。

长孙绮撑了片刻，就重新躺下，抬起双脚。扣着脚踝的铁链也刚好让她的腿只能抬起一半。

这是计算好的长度，让她无论如何也没法正常发力，最好的姿势就是躺着，连翻身侧躺都有一只手被向后拉扯，不能长时间保持。

长孙绮叹了口气，放弃了挣扎。只听外面继续闹腾着，车子不停晃动，有人咚咚咚地敲打。看来刚才路过一个大坑，把轮子折腾坏了。

李云当呢……长孙绮头脑中浮现出那张时而嚣张、时而可怜的脸。记忆中最后一个画面，是被须弥台撞穿的船板，以及随后扑面而来的水……

他……已死了吧？

正想着，外面传来一阵欢呼，似乎轮子修好了。有人骂骂咧咧地催促着，马匹打着响鼻。车身摇晃了一阵，终于再次开始骨碌碌地往前行驶。

又不知行驶了多久，听见外面有人大声呼喊，车再一次停了下来。有人上前打开车门，探头探脑往里看，另一人低声解释。

"长孙家的？"

"是。"

"验明正身？"

"是，张将军的文书在此。"

"待我勘验……"

"您受累……"

长孙绮闭着眼睛，什么也懒得管。两人爬上车，凑近了她看。长孙绮突然睁开眼，猛地想要挺起身。那两人吓了一跳，然而长孙绮立即无力地倒下，眼睛一翻，半昏过去。

其中一人怒道："娘的，吓死咱家！"

另一人忙赔笑道："您瞧，吃了散骨粉的，一点力气都没有，已经是个废人了！"

先前那人哼了一声："仔细点，这可马虎不得！"

"是、是，小人身家性命可全在这上头呢，错不了！"

两人再不说话，跳下了车。外面传来一阵沉重的大门推开的声音，车身震动着继续往前。

车子过了一重又一重大门，不同的人上来检查了一次又一次，长孙绮再也没做任何挣扎，闭着眼由着人看。

她心里默默数到第七重门，车子向一侧拐弯。片刻，不知停在了哪处院子里。车子四个角落同时砰砰砰响起敲打声，跟着轰的一声响，两侧的车厢板同时被放倒。

八名禁军上前，把垫着长孙绮的木板哗的一声拖了出来。木板下还嵌着一块铁板，铁链穿过木板固定在铁板上，任谁也无力挣脱。

两名宫女将一层被子盖在长孙绮身上，八名禁军抬起木板，一路稳稳当当地抬入了一座偏殿。

禁军将木板放下，立即退了出去。六名宫女围了上来。

长孙绮本来闭着眼睛，忽然感到手臂和腿上一凉。她骤然一惊，睁眼一看，却见四名宫女一人拿着一把大铁剪，咔嚓咔嚓剪开长孙绮的衣袖。同时，另两名宫女手脚麻利地解开长孙绮的衣带。

没等长孙绮反应过来，六个人各自抓住一端衣服，用力一扯，顿时将她的衣服扯得精光。

长孙绮尖叫一声，用力挣扎，手脚却根本没有力气，况且铁链把她紧紧拉住，没有任何反抗之力。

长孙绮怒道："放肆！你们做什么？"

这六名宫女都穿着白色麻衣，简单梳了个发髻，没有任何饰物。一名宫女向长孙绮躬身行礼，不卑不亢道："奴婢陈氏，与这些姐妹是宫中掖庭侍候，奉命为娘子洁身，得罪之处，娘子勿怪。"

说着一挥手，两名身材粗壮的宫女端着两桶水，哗啦一下泼在长孙绮身上。

陈氏宫女立即叱责道："你们做什么？她现在还不是犯妇，不得无礼！"

两名宫女忙躬身道歉，陈氏宫女一挥手，宫女们都膝行上前，洗头发，擦身子，有条不紊地忙碌起来。

长孙绮一开始还挣扎，渐渐也放弃了抵抗。这半个月日夜兼程地赶路，连吃饭解手都在车上，早就脏死了。况且对方还是很小心地用温水擦洗，她只得把眼睛一闭，任她们忙去。

她的头发完全搅在一起，负责洗头的两名宫女用了三桶热水，慢慢冲慢慢梳，才把头发梳洗干净。

擦洗身体的宫女碰到她的手腕，长孙绮疼得倒抽一口冷气。陈氏宫女立即道："停。"

她凑上来检查，发现长孙绮四肢都被铁链磨破，特别是手腕处，伤口都已发炎，有些白花花的腐肉露了出来。她轻轻触碰，长孙绮咬紧牙关，再不发一声呻吟。

陈氏宫女道："不能用水，用干净的布一点点擦干。"

"是。"

"你，去拿万年消瘟散和金润膏来。"

一名宫女紧张地道："大娘，金润膏可是娘娘御用的……"

陈氏宫女平静地道："那也是尚药局的，你自去拿，我自会回禀娘娘。"

那宫女躬身行礼，匆匆跑开。

另一名宫女拿来干净的布，陈氏宫女亲自坐下，一点一点给长孙绮擦拭。偶尔用力稍重，长孙绮微微一抖，她便减轻力度。脚踝处的伤口不严重，她很快擦完。

此时宫女已经将两种药拿过来。陈氏宫女取了一柄小刀，在烛火上烧了片刻，对长孙绮道："要含着布吗？"

长孙绮摇摇头。

陈氏宫女在她摇头的一瞬间，飞快地一刀挑出一片白色腐肉。长孙绮浑身绷紧，硬气地决不发出声音。

陈氏宫女赞赏地看了她一眼，下手如飞，迅速把她的伤口清理干净。陈氏宫女把两种药膏慢慢敷在伤口上，长孙绮才猛地喘了口气，身体慢慢放松下来。

药膏带来极为清爽的感觉，疼痛似乎减轻了很多。陈氏宫女再用干净的布把伤口包扎起来，并细心地把铁链也用布包住，即使再碰到伤口，也不至于磨得太狠。

经过半个时辰的清理，长孙绮从头到脚洗得干干净净，连木板都擦干了。众宫女拿来衣服为她穿上。

为了绕开铁链，众宫女把衣服剪开，套上手足后，再用线一一缝合，居然也不嫌麻烦。

陈氏宫女为长孙绮梳了一个简单的发髻，命人拿铜镜给长孙绮看看。

长孙绮看见镜子里的人，消瘦、苍白，还有两个巨大的黑眼圈。

陈氏宫女给她抹了些面脂，把两侧面颊擦得红润些，再用面脂替代口脂抹在唇上。长孙绮用力抿了抿嘴唇，感觉干裂的唇有些润泽了，便向陈氏宫女感激地笑了笑。

殿前响起敲门声，门开了，王成领着八名禁军走了进来。

陈氏宫女上前躬身行礼："王校尉，已准备妥当。"

王成一挥手，八名禁军上前就要抬起木板，陈氏宫女忽然道："王校尉，请稍等。"

陈氏宫女不顾王成的错愕，拿过一张披巾叠好，垫在长孙绮脑袋下。

"王校尉，请。"

王成默然地一挥手，禁军上前抬起木板就走。

众宫女都拥到门口，看着外面四十名禁军在周围警戒，把抬着长孙绮的木板塞进一乘步辇，簇拥着向大兴宫内部走去。

"都散了吧。"陈氏宫女一挥手，众宫女立即垂手退下。她望着远去的长孙绮，良久，才叹了口气。

步辇轻轻摇晃着。这是与马车全然不同的摇晃，没有车轮硌地的颠簸，而是随着两排训练有素的仆役往前行走，轻微而自然地来回晃动。

这感觉对长孙绮来说既熟悉又陌生。她的每一个回到长安的梦里，都是这样躺在步辇中，靠着母亲温暖的身子，好奇地看着帷幕翻飞，外面的世界不停地变化，有时还能看见父亲骑马的身影从帷幕的缝隙间闪过……

没有风，帷幕只是随着步辇的起伏而微微晃荡，偶尔露出外面已经暗淡下来的天空和在暮色中暗沉下去的红色高墙、金色瓦当。

这是最后一次了吧？

长孙绮想着，心中突然升起一股酸楚。

尽管在路途上折腾了十来天，尽管那么艰难那么痛，她还是倔强地熬了过来。然而此刻，从头到脚换洗一新，脑袋终于不在木板上撞得生疼，冰冷坚硬的铁链也被小心包好，她却突然伤心得难以自持，眼泪一下涌了出来。

仅仅一年之前，长孙太尉在这皇城之内还是御前骑马的待遇，一人之下，万人之上，太子、亲王都必须距三丈而致礼。

然而一朝倾覆，凌烟阁第一功臣自焚身亡，长孙家阖府数千人被分隔、流放、死在异乡……这朱红的宫墙内，却一点变化都没有。

长孙绮无声地哭着。帷幕外的宫墙不知何时变成了郁郁葱葱的树木。步辇微微倾斜，往一个高处走去。

长孙绮忽然一惊，待意识到自己竟然在哭时，步辇已经停了下来。她忙要抹去眼泪，两只手却根本碰不到脸。

外面有人说着话，似乎正在报告情况，接着两个人往步辇走来。长孙绮大急，猛地身子一侧，把脸在陈氏宫女给她垫脑袋的披巾上胡乱滚了滚。

哗啦！木板被横着扯了出去，八名禁军驾轻就熟地扛着木板，走上台阶。长孙绮刚看清这是三清殿，就已被抬入了殿中。

八名禁军将木板放在两条长凳上，躬身倒着退出了大殿。大门嘎吱一声关上了。

长孙绮好不容易梳好的头发又乱了。她不知道的是，在披巾上滚过的眼泪，把脸抹得更花了。

她躺着不能动弹，只能继续望天。从大殿穹顶垂下的白色绸缎做的幡旗，把大殿内部分割成了无数狭小的空间。

　　外面的天已经完全黑了，殿内却愈加明亮。殿内光滑的地板上摆放着六百盏用琉璃罩罩着的灯，这些灯虽然小，但是多，再加上白色幡旗的反光，让大殿看起来比白日里还要亮堂。

　　风穿过开着的窗户徐徐吹入殿内，幡旗无声地晃动着。幡旗的下方都坠着一排小铜珠，跟着帷幕的晃动发出叮叮当当的轻响。

　　两名妇人走到长孙绮身旁，坐下，其中一人俯身仔细看了看她，并不说话。这两名妇人穿着青色的朝服，应是奉命进宫侍奉的三品命妇。

　　"长孙家的孩子，你叫作什么？"忽然，层层幡旗之后，有个人开口说道。她的声音平淡从容，并不大，却自然有一种凌驾天下的气势。

　　"绮。"

　　"安康县伯的孩子吗？"

　　"安康县伯是我三叔。家父……"长孙绮顿了顿，"半个月之前，还是上党郡公。"

　　"嗯，"武后说道，"原来是长孙涣家的。你父亲如今仍是上党郡公，知道为什么吗？"

　　"多谢天家仁慈。"长孙绮不咸不淡地说。

　　武后等了片刻，长孙绮却既不询问，也不求饶，连眼睛都闭着，像是要睡着了。

　　一名命妇叱道："长孙家的，回答皇后的问题！"

　　长孙绮瞥了她一眼："我不是已经谢过天家宽恕我父亲了吗？"

　　命妇还从未被犯逆之人当面顶撞过，不觉一怔，随即涨红了脸，厉声道："皇后责问，你不从实回答，以为自己那点小聪明就能救你父亲的命？"

长孙绮冷冷地道："天家所作所为，岂是我等小民可以横加干涉？天家做便做了，我长孙家的人死便死了，没什么废话可说。"

那命妇勃然大怒，一下站起身来，啪的一声，用力扇了长孙绮一巴掌："混账！死不足惜！"

那命妇还要打，一旁的命妇也站起身，想要说什么，但始终没有开口，任由那命妇啪啪啪连着扇了长孙绮五六个耳光才停下。

沙沙……幡旗后传来脚步声，两名命妇立即又跪坐下来，俯身在地。

两名宫女拂开幡旗，武后慢慢走了出来。

"蔡家的，"武后平淡地说道，"退下吧。以后不用来宫里侍奉了。"

那扇长孙绮耳光的命妇浑身一颤，怔了片刻，才用力磕了两个头，哽咽道："是……罪妇……告退！"

说完，那命妇匍匐着一路倒退到门边，捂着脸匆匆离去。

武后问另一名命妇："王家的，你说怎么办？"

王氏命妇立即行礼道："妾身敢请皇后，释放此女。"

"为何？"

王氏命妇道："长孙太尉已死，长孙家四下星散，此女并无明显反迹……皇后与天子垂拱而治，视天下万民如子。释放此女，正可彰显皇后的仁德与气量。"

"不放她，便是没有仁德与气量咯？"

王氏命妇忙叩首道："不然！雷霆雨露，皆是君恩！"

"哈哈！"武后随意一挥手，"退下去吧。"

"是。妾身告退。"

王氏命妇行礼完毕，站起身从容退了出去。

武后绕着长孙绮躺着的木板走了一圈，忽然笑了笑。

"来人。"

王成立即躬身进来："殿下。"

"放开她。"

王成一怔，忙道："殿下，此女乃刺客出身，惯会偷袭，末将等花了好大力气才制住她……"

"解开。"

武后的话语中透着极大的压力，王成额头上瞬间满是汗水，不敢再说，忙蹲下来，把长孙绮四肢的铁链解开。

长孙绮稍微一动，王成当即就去抓腰间的剑，却发现进殿之前已经解了剑，顿时又吓出一身冷汗。好在长孙绮只是随便活动了一下，仍旧懒懒地躺着不起来。

武后挥挥手，王成只得躬身行礼，退了出去。

武后再一挥手，一名宫女立即道："撤。"

不知哪里的机关活动，嘎嘎嘎的响声中，殿中所有的幡旗都移动起来，纷纷退缩到供奉神牌的那面木墙之后。殿内失去了反光，一时间暗淡了许多。

武后走回到木墙前的老子神牌前，一名宫女点着了香，她接过来随意拜了拜，交给宫女，便在一旁的几前坐下，开始抄写经书。

过了快一刻有余，长孙绮终于慢慢坐了起来。一名宫女端了一只木托放在她身旁，木托里有茶、两块蒸糕、两瓣香瓜。长孙绮毫不客气，拿过来就吃。她吃得太快，被蒸糕堵住，一时喘不过气。那宫女在她背上不停揉搓，好容易才咽了下去。

长孙绮吃完了，试着要站起来，但腿脚始终软软的，最多只能半跪。两名宫女一左一右地撑起她，才勉强走到小几前。

　　长孙绮跌坐在蒲团上，用两只手撑着身体，倔强地看着武后，既不行礼，也不说话。那两名宫女却视若无睹，退到武后身后站着。

　　武后一面继续抄写经文，一面道：“恨吾吗？”

　　长孙绮摇头：“不恨。”

　　“假的！”武后冷笑一声，“长孙无忌虽然去了，可长孙家的生死还在吾手掌之中。”

　　“我知道。”

　　“怨吗？”

　　“不怨。”

　　武后写完一张纸，拿起来看了片刻，满意地点点头。她放下笔，宫女们立即上前，撤走纸张，为她奉上热茶。

　　武后道：“你瞧刚才那两名命妇，怎样？”

　　长孙绮道：“蔡氏要保我的命，可惜失败了。王氏要害我长孙家，哼，可惜也失败了。”

　　武后瞧了长孙绮两眼：“看不出，你小小年纪，眼光倒是挺准。那你说蔡氏失败在哪儿？”

　　长孙绮道：“我长孙家与天家之间的恩怨，岂是出一时之气就能化解的？”

　　武后立即沉下脸：“放肆！”

　　长孙绮叹口气，垂下脑袋。

　　武后等了片刻，又道：“你又是为何认为王氏失败了？”

　　长孙绮冷笑一声：“她要皇后行仁德，若皇后不肯，那我长孙家就彻底完了。若是皇后准了，岂不是假皇后之仁德，助自己之名声？这等微末伎俩，皇后岂会看不出来？蔡氏当面使诈，宁肯自己声名受损，也要救别人。她倒好，为自己邀功，损皇后之名，哼！"

武后哈哈大笑："吾本已打算饶了她，你这么一说，倒是没法子了。王氏的夫君是谁？"

一名宫女轻声道："回皇后，是国子监祭酒李吉。"

"传吾的旨意，着李吉为燕然都护府长史，即日起行。念他在国子监多年，特命家眷跟随，非宣不得入关，替吾多看看塞外的落日与飞雪。"

宫女行了个礼，转身出去了。

长孙绮嘴巴上虽然不说，脸上却露出笑容。武后喝了口茶，慢条斯理地道："吾以前见过你。"

长孙绮一惊，以为自己潜入三清殿那日被看到了，却听武后说道："十二年前的中秋节，先太宗皇帝在甘露殿宴请重臣，你们长孙家就坐在群臣首位。女眷坐在第二排，你那时小小的，却跑到第一排来。先太宗皇帝瞧见了，说你最像长孙皇后，赐了你一对玉环，多少人羡慕呢……"

这一幕长孙绮完全不记得了，不禁露出茫然的神色。

武后道："你自然是记不得吾。那时吾只是先太宗皇帝的一名不起眼的才人罢了，与姐姐们远远地站着，瞧见你手捧着玉环，小脸和玉一样光彩照人……"

武后想起往事，有些出神。长孙绮却大为尴尬。早就听说武后最嫉恨有人提到她曾是先太宗妃嫔一事，谁知今日她却自己随口说出，似乎并没有什么顾忌……

她偷偷瞧那两名宫女，宫女脸上的神色没有丝毫变化。她暗中舒了口气，也当作什么都没听见，什么都没发生。

武后定了定神，继续道："上月里，袁公瑜到了黔州，上奏朝廷说你阿翁畏罪自缢。呵，这也就是给天下人一个说法，其实怎么回事，你我都清楚。他们总怕你报仇，要杀了吾。你会杀了吾吗？"

长孙绮看着武后，脑子里一片混乱。

她曾经无数次想过自己会不会死，怎么个死法，长孙家会怎么样……无数次想过会被审讯，被下旨叱责，被押解出京，流徙三千里……

却从未想到，竟然是武后亲自提审……讯问……请喝茶！

她猜不透这一切，片刻之后，有些呆呆地说道："我不知道。"

"你怕杀了吾，长孙家会为此陪葬吗？"

长孙绮摇摇头。

"那是为什么？"

"因为……因为阿翁死后，我想不到杀你的理由了。"

武后一怔："杀人还需要理由吗？"

长孙绮用力点了点头。

"若是有理由，你想杀吾吗？"

"想！"

"那你便自个儿琢磨吧。"武后站起身，向殿门走去。她在殿门站住，仰头思索片刻，问长孙绮："你在宫中，有认识的人吗？"

长孙绮一下想到徐明，话到嘴边，却变成了："没有……只是刚才为我梳洗的那位宫人，我很感谢她。"

武后不再说话，转身离去。

第十九章

　　长孙绮坐在大殿内，兀自发呆。殿门忽然开了，陈氏宫女进来，向她行礼。

　　"妾身奉命侍奉娘子。"

　　"欸？"

　　"娘子请这边。"陈氏宫女道，"已经为娘子准备了厢房。"

　　长孙绮看着她，茫然地点了点头。陈氏宫女一侧身，四名内侍抬着一乘步辇走进来，将长孙绮扶着坐在步辇上。陈氏宫女当先领路，一行人抬着长孙绮出了三清殿。

　　四名宫女各提一盏灯在前方引路。一行人走过三清殿前蜿蜒的小路，走出了大兴宫。出了宫门，立即向右转，沿着宫墙走了不到一里，穿过一片茂密的竹林，来到一座小院前。

　　长孙绮没有想到，在这大兴宫旁边，竟然有这么一处曲径通幽的小院。而且看房屋院墙的形制、用料，墙是灰墙，瓦是泥瓦，都不是宫中应有之物，而是民间格局。

　　小院的大门虚掩着，门上有一块粗糙的牌匾，写着"微音"二字。

　　宫女上前推开门，引着众人进去。这院子像是许久无人居住，院内本是青石地砖，此刻也长满杂草。

院子是两进两厢的格局，此刻正有十几名内侍在房间里打扫，其中一人见到陈氏宫女等到来，一溜烟小跑过来，不停躬身行礼。

"小的见过陈典宾！"

"收拾妥帖了吗？"

"回陈典宾，中屋已经收拾妥帖了，还有两间厢房，一会儿就好！"那内侍赔着笑道，"敢问陈典宾，小的们该按哪个规矩侍候？"

陈氏宫女道："按郡主的规矩，八名宫女、四名内侍。"

"是、是！不知主子是……"

陈氏宫女冷冷地道："唯有此事不许问、不许说。这是皇后的旨意。"

那内侍吓了一大跳，赶紧拼命扇自己耳光，道："是、是！小的糊涂！小、小的这就去催着！"

内侍屁滚尿流地跑了，陈氏宫女一挥手，一行人径直抬着长孙绮进了中屋。

这座房子外部虽然不像宫廷那样庄重，内部却截然相反。长孙家也算当世第一权贵之家，但长孙绮觉得这房子里所用之物一点也不比自己家的差。她心中更是惊疑，不停打量。

宫女们将她扶着坐下，而后各自有条不紊地打理着。陈氏宫女站在长孙绮身旁，为她倒茶。

她见长孙绮目光茫然，便道："这儿是皇后自感业寺还俗后的暂居之所。"

"啊！"长孙绮一下要站起来，但双脚酸软，又立即坐了回去。

陈氏宫女道："娘子不必多想。这是皇后亲自下的令，娘子安心住下便是。说起来，这儿快有十年无人住过了，须得仔细收拾。娘子暂且忍耐几日。"

正说着，一名宫女快步走进来，说道："陈典宾，人带来了。"

"快请进来。"

长孙绮正奇怪会有谁来，却见一名宫女搀扶着一瘸一拐的唐玉嫣走了进来。一看到长孙绮，唐玉嫣的眼圈顿时红了。

"客官，里边请！"

长孙绮跳下马，揭下戴着的纱笠。一脸谄笑的小二看清了她的脸，转身就跑，随即被长孙绮一把抓住，轻轻一用力，小二惨叫着跪了下去。

周围的人不明就里，但被长孙绮杀气腾腾的眼睛一瞪，都纷纷闪避。

"怎么？不欢迎客人？"

"长孙娘子！我的祖宗！"小二痛得哭天抢地，"您当小的是个屁，给放了吧！"

长孙绮冷哼一声，径自走进叠翠楼的大门，直接穿过人群，往二楼走去。楼梯刚上了一半，十几个伙计就拥上来，堵在二楼楼梯口。

"怎么？"长孙绮冷冷地问，"不做生意了？"

"叠翠楼不欢迎你。"当先的一名伙计说着做了个手势，"请。"

"我今儿还就看上这里了。"长孙绮手一翻，匕首在手掌上转了个圈，"有本事就挡住本娘子。"

伙计眼睛一寒，周围几名伙计同时拔出短刀，楼道上顿时杀气腾腾。

"长孙娘子，"那伙计冷着脸说道，"上次您在这里留了几具尸首，我们叠翠楼差点关门大吉。今儿您又想怎样？"

"喝酒啊，怎么，你们不做生意了？"

"我们叠翠楼面子小，不敢做您的生意。"

长孙绮扑哧一笑："今儿不做生意，你信不信以后都别做了？"

"你们长孙家以前是能在长安横着走，"那伙计冷冷道，"可现在……"

话音未落，楼下一阵闹腾，却是十几名穿着青衣、戴着巾子的内侍冲了进来。当先一人尖着嗓子喊："谁敢对长孙娘子动手？吃了豹子胆了？"

那伙计一怔，领头那人穿的是绯色，竟是名四品的宦官。宫内这样的宦臣，已经有侍奉皇帝陛下的资格了。从来没想到长孙家的人居然有宫里的人撑腰。不是传言长孙家已经彻底失势了吗？

伙计偷偷一挥手，身后的人忙不迭地收回兵刃，不由自主往后退了几步。

长孙绮回头怒道："谁让你们跟来的？回去！"

那宦官躬身行礼，脸上赔着笑，说道："长孙娘子，陈典宾吩咐了，您在哪儿，奴才们就在哪儿。"

长孙绮道："好呀。我本来想在这儿喝酒，但店家拿刀拿枪地不许我进去。"

那宦官顿时大怒："谁敢？儿子们！给咱家砸了这破店！"

一众内侍顿时大吼起来，掀桌子的掀桌子，踹门窗的踹门窗，甚至拖着楼下没来得及走的客人一通暴打，店内顿时乱作一团……

只听楼上咚咚咚地响，老板一路小跑过来，那伙计凑在他耳边说了两句。老板转头看见长孙绮，反手一巴掌把那伙计扇翻在地。

长孙绮冷冷一笑。

"心疼了？"

"一点也不，"老板正色道，"让长孙娘子不开心，这店就该砸了。"

说着老板快步走下楼梯，对那宦官笑道："中使费心了！这店早就该砸了！"一边说，一边把一锞锞的银铤往内侍们手里塞。

内侍们拿了银铤，都看着领头那名宦官。他瞧也不瞧老板一眼，转头看长孙绮。

长孙绮笑了笑："行了，大伙辛苦了，留着吃酒吧。"

领头宦官便尖着嗓子道："长孙娘子说了，请儿子们吃酒！"

众内侍一起拱手："谢娘子！"

老板立即道："快收拾收拾，上咱们叠翠楼二十年的箬下春！"

吓得屁滚尿流的伙计们赶紧上前收拾残局。老板笑嘻嘻地请领头宦官入座，领头宦官白了他一眼："别在咱家这老货面前晃悠，好好侍候长孙娘子去！"

长孙绮推开那扇门的时候，虽然知道李云当不会在里面，但看到里面空无一人时，还是略呆了片刻才走入房间。

包厢已经收拾干净，之前打斗留下的血迹再也看不出来，各种家具器物也全部换了新的。长孙绮有些想笑，老板和伙计们大概恨死自己了，真是来一次，砸一次。

哼，管他们怎么想呢？

现在武后明摆着既不让自己逃走，也不让任何人动自己，就像是在圈养一只鸟儿。她究竟在想什么？

休养了几天，长孙绮的体力渐渐恢复。这几天来，她和唐玉嫣猜测了无数种可能，可仍然一筹莫展，完全猜不透武后的目的。所以，她只能赌一把。

赌李云当还活着。

今天她出门的时候，陈典宾一句多余的话都没说。但她走出门，立即就有十六名内侍紧紧跟着，其中至少四个人的功夫很硬，却故意伪装成普通内侍。除此之外，这条街四周不知道还有多少人在盯着呢。想走，除非升天。

老板亲自膝行进房，奉上酒水和菜肴，又倒退着出去。长孙绮忍不住苦笑。没人知道武后要做什么，就更没有人敢招惹自己。从今天开始，自己的名声只怕比长孙无忌本人在世时还要响亮。

怎样才能脱身去找李云当呢？

长孙绮想得头疼，端起酒杯，喝了一杯又一杯。这会儿反而是最放松的时候，不知不觉喝得酒劲上了头，天地好像都在绕着自己旋转，她不觉吃吃地笑了出来。

啾……啾啾……

窗外传来一声声鸣叫，长孙绮茫然地转头看去，只见一大群鸟扑棱棱地朝堤坝边那片柳林飞去。堤坝上许多小孩跑来跑去，手里扬着的各色纸鸢晃晃悠悠飞上天。在数十只纸鸢中，有一只纸鸢最大，飞得最高。风吹得它侧过身来，露出了腹底绘着的绿色茶花。

长孙绮的眼睛慢慢亮了起来。

陈典宾走进前院，院子里几名宫女立即向她行礼。陈典宾挥挥手，宫女们继续收拾花木，洒扫庭院。

一名宫女走到陈典宾身旁，低声道："陈典宾，一切如常。"

陈典宾点点头，继续走向后院。还没走到院门，听见里面长孙绮和唐玉嫣哈哈大笑。

"什么事，娘子这么欢喜呢？"

陈典宾走进后院，却见长孙绮正站在院中，拉着一根长长的线，线的一头是一只纸鸢，纸鸢身下画了一朵茶花，却是用绿色勾画的，被唐玉嫣捧在手里。

长孙绮瞧见陈典宾进来，立即笑着招手："陈姐姐，快来！帮我弄一下！她呀，老是弄不好！"

唐玉嫣苦笑道："小姐要我跳起来放，我哪儿成呢？"

陈典宾忙接过纸鸢，笑道："唐姐姐腿脚不方便，还要将息一阵子才行呢。奴婢来陪小姐玩儿。"

长孙绮拍手道："好呀！你等我说放，就放手！"

陈典宾举起纸鸢，长孙绮抬头等了片刻，见院子边上的竹林被风吹得哗啦啦响起来了，就赶紧往前跑，口中喊道："放！"

陈典宾把纸鸢用力一抛，长孙绮拉着纸鸢继续跑。眼见她就要跑到院墙边上，纸鸢还没升高，长孙绮纵身跃起，跳上了院墙。

陈典宾叫道："哎呀，小心！"

长孙绮在院墙上奔跑着。她没有梳发髻，只用一根红绸扎住头发，身穿一袭红色长裙，长袖飘飘。太阳照亮了她，她像一团火，在院墙之上跳跃着。

院子里的宫女、内侍纷纷惊呼，扔下手中的活计，跑到院墙下方。但长孙绮跑得很快，从一面墙跳上另一面，从一个屋顶跳到另一个屋顶，下方的人根本追不到她。

呜……呜呜……

一声号角吹响，院子外面的林子里突然哗啦啦涌出一大片身穿黑衣、手持兵刃的人。这些人分作两队，朝院子两端拼命跑去，务必要在长孙绮跑到前院院墙前把整个院子围起来。

陈典宾脸都青了，挥手叫过一名宫女，急切地道："叫他们走！快！"

那宫女答应了，匆匆跑开。唐玉嫣对周围的号声、脚步声充耳不闻，笑道："别担心，她摔不下来呢。"

"是……我是担心……我不担心呢……"

陈典宾乱七八糟地应着，眼睛只死死盯着长孙绮，却见她在院墙上绕了一周，又噔噔噔地跑回来。此刻纸鸢已经升得很高了，长孙绮哈哈大笑，叫道："陈姐姐！看！"

纸鸢越过竹梢，被猎猎的风带着，已经爬升到接近五六十丈的高度。

院墙外的黑衣人眼见长孙绮又蹦蹦跳跳地跑回去，都有些发呆，一起抬头看纸鸢。忽然一名黑衣人猫着腰跑来，边跑边低声喊："回去！都回去！"

黑衣人立即无声无息地钻回林子里。

陈典宾道："小姐，放得真好！"

长孙绮得意地哈哈大笑。

忽听呼的一声，风瞬间变大，吹得纸鸢哗啦啦地响，似乎要挣脱而去。长孙绮赶紧用力拉扯线轴。

陈典宾喊道："小姐！快松一下，小心崩断了线！"

长孙绮却充耳不闻，更加用力拉线。线撑不住，终于崩断，在众人的惊呼声中，纸鸢乘着风高高地飞起，很快又打着旋落下，不知落到哪一家院子里去了。

长孙绮望着纸鸢坠落的方向发呆，陈典宾看她站在院墙上摇摇晃晃的，随时像要跌下来，紧张地道："小姐，您快些下来，奴婢这就叫人做纸鸢，做更大更好的纸鸢来！"

长孙绮跳下院墙，摇了摇头，失落地走进房间。唐玉嫣给陈典宾做个抱歉的表情，也赶紧跟着跑了进去。

陈典宾松了口气，来到前院，吩咐宫女把饭菜送进去，另外严令外面的黑衣人不许再随便乱动；又令内侍在院墙外栽种高大的树木，务必要把院子全部围起来，不留一丝空隙⋯⋯

　　这天晚上，云淡风轻，一轮圆月早早升到天穹，照拂大地万物。

　　陈典宾命人在后院里摆了一席，都是些小吃食、果子酒。院子里摆着两盏宫灯，点了驱虫香，一切布置妥帖，才请了长孙绮和唐玉嫣出来。

　　长孙绮兴致还是不高，嘟着嘴只是吃东西，也不说话。唐玉嫣与陈典宾有一句没一句地聊着。

　　月亮在薄薄的云层之间穿梭，院子里就一会儿明亮一会儿晦暗。唐玉嫣问到陈典宾的故乡是荆州，顿时来了兴致，问起荆州的各种趣事，陈典宾无不一一回答。

　　长孙绮嚷嚷着有些冷，起身回房睡觉。陈典宾刚要起身跟着，唐玉嫣正在兴头上，哪里肯放她走？拉着她继续说。

　　长孙绮打个哈欠，无所谓地挥一挥手，自己往房间里走去。

　　陈典宾使个眼色，宫女阿青赶紧跟着长孙绮，进去侍候。

　　又聊了一会儿，两人正谈得高兴，忽听前院里一阵喧哗。陈典宾转头一看，吓了一跳，只见前院冒起了一片火光。

　　"哎呀！走水了！"唐玉嫣惊慌地站起来。

　　一名宫女慌慌张张地跑来，忘了行礼就要开口，陈典宾沉下脸："慌什么？没规矩！"

　　"是、是，奴婢知错！"那宫女忙躬身行礼。

　　"怎么了？"

　　"回典宾，是前院，前院走水了！"

　　"好。"陈典宾一瞬间下了决断，"这儿离前院远着呢，这会儿也没有风，烧不过来。你传令过去，都给我把嘴闭上，别惊慌失措地瞎嚷嚷！仔细着，绝不能让火蔓延！"

那宫女答应了，匆匆往前院跑去。

唐玉嫣道："这……这可不行！我去叫小姐！"说着要撑起身来。

陈典宾一眼瞥见阿青走出房间，正在张望，忙问她："小姐呢？"

阿青道："小姐已经就寝了，听见声音，让奴婢来瞧瞧。"

陈典宾道："你进去伺候着，就说只是小事，让她好好休息。"

阿青道："是。"转身进门。

陈典宾对唐玉嫣道："姐姐无须惊慌，奴婢去看看便来。"

唐玉嫣道："好、好……"

陈典宾平静地走出后院，等院外的内侍关上院门，她才立即对一名内侍低声道："加派人手，守住这里，密切监视。"说着匆匆向前院走去。

陈典宾走进前院，先看了一眼，几间厢房都安然无事，跟着看见几名内侍灰头土脸地从厨房里出来，浑身都在冒烟，周围的人却都松了一口气。厨房里冒出来的烟已经小了许多，也没看见火光。

陈典宾反倒心中一紧，厉声问道："怎么回事？"

众人纷纷回身行礼。一名内侍道："回陈典宾，火已经扑灭了，没事……"

"我是问怎么烧起来的！"

那内侍忙道："可能是厨子温着的炭引燃了旁边的柴火，幸而柴火不多……"

他还没说完，陈典宾转身就走，把一干发愣的人丢在院子里。

陈典宾几乎跑着回到后院，进了院子，唐玉嫣紧张地问道：

"啊？火灭了吗？"她也顾不上回答，噔噔噔径直跑上台阶，哗啦一下推开房门。

房间里几名宫女被吓了一跳，待看清楚是陈典宾，忙躬身行礼。陈典宾刚要开口问，却听内屋里长孙绮懒洋洋的声音："谁呀？"

"是奴婢。"陈典宾定了定神，说道，"前院走水的事已经解决了，特来回复小姐。"

"嗯……我困了，"长孙绮打了个大大的哈欠，"你也早些休息吧。"

"是。奴婢告退。"

陈典宾示意阿青跟她走到门外，低声问道："小姐一直在房间里吗？"

阿青道："回陈典宾，奴婢一直看着的，小姐上床后就没再动，窗户也一直关着。"

陈典宾点点头。窗外有别的人守着，她自然放心。但这火……真是烧得莫名其妙……

又过了一个时辰，前后院都已沉寂下来，陈典宾也早回前院歇息，长孙绮忽然嚷着要喝茶。

唐玉嫣端了茶水进来，背着阿青，把一张小纸条不动声色地塞进了长孙绮的手中。

又过了小半个时辰，等到所有人都已就寝，外间传来宫女们轻微的鼾声，长孙绮才掏出那张纸条，打开，上面写了两个草字：天牢。

长孙绮把这两个字默念了几遍，脸上露出一丝决然的笑容。

第二十章

张谨言匆匆走在鹤羽殿南侧的千步廊上。这条回廊曲曲折折，通向建造在西海池中央一座小岛上的观鱼轩。

名字是轩，其实这座轩比寻常的殿还大，而且因武后喜爱，历年来变着法地不停扩建，最终形成了一个几乎把整个小岛全部覆盖，甚至部分地方凌空架在水上的庞然大物。

观鱼轩内，单是殿堂就有四间，分南北两个方向对望，中间则由十几条廊道相互连接。

这里是武后最为私密的场所，据说连皇帝陛下都未曾涉足。张谨言也是第一次奉诏在观鱼轩觐见，他走在回廊上，心里七上八下，浑身被汗湿透，被风吹干了，又湿一层，真是无比煎熬……

那日长孙无忌举船自焚，长孙家家臣、侍女一百余人殉葬。奔赴黔州鞫问谋逆罪状的大理正袁公瑜，只能以长孙无忌畏罪自缢，籍没其家草草结案。长孙无忌死讯一出，天下震动。当天便有一百多道谏书飞入京城，明里暗里指责武后逼迫顾命大臣，竟致其自尽，乃有唐以来闻所未闻之事，其行为令人发指，罪不可赦……

办事不力的张谨言吓得魂飞魄散，在黔州便自缚于囚车，跟着长孙绮的车一起回京。虽然在明德门前就接到密旨，命他自行在家反省。但这样的反省更是让人崩溃，不知道什么时候就是一道圣旨下来，轻则流徙三千里，重则赐毒酒一杯……

今天，突然接到武后口谕，命即刻到观鱼轩侍奉。张谨言一开始欣喜若狂，以为就此免罪，跟着内侍走了半天，心里却越来越恐惧——不会是要当场杖毙吧？

他正在胡思乱想，前面带路的内侍提醒他，已经走到观鱼轩门前了。他赶紧打起精神，偷偷擦了擦额头的汗。

这门矗立在水中，离着真正的岸边还有几丈远，因此也被宫中的人私下称为"悬门"。门前两名内侍见到张谨言，立即打开轩门。

门后是一条长长的甬道。张谨言刚要往里走，忽然后面有人喊道："等等！"

张谨言回头看，见是武后的殿前太监阳宝，后面跟着一名脸上罩着轻纱的女子。

那女子穿的不是宫女服饰，也不是命妇该穿的朝服，而是简简单单一袭白裙。张谨言忍不住多瞧了她两眼，直到阳宝走到面前，他才忙躬身行礼道："见过阳太监！"

阳宝吓一跳，忙道："哎哟，张将军！折杀老奴了。"伸手来扶张谨言。

张谨言连连退后，身体躬得更弯，道："不不！在下现在是戴罪之身，岂可失礼？"

阳宝笑笑，也不勉强，回头对那女子说道："进去吧。张将军请，皇后殿下还等着呢。"

"是、是！"

张谨言见那女子已先行走入甬道，便跟着往里走了几步，突然发现引他进来的内侍没跟着进来。张谨言吓得一激灵，转身就要往外跑，却见门轰然关上了。再猛力砸门，一点反应都没有。

张谨言眼前一黑，胯下差点失禁。他扶着门呆立半天，直到听见那女子一声嗤笑，他才回过神来。

娘的，大不了一死，不能为人嘲笑！若真在这里杖毙了，而不交大理寺谳审，大概也是为宗族留点体面，不再追究其他人的意思。

那便用我一人换全族平安吧！张谨言想到这里泪流满面，长叹一声，昂然向里走去。

走过了长长的甬道，前面是一扇巨大的铜门，里面隐约传出乐声。张谨言偷偷从铜门的门缝往里瞧，除了一片绿色，什么也看不清楚。他正要换个角度再看，突然铜门向内洞开，张谨言猝不及防，一下扑倒在地。

立即听见周遭一阵女子低低的笑声，还有几名内侍尖着嗓子的惊讶声。

张谨言瑟瑟发抖，头也不敢抬，只是大叫："饶命！饶命！殿下饶了小的狗命吧！"

身后那女子道："若是狗命，怎么听不见叫声？"

殿内立即安静下来。

感觉到所有目光都聚集在自己身上，张谨言把心一横，当即"汪汪、汪汪"叫了两声。

周围顿时哄堂大笑，好几人笑得喘不过气来，大声咳嗽。

张谨言趁机偷偷抬头，看了看四周，发现自己置身在一个奇怪的房间内。这是一间面宽十丈的大殿，对面二十丈外是另一座一模一样的大殿，两座大殿由两侧的回廊连接起来，中间围成了一个巨大的天井。

但这天井却并非空着，而是覆盖着巨大的白色幕布，阳光透过幕布射进来，一切似乎都朦朦胧胧。

天井里，密密麻麻地摆放着上百个花盆，每一个都有一人来高，种着各种奇花异草。有的花已经开始绽放，有些则被灰麻布包裹着，看不到模样。

对面的大殿大门紧闭，他所在的这座大殿内却站满了人。除了十名内侍、十名宫女，其余全是身着华服的命妇。大殿中央是一座莲花台，莲花台周围摆满了花。武后就端坐在花团锦簇之间。

张谨言顾不上身后那女人的冷嘲热讽，奋力膝行十几步，扑到莲花座前，说道："皇后在上，罪臣谨言叩拜！愿皇后殿下千岁千岁千千岁！"

一名命妇正端着一盘剥好的荔枝捧在武后面前。武后捡了一枚，慢慢吃着，问那命妇："谁呀？在这里喧闹？"

命妇回道："是检校左府将军张谨言。"

武后若有所思地点头："哦。吾不是听说他犯了事，革职待办了？"

张谨言浑身一抖，心里却先放下了一半——革职待办，那就是命保住了！他顿时直起身，欣喜地道："谨言万谢皇后不杀之恩！"

"谁说不杀你了？"武后这下转头，看定了张谨言，冷冷地道，"骄横跋扈、纵奴行凶，逼死顾命大臣，陷陛下与吾于不义，令天下汹汹，叱陛下与吾之薄情寡义，你还想活？"

张谨言眼前一黑，砰地一头磕在地板上，差点晕死过去。

周围的命妇们又是一阵骚动，虽然刻意压低了声音，仍然听得出难以掩饰的笑意。

砰砰砰……回过神来的张谨言再不说话，只是磕头。命妇们一开始还在笑，后来都住了嘴——张谨言面前的地板渐渐被血染红了。

终于，张谨言一个头磕下去，就此顿住不动。立即有两名内侍上前，一人抬起大脑一片空白的张谨言的脑袋，一人把地上的血渍擦干净，而后又把张谨言的脑袋放在原处，徐徐退下。

武后又吃了几枚荔枝，才慢慢地说道："今儿叫你来，不是让你磕头的。"

张谨言把脑门死死顶在地板上，哭道："罪臣……该死！"

武后笑了笑："该不该死，不是你说了算。今儿你的命，须得跟一个人抢。"

张谨言一怔。他身后那女子上前两步，微微躬身行礼："小女子长孙绮觐见皇后殿下。"

"你？！"张谨言惊得跳起来，只见那女子解下面纱，正是当日被自己抓住的乱臣贼子之孙长孙绮。他脑子一片混乱，不知道这个被重枷锁拿进京的人，为何一脸淡定地站在这里。

武后道："你是罪臣之后，不给吾行跪拜之礼吗？"

长孙绮道："小女子的阿翁虽被免去朝中官爵，但仍然是扬州都督。所以小女子并非罪臣之后。"

武后无所谓地笑了笑："你今日执意来见吾，意欲何为？"

长孙绮道："小女子想向殿下求一个人。"

武后挥挥手，手捧荔枝的命妇立即退下。武后饶有兴致地看着长孙绮，似乎想看穿她的小心思。殿内的命妇、内侍都收起了笑容，一个个眼观鼻鼻观心，不敢发出一丁点声音。

武后慢慢地道："长孙家的人退出两京之地，吾自然要给予宽赦的。你去岭南不好吗？为何做这无谓之争？"

长孙绮平静地道："小女子觉得长孙家的声誉要紧，不敢懈怠。至于退不退出两京，那是他们的事。"

"大胆！"武后突然一拍扶手站起来。

殿里哗啦啦一阵响，所有人都跪了下去。张谨言匍匐在地，豆大的汗滴一颗颗滴落下来，心里把长孙家祖宗十八代骂了个遍，生怕这不要命的女人胡搅蛮缠下去，把自己小命也连累了。

武后冷冷道："长孙家的生死，你是不打算管了？"

长孙绮道："我长孙家的生死存亡，本就在陛下与殿下一念之间，退不退出两京，根本就是自欺欺人。去了岭南就活得下来？只怕死得更快。小女子今天想向殿下求的那个人，倒是有可能救我长孙家的性命。"

张谨言心里绝望呐喊："你他娘的闭嘴！闭嘴！"

却听见武后从莲花座上走了下来，挥手道："吾乏了，退下吧。"

"是。"

命妇们一起躬身行礼，低着头徐徐退了出去。两名内侍上前搀扶着武后，穿过回廊，向对面大殿走去。

张谨言正在发呆，长孙绮对他说道："你不来吗？"

"干什么？"张谨言又是愤怒又是惊恐地问，"你这臭丫头到底要做什么？"

"来了，可能就会保住命。"长孙绮耸耸肩，"不来算了。"

说着长孙绮也向对面大殿走去。张谨言呆了片刻，忽然意识到所有人都已走了过去，这边一个人都没留下，当即发足狂奔，一口气跑到了对面大殿门口。

武后等人站在大殿门口，大门紧闭，内侍们也不上前开门。

长孙绮走到大殿门口，问道："便是这里吗？"

武后道："是。不过你打算怎么做？"

长孙绮道："那东西对小女子来说，没有任何意义。对我长孙家，却有意义。殿下聪慧过人，自然应该明白我会怎么做。"

武后叹了口气："看来长孙家的荣辱，就在你的手上了。然而吾却并不想就这么容易让你得手。张谨言？"

"啊……啊！罪臣在！"张谨言忙上前行礼，"皇后殿下差遣，罪臣赴汤蹈火，在所不惜！"

"好。"武后简单地道，"你跟她进去。把她要的东西抢到手，你的死罪就免了。"

"谢皇后殿下！"张谨言狂喜之下，声音又哽咽了，"罪臣……必不负皇后所托！"

两名内侍走到殿门前，慢慢推开殿门。张谨言看他两人的架势，便知道身怀绝技，再偷眼看另外几名内侍，无一不是太阳穴高高凸起，露出的手背上青筋暴出，都是武功高手。

张谨言这会儿才骤然警觉：为何这么多高手不出面，要长孙绮和自己进去？里面究竟有什么鬼东西？

但是门已推开，长孙绮毫不犹豫便走了进去。自己也没有回头路了！张谨言一咬牙，跟着走入大殿。身后的殿门立即咚的一声关上了。

从外面看，这座大殿与寻常的殿阁没有什么区别，进去之后才发现，大殿内竟然没有一扇窗户——外面那些窗格，竟然全是假的。

这是一座四面全是砖墙的建筑，砖墙的厚度足有三尺，然而光线并不暗，原来大殿的屋顶有二十几个小洞，每一个洞口都用铁网覆盖，透光漏水，却无法让人进出。地面则是由巨大的花岗岩石板铺设，每一块石板都超过两丈长，表面黝黑发亮，坚硬无比，凭人力是根本无法破坏的。

长孙绮瞬间就想到了那个词：天牢。

这座建筑，是藏在大兴宫内一座外界不知却无比坚固的天牢！

大殿内几十根柱子的表面都包着铁板。地面、墙面和柱子的铁板上，到处是斑驳的暗红色，不知道是污渍、锈迹，还是鲜血留下的痕迹……

早上曾下过一阵子雨，此刻大殿的地面还湿漉漉的，穹顶的铁窗还在滴答滴答往下滴水。空气中弥漫着一股子味道，似乎是血混着屎尿，让人说不出的恶心。

张谨言只闻了几下，就忍不住想吐。他拼命捂住鼻子，一脸绝望地四处看着。

长孙绮却浑然不觉，反倒是露出痛苦和不忍的神情。她慢慢走过潮湿的地面，走向大殿深处。

叮叮当当……一阵铁链的滑动声，接着是一个人沉重的喘息声。

这片区域上方没有天窗，因此显得比其他地方阴暗得多。转过一根柱子，长孙绮停下脚步，注视着被锁在两根柱子之间的那个人。

李云当。

他坐在两根柱子之间，左手和右脚各自被一根铁链拴在柱子上，被拉成一个奇怪的姿势。手腕和脚踝已经被铁链磨得破烂，屁股底下一片污垢，那股子血腥和屎尿味就是从那里传出来的。

他仍然穿着那天突袭楼船时穿的衣服，当时就已经破烂不堪，这会儿简直变成了一块破布，只勉强遮住部分身体而已。

那满身的血污早已凝结成块，几乎变成了身体的一部分。头发被汗、血凝结成一缕一缕，垂在脸前，几乎挡住了大半的面孔。

听到脚步声，李云当一动也不动。他身体一直在微微颤抖，嘴里不知道喃喃低语着什么，呼吸时快时慢，显然已经受了极重的内伤，不知还能撑几天。

他的右手仍然死死地抱着那只……

"金筒！"张谨言突然失声叫了出来，"金、金、金……金筒！"

长孙绮有些凄然地笑了笑："现在你知道，为何要你进来了吧？"

"啊？我……我我我……啊啊啊！"

原来，那个看谁最先触碰的死亡游戏还在继续！

张谨言刹那间想死的心都有——他以为早已陷入火海、沉入江底深处的金筒，居然被这个不要命的王八蛋拿出来了！

当初他怎么没看到？

啊……是了！当时这王八蛋一定把它藏在身上，兵荒马乱之间谁也没注意到。第二天一早，自己就被锁拿入京，待王成等人发现了金筒，顿时头大如斗，快马加鞭将李云当先一步送入了京师！

而武后定然也不愿碰这倒霉的东西，又不能杀了他，万般无奈只好继续锁在这鬼地方。长孙绮一定是猜到了这个关键，才胆大包天地自己找上门来！

但是……原本皇帝陛下、皇后殿下和长孙无忌三个人玩游戏，现在参与者突然变成李云当、长孙绮和自己了！

张谨言心脏怦怦乱跳，血一股股冲入脑门，差点站立不稳，不得不扶着一旁的柱子。他脑子里却更加清醒——是了，自己这个戴罪之身，又逼死了长孙无忌，正是武后能找到的最佳替死鬼！

拿了，就能活下来。但是一旦拿了，也永世不会再被武后信任，还会被同僚忌惮……完了，全完了！

张谨言再也撑不住，一屁股跌坐在地，绝望地捂住了脸。

长孙绮慢慢蹲下，伸手拂开那些枯枝一般的头发，露出里面那张已经脱了形的脸，以及一双呆滞无神的眼睛。

长孙绮轻轻抚摸着李云当的脸。过了片刻，他的眼睛忽然动了一下，慢慢看向长孙绮。这双布满血丝的眼睛里，看不出任何神采。

"李云当，"长孙绮的眼泪流了下来，却笑着对他说，"把东西给我，我带你回去，好不好？嗯？"

她问了好几声，李云当仍然没有任何反应。她慢慢把手移下去，慢慢地摸到金筒上。

李云当突然激动地"啊"一声喊了出来，身体剧烈抖动，拼命想往后躲开。但两根铁链拉得哗哗响，他根本动弹不得，只是"啊啊啊"地叫着。

长孙绮耐心地安抚道："你放心，我不会让你死的……你放心，别动，好吗？"

但李云当根本不听，挣扎得越来越厉害，左手和右脚被铁链捆住的地方再次被勒得鲜血迸出，一些腐肉都掉了下来。他右手死拽着金筒，只剩下左脚勉强能动，却也因为长时间保持跪姿，僵硬得只能抖动了。

长孙绮再也忍不住，伸手紧紧抱住了李云当。李云当的挣扎逐渐减弱……突然长孙绮肩头一疼，李云当狠狠咬着她，肩上鲜血一下流了出来。

长孙绮柔声道："没事……没事了……"

"长……长……"李云当忽然喃喃道，"绮……活……活……"

"是我，"长孙绮凑在他耳朵边说道，"是我，我们活下来了……我们继续活下去，好不好？"

李云当的眼珠子缓缓动了几下，似乎有些东西在眼睛深处活了过来。

"我……不行……了……你……走……"

长孙绮摇了摇头："我会让你活下去。把东西给我，我带你回去，好不好？"

李云当喉咙里咕噜噜响了半天，没能说出一个字。

他手颤抖着，想放开金筒。但因为十几天来一直紧握着，他的手指早已动弹不得，只是不停地抖动。

长孙绮一只手捧着金筒，一只手温柔抚摸着李云当的手指，慢慢地，一根一根把他的手指掰开……

她轻声道："别怕……我陪着你……让我看看……"

李云当的呼吸越来越急促，身体渐渐委顿，似乎要撑不下去了。他猛吐出一口血，嘴里还包着一大团血，却再无力吐出，反而堵住了咽喉，顿时剧烈咳嗽起来。

长孙绮忙俯身拍他的背，叫道："快吐出来，快！"

便在这时，背后风声大作，张谨言不顾地上的污垢，往前猛扑，一把抓住金筒！

他料到长孙绮会反击，根本不做停留，连着翻滚了几下，双腿在柱子上用力一蹬，借力向后激射而出，咚的一声重重撞到地上。

张谨言相信自己刚才这几下快到极点，长孙绮无论如何都追不上，所以他虽然后背剧痛，但也忍不住哈哈大笑。

笑了两声，张谨言诧异地停住了。长孙绮别说追了，根本看都没看他一眼，只继续拍着李云当的背，帮他把污血咳出来。

"哈哈……哈！你完蛋了！长孙家的！"张谨言不敢怠慢，几步跑到殿门口，叫道，"你们两个就在这里发臭吧！哈哈哈！"

李云当似乎感受到了什么，不停呜咽着，长孙绮一面安抚他，一面回头对张谨言说道，"你以为拿了，就真能出去了吗？"

"那是当然！至少再也没人敢碰我！"

"那你也将永远失去自由。"长孙绮平淡地说，"被关在不见天日的地方，直至老死。这，就是你的明天。"长孙绮说着拍了拍李云当。

张谨言浑身哆嗦了一下，眼前的李云当就是他的将来……他背上汗毛一根根倒竖起来，牙关开始咯咯咯地响，怎么也停不下来。

长孙绮说得没错，然而对于自己来说，不拿到手，出这个殿门就是横死。拿到手，可能永远也出不了这殿门……

张谨言回头看着这厚重的、通体包裹着铜片的殿门，周围的一切都在飞速离自己远去，只有殿门变得越来越大、越来越高，仿佛阴曹地府阎王殿的大门……

咚咚咚，咚咚咚……

沉寂许久的殿门，忽然响起了急切的拍打声。

站在殿门前的四名内侍同时抽出刀，警惕地看着殿门。他们身后的十几名内侍、宫女都紧张起来。

武后正坐在御座上喝茶，听到声音连眉毛都没动一下。

太监阳宝从前殿匆匆赶来，向武后行礼。跟在他身后的，还有四十名翊卫。他们穿着重甲，手持兵刃，一进殿就分作两队，分别跑到两侧的回廊里，做出包围的架势。

"陛下呢？"

"回皇后，陛下在归真观，听说皇后在此，陛下便吩咐宫门提前落锁，并命左右府在观鱼轩侍奉。陛下已命一百名翊卫在殿外戒备，另有四十名翊卫在此侍奉皇后。"

"哼，陛下倒是谨慎。"武后冷哼了一声，"事涉鬼神天地，他怕是巴不得吾先出手。"

阳宝低头垂眼，一句话也不敢接。

砰砰砰……敲门声越来越响了。

"让翊卫退下去。"

"这……皇后，这恐怕不妥……"

武后哈哈一笑："要杀吾的人，还没出生呢！退下！"

"是……"阳宝艰难地咽了口气，挥一挥手。翊卫们立即退出了大殿。

"你去开门，"武后不耐烦地一挥手，"是鬼是神，便让吾开开眼。"

"遵旨！"

阳宝跑到殿门前，先看了看四名内侍。四名内侍同时向他点头，示意已经做好准备。

阳宝深吸一口气，大声道："奉懿旨，开殿门！"

那四名内侍退了半步，另外两名内侍上前，用力推开了殿门。

张谨言单膝跪在殿门后，朝武后用力磕了几个头，叫道："皇后殿下！罪臣张谨言，幸不辱命！"

说着，张谨言高高地举起手中的金筒。

在场诸人同时都把目光垂下，似乎多看一眼，自己的小命就去掉一分。阳宝干脆转身朝着武后，把屁股对着张谨言。

武后笑道："阳宝，你这个老货！敢不敢替吾取来一看？"

阳宝扑通一声跪下，尖着嗓子道："殿下饶了老奴吧！"

"算了，你这老奴，也没那福分。"武后虽然说得轻松，却也没有开口要张谨言过来。她远远看着张谨言手中的金筒，几根指头在扶手上轻轻敲击着，一时难以抉择。

武后不动，张谨言不敢动，剩下的人更是连头发丝都不敢动一下。天井里，大殿内，所有人都像泥塑木雕一样僵直不动，等待着武后开口的那一刻……

突然，殿内传来长孙绮的声音："那是我家的东西，还给我！"

众人一惊，只见长孙绮冲了上来。张谨言一跃而起，就要跨出殿门，唰唰唰唰四声响，四名内侍横刀站在门口，阻止张谨言出门。

"我要面呈皇后殿下！"张谨言大叫。

"还给我！"长孙绮终于冲到张谨言身后，伸手去抢金筒。张谨言侧身避开，两人就在殿门口厮打了起来。

"任何人不得出殿！"阳宝突然厉声大喝，一边向殿门狂奔，一边拼命挥手，"关门！快关门！"

推门的两名内侍慌慌张张要去关殿门，不料殿门是朝里开的，此刻背到了墙后，他们根本不敢进殿关门。

况且张谨言和长孙绮两人在殿门口打得激烈，一名内侍冒险伸手去拉门，脑袋被长孙绮一脚踢中，在惨叫声中飞出老远，撞翻了天井里的一个花盆，当即头破血流晕死过去。

阳宝急得跳脚，但那两人正在生死相搏，另三名持刀内侍守在门口，也断然不敢再进去拉门。

长孙绮趁张谨言不备，一把抢到金筒，转身要跳出殿门，三名内侍同时发一声喊，刀光闪闪，将她又逼了回去。她立足未稳，张谨言一个倒钩，踢在她手腕处。长孙绮拿捏不稳，金筒飞起老高，被张谨言纵身抢到。

阳宝看着金筒在眼前飞来飞去，就是没个着落。这东西现在成了世间最尴尬之物，既宝贵，又无人敢碰。

有几次金筒似乎要飞出殿门，阳宝的心都提到了嗓子眼，一时间不知道是伸手去接，还是转身逃跑……幸亏长孙绮和张谨言两人奋不顾身地争抢，又把金筒抢了回去。

"哈哈哈哈……"武后大笑，"有意思，有意思！"

阳宝急得快哭了，回头对武后道："殿下！此地危险，恳请皇后暂且回避……"

就在这个时候，周围的内侍、宫女同时发出一声惊呼。阳宝的心脏瞬间跳得不知去哪里了，回头看去，只见金筒从张谨言手中脱出，飞起老高，而长孙绮飞在空中……她在空中转身，姿势舒展得特别优雅，右腿横扫，正中金筒！

嗖——

金筒被这一脚踢得飞出了殿门，掠过几名内侍的头顶，直向天井中的武后飞去！

"我的老……"阳宝脑中霎时一片空白。

这一刻时间仿佛凝固了，刻满花纹的金筒在空中打着旋儿慢慢向前飞行，武后此刻根本没有任何反应，更别说躲避……

嗖——

又是一声尖锐的破空之声响起，两名内侍的长刀几乎同时脱手而出，疾向金筒射去。这两人都用上了毕生功力，金筒刚飞了一半的距离，就被一把刀追上——

金光闪动，金筒被刀一分为二！

另一把刀迟了一步抵达，却正好将前面那把刀撞偏，避免伤到武后！

这几下太过迅速，众人的心提到嗓子眼，还没来得及进一步反应，两柄刀和分作两半的金筒就掉在了地上！

"啊！"

阳宝不顾一切往前一扑，合身扑在刀身上，却刻意避开了金筒，叫道："保护皇后！"

内侍和宫女疯狂拥上前，挡在武后身前。三名内侍再不迟疑，同时出手，将明显已经放弃抵抗的长孙绮和张谨言抓住，死死按倒在地。

"放肆！"武后不动声色地稳住狂跳的心，厉声道，"都走开！阳宝！你个老货给吾滚过来！"

阳宝偷偷把胸口在刀尖上蹭了一下，感到一阵剧痛，这才连滚带爬地扑到武后面前，哭道："老奴有罪！老奴愧对皇后！"

武后正要呵斥，却见他胸口有血，迟疑了一下，说道："别说废话了，把那两人带过来！"

"老奴死也不敢奉命！"阳宝哭道，"皇后安危，老奴……"

"那就死开点，别让吾看到。"武后下令道，"来人，把那两人押上来！"

阳宝立即站起身，义正词严地站在武后身前，喝道："来人！将那两个罪大恶极之人押上来！"

三名内侍将长孙绮和张谨言押了上来。三人被吓得不轻，下手再不留情，将两人手臂关节全部卸了。此刻两人疼得满头大汗。长孙绮咬牙不哼一声，张谨言也知道是生死关头，居然一样憋住了一声不吭。

武后瞧了瞧长孙绮，又瞧瞧张谨言，忽然笑了笑："谨言，你什么时候这般硬气了？"

张谨言要回答，谁知一开口就惨叫起来，口水血沫乱飞。两名押他的内侍立即把他脑袋按下去，在坚硬的地板上差点把脑门撞裂。他挣扎了两下，脑袋一歪，晕死过去。

武后揉了揉额头，说道："长孙家的孩子，抬起头来。"

长孙绮勉强抬头，武后盯着她的眼睛看了片刻，说道："那么……这件事是你策划好的了？张谨言这个欺软怕硬之人，居然能在这么短的时间里就被你说服，吾还真小看了你呢。"

"策划？"一旁的阳宝愣了，"预谋？可他……他们俩……"

武后冷冷地道："两人争执，抢夺金筒，会如此精准地把金筒送出来？吾想着，杀死吾对你可一点好处都没有，所以真正的目的，是逼着有人破坏这金筒，是不是？"

长孙绮忍着痛点了点头。

"为什么？"

"我……我师父说……如果有什么东西让你为难，那……那就干脆……毁了它！"

"然后呢？"

"让我看看……让我看！"长孙绮大喊一声。

周围的人都瑟瑟发抖，押着她的内侍更是冷汗淋漓，从来没想到天下间敢在武后面前咆哮的，竟然是一个小女孩。

武后沉默了片刻，对内侍使了个眼色。那内侍立即抓住长孙绮的右手臂，用力一拧，咔啦一声把她的肩关节接了上去，跟着又把她左手也接上。

长孙绮疼得倒抽冷气，好半天才缓过劲儿来。她慢慢走到劈成两半的金筒面前，蹲下，仔细打量。

武后微微招招手，阳宝立即凑了上去。

"能杀她吗？"武后轻声问。

"她的生死，不过在皇后一念之间尔……"

"可吾现在有点舍不得杀她。"

"皇后的意思……"

武后瞪了他一眼："等吾走后再杀。"

"是！"阳宝连连点头，"老奴定当做得漂亮！"

突然长孙绮"啊"的一声大叫，阳宝本能地跳了起来，吓得武后一愣，随即怒道："做什么？"

"皇后饶命！"阳宝魂飞魄散地叫道，"老奴……"

"闭嘴！"武后一巴掌扇开了阳宝，对着长孙绮怒道，"你吼什么？"

"皇后敢亲自来看吗？"长孙绮问。

"混账！"武后怒不可遏地站起身。阳宝在她身前刚要阻止，武后一脚将他踹开，像一团轰隆作响的雷暴，朝长孙绮大步走去。

长孙绮拿起半只金筒，往下一拍，周围的人同时转过身去。武后压抑住转身的冲动，但此刻总算还有一丝理智，强行停住了脚步。

却见金筒里倒出来一团黑色的东西。那东西飘飘悠悠地下落，还未着地，就散成了一片灰……

武后定在当场。

长孙绮又拿起另一半金筒，再一拍，同样拍出来一团黑灰……长孙绮用手一挥，黑灰剧烈舞动着，很快就消失在空气中，再也看不到分毫踪迹。

牵动了皇家十几年的心病，突然之间变成了一团黑灰。武后脸上露出震惊的表情，随即变成了惊喜，跟着再一次变成疑虑。

但这神情只是一闪，她就立即收了回来。

"为什么？"武后尽量平静地问。

"我阿翁临死之前，放了一把火。"长孙绮道，"金筒虽然没坏，里面的纸张却撑不住。我……早该想到的……"

"这么说，赵国公是真心想着与此同归黄泉？"

"是……"长孙绮捂着脸哭出来，"纵使这样，我长孙家也要背上污名，永生永世翻不了身……阿翁太傻了……"

"阳宝。"

沉默了片刻，武后开口道。她的声音已经完全恢复了平静。

"老奴在！"阳宝战战兢兢地答应。

"将她送回去。非宣旨，不得出京师。"

"是、是！"

阳宝拼命挥手，两名内侍上前各抓住长孙绮的一只手，要将她拖走。长孙绮却奋力挣扎着，叫道："让我带走他！让我带走他！他快死了，他对你没用了！"

"嗯。"武后简单地嗯了一声。

阳宝噔噔噔跑进大殿，让两名内侍抬着奄奄一息的李云当出来。长孙绮这才向武后匆匆行了一礼，被带出去了。

自始至终，武后连眼皮都没抬一下，她的目光一直停留在地上那两半空空如也的金筒上……

第二十一章

门开了，陈典宾走了出来，身后还跟着两名医师。

陈典宾边走边擦着手上的血污，衣服上也沾了不少。长孙绮和唐玉嫣立刻迎了上去。

"伤口暂时是包扎妥帖了，"陈典宾不待长孙绮开口，就说道，"但是身子太虚，还得熬过三天。"

"三天……"长孙绮知道，这意味着三天之内李云当随时可能死去，不觉神色暗淡。

"娘子也别太担心，这两位都是太医署的杏林名家，有他俩看着，应该熬得过来。"

长孙绮忙向两名医师躬身行礼。

一名医师回礼道："娘子不必多礼，长孙太尉当年于在下有大恩，娘子的事，就是在下的事。这位郎君虽然伤势极重，但好在身子骨硬朗，有一丝元气便能撑下去。我等这两天会随时用针石之物，为他吊着这丝元气，帮他渡过这一劫。"

长孙绮道："多谢大夫！"

另一位医师却皱着眉，说道："但是身体尚能医治，这神可难办……"

长孙绮道："不知大夫说的神是……"

那医师道："我等行医数十年，略有经验。但凡人不想死，心肺之间总能憋着一口气。人重伤重病到极点上了，这口气比身体的元气更重要。"

长孙绮还在茫然，陈典宾道："医师说的是求生的意愿吧。"

那医师叹道："不错。适才我等救治之时，这位郎君神志稍有清醒，便说不肯再活的话。这般心境精神，等于全然放弃了这口气，唉……"说着连连摇头。

陈典宾见长孙绮脸色更加苍白，忙道："许是这位郎君疼得糊涂了，也未可知。等调养数日，必然是能好的。两位，请这边来开方子，甭管什么珍稀的药，只管让尚药局出便是。"

两位医师向长孙绮匆匆施礼，在一名宫女的引领下去旁边的房间开方子。

唐玉嫣道："小姐，放心吧，这位郎君吉人天相，撑得过来的。"

陈典宾也道："适才奴婢给这位郎君清理伤口时看得很分明，只是肌肤之伤，没有渗到内脏和骨骼之间，小姐尽管放心。"

长孙绮强笑道："麻烦姐姐了。说起来，陈姐姐自宫内出来照顾我们，实是消受不起。还请……"

陈典宾笑道："你想说什么，奴婢懂的。皇后已经下令，除了留奴婢等照顾几位之外，其他监视之人今早已经撤回去了。小姐只要不出京师，想去哪里都是安全的。"

长孙绮苦笑一声："皇后这是……把京师当成我的囚笼了。"

唐玉嫣赶紧推长孙绮一把："行了吧！能得皇后亲自下令照看你，这是几辈子修来的福！快别说了！"

陈典宾笑笑，施礼之后离去。长孙绮看着她的背影，长出了一口气。

唐玉嫣低声道："小姐，那些人真走了？"

"怎么可能？"长孙绮冷笑一声，"你放心吧，绝对有人盯着，只不过可能换了一种方式。嫣姐，我总觉得这件事没完。"

"啊？还有什么事？"

长孙绮苦恼地摇头："我也不知道，就是感觉……武氏不会就这样放过我，武氏也从未放过金简，但她究竟要做什么，我却一点也理不出头绪。"

"她没有放过长孙家其他人，却让你一个人在长安闲逛……"唐玉嫣也渐渐领悟到了什么，"长安城中，一定有她的目标，她却不肯明说！"

"是的，"长孙绮点头，"我也感觉到了。她似乎想要驱使我去做什么事，却又不肯说。或许……是她也不知道该怎么做？或许……是在测试我？在等我出现什么破绽，好把长孙家一锅端？"

"那……我们该怎么办？"

长孙绮苦笑："她高高在上，碾死我们比碾死蚂蚁还容易，能怎么办？走一步算一步吧。我瞧瞧李云当去。"

长孙绮走入房间，来到李云当榻前。李云当浑身上下被绷带全包了起来，连头都包着，只露出一张略显肿胀的脸。

榻前点着一支荡瘟香，辛辣的烟气略略把原本腐臭的味道压下去了一些。床前还散落着刚才治疗用的沾满血迹和腐肉的纱布，两名宫女正忙着收拾。看见长孙绮，她俩同时要躬身行礼。长孙绮忙摆手，让她们别管自己，赶紧收拾。

李云当兀自昏迷中，嘴唇不时翕动，像在说什么。长孙绮凑近了他的脸，也听不清楚。

"你想说什么？"长孙绮轻轻问。

李云当却再也没发出一声。长孙绮低头看，只见他的右手一直在到处摸着、抓着。长孙绮握住他的手，李云当握了片刻，丢开了她，继续到处摸着……

长孙绮站起身四周看了看，找到一只花瓶，放在李云当手边。李云当立即紧紧抓住了花瓶，终于平静了下来。

"傻子……"长孙绮轻声叹道，"你还真是不死不休啊……"

"您的酒菜来了。"

"嗯……"

小二和侍女膝行进屋，把酒菜摆在桌上。酒是温好的黄酒，配了姜丝，五个菜。虽然不多，却都是京城顶级厨师的手笔，每一盘只怕当得起寻常人家一个月的口粮。

长孙绮瞧了一眼，说道："这菜可贵，我没那么多钱。"

小二道："我们掌柜的说了，您是咱们店的贵客，以后乏了饿了只管来，再别提钱的事。"

长孙绮哈哈一笑，倒也不客气，自斟自饮起来。小二和侍女退出房间，带上了房门。

长孙绮侧耳听去，整个二楼都没有什么人声，看来只要自己在，店家是绝对不敢再让任何人接近了。

虽然现在出门已经没有内侍跟着，但长孙绮知道，店家也知道，长安城稍微有点门路的人都知道，在某些看不到的角落，必然有人偷偷尾随着。这些人看似其貌不扬，指不定可以直达天听。消息能递到皇后跟前的，任谁也惹不起。

所以店家也一点不亏，只要长孙绮还上门，黑白两道都不敢在此作祟。

长孙绮不禁苦笑。自己在长安城一日，这境遇就不会有改变。现在的长孙家，只要老老实实的，就能活着。但她长孙绮显然不在此列。

武后究竟要拿自己做什么？

现在已经很明确了，长孙家的事，陛下叱责了两句之后，再也不过问。全天下的人都知道长孙家的小命就捏在武后手里，都眼巴巴地盯着。偏偏武后这阵子也当没有这事一般，以至于各州府官员私下揣摩、猜测。有的对发配到自己属地的长孙氏好吃好喝伺候着；有的则严刑拷打，企图办出一两件谋逆铁案；更多的则是既不过问，也不放过，就那样软禁着，等待长安的进一步消息……

所有的问题，只有自己一个人能解决，但偏偏连解决的方向都找不到！

长孙绮想到这里，真是郁闷至极，一杯接一杯地喝闷酒。二十年份的老黄酒入口辛辣，却不上头。她意识始终清醒，望着窗外的景色出神。

已是八月下旬，太阳落山之后，热气就迅速下降。一阵阵凉风吹来，带来不远处芙蓉池的水汽，合着堤坝上的草木清香，让人顿觉清爽。虽然已经日落，但天还没有完全黑，天空呈现出一种诡异的从蓝绿到青黑色渐变的颜色。不远处的堤坝上，人流如织。今天飞纸鸢的少了，许多人提着各色的花灯，在柳林间穿梭。据说这个时节，堤下的水草丛中萤火飞舞，吸引了许多女子前来观赏。堤坝上的花灯和堤坝下方的萤火交相辉映，煞是好看。

忽然堤坝上传来一阵喧闹，只见一群半大小孩举着相同的花灯快速穿过人群。有几个行人闪避不及，被撞了一趔趄。这些半大孩不顾众人叱责，继续肆无忌惮地穿过堤坝。领头的一人大声呼哨，半大小子们突然跟着他冲出柳林，沿着一条隐秘的小路，一口气冲到堤坝下方的荒地之中。

这下看不到他们的身影了，只有十几盏花灯在黑暗中快速穿行，隔得近了，长孙绮终于看清那些花灯上都用绿色画着山茶花。

长孙绮当即一脚踹飞了窗户，纵身而出，跳上了屋脊。

这么一会儿，半大小子们举着花灯，哗啦啦地一窝蜂冲入街市之中，沿着街道往北面跑去。长孙绮盯准了领头的家伙，猫着腰，在青砖黑瓦的屋顶悄无声息地跑着。

时至戌时，按道理快要宵禁了，芙蓉池附近却依然亮如白昼。长孙绮一面跑，一面看着下方车水马龙的街市，忽然有种恍若隔世的感觉——之前那么拼，此刻万事皆休，才发现这世间原来还有好多有意思的东西。

虽然去年就回到了长安，但因为一直想着报仇，想着长孙家的命运，从来没正眼瞧过街边的店铺。这会儿一边跟着花灯跑，一边看那些店门口挂的各式各样的走马灯，铺子里陈列着的各色绸缎、绫罗，小摊上摆着的手镯、挂坠儿……眼睛都看花了。

忽然间，那些花灯同时熄灭，周围人潮拥挤，那些半大小子又穿着各色衣服，刹那间融入人群中，再也分辨不出来了。

长孙绮却并不心急。她在黑瓦上就地一滚，从两栋楼房之间的狭缝间悄悄落下，拍了拍浮尘，慢慢走入街市中。

有人用长孙家的标记把自己引到这里来，一定想要展示什么东西。她耐心地顺着人流逛了半天，买了几包小零嘴儿自己吃，买了一支银簪准备送给唐玉嫣，买了一块玉蝉送给陈典宾……

走过一个卖锦囊的摊子，长孙绮被各色精美的锦囊吸引，瞪大了眼睛看。

那些金线的、银丝的、玉片的、贝壳的……各式各样的锦囊，有装细软的小袋，有装香的囊球，有装妆粉的粉囊……长孙绮看看自己，一天到晚打打杀杀，别说香囊了，一个挂饰都没有，不觉丧气。

卖锦囊的老伯给她一一介绍，长孙绮拿了一块镶玉的囊球看着。一群小孩唱着儿歌从旁边跑过，把长孙绮挤了一下，老伯赶紧把小孩轰走。

长孙绮笑道："没事……"

她又看了看香囊球，突然啪的一声，玉片被她捏得粉碎，玉石碎屑飞溅，打得卖锦囊的老头"哎哟"一声。

长孙绮撒了一把钱丢在摊子上，叫道："我买了！"不等老伯回答，转身就跑入人群之中。

长孙绮到处张望着，目光在熙熙攘攘的人群里不停跳跃，却找不到那几个小孩的踪影。

该死！他们去哪儿了？

该死！他们刚才在唱什么？

长孙绮走了一段距离，感觉小孩们应该不会走这么快，又转身往回走。她突然跳起来，飞快地左右张望，落下来走了一段，又跳起来看。周围的人诧异地看她，她也全然顾不上。

忽然，她跳起来的时候看见一侧有一条狭小的缝隙，立即推开挡路的人，往缝隙里钻。有人大声咒骂，她也当没听见。

这条缝隙通向背街的一条巷子。长孙绮转过拐角，走入巷子，发现巷子里乱七八糟堆满了东西，地面潮湿，被两侧的房屋和院墙挤着，显得非常狭窄。

不远处一幢楼阁二层窗户里透出的光，隐约照亮了巷子里一小块空地，三个小孩就蹲在空地上玩儿。长孙绮悄无声息地贴着墙走，借助阴影隐藏自己。

走近了，她听清了三个小孩唱的歌："参遍空王色相空，一朝重入帝王宫。遗枝拔尽根犹在，喔喔晨鸡孰是雄！"

这三个小孩看上去应是殷实人家的孩子，一个个粉嘟嘟的甚是乖巧。此刻的天气也未转凉，稍稍走一走就会出汗。但长孙绮浑身如坠冰窟，毛骨悚然地看着这三个孩子一边拍着手唱歌，一边玩着玩具。

谁！

是谁教他们唱的？

武后知道吗？

长孙绮一瞬间就意识到，武后肯定知道了！

这就是她不放自己走的原因！

长孙绮刹那间万念俱灰——本以为一切已经了结，谁知最可怕的事就这样毫无征兆地就发生了！

也许现在还只是在孩童之间流传，所以武后还能暂时忍耐，一旦谶言传入朝堂，长孙无忌所做的一切努力都白费了！武后找不到幕后主使，但杀光长孙家也只是一句话而已！

她之所以还没这么做，她之所以还放任自己在长安随意走动，只不过是在做最后的观察而已！

甚至……她可能是在让长孙绮做最后的挣扎！

长安是一盘棋，自己是过河的卒子，武后一句话不说，就稳稳地操纵着自己……或许还有李云当……一切都在她的掌握之中……

"啊！"

突然，一声孩童的惊呼把长孙绮的魂儿拉回了现实。三个孩子看着长孙绮的方向，吓得一起尖叫，却不敢跑。

长孙绮飞快稳住了心神，说道："别怕，别闹了，我……我不是坏人！"

三个孩子停止了尖叫，却仍然一脸恐惧地看着长孙绮。

长孙绮走到光亮之中，笑道："看，我不是坏人吧？"

其中一个小孩低声道："刚才你眼睛里有光……我怕……"

被小孩看到了杀气，长孙绮满心惭愧。她忙伸手在怀里一阵乱摸，掏出零嘴儿，蹲下来递到三个小孩面前，说道："姐姐请你们吃，吃吧，来！"

三个小孩犹豫了片刻，还是顶不住诱惑，拿起零嘴儿来就吃。长孙绮等他们吃得开心了，才故作随意地问道："姐姐听你们刚才唱的歌好听，你们跟谁学的呀？"

三个孩子立即七嘴八舌地说道："一个道士！""疯道士！""一个鬼！"

说完，三个孩子一起哈哈大笑，长孙绮也跟着傻笑了两下。

"那个疯疯癫癫的鬼一样的道士，你们在哪里见到的？"

"鬼寺！""鬼寺外面的池塘……""河边！"

长孙绮舒了口气，把剩下的零嘴儿都递到孩子手上，说道："晚了，快回家吧！"

"好！"

"姐姐你呢？"

"我嘛……"长孙绮站起身拍了拍手，"姐姐也回家去……"

等到三个孩子的身影消失在拐角处，长孙绮才长叹一口气："出来吧。"

黑暗中，有人沉默了半天，才一瘸一拐地走了出来。他向着长孙绮艰难地躬身行礼。

"果然是你，"长孙绮冷冷地道，"你居然还活着。"

"是，"拓跋楠声音嘶哑，显得中气不足，"小人苟活下来了。"

长孙绮冷眼打量，只见他被自己重伤的那条腿明显扭曲，显然在船坍塌之时又伤到了骨头，此刻还用木板和布条紧紧固定着。脸上、手上也到处缠着脏兮兮的布条，布条的间隙中，露出被严重烧伤的肌肤。他躬身行礼时，吃力地摘下兜帽，露出里面光秃秃的脑袋。

"你剃了发？"长孙绮有些惊异，随即明白过来，他是削发陪主，烧给长孙无忌了。想到方管家蹈火殉葬，拓跋楠留下来是奉了阿翁的命令，要照顾自己，长孙绮心中微微一震，下一句要嘲讽的话便没有说出来。

"小人不过是把性命暂寄在这皮囊之中而已。"拓跋楠平淡地道，"小姐若用得上，只需一句话，小人自为小姐奉上。"

"我要你的命做什么？"长孙绮冷笑，"我问你，你怎么知道李云当被武氏囚禁的？"

"家主在宫中留下了几名死士，其中一人传出的消息。"

长孙绮点点头，又问："那是谁教这些孩子的？"

"小人……前阵子刚刚发现他们在念叨谶言，还没有查探清楚。"拓跋楠忙道，"小人会尽快查清！"

"算了，你不知道是正常的。"长孙绮手一挥，"或许这世上，只有我一个人知道。"

拓跋楠大惊："小姐知道？"

"或许吧……你老老实实待着，把身体养好，等待我的召唤。"

"是！"拓跋楠立即磕头下去，声音哽咽起来，"小人至死也要守护小姐安全！"

刺客信条

第二十二章

　　一个时辰之后，长安各坊之间已落了闸门，宵禁正式开始。

　　开远门附近，一队卫士列队走过，他们的皮甲在夜色里哗哗地响着。

　　他们刚走过一间房屋，长孙绮就钻了出来。巡街卫士两队之间的间隔一般半刻钟，长孙绮像影子一样悄无声息地跟着卫士走了一段距离，在卫士转身之前，拐上了一条僻静的道路。

　　今晚的月色很好，没多久，就看到了不远处那座山门，在月色下隐隐发光。

　　长孙绮在一棵树后静静观察了一阵，确定没有人在门口监视，便悄悄走过山门，一纵身翻上了院墙。

　　站在院墙往里看，景寺里的殿阁、厢房、回廊俱是一片漆黑。月光在屋顶瓦片上流淌，景寺像是一具已经死去多时的尸体，冰冷、黑暗、全无生气。

　　长孙绮猫着腰，沿着院墙顶端走了一阵，确信下面空无一人才小心跳下院墙。景寺院落里的地面皆是青石，道路则用白石铺设，在月光下看得很分明。

　　前殿门上贴着大理寺的封条。她捅破窗户纸往里看，什么也看不到，却闻到一股潮湿腐败的味道。看来风云漫死的那晚，这里就被封闭了。

长孙绮继续往后院走。她绕过石塔，忽然抬头往石塔上看，却什么也没看见。

"你在哪儿？"长孙绮轻声地自言自语，"我知道你在……"

再看那座曾经供奉长孙皇后遗赐的后殿，却已经在大火中坍塌了。那夜跑出来的时候很慌乱，她隐约记得身后有火光，没料到整个大殿都被烧毁。

但一旁的厢房却没有着火，想来张谨言精心策划，只烧了后殿破坏现场，其余的都保留了下来。这地方就在大兴宫西面，要真是火光冲天、浓烟滚滚，张谨言的仕途也到头了。

走到废墟上，忽见废墟之间有星星点点的亮光。她略一思索，想到应是那琉璃十字形粉碎了，碎片反射着月光。

这些星星点点的光，像极了那日在秘书省里的那一幕……

唉……

突然，一声若有若无的叹息传来。声音像是来自远处，又像是在身边发出。长孙绮瞬间回头，却什么也没看见。她转了一个圈，又一声叹息响起。

长孙绮装作没发现的样子，在四周慢慢地探寻，只靠耳朵去追逐……嗖……沙沙……

听到了……依稀的脚步声……是人。

是人就不怕了。长孙绮稳住了心神，继续倾听。在看不见的地方，那人在快速移动……时而在大殿的废墟旁，时而在石塔下方，时而似乎又蹿到了一旁的厢房之上……没有片刻停步。

这个速度，长孙绮自问比不上，甚至当年以轻功著称的高昌公主，只怕也达不到这鬼魅一般的境界。

不知不觉间，长孙绮手心里已满是汗水，心中又兴奋莫名。但怎么才能引他过来呢？

长孙绮忽然"咦"了一声，弯腰去捡废墟里的什么东西。

那人一瞬间停顿了一下，长孙绮的两柄飞刀脱手而出，直向那人飞去。黑暗中叮当一下，那人怪叫了一声。

"谁！"

长孙绮觅着声音飞奔上前，却仍然一无所获。四周寒风凛冽，那人彻底消失在了黑暗中。

"不要紧，"长孙绮拍着自己的胸口，让狂跳的心平复下来，自言自语地道，"不要紧……我听出你的声音了！"

"吃一点吧？啊？就喝点粥。"

唐玉嫣耐心地说，把勺子递到李云当嘴边。李云当闭着眼，一动不动。

陈典宾对唐玉嫣苦笑了一下。

"你想要复国也好，报仇也好，那也得身体康复了才行啊。"唐玉嫣继续耐着性子说，"不吃东西，吃亏的还不是自己？这狍子肉粥真香啊……"

李云当明显抽了两下鼻子，但身子还是纹丝不动。

唐玉嫣把勺子硬往李云当嘴巴里塞，他却咬紧牙关，肉粥全都顺着下巴流了下来。一旁的陈典宾赶紧给他擦干净。

噔噔噔……外面走廊响起脚步声。

唐玉嫣叹道："你这个样子，我家小姐不知道多心疼呢……昨儿还偷偷地抹了泪……"

李云当的眉毛动了动，神色明显有了些变化。

陈典宾赶紧跟着说："可不是吗？到底还是长孙家的孩子，心里有什么事也只能憋着自己难过。再这么下去，你还没好，小姐的身子骨可先坏了！"

唐玉嫣伸手抹眼睛，哽咽道："是啊是啊……唉！"

哗啦！门被猛地拉开了。两人同时回头，长孙绮走了进来。

"你看，小姐亲自来看你了！"唐玉嫣忙道，"来，吃一点吧？"

唐玉嫣使劲把勺子往李云当嘴里塞，李云当顽强地用舌头把粥顶了出来，陈典宾赶紧给他擦了，唐玉嫣再次往他嘴里塞……三个人配合得甚是默契。

嗒嗒嗒……长孙绮走近了三人。她看了一眼李云当，俯身端起那碗还发烫的粥。

"小姐，他在吃了呢。"唐玉嫣笑道，"你看……"

长孙绮手一翻，整个碗扣在李云当脸上。

唐玉嫣和陈典宾还没反应过来，躺了两天一动不动的李云当突然狂叫一声，一下跳起身来。碗落下，砸在躲避不及的唐玉嫣脑门上，滚烫的粥随着李云当的疯狂挥舞，雨点一样打在陈典宾的脸上。

两个女人也尖叫出来，向两边连滚带爬地躲开。

"啊！啊啊！"李云当挣扎着把粥甩开，又扯到手上、脚上的伤口，继续疼得跳脚。咚！他的脚撞到了死硬的檀木小几，再也站不稳，翻滚过去。小几也跟着翻倒，上面的杯子碗碟稀里哗啦砸了他一身。

唐玉嫣终于回过神来，叫道："啊呀！郎君！"向他冲去。

陈典宾也抹去了脸上的烫粥，向李云当跑去。却见长孙绮挡在两人面前，冷冷的目光阻止了两人。

"出去。"长孙绮简单地吐出两个字。

陈典宾一愣,唐玉嫣扯着她转身就往外走,反手关上了房门。只听院子里窸窸窣窣地响,侍女们也跟着两人退出了院子。

长孙绮绕过倾倒的小几,走到李云当面前。李云当正挣扎着要翻身,身上的杯碟纷纷往下落。他咬紧牙关不发出呻吟,只是鼻子不停抽动,发出艰难的喘息声。

"恨我吗?"长孙绮在他身前蹲下来,问道。

李云当终于翻过了身,痛得浑身都在颤抖。他趴着喘气,还是不回答。

"你曾经说过,为了复国,什么都肯做。"长孙绮慢吞吞地道,"在武后面前,磕头磕得血流满面,是不是你?"

"走开……"李云当虚弱地说。

"我不走,有本事你走开。"

李云当伸手抓住前面的柱子,用力把身体往前拉。血立即浸透了包着伤口的白布,但他一声不吭,继续用力拉着。

"啧啧,"长孙绮赞叹着,"看不出你还是有点血性嘛。继续爬,看什么时候能爬出这房子。"

李云当疼得大颗大颗的汗珠往下滴,才勉强爬了一尺。他趴着大口喘着气。

"你恨我,是不是?"长孙绮用手戳他,看李云当不动,又戳了好几下,戳到他腰间的一处伤口,终于戳得他惨叫一声。

"你……你们全家死绝!"李云当再也忍不住,破口大骂。

"嗯,"长孙绮认真点了点头,"如果事情继续发展下去……长孙家全家死绝,还真有可能!"

李云当又疼又饿,脸上被烫到的地方火辣辣的,只想离这个疯女人远一点。他使劲往前爬，刚伸出手，突然长孙绮的脚狠狠踩在他手背上，踩得他的几根手指头一起咯咧咧地响。

"啊！"

"你不是要复国吗？"长孙绮抢在李云当骂出口之前大喊，"国呢？国呢？"

"没有了！"李云当疼得用更大的声音回她，"什么都没有了！我只想安安静静地死！你这蠢女人到底要做什么？"

"你最遗憾的，恐怕不是复国不成吧。"长孙绮仍然踩着他的手不放，俯下身子，在他耳边低声说道，"你只是……为找不到神遗之地而绝望……"

李云当死死盯着长孙绮，长孙绮也毫不客气地跟他对视。李云当觉得自己的手快要被这女人踩到地板里去了，强忍着疼道："你想……说什么？"

"告诉我，除了天志石，神遗之地里还有什么？"

"你死了这条心吧！"李云当疼得抽搐，"我死，就是要把这个秘密带走！"

"听说火袄教不会土葬，也不会火葬，因为尸体会玷污土和火。一旦玷污了土与火，灵魂就进不了天堂。"长孙绮笑笑，"也不知道是不是。"

李云当骤然提高了声音："你要干什么？"

"我在想，这不是自找麻烦吗？所以等你死了，还是按我大唐的规矩埋了好了。"

"你……"这下李云当急得都忘了疼了，叫道，"你不能这么做！"

"入乡随俗嘛。"长孙绮继续压低声音说，"你以为金筒毁了，里面的神旨已经不见了。其实，还有个人可能知道神遗之地在哪里……"

李云当的眼睛一下瞪得差点蹦出眼眶。

"你说什么？"

"没事了，"长孙绮拍了拍他的脑袋，站起身朝门口走去，"我就是来告诉你一声。"

"你……你站住！"李云当不知哪里来的力气，一下撑起半边身体，"你……你不能……"

长孙绮走到门口，回头看了他一眼，笑道："看到你寻死觅活的真好。你死了，我就可以放心地去找了。"

长孙绮拉开房门，大步走了出去。李云当绝望地往前一扑，摔倒在地，霎时晕了过去……

一刻之后，李云当幽幽醒来，发现自己已经躺回了原处。

唐玉嫣、陈典宾和几名宫女正在一旁收拾，见李云当嘴唇翕动，似乎在着急地说什么。

唐玉嫣俯下身凑近了，只听他焦急地说道："吃……我要吃……我……要吃……"

"嗯？"唐玉嫣不相信自己的耳朵，使劲掏了掏。她再看李云当，他急得眼泪都流了下来，沙哑着嗓子道："我要吃东西！我要药！药！"

这天晚上，月色很好。长孙绮让人在后院里摆了一桌，放着各色点心。她和唐玉嫣坐着赏月，陈典宾在一旁温着黄酒。

不一会儿，满院子的酒香。宫女端上来切好的姜丝，陈典宾用姜丝收了酒气，这才倒入杯中，亲自呈给长孙绮。

长孙绮喝了一口，辛辣得倒抽一口气。

陈典宾笑道："秋分了，这会儿喝姜丝黄酒正是时候，秋后不伤身的。"

唐玉嫣道："是有这么一说。听说冬至那日再饮，反倒不能用姜丝了。"

长孙绮又喝了一口，眯着眼睛问："为什么啊？"

唐玉嫣道："冬至乃是天地阴到极致，阳气刚要生发之时，然而人之身体，却要滞后一些，阴气还未到极致。这时候用姜丝激发阳气，反倒让阴气憋在了体内，来年要生病的。"

陈典宾道："姐姐说得极是。所谓天已发我未发，天已损我未损，就是这个道理。"

唐玉嫣和陈典宾相见恨晚，越说越投契，浑然把长孙绮忘了，只顾自己谈论。长孙绮喝了两盏黄酒，觉得索然无味，便拿了几块点心，在院子里信步走着。

后院有个小荷塘，荷塘边有个凉亭。长孙绮走到凉亭里坐下，望着月亮出神。

忽听身后传来艰难的喘息声，还有沉重的脚步声。不用回头，也知道是拄着拐杖的李云当。

这个人经过中午和下午的疯狂进食后，居然已经能勉强站起来，让唐玉嫣惊讶不已。长孙绮却心中冷笑。这家伙为了达到目的，那可是连命都不要的。

长孙绮也不回头，拍了拍身旁的凳子。李云当吭哧吭哧地走上前，艰难地坐下。他浑身都在颤抖，各处伤口拉伸到了极限，直到坐下了半天，才慢慢恢复。

李云当这才吐出一口气。长孙绮顺手递给他一块点心，他接过来默默地吃。

"风云漫说，袁天罡当年被李淳风从长安带到定州，借助天志石之力推演出《推背图》……这其中的关键，就是袁天罡。"

李云当用力点了点头。

"你以为神遗之地的秘密一定会收藏在金筒里。"长孙绮叹道，"你错了。虽然金筒内的纸张都化为灰烬，但我敢打赌，里面除了《推背图》，就只有密诏。神遗之地的秘密，连先太宗皇帝都不知道。"

李云当张大了嘴巴，点心从嘴巴里掉出来，他都没察觉。

长孙绮却继续吃着点心，不肯说了。

李云当等了半天，忍不住问道："你怎么知道？"

"猜的。"

"猜？"

"怎么？"长孙绮冷笑，"难不成你不是猜的，是真的确定？"

"我也……也是猜的……"李云当泄气地说，"当年听说这部《推背图》的存在，我知道肯定跟神遗之地有关，所以就猜，可能也有神遗之地所在的秘密……"

"所以咯，你也是猜，但我可是有证据的。"

"什么证据？"李云当倾身上前，急切地问，"你……证据在哪里？"

长孙绮指了指自己的脑袋。

"这里。"

"快给我看！"李云当急得发了疯，伸手去掰长孙绮的脑袋。长孙绮一侧身让开，他扑通一下摔倒在地，疼得惨叫。

"你知道作为刺客，最重要的是什么吗？"长孙绮笑盈盈地蹲在他身旁，问他。

"我……"李云当疼得蜷缩成一团，忽然灵光一闪，说道，"我不知道。高昌公主之后，天下最厉害的刺客就是你，所以天下也只有你知道。"

"你终于聪明了一次。"长孙绮笑嘻嘻地拍拍他的脑袋，"最重要的是脑子，所以你有这样的脑子，也可算得是天下第二的刺客。"

"好、好……"李云当哭笑不得，"那你快说说证据，让我这排第二的也长长见识啊！"

长孙绮咳嗽一声，低声道："天志石来自于神遗之地，先太宗皇帝其时已经老迈，病痛缠身，若是知道有这样神奇的地方，难道不会派人去寻仙丹神药？"

李云当在朝中日久，知道先太宗皇帝晚年其实一直在偷偷服用丹药，并因此丧命。若他真的听到神遗之地这样的存在，绝对不可能轻易罢休。

李云当不觉点了点头："既然袁天罡和李淳风从未说过神遗之地，那金筒里就必然只字未提……唉……我却没想到这一层。可神遗之地的所在……有人知道？谁呀？"

"袁天罡。"

李云当眼睛飞速转动，想了片刻，才说："我听说袁天罡早就过世了。"

"袁天罡还活着，"长孙绮轻笑道，"就在长安城内。"

"你猜的？"

"不是，只不过我刚巧见到有个疯道士也说自己看到了未来……"

两人沉默了片刻，李云当突然奋力撑起身体，忍着疼走到长孙绮面前，抚胸低头，向她行了一个至高的敬礼。"吾如今愿追随高昌公主之徒长孙绮，守护她前往神遗之地。"

"你追随我？"长孙绮说道，"你去神遗之地究竟要做什么？"

"找到神遗之地，你要做什么尽管做便是。我只求看上一眼，了却平生之愿。"

"哈哈哈……"长孙绮大笑，"你当我是三岁小孩呢，只求看上一眼……哈哈哈哈……"

李云当神色黯然，说道："你自然是不信。以前我只想找到神遗之地，帮我复国。但是现在……"

"现在怎么了？"

李云当道："你也亲眼看到了。那个时候，金筒就在我手里，也许通往神遗之地的秘密就在金筒里，也许只需伸手就能得到。然而无论皇后还是陛下，根本对此不屑一顾。在他们眼里，天下的权柄才是最重要的，所有可能干扰权柄的事，他们绝不会触碰。"

"所以就算你找到神遗之地，也不会有复国的大军。"

"是的。"李云当叹息道，"我终于想明白了，所以……从天牢出来就起了必死之心。你早上那句话，让我又活了过来。不过现在的我只想为自己而活。发现这个秘密，可能是我作为波斯王子最后的一丝坚持了……"

长孙绮站起身，说道："给你五天时间养伤。"

"好。"

"追随我，就必须将性命给我。"

"是！"

"希望见到神遗之地的那一刻，你仍能记住今天的话。"长孙绮说完，大步走出了院子。

李云当望着她远去的身影，慢慢重新站了起来。他抚摸着疼痛的手腕，喃喃道："在那之后呢……"

第四天晚上，李云当一脸平静地来敲长孙绮的门。

唐玉嫣开门的时候吓了一跳。李云当脸上的肿胀现在已经消了，但还残留着血痕。手臂、腿上还缠着厚厚的绷带，但都被他用衣服细心地掩好。

他看见唐玉嫣，郑重地躬身行礼。唐玉嫣愣了片刻，才记起他的身份乃是开国郡公，慌忙回礼。

"别跟他客气，嫣姐，"屋里的长孙绮说道，"他现在是我家奴。"

"啊？"唐玉嫣惊得脸都白了，"啊！"

"是，在下李云当，愿侍奉小姐。"

"可、可可……"唐玉嫣结结巴巴地不知道说什么。

"行了。"长孙绮穿好贴身的夜行衣，走出房门，先对着李云当胸口来了一拳。李云当连退两步才站稳，脸涨得通红，却硬气地没有出声。

"好。"长孙绮转头对惊呆了的唐玉嫣说，"嫣姐，准备两匹马，我要出门。"

"哦……哦哦！"

一刻之后，两匹马从后门疾驰而出。唐玉嫣和陈典宾站在门口，默默注视着两人消失在夜色之中。

第二十三章

　　亥时的景寺，一如既往地漆黑一片，没有灯火，没有人声。就算月光投射下来，也只是极淡的一层灰色，让这里看上去更似一片坟地。

　　说是坟地，倒也没错。那天景寺内尸横遍野，长安令便命人在寺内的后院挖了个大坑，一口气把尸体全埋了进去。现在这里已经成了远近闻名的鬼寺，天擦黑就没人敢靠近。

　　这倒省了不少事，长孙绮和李云当很轻松就潜到了前殿。两人停下，解开包袱，把兵刃器物一件件拿出来。

　　"谁在里面？"

　　"袁天罡。"

　　"……我相信你。"

　　"我找到他了，"长孙绮说，"可就是抓不住他。他的轻功……哼，实在是太强了。"

　　"有多强？"

　　"至少是风云漫那个级别的吧。"

　　李云当啧啧两声。

　　长孙绮又把上次那捕捉风云漫的飞刀阵拿出来，耐心地扣在身上。

"你想把他也骗进殿里来？"

"不然呢？"长孙绮瞪他一眼，"你怎么想？"

"我觉得……有了风云漫大师的前车之鉴，他可能不会再上当了。"

"那咋办？"长孙绮自顾自地继续扣飞刀。

"如果他有风云漫大师那种功力，想追是肯定追不上的，只能设圈套。但……"李云当苦笑，"就我们两个人，设圈套也不够啊。"

"还有一个办法。"

"什么？"

"砍了他的腿。"

李云当看长孙绮扣好了飞刀，从包袱里掏出两把一尺来长的短刀，顿时觉得这家伙是认真的。

这种刀产自波斯，名字叫作斩马杀，刀刃薄得几乎透明，但刀背却比寻常的厚了不止一倍。在战场上可以贴地滚动，去砍骆驼或马匹的腿，一刀就能将腿砍断，力道大一点的能一刀砍断两只……

当然，因为刀刃太薄，最多三刀，就会崩断刀身。长孙绮一口气拿出两把斩马杀，袁天罡也没有四条腿啊……李云当一时间觉得背上冷汗淋漓，这家伙是想把袁天罡的手脚都砍了？这他娘的究竟把人命当作什么？

"你是当真的？"他小心翼翼地问。

回答他的是一把直奔胸口而来的斩马杀，李云当一把抓住，手不禁抖了一下。

"听着，"长孙绮冷冷地道，"绝对不能用常理来看他。"

"什么意思？"

长孙绮摇摇头："我也说不清楚，等会儿你就知道了。"

"那……"李云当环视四周，"他会在哪里出现？"

"石塔。"

两人装束完毕，李云当忍不住又问："你真要砍断他的腿？"

"你有没有更好的建议？"

"呃……我……暂时想不到……我只是觉得那样子似乎……不太好……"

"反正我要抓住他，不管是什么样子！"长孙绮坚定地说，"走吧！"

两人绕过前殿，向中庭走去。长孙绮不时停下，侧耳倾听，但此刻除了风声和远方偶尔的马嘶声，再没有别的。

不久，两人走到院墙前。隔着院墙，十丈之外就是石塔。长孙绮和李云当同时在墙根蹲了下来。

"我们怎么做？"李云当轻声问。

"等一个声音。"长孙绮凑在李云当耳边说。

李云当闻到长孙绮身上传来的若有若无的香气，心中一跳。他故作镇定地问："声音？"

"听到你就明白了。我走左边，你走右边。等到声音发出来再进去。"

李云当点头，长孙绮立即转身离去。李云当用力吸了一口气，却再也没有那香气……他黯然叹了口气，向另一个方向走去。

长孙绮走到了自己的位置，回头已经看不见李云当了。就这么一段距离，似乎一切都隐入了黑暗中。长孙绮心中泛起一丝不祥的预感，但此刻没法子回头了。

她悄无声息地纵上墙头，先趴在墙头观察。那日后殿被焚烧，虽然没有殃及石塔，但可以看到石塔顶端的石栏杆不知为何破损了两处。月光照在石塔上，并没有什么人影。

长孙绮耐心等着。过了一刻有余，忽然，石塔上传来了一声叹息。

长孙绮紧紧盯着石塔顶端，那道士的声音却在身后幽幽响起："凡人……汝想要窥视天机吗？"

长孙绮伏在院墙上，一动不动。

袁天罡的声音时而在右，时而在左，不停地说道："天机不可窥……凡窥者必死……然而……终究有些人……窥见了一丝……多么可怕……多么……珍贵……"

长孙绮的目光一直在黑暗中寻找，有一点闪光在不远处的石塔闪了一下。那是李云当……她必须要掩护李云当靠近袁天罡……

"那为什么你要窥视呢？"长孙绮突然问道。

"吾……"

袁天罡明显停顿了一下。但很快，声音再度围绕着长孙绮旋转起来。

"凡人，你怎么能懂得……凡人，你岂敢问出这样的话？"

窸窸窣窣一阵响，长孙绮陡然间觉得左侧身子一阵冰冷，仿佛被一团冰包裹住。她猛一抬头，只见袁天罡站在院墙上，俯身弯腰，脑袋差一点就顶到自己脸上。他两个眸子像野狼一样发着幽光，就那样一动不动地盯着自己。

长孙绮浑身剧震，被他的气势所迫，连一根头发都不敢乱动。

这张脸，的确是她那时在石塔上看见的道士的脸，但这气势……比风云漫全力出击时更加匪夷所思！

这不是同一个人……长孙绮在心里对自己说……至少不是同一个灵魂……长孙绮第一次见到袁天罡的时候，听他不停地说："他活着，我不走。"看来风云漫是镇守他的最后一道屏障，现在，他自由了……

"凡人……"袁天罡说道，"你敢窥视……这是什么？"

袁天罡突然伸手向长孙绮胸前抓来。长孙绮大惊，一掌切向他的手腕，谁知袁天罡的手像蛇一般绕过她的手掌，哧的一声撕开了衣服，顿时整个胸口都暴露了出来。

长孙绮往后连翻，刹那间飞出数丈，因为用力过猛收刹不住，摔落墙头，一头扎进院墙旁的草丛里。她顾不上浑身剧痛，又往后翻滚了几次，直到背心贴上了前殿的外墙才停下。

她低头一看，衣服被撕了一条大口子，大半胸脯露在外面。她羞愤交加，用力拉扯衣服遮住，突然间大惊，原来挂在胸前的十字形不见了。

她抬头看，夜色中亮起了一点光，那是袁天罡手里的十字形。十字形发出暗淡的蓝光，隐约照亮了袁天罡惊讶的脸。他脸上的神色很快就变成了惊恐。

"汝……凡人……怎么拥有这……这……"

长孙绮双手往后一掏，两手里各有了四把飞刀。她一边盯着袁天罡，一边看着李云当——他已经摸到了袁天罡的身后，远远地朝长孙绮点了点头。

嗖嗖嗖嗖、嗖嗖嗖嗖——八柄飞刀先后脱手而出，形成一张大网，兜头向袁天罡射去！

袁天罡身形晃动，飘飘悠悠往院子中飞去，看似缓慢，却从容避开了所有飞刀。蓦地，他的身后刀光一闪——李云当出手了！

李云当这一刀是横劈，果然很听长孙绮的话，专往袁天罡腿上砍去。袁天罡身体飞速旋转，陀螺一般拔地而起，李云当这一刀只砍飞了他一片衣角，他却已飞到了石塔的腰间，一手抓住石塔的缝隙，回头看着下面的两人。

"凡人……你们根本不知道神的意义何在。你们根本窥见不到，神的境界在哪里……跪下！"

回答他的是另外四柄飞刀。

袁天罡略一侧身，避开飞刀，再次回过头来时，长孙绮和李云当已经冲到了石塔下方。

袁天罡发出一声尖厉刺耳的怪叫，像极了夜枭的声音。他的身体陡然拔高了数丈，向石塔顶端爬去。身后两人飞快地追赶着。

袁天罡先一步上了塔顶，仰头哈哈大笑，叫道："凡人！你们竟敢窥视天机！吾要用什么来惩罚你们呢？"

嗖嗖！两把斩马杀同时从两个方向横着扫过来，刀刃划破空气，声音尖厉震耳。袁天罡继续哈哈笑着，一脚踢开了李云当的刀，身子一转，躲开了长孙绮的那一刀。

石塔顶端宽不过两丈，长孙绮和李云当两人围着袁天罡厮杀。李云当在上面猛劈猛砍，长孙绮在地上滚来滚去，攻击袁天罡的双腿。但袁天罡一边笑着，一边从容躲避，两人的刀连他的衣角都没碰到，反倒好几次差点被自己人误伤。

三人交手了一刻有余，长孙绮把飞刀都射光了，仍然毫无进展。

长孙绮越砍越急躁，看准机会，连砍三刀。明明眼见着刀马上就要砍到袁天罡的腿上，眼前一花，袁天罡踪影全无，却听李云当大叫："是我！"

长孙绮转动手腕，刀擦着李云当的腿划过，一刀砍在地上。当的一声，薄薄的刀身被震得粉碎。锋利的刀片四射，长孙绮和李云当同时闷哼一声，被刀片划开了十几道口子。

长孙绮腿上有两道口子极深，血喷射而出。长孙绮疼得一时没站起来，李云当与袁天罡继续鏖战。

趁蹲着喘息的时候，长孙绮死死盯着袁天罡，见他身形飘逸，特别是四肢极为舒展，每每在关键时刻出人意料地一屈一伸，就避开了李云当的刀锋，周身仿佛没有骨头一般。

李云当砍得已是气喘吁吁，袁天罡却好像越打越开心，手舞足蹈，没有丝毫停息。有几次李云当砍得急了，袁天罡的身体大半都探出了石塔顶，甚至全身都飞了出去，却又张开双臂，长袖翻飞，像个风筝似的绕着石塔转了大半圈，飞了回来，继续在李云当疾风骤雨般的攻击中闪转腾挪，胜似闲庭信步。

长孙绮咬着牙等待着。当袁天罡又一次晃到面前时，她突然站起，朝袁天罡一撒手。袁天罡哈哈一笑，蓦地尖叫一声，用手捂住了眼睛——长孙绮滚烫的血洒到他眼睛里了！

李云当大喝一声，往前猛扑。袁天罡闭着眼双腿一蹬，就要往后退去，不想腿上一紧，被长孙绮一把抱住了！

袁天罡正牢牢占据上风，像耍猴子一般戏弄着两人，形势突然间就因为眼睛被血糊住而发生变化。他根本来不及思考，本能地要踢开长孙绮，身上又是一紧，被李云当合身抱住了！

这一扑的力量太猛，李云当直接抱着袁天罡飞出了塔顶。李云当魂飞魄散，但仍死死地抱着袁天罡，生怕一撒手他就飞了。两人刚飞出塔顶，向下坠落，只听咚的一声，两人身体重重撞在石塔上，却没有再往下落。

长孙绮狂叫道："不要放手！"原来是她半边身体还在塔顶，死死抓住了袁天罡的脚踝。

李云当叫道："死也不放……啊！"

身体再度下落，长孙绮也被拽离了塔顶。她的脚胡乱踢着，忽地钩住了一块略微凸出的石头，再一次勉勉强强稳住了身子。三个人串葫芦一样挂在半空，不停晃荡着。

李云当感到抱着的袁天罡一动不动，似乎根本忘了挣扎。他正在奇怪，忽听长孙绮大喊："撑不住了！"

身体一震，三人再度往下坠去，李云当脑中顿时一片空白，不知道这个时候是该拼死转身抓石塔，还是就这样抱着袁天罡来个同归于尽……

长孙绮眼睛都瞪红了，要赌袁天罡最终出不出手……然而就在这一瞬间，她发现李云当的脑袋要比袁天罡多冒出一点点！

"撒手啊！"

长孙绮喊出这一嗓子时，抓着袁天罡的手用力一扯，借力向下猛冲，想要抓住李云当。谁知李云当也在这个时候放开了袁天罡，在空中扭转身体，想要护住长孙绮。两人速度太快，还没等落地，两个脑袋就在空中结结实实撞在了一起，顿时两人都眼前一黑，晕了过去……

哗哗……

长孙绮微微动了一下，睁开眼睛。

不知什么时候下起了雨。天空中偶尔亮起来，那是闪电在厚厚的云层后沉默地闪烁。雨水稀里哗啦地打在长孙绮脸上，她眯着眼睛，一时全然迷茫，不知身在何方，甚至不知道自己是谁……

忽然，一道龙形的金色闪电在云层中钻来钻去，最终化成一片金色的闪光照亮了不远处石塔的影子，还有石塔侧面那个身影。

袁天罡！

长孙绮一下跳起身，随即感到全身一阵剧痛，扑通一下跪倒在地。她疼得浑身抽搐，低着头才发现，李云当正躺在旁边。

长孙绮伸手摸到李云当的颈部，摸到他的脉搏，才松了口气。

她头疼欲裂，只记得在石塔顶端搏命厮杀，怎么突然躺在了这里？转头看袁天罡，只见他一手抓着石塔，脚踏在塔身一半高的地方，像个突出于石塔外的三角支架，随风晃悠。

那道闪电之后，雨下得更大了。长孙绮忍着痛向袁天罡走去。只听他在风雨中大喊："哈哈……吾窥见了已去之过去……窥见了未来之将来……每一时刻都在吾眼中……凡人，你怎能知道，你又怎能明白！"

"我不知道！"长孙绮仰望着他，泄气道，"可我想知道！"

袁天罡垂下头，目光瞬间击中了长孙绮，惊得她脑子里嗡的一下。但她死撑着不躲闪，用最大的意志力回应着他的注视。

"回答吾，"袁天罡低声道，"你怎么会有这个？"

他慢慢举起手，手中的东西被闪电映照出来，发出金色的光。

"那是我的！"长孙绮立即大喊，"是风云漫大师留给我的！还我！"

"我的……"袁天罡握紧了十字形，声音颤抖着，"是我的……我才配窥见神迹！"

"还我！"长孙绮大急，奋力往上爬去。突然，袁天罡大叫一声，从石塔上跌落，越过了长孙绮，砰的一声重重摔倒在地。

长孙绮这下子被惊呆了，一时间趴在石塔上动也不敢动。袁天罡的身体蜷缩起来，他两只手握住十字形，还想用力捏碎它。

"停……停下！"长孙绮跳下石塔，朝袁天罡跑去。还没赶到，袁天罡突然弹了起来，吓得长孙绮一跤滑倒。

"为什么！为什么！"袁天罡愤怒地狂喊着，双手握着十字形猛往石板地上砸去，砰砰几声，他的双手血肉模糊，但十字形却毫发未损，反而渐渐发出红色的光芒。

随着红光的出现，一些光点开始散发出来，围绕着袁天罡的手旋转。长孙绮屏住了呼吸——这光点！

袁天罡蓦地发出惨烈的尖啸，震得长孙绮忍不住捂住耳朵。他的手心里冒出了白烟，发出吱吱的声音，十字形握在他手里，像是捏着一块烧红的铁块。

"啊——"

终于，袁天罡大叫一声，直挺挺地向后倒去，双手松开，十字形掉落在地。红光迅速消失不见，那些光点也消融在雨雾之中。

长孙绮一把抢过十字形，倒退几步，仔细查看，见它没有丝毫损坏，也根本不热，反而有点凉飕飕的。她定了定神，壮着胆子再去看袁天罡，只见他口吐白沫，双眼翻白，彻底晕死了过去。

第二十四章

张谨言匆匆走在回廊上。拐弯的时候，他抬头一看，正看见前方观鱼轩的悬门，不觉打了个寒战。

那日在观鱼轩，走投无路之下，他跟长孙绮豪赌了一把，故意争斗，让金筒被人划破，以破除金筒的诅咒。结果长孙绮虽被当面叱责，却屁事没有，长孙家反而还因祸得福，得以保全。

武后拿长孙绮没奈何，回头就把雷霆之怒发泄在自己头上，当场革去所有职务，追夺赏赐，去爵。张谨言家辛辛苦苦三代挣来的荣华，一夜之间灰飞烟灭。

张谨言走出宫门就大病一场，差一点儿见了阎王。直到王成来看他，在他耳边说皇后犹然愤怒，下令若是他敢就这么死了，立即族灭全家。吓得张谨言在奈何桥走了一遭，又生生醒了过来。

在家里和老婆两人大眼瞪小眼，煎熬了几天，今日一早，突然天恩降临。虽然爵位没有返还，但检校左府将军的职位重新给了他，意思非常明确：戴罪立功，以观后效！

张谨言慨然受命，跑到家庙大肆祭祀，叩谢先人。祭祀刚过了一半，宫中前来催促，张谨言立即上马，狂奔到大兴宫。等进了宫，跟着内侍往观鱼轩走来，他才陡然惊觉——这又要做什么？

难道……那个害人的金筒又出现了？

张谨言走到悬门前的时候，双手双腿已经止不住地颤抖，幸亏藏在衣服里看不见，脸上还强撑着保持镇定。

内侍把他引进门，转身要出去。张谨言一把握住他的手，往手心里塞了一锭金饼。那内侍顺手掂了掂，不动声色地塞进袖子里。

"中使！"张谨言差点就跪下了，"求中使指点！"

内侍把嘴凑到张谨言耳朵边："今儿皇后心情好。"

"欸？什、什么？"

内侍说完，不等张谨言问，转身就出了门。张谨言心里七上八下，拿不准这句话是好是坏。但已经走到这一步，再不复命就是死罪，当下只得硬着头皮往里走。

这段甬道走得极其艰难，走到头的时候，张谨言已经浑身大汗。他刚鼓起勇气摸到殿门，门一下就开了。

张谨言往前一扑，跪倒在地，抢着大喊："罪臣谨言，祝皇后殿下千岁千千岁！"

"哧……"有人在轻声地笑。

张谨言觉得这声音有点耳熟，但不敢抬头看。

那人走到他面前，说道："起来。"

张谨言先看到了一双镶金线的绣花鞋，往上是一袭蜀绣长裙，裙身灰蓝色，用银丝绣着两朵若隐若现的莲花。再往上，是一件半透明的青色外罩。张谨言眨眨眼睛，再往上看，却迎上了长孙绮的脸。

张谨言吓得怪叫："怎么又是你？"

阳宝大声道："大胆！皇后殿下驾前，岂得喧哗！"

张谨言赶紧又拼命磕头："罪、罪臣……"

"行了，"武后淡淡地一挥手，"起来说话。"

张谨言又磕了三个头，站起身，这才发现不仅长孙绮在，李云当也人模狗样地恭立在武后身前。

果然跟金筒有关！

张谨言强压下狂跳的心，垂着头站在一旁，不敢有丝毫多嘴。

武后坐在莲花座上，一手撑着头，有些心不在焉，不知在想什么。大殿内除了这五个人，就只有十名内侍，显得格外空旷。

他忽然意识到，自己站在长孙绮的左首，而长孙绮站在李云当的左首。张谨言飞快地在心里盘算：李云当有爵位，那么排在长孙绮之前是对的。自己已经被夺爵，但也是有官身的人，怎能站在长孙绮下首？

但这会儿又不敢乱动……张谨言恨恨地瞪了长孙绮一眼，示意她站错了位置。长孙绮却对他施以鄙视的眼神，转过去不再理他。

大殿内沉静了片刻，武后微微叹了口气。众人立即把目光转移到她身上。

"一直以来，吾殚精竭智，为这大唐江山操碎了心……"武后平静地开口，听得张谨言心口又开始怦怦乱跳。

"然而，终究有人欲害吾，大概，也是老天爷厌弃吾吧……阳宝，过去。"

"是！"

阳宝一挥手，八名内侍上前，将武后的莲花座整个抬起，向对面大殿走去。李云当和长孙绮、张谨言也跟了上去。

张谨言偷偷问长孙绮："怎么回事？"

"你猜。"

"这事能猜吗？"张谨言气得脸都憋红了。

"那就别问。"长孙绮瞧也不瞧他一眼。

张谨言急得满头大汗，不顾脸面地又问："难道……难道又有那东西出现了？"

"你自己看呀。"

"你、你……"张谨言突然发现拿长孙绮一点办法都没有。长孙家就算败了，也不是他现在随便能惹的。况且眼前这个女人可是敢对武后咆哮的，她就算当场痛打自己，只怕武后也不会在乎……

内侍们将莲花座放在两座大殿中间的位置。今天，上方原本一直覆盖着的帷幕被揭开了，阳光投射下来，照亮了中庭。

四十名重甲禁军从中庭两侧的回廊一直排到后殿的门口。这些重甲士兵都用黑布蒙着面，持着弓弩、陌刀、钩镰枪等武器。

张谨言看得暗暗心惊，这些可都是战场上的精锐部队才会使用的重型武器，按理是绝对不许进入大兴宫的。他自己的左府卫士使用弓弩，按律都必须在大兴宫以外。这些人很可能是传说中皇后偷偷扩充的"百骑"。

想到这里，张谨言忍不住朝长孙绮和李云当走近了一点。真是活见鬼，这个时候竟然觉得这两个人才能带来安全感。

阳宝说道："开门！"

两名内侍上前，用力推开了后殿门。殿内立即传来一阵夜枭般尖厉的怪笑声。

只听一阵脚步声，四名身穿御医服饰、头戴黑色面罩的人匆匆走到殿门前，向武后行礼。这些人身上沾满血迹，但显然不是他们的。

长孙绮注意到他们手里都拿着细长的刀，规格还各不相同。有给人刮骨疗伤所用的刮刀，有专门剐去腐肉、挑断经脉的小刺刀，还有一种剪刀似的工具，不知是做什么的。

"邢御医，人……如何了？"阳宝问。

当先的邢御医立即回答道："禀皇后，人已经处理好了。"

阳宝道："邢御医留下。你们三人，立即启程去昭陵，为先太宗皇帝守陵一年，非宣诏不得回京。"

另外三名御医露出欣喜的目光，一起磕头道："是！谢皇后天恩！今日之事，我等已烂在肚子里，绝不负皇后的信任！"

阳宝招招手，六名重甲禁军上前，两人一组，把三名御医夹在中间，送了出去。邢御医看着他们离去的脚步，心中暗叹。武后如果让他们守一辈子昭陵，那便是饶了他们的命。现在说只守一年，只怕连这大兴宫都走不出去……

阳宝再一挥手，四名内侍走入殿内。立即听见殿内嘎吱嘎吱响，像是在推着一辆车。那尖厉的笑声更大了。

等到那东西推到殿门口，所有人都是不由自主地退了半步。

这是一辆运货的板车，上面却竖立着一支用原木搭就的十字架。袁天罡全身赤裸，只在腰间缠了一块布。他的双手、双脚和身体，分别被几十根红色的布带捆绑在十字形上，整个人像一个十字。

他裸露的肌肤上——尽管御医已经小心翼翼地处理过了——满是血迹。这些血不是割破肌肤流出来的，来源要奇怪得多——袁天罡的身体上被刺入了三百多根银针，血就是从这三百多个孔洞里渗出来的。

长孙绮、李云当、张谨言三个人同时浑身冰凉。因为这三百多根针，是沿着袁天罡的十二经络和奇经八脉一路扎下来，把他全身所有的穴位都制住了。

人体十二经络、奇经八脉，串起了八百多个穴位，乃是人体血脉、精气运行之道。一般为治疗之故，封闭一两条经络，或者十来个穴位也很平常，但若是封闭四条以上的经络，就可能导致气血流动不畅，轻则肢体麻痹、失血，而至于瘫痪，重则丧命。

然而现在，袁天罡几乎全身穴位都被封住了！

长孙绮和李云当心里明白，他们是前天将袁天罡带到了这里。邢御医等人用了一天半的时间，才折腾出这么一个样子，实在是被逼急了。

因为武后的命令非常简单明了：不能死，不能动。

长孙绮眼尖，看出袁天罡身上每一根针都有不同的颜色。显然邢御医费尽心力，用了各种药物，对应不同的穴位，让袁天罡即使穴位被封，也一时半会儿死不了，变成一个活生生的僵尸……

袁天罡全身无法动弹，却带着一脸奇怪的笑容，不停发出尖叫。看来嗓子还没控制住，也可能是不想制住，要他说话。

殿前的人都不敢开口。直到武后不耐烦地哼了一声，阳宝才赶紧道："好了，推进去……"

"混账！"武后一声怒吼，"推出来给吾看！"

阳宝大惊，跪下磕头道："皇后！此人凶险，皇后断不可以身涉险……"

"推过来！"

内侍们抬起车架，越过高高的门槛，把车推出了后殿。阳宝拼命招手，重甲禁军立即拥上，排成两行，挡在板车和武后之间。回廊里的弩兵举起弩，瞄准了袁天罡。

武后回头看长孙绮，示意她上前。长孙绮走到板车前，袁天罡看见了她，立即发出嘶嘶的声音。

"凡人……凡……"袁天罡艰难地说道，"窥见天机者……必死……"

"所以你现在变成这个样子了，"长孙绮回答，"是吗？"

"汝根本什么都不明白……"袁天罡罕见地叹了口气。

"是你把谶言传给坊市小儿的吗?"

"谶言……便是预言……预言……必将成真。"袁天罡喃喃地道,"吾窥见了未来……吾必将……证明未来……"

张谨言差点胯下一热——原来这个老狗竟然把谶言传出去了!

这个天杀的老狗!

完了!这下全完了!武后的雷霆之怒即将到来,长安城马上就要血雨腥风了!

阳宝叫道:"邢御医!快!快封住他的嘴!"

"等等!"长孙绮大声道,"我还要问他话,你们都退下!"

"都退下。"武后不待阳宝反驳,立即厉声下令。

"是……"

"留几把兵刃!"李云当突然说道。

阳宝略一犹豫,点了点头。两名重甲禁军解下自己的横刀,李云当伸手接过一把,张谨言也赶紧拿过一把,心中稍定。

阳宝一挥手,重甲禁军分作两队,从两侧回廊退了出去。阳宝和邢御医等退到身后的前殿内。中庭只剩下袁天罡、武后、长孙绮、李云当和张谨言五人。

张谨言刚要趁乱退下,长孙绮回头对他笑了一下,他不觉一愣。就这么一犹豫,阳宝等人已经退得很远,他想走也走不了了,气得死掐自己大腿。

随着重甲禁军的离去,长孙绮走近了袁天罡,抬头仰望他。

"我问,你答。"长孙绮道,"你是不是知道神遗之地?"

李云当想阻止,但已经来不及了。他紧张地看着长孙绮,不明白她为何要把这秘密毫无遮掩地暴露在武后面前。

果然，武后的目光瞬间变化，盯紧了长孙绮。

袁天罡没有回答，目光涣散，继续说着不清不楚的话。

长孙绮一纵身，跳上板车，凑近了袁天罡。李云当立即拔刀站在长孙绮身旁警戒。

张谨言这时候突然福至心灵，跑到武后身前，威风凛凛地拔刀警戒，却被武后呵斥："让开！挡着吾了！"

"是、是！罪臣死罪！"

"你，"长孙绮盯牢了袁天罡的眼睛，一字一顿地问道："你是不是用天志石见到了过去未来，所以才推演出《推背图》？"

"凡人，"袁天罡咧开嘴笑，"汝岂能知道……"

"你也是凡人，"长孙绮打断了他，"你不过是偷窥了一两眼天机的凡人。风云漫枯守一生，他在的时候，还能制住你。结果你呢？他一死，你就变成了一个不人不鬼、不死不活的妖怪！"

袁天罡神色剧烈变化，脸上的每一寸肌肉都在收缩、绷紧，让他的脸变得极其狰狞。他咬紧牙关，从喉咙和鼻腔里发出嘶嘶的声音，像要扑上去把长孙绮活剥生吞了。

李云当握刀的手里全是汗。长孙绮却一点也不害怕，她凑得离袁天罡更近了，低声道："如果你去过神遗之地，为什么害怕它？"

长孙绮把拳头举到袁天罡眼前，手指微微一松，露出了半截十字形。袁天罡立即发出尖叫，好似见到世上最可怕的东西。但他的身体根本动不了分毫，眼睁睁看着长孙绮把拳头慢慢向自己脸上凑来。

"吾……必将……啊……啊啊……"

袁天罡持续惨叫着，脑袋急速颤抖，巨大的汗珠一颗颗滴落，长孙绮身后的人只看见她在逼问，都没看到她手中的十字形已经按在了袁天罡的额头。

"你没有进去过，是不是？"长孙绮冷冷地道，"因为你根本没有能力进去！你就算见到了，也根本无法踏足一步！"

"啊……啊啊啊……"

袁天罡的声音虚弱得几不可闻，眼睛渐渐翻白，口中吐出白沫，就要支持不住了。长孙绮慢慢收回了十字形。

"带我去，"长孙绮说道，"带我见到神遗之地，我便还你自由！"

一声沉闷的响声，后殿门关上了。

此刻，所有的窗户和门都已紧闭，窗前的帷幕垂下来，遮住了所有阳光。只有十支铜鹤灯照亮了殿中的十几个人。

武后坐在莲花座中，阳宝和十名内侍围绕着她。长孙绮等三人站在莲花座下方。

长孙绮从容淡定。李云当心中暗急。张谨言则是强忍恐惧，暗骂自己怎么又没能趁刚刚把袁天罡弄回去时告罪逃走。

"长孙家的孩子，"坐在莲花座上的武后沉声问，"你来说说看，是怎么回事？"

"小女子叫作绮。"长孙绮一本正经地回答。

张谨言和李云当都揪紧了心，不知道这个小女孩到底是怎么想的，哪怕面对武后，也绝不按照常理回答。

武后脸上却露出一丝难得的微笑："好吧，长孙绮，把你知道的都告诉吾。"

长孙绮正色道："皇后明鉴。据小女子所查，袁天罡不知道从什么时候开始，在长安各角落散布谶言。但目前为止，尚不足为患。"

张谨言眼见武后眉头一皱，立即上前喝道："荒唐！此等妖言，露出一个字也会为祸天下！"

"是，"长孙绮回道，"的确不能有只言片语流出。但万幸的是，袁天罡已经疯癫，所以小女子怀疑他并非刻意泄露，而是疯魔之时自言自语。寻常人看见他只会避之不及，所以只有些爱看热闹的小孩儿随意学了几句去。"

"哪里的小孩？"

长孙绮道："哪里的小孩并不重要。"

"那什么重要？"张谨言已经趁机绕过长孙绮和李云当，站到了莲花座前，面朝长孙绮，厉声道，"注意你的言辞，长孙绮！每一个字，你都得给皇后殿下解释清楚！"

"是。"长孙绮不卑不亢地行了个礼，"回禀皇后，真正重要的，是那个引发《推背图》的神遗之地。"

"这东西真的存在？"武后看了看李云当。

李云当立即回道："禀告皇后，神遗之地确实存在。小臣曾听风云漫大师说过，袁天罡正是用神遗之地流出的天志石，为先太宗皇帝推演出《推背图》。"

"你的意思，袁天罡能推演《推背图》，乃是因神遗之地的缘故？"

"小臣也是猜想。但《推背图》太过神奇，怎么想也非凡间之物。袁天罡若是没有奇遇，怎能如此？"

武后默然，既不点头也不否认。张谨言立即心领神会。

"风云漫说的时候，只有你和长孙绮两人听到吧？"张谨言冷哼一声，"没有旁人在，何以证明？"

"只有一件事能证明。"长孙绮第一次单膝跪下，说道，"恳请皇后准许小女子带袁天罡前往西蜀雪山，寻找神遗之地！"

李云当也忙跟着单膝跪下，拱手道："小臣也愿随行，为皇后寻找此地，探明真相，以堵天下悠悠之口！"

沉默了老半天，武后才慢条斯理地问："你要什么？"

"小女子只要长孙家的清白！"

武后目视张谨言，张谨言立即说道："皇后！她这是推脱诡辩之辞！臣听说西蜀雪山，高万丈，延绵数千里，其上雪比人还高，更有百里冰川！别说寻找什么神遗之地了，常人根本无法在上面生存！请皇后明鉴！"

"谨言所言，方是老成之道。"武后笑着对张谨言点头。

张谨言一下子热泪盈眶，跪下磕头，哽咽道："谢皇后谬赞！罪臣谨言愿终身侍奉皇后，肝脑涂地，粉身碎骨，也在所不惜！"

武后温言道："好。你既有这份心，吾很是宽慰。此次西行，你便替吾走一趟，监视此二人所行。待事成回来，你那'检校'二字，便可去了。"

隔了足有半晌，才听见张谨言脑门重重在地上一磕，哭道："罪臣……领旨……谢恩！"

第二十五章

咕噜……咕噜……

三辆牛车在一条山路上艰难前行，四周是高耸入云的大森林。所谓的路，只是森林中马、牛和人踏出的一条烂泥道，与周遭茂密的灌木、草甸有所区别而已。

路旁的树非常高大，在中原腹地已经很少能看到这样的树木了。树上爬满青苔，树干上垂下无数藤蔓。林子里到处是水洼，大多数隐藏在草甸之下，一脚下去，就是一个大坑。牛车因为这样的水洼，一上午就陷了七八次。

山路在陡直的山崖侧面蜿蜒向上。天还没亮，他们就开始爬山，这会儿已经过了午时，却连这座山的一半都还没爬到。抬头向上看，越过茂密的树冠，可以看到这座山之后还有更高的山，这片森林之后，还有更茂密的森林……

走在队伍最前面的刘阿翁眯着眼咳嗽了几声，狠狠吐出一口浓痰。他的双腿早就湿透，冰冷的裤子贴在肌肤上，寒气直透骨头，膝盖疼得像要裂开。他用力敲了敲膝盖，抓住一根树枝，才费力地拔出陷入泥泞里的腿，站在突出于泥泞之外的树根上。

"不能走了！"刘阿翁回头喊道，"后面的掉头，往左边山头绕过去。"

"什么？"第一辆牛车后传来张谨言的怒吼，"又掉头？这都是第三次了！你个死老头子，到底认不认识路啊！"

刘阿翁冷笑一声，也不言语，自顾自地抓住树干树枝往下走。拉牛车的人已经默契地各自引着牛车掉头，十几名运货的丁夫也都转身向下。

车队自行转向，谁也没把张谨言的意见当回事。张谨言气得跺脚，却再不发一声。

五天前，张谨言等人赶到益州，就根据袁天罡在为数不多的清醒时分提供的线索，到处寻找能到雪山的向导。谁知竟没人肯应承。

由于是奉密旨行动，来的除了张谨言、长孙绮、李云当、邢御医之外，就只有秘密押着袁天罡的十名禁军。他们沿途经过各个城池，甚至没有惊动官府，而是以行脚商队的名义行动。

但此时已经是晚秋。这个时候上雪山，无异于自寻死路，所以一个向导都找不到。

武后可没耐心再等一年……绝望的张谨言疯了一样到处寻找，最后是长孙绮出了个主意。他们用钱砸开了益州的死牢，以活命为条件，总算捞到个曾在雪山为匪十余年、号称雪老狐的刘阿翁。

得了活命承诺的刘阿翁倒也实在，出来后两日之内，就凑齐了五十几人，又买了五辆牛车，初步凑齐了一支登山的队伍。当天下午，城门将要关闭之时，队伍就悄然出了益州城。

一路南下，顺着驿道走，出奇地顺利。但过了汉源，真正进入大山之中，他们才发现把困难估计得太小太小了。按照袁天罡所说，他们首先须得翻越三座大山，抵达一个叫作柘村的地方，从那里才能真正进入大雪山。

但翻越第一座大山，他们就整整走了一天半，而且在第一个垭口，就一口气损失了两辆牛车和三个人。

看着牛车带着几乎所有的给养翻滚着坠下两百丈高的悬崖，所有人都是背心发冷。

今天是第三天，他们必须翻过眼前这座山，否则今晚就得挨饿。

"娘的！"张谨言看着飞快跑到队伍最后亲自指挥掉头的刘阿翁，恨恨地吐了口唾沫。他身边的李云当什么都没说，背着包袱跟着牛车走。

牛车在山路上艰难地掉转方向，沿着左侧一条更陡峭的山路走，企图绕过山头。在这四面都是山头的密林之中，几乎看不到太阳，也无从估计时辰，只能靠看天色来判断是否快要黑了。

"一旦入夜，这就会是一座死亡之山。"

牛车上的袁天罡突然说了这句话。

长孙绮一惊，看他依然紧闭双眼。再看走在牛车对面的邢御医，邢御医一脸惨白，冲她摇了摇头，示意袁天罡刚刚并没清醒。每天只有午时，袁天罡才会清醒半个时辰，其他时候都在昏睡之中。

长孙绮的手摸到怀里，握紧了十字形。

这天夜里，他们登上了山头，却来不及下山。望着山脚下依稀的灯火，仿佛近在咫尺，其实中间隔着数条落差百丈的山堑，绝对没法摸黑下山。

刘阿翁在半山腰找了一块林间空地，安排众人扎营。这片空地背面是绝壁，稍微挡住了肆虐的狂风。

营地中点起了两堆篝火，三辆牛车以半弧形排在外面。脚夫们围着一堆篝火，三名禁军各守着一辆牛车，李云当、张谨言围着旁边一堆篝火。长孙绮和邢御医仍然在牛车里，守着昏迷不醒的袁天罡。

爬了三天山路，众人都已是精疲力竭，谁也没精神说话，只是默默吃着饼。刘阿翁带人在山间打了两只狍子，一堆篝火上烤一只。李云当心事重重，吃了半块饼就放下了。张谨言则目光炯炯地盯着狍子，看着油水一滴滴落下，他的口水也差点流了出来。

眼见狍子烤得里嫩外焦，可以吃了，张谨言的手还没有摸到，突然一把刀飞过来，嚓地插在狍子肉上，吓了张谨言一跳。

却是刘阿翁走过来，切了一整条肥腻的后腿。张谨言要开口，被刘阿翁那比冰还要冷的目光震住。等到刘阿翁走远了，他才吓了一口，赶紧去切肉。

刘阿翁走到车前，看守的禁军立即警惕地站起身。刘阿翁晃了晃手中的狍子肉。

"给几位拿肉来。"刘阿翁随口道，"在这山上光吃干粮，可撑不了多久。"

禁军回头看了看长孙绮，见长孙绮微微点头，这才接过狍子肉。刘阿翁反转手里的刀，递给禁军，禁军便接过来，用刀把狍子肉一块块切开。

长孙绮道："切小一点。"

"是。"

刘阿翁趁禁军切肉的时候，走到牛车边。长孙绮守在车上，但并没有阻止他往里看。

"什么味儿？"刘阿翁抽抽鼻子，"原来是用药制着他……"

长孙绮道："你别乱想。"

刘阿翁冷笑："黑道白道阿翁见得多了，这种事还不值得阿翁管。阿翁只想提醒一句，过了柘村再往上，可没有车能走了。"

"那要怎么走？"

"须得跟猴儿似的往上爬。"刘阿翁道，"得小心，随时可能坠入万丈悬崖……你们想把这不死不活的人弄上去？"

"是。"长孙绮道，"你定然有办法。"

刘阿翁笑笑，还没回答，骤然脸色大变。

咻……

扑扑扑——一群夜鸟惊飞起来。

突然之间，黑暗的夜空被星星点点的火光照亮了。

"躲开！"刘阿翁对着篝火旁的人暴喝一声。

那满天的星星刹那间就变成了嗖嗖尖啸的箭雨！

嗖嗖嗖——箭雨横扫过林间空地，几乎没有留下什么死角。场中立即响起此起彼伏的惨叫声。

在第一轮箭飞来之前，长孙绮就把袁天罡垫着的毯子顺势一裹。刚裹了一半，箭就铺天盖地射来，车篷扑扑扑一阵乱响。大多数箭被车篷挡住，但也有几支箭穿透了车篷射入车内。

邢御医惨叫一声，混乱中看不清他哪里中箭。长孙绮抓住他的衣领，把他扯下了牛车，跟着又把裹着袁天罡的毯子也扯了下来。

第二轮、第三轮箭射来时，已经有些纷乱。篝火旁的人几乎死光，剩下的人到处乱跑，有人趁乱把篝火推倒，火光变得凌乱，箭的准头便小了很多。

一片慌乱中，长孙绮一手拖着毯子，一手扶着跌跌撞撞的邢御医，借着车的掩护向林子里跑。几名没有中箭的脚夫越过她，飞也似的向前面的林子跑。突然林子里弓弦声响起，长孙绮往前一扑，将邢御医扑倒在地。

那几名脚夫立时中箭，大声惨呼。两人当场身亡，另外两人又慌不择路地往回跑，被林中的人从容地一一射杀。

长孙绮拉一把邢御医，示意他跟自己往一旁爬开。但邢御医纹丝不动。长孙绮摸到他背上，发现一支箭插在他背心，血把衣服全浸透了。

"御医！邢御医！"长孙绮心中狂跳，奋力把他翻过来。

邢御医已睁不开眼睛，嘴巴翕动着。长孙绮把耳朵凑近了，只听他喃喃地道："取……取针……则……死……"

"怎么办？怎么办？"长孙绮使劲摇晃邢御医，他却再也没有开口。

此刻，林间空地上已没有人站着。随着一声呼哨，弓弦声立即消失，十几名黑衣人从林子里走出来，慢慢地搜索。场中不时响起惨叫声，黑衣人在每一个人身上补刀，装死和受伤的脚夫被一一捅死。

突然一名黑衣人"啊"地叫了一声，仰天而倒。黑衣人一阵骚动，因为有四个身影同时蹿起，持刀杀向黑衣人。

黑衣人猝不及防，被连着砍翻好几人，直到有人大声呵斥，众人才回过神，将四人围在中间砍杀。但那四名禁军功夫不错，又是鱼死网破地搏杀，一时间与黑衣人打得旗鼓相当，僵持起来。

长孙绮探头看去，四名禁军越战越勇，周围倒下十几名黑衣人，剩下的黑衣人且战且向林子退去。

只听张谨言的声音在禁军身后响起："杀！杀光他们！这群狗辈！杀光了爷有赏！"

长孙绮刚要站起身，忽然旁边草丛一阵晃动，李云当钻了出来。

"你看着他，我去……"

长孙绮还没说完，李云当一把紧紧抓住她的胳膊。他的手在颤抖，眼睛里有一丝掩藏不住的恐惧。

　　"快走！"

　　"怎么了？"

　　"走啊！"

　　李云当拖起卷着袁天罡的毯子就要跑，长孙绮又反手抓住了他。

　　"林子里有弓弩手！"

　　李云当急切地看了看四周："我在前面冲，你跟上来！"

　　"怕什么啊？我们一起杀过去，未必打不赢！"

　　李云当急得跺脚，压低了声音："你听我的！"

　　长孙绮呆了一下："你在害怕？"

　　嗖——一支箭向李云当射来，李云当侧身避开。他抓起旁边一名脚夫的尸体，对长孙绮几乎是咆哮道："不想死就跟我来！"

　　长孙绮被他这一嗓子吼蒙了，还没来得及反应，李云当便大喝一声，举起尸体就往前冲。

　　林子里响起密集的弓弦声，十几支箭从黑暗中飞出，大部分射空，剩下的几支都射中尸体。就这么一会儿，李云当就冲入了林中。林子里立即响起刀剑劈砍之声、弓弦崩断之声，有人发出喑哑的惨叫，有人沉重地倒地……

　　长孙绮不明白李云当为何要发疯似的往林子里冲，仍在发呆，不远处蓦地传来一声嘶吼，听得她汗毛霎时一根根倒立起来。

　　这声音闻所未闻，低沉、沙哑，偏偏极其清晰地传入耳朵，像什么人被活埋时，土都进了嘴巴，还在用最后的缝隙拼命吸气一样，充满了绝望和愤怒……

　　对面林子前，那四名禁军停住了追杀，不知所措地后退。随着

三六五

最后一名黑衣人跳入林子，场中只剩下那四名禁军还站着。

一股莫名的白色浓雾慢慢从林中翻滚出来。

雾气比人还要低矮，匍匐在地面，像有生命一般，总是探出两股长长的白雾，像手一样四处探寻，似乎找准了地方才停下，其后的浓雾便滚滚蔓延过来。等到一片地方被浓雾完全包裹了，就有新的长长的白雾触手探出，继续往前……

这场景太过诡异，雾的另一头始终笼罩在林中。刚刚杀声震天，这会儿除了猎猎风声，其他的声响全消失不见了……

"啊！"

长孙绮突感胸口一阵炙热，烧得她"啊"的一声叫出来。她拼命拉开裹着的棉衣，却发现挂在胸前的十字形再次发出火一般的颜色，触手滚烫。

长孙绮心口怦怦乱跳，一种大祸临头的感觉袭来，她再也不犹豫，拖着袁天罡就跑。

"什么……鬼啊！"

身后传来一名禁军凄厉的尖叫，然后是三名禁军乱哄哄的狂喊、兵刃疯狂挥舞的声音、噗噗的血肉飞溅的声音……

长孙绮不顾一切地往前跑，眼看就要跑进林子，蓦地头顶风声大作，有个什么东西直向她飞来。长孙绮俯身避开，那东西越过她的头顶，重重撞在前面一棵树上，砰的一下撞断了碗口粗的树干。树干倒塌下来，茂密的树冠将一切覆盖住。

长孙绮却早已瞧清楚，那是另一名禁军。她感到有水滴滴在头上，伸手一抹，却是血。在撞断树干之前，那名禁军就已经毙命，所以从长孙绮头顶飞过时，血喷洒了下来……

长孙绮回头望去，只见那白色的浓雾已完全被血染成了红色。

雾气向内快速翻腾着，收缩着，渐渐地血色褪去，再度变成灰白色的浓雾。

只剩两名禁军还站在场中，用刀拼命抵挡。但袭向他们的，却是虚无缥缈的雾。他们奋力砍断了一只又一只雾手，雾气消散，什么也没有，须臾又聚拢起来……猛然间，其中一人稍有疏忽，一只雾手就抓住了他！

"啊……啊啊啊！"

那人嘶声惨叫，显然痛不可当。雾气包裹着他，上下剧烈翻滚，雾气里传来咯咧咧、咯咧咧的骨骼断裂声，让人毛骨悚然。

须臾，雾气猛地往里一收，十几注鲜血立即就从雾手里喷射而出。雾气再次变得血红，哗啦一下散开。那禁军整个身体缩成一团，活像被小孩恣意揉烂的面团，再也看不出原来的面貌。

最后那名禁军被吓疯了，扔下刀转身就跑。刚跑出几步，三只雾手从三个方向飞来，抓住了他的双腿和右手，把他像拎小鸡小鸭一样，轻易地举到空中。

那禁军狂叫："放开我！放开！啊！"

三只雾手就那样随意一扯，扯断了那禁军的手臂和左腿。漫天血雨喷洒而下，雾气飞速收了回去。那禁军残破的身体跌落在地，他仅凭左手还艰难地往前爬了一丈左右，才血竭而死。

长孙绮已经傻了，坐着呆呆望着那团雾。它终于整个都漫出了林线。现在看得更清楚了，它大概有四丈来宽，四周不停涌动翻滚，但也能隐约看出是一个圆盘的形状。

它在空地上盘桓着、蠕动着，似乎还在寻找目标。旁边一辆牛车的牛哼哼两声，那雾气嗖的一下就扑过去，吞没牛车。

随即便听见牛的哀鸣声和木头铜条噼里啪啦的崩裂声。雾气忽地又一缩，将捏得不成模样的牛和车驾的破铜烂铁一起吐出来。它再度开始摸索。

一只手猛地抓住长孙绮的肩膀，长孙绮刚要尖叫，另一只手死死捂住了她的口鼻。

"嘘……它是靠声音来寻找目标的……"李云当极轻极轻地在她的耳边说。

长孙绮浑身颤抖，根本停不下来，只有靠在李云当身上，脸上感受到他呼吸微微的热流，才稍稍镇定了一点。眼见雾气从左向右搜去。一旦搜索完空地，它就会往他们待的地方搜过来。李云当拍了拍长孙绮的背，示意她必须走了。

长孙绮抓住裹着袁天罡的毯子一角，李云当不动声色地抓住另一角，两个人慢慢往后退。呼呼的风声暂时掩盖了他们拖动毯子的声音，他们向后小心移动着。

正在这时，几名黑衣人从对面林子里走了出来。这些黑衣人头上戴着奇怪的铜罩，活像戴了口铜钟。铜钟中间有三个洞，露出眼睛和口鼻。

长孙绮暗叫不好。果然其中一人发现了他俩，当即掏出一只骨笛，呜呜地吹了两声。雾气顿了片刻，开始朝两人涌来。

"跑！"李云当低吼着，顾不得隐藏，站起身，拖着袁天罡疯狂往后退。

长孙绮却一时没有动。

李云当急得大叫："你找死吗？"

雾气越过了空地中的尸体，速度越来越快，眼看只有十来丈就要冲到长孙绮面前了，她仍然一动不动！

"喂！"李云当绝望地大喊，脑子里瞬间转了无数个念头，终于还是咬牙丢下袁天罡，跑上前要跟长孙绮一起死战。

长孙绮回头见到李云当，先是一怔，随即对他挤出一个笑容。她的身后，雾气已经半立起来，仿佛撑满了整个天地，离扑倒她只有两丈距离了！

李云当张大了嘴巴，却一声也喊不出来。长孙绮在这一瞬间，手中飞刀射出，正中十丈之外最后那辆牛车前的老牛。

老牛立即大声嘶鸣，拖着牛车往前狂奔，牛车里的各种东西跟着跳动，发出乒乒乓乓的巨大响动。雾气整个往里一收，跟着立即向左侧喷涌，飞快地追着牛车而去。

这下轮到李云当发呆了，长孙绮把他一推："快！"

两个人拉起毯子，再次发足狂奔。那黑衣人拼命吹骨笛，奈何牛车的动静实在太大，把雾气完全吸引了过去。再看林子里，那两人的身影已消失不见了。

两人拼命跑着！

身后的一切已被甩得远远的，一同远去的还有那些纷乱的火光。现在，他们面前一片黑暗。只有在即将撞到树木的一瞬间，才能察觉到树木发出的些微反光，做出本能的躲避。

这样的躲避往往太晚，与其说是躲，不如说是撞，只不过反应稍快一点，可以换成背部去撞击坚硬的树干，若反应不过来，就得正面撞上去。

他们各自都撞了十几次，早就血流满面了。只是那挥之不去的恐惧，让他们的脚步根本停不下来。

"呼哧……呼……"

两个人跑得气喘吁吁，双腿跟灌了铅一样，还是继续呆滞地跑着……忽然眼前一亮，他们跑出了林子，头顶上的亿万星辰向他们投射下霜色的光芒。

"好……我……我们……"

"继续跑！"长孙绮喘着粗气喊，"牛、牛车挺不了多、多久！"

脚下的地开始倾斜，全是湿滑的草甸。两人跑得越来越快，而身后裹着袁天罡的毯子更是快速向前滑，竟然渐渐超过了他们，让他们从拽着毯子跑，变成了拉着毯子不让它滑脱。

"别、别……别跑！"

毯子连着滑过几块凸出的岩石，袁天罡的身体不停跳动，快要从毯子里掉出来。两个人默契地同时抓住袁天罡的一边肩膀，拉他停下。

两人飞速重新将毯子裹好，用绳子死死扎紧。长孙绮一边扎一边左右打量。除了风声，还隐隐听见轰隆隆的水声，但分不清来自哪个方向。长孙绮记得上山时似乎从未见到河流。

"该死，往哪边走才是路？"

"现在不可能去找路了！"李云当说道，"他们肯定就是追着咱们的车辙印过来的。路被封死了！"

"那是什么？"

"什么？"

"那怪物，"长孙绮盯着他，"你知道那怪物，对不对？"

李云当使劲捆着袁天罡，并不言语。突然咽喉一凉，一柄匕首锋利的刀尖抵在了脖子上。

"姓李的，你最好想明白了，"长孙绮冷冷地道，"我可以不用知道那怪物是什么，但我绝不会让一个心怀叵测的人在身旁。"

李云当顿了顿，继续包裹袁天罡。匕首上的力道慢慢加强，一丝血流了下来，李云当眉头都不皱一下，只是做自己的事。

"你到底说不说？"

"你到底信任我不？"

长孙绮气得眼睛都红了，手不停颤抖，李云当咽喉的血越流越多。突然她猛地将匕首远远扔了出去。

李云当这才淡淡地道："谢谢你信任我。"

"我没有信任你！"长孙绮怒吼，"我只是下不了手！"

李云当抬头看她，咧嘴一笑："那可更要谢你了。等我们暂时安全了，我就告诉你。"

"你……"长孙绮回头看去，只见他们刚跑出的林子里，射出了几支火箭。

这些火箭凌乱地插在不同的地方，显然对方已重新集结起来，用火箭一是来照亮四周，二是让他们慌乱，逼迫他们现身。

"走！"

两人咬着牙再度爬起来，拖着袁天罡往前跑。不料刚跑几步，毯子不知被树根还是隐藏在草甸下的岩石钩住，长孙绮一把没扯住，自己往前摔了老大一个跟头，摔得眼前金星乱冒，一时站不起来。

"怎……怎么了？"

"该死！"李云当又扯又踹，却死活拉不动毯子。

"拉人！把他拉出来！"

长孙绮强行爬起来，两人一起抓住袁天罡的肩膀往外扯。可刚才他俩才扎紧了袁天罡，这会儿根本拉不出来。

"砍！"

李云当摸出刀，正要一刀砍下去，蓦地一支箭发出尖锐的啸叫，直向李云当射来。李云当用刀一挡，竟震得他手腕剧痛，差点连刀都拿不稳。

随着响箭到来，远远的白光闪动，那团雾气从林子里现身了。

长孙绮还在拉袁天罡，李云当把她猛地一扯："走啊！"

"可……"

"别管了！"李云当死命拉着长孙绮往前狂奔。响箭从林子里不停飞出，始终追着两人的脚步。

"往哪里跑？"

"嘘……"李云当侧耳聆听片刻，"前面有水声，咱们跳到河里逃，快！"

两人明确了目标，再也不管身旁嗖嗖飞过的箭羽，只是闷着头跑。轰隆隆的声音越来越大，不久就变得震耳欲聋——两个狂奔逃命的人都没有时间去想，什么样的河才有如此大的水声。

按道理，星光照耀下，他们应该看到河里隐约的波光了，但前方却一直漆黑一片，茫茫中似乎有一层淡淡的水汽……

突然两个人同时身体一沉，向下坠去。两人早有准备，都屏住呼吸，扑通一声落入水中。

"长孙绮！"李云当钻出水面，叫道，"喂！长孙绮！"

回答他的是一声惊呼。

轰……

李云当被汹涌的水推着向前，蓦地身体下方再度空无一物，他的心瞬间跳到嗓子眼，来不及反应，只是本能地死死憋住呼吸，向看不到底的瀑布深渊坠去……

砰……

坠入水中的一瞬间，长孙绮脑子里一阵剧痛，倒是瞬间把她从昏厥的边缘拉了回来。

但她还没来得及看清周围，脚下忽地又是一下踏空，她再度随着瀑布往下掉落，坠入下一级深潭。

急迫的水流不给她喘息的时间，只转了半个圈，水流再度直泻而下……

不知连着坠落了几个深潭，终于水不再往前猛冲，而是把她往水底深处压去。周围混沌一片，长孙绮看不清方向，只是一个劲儿拼命往上。那压力却无穷无尽，她胸口憋得快要炸开，张开嘴吐出大量气泡。四周冰冷的水紧紧包围着她，渐渐地，她手足麻痹，再也使不上力，往下沉去……

就在她沉到潭底，脚软软地踩到一片岩石上时，蓦地眼前亮起了一片光。青色的、温暖的光，从她领口里透出来。

长孙绮胸前一阵温暖，刹那间仿佛力气又回到了身上。她掏出发光的十字形，光芒立即照亮了四周。

借着十字形的光芒，她看见了头顶那团永无休止的水花。她在水中向前摸索出两三丈远，才探头向上。这次完全没有了压力，她一下子扑出了水面。

长孙绮大口大口地吸着气，回头看去，十余丈之外，那几道瀑布像是银河从天上降下来一般。周围巨大的山体都隐在夜色中，变成混沌一片的剪影。在这些剪影之上，星光璀璨，一如梦境。

她低下头，却见十字形的光芒已经消失不见了。

"你是在引导我吗？"长孙绮忍不住问，"你一直在，是不是？"

回答她的却是远处李云当的一声喊："长孙绮！"

长孙绮随着水流漂去，黑暗中看不到李云当的所在，她只能拼命喊着："你在哪儿？"

刺客信条

"这里！在这里！"

两个人不停喊着，凭声音确定对方的所在。一刻之后，长孙绮终于抓住了一根树枝，树枝另一头的李云当拉着她靠了岸。

"怎么样？你受伤了吗？"

长孙绮匍匐在岸边岩石上，浑身冰冷，每一块肌肉都在颤抖，嘴唇哆嗦得更是说不出话。

黑暗中，李云当摸到她的头，继而摸到她背上。长孙绮被他手掌的热度一激，抖得更加厉害。

"冷……冷……"长孙绮的牙齿咯咯咯地响着，根本停不下来。

忽然身体一轻，长孙绮被李云当拦腰横抱起来。长孙绮一惊，却也无力挣扎，只得任他抱着自己，朝河岸上方走去。

李云当艰难地走过崎岖的石滩，来到一片草甸上。他也坚持不住，扑倒下来。在倒地之前，他扭转身体，让长孙绮摔在自己身上，两人一起晕死过去……

第二十六章

尼摩威赛早上起来出门，看见了屋前的霜。这是今年第一次下霜，意味着大雪将在半个月后彻底封山。是时候赶着羊群下山了。

今年年初的时候闹了羊瘟，尼摩威赛家苦熬了三年养的羊子死了一大半。剩下这二十只是他们的全部身家性命，也是他唯一的妹妹达娃威赛治病的希望。从现在到明年开春，一只羊也不能死，这是尼摩威赛给自己下的死命令。

尼摩威赛吹了声呼哨，狗却没有如往常一样跑来。他有些奇怪，不过现在还顾不上狗。他向屋后的羊圈走去，打算趁着太阳还没升到中天，把羊赶出去溜一圈。

还没走到，就听见狗在低声呜噜噜吼着，通常这是羊圈来了狼时的反应。尼摩威赛的血一下冲上脑门，顺手抓起一旁的木叉，就向羊圈冲去。

突然听见有个人说了一句话。尼摩威赛小时候常随父亲下山，听得懂这是汉人的话："你是谁？"

转过了乱石砌成的院墙，他看见羊圈旁果然站着一个年轻人。那人神色憔悴，身上满是已经干透了的泥泞，头发跟乱草一样，眼睛里布满血丝，却瞪得大大的。尼摩威赛知道这是极度疲惫后的亢奋，但那人可能下一刻就会倒地晕死过去。

那人的身后还靠着一人。另一人身材矮小，身上的衣服同样破破烂烂，破口的地方胡乱塞着一些枯草御寒。那人始终垂着头，依在年轻人背上，身体不停颤抖着。

尼摩威赛飞速看了一眼羊圈——羊子数量似乎并没有少，也看不到有什么损伤。

尼摩威赛镇定了一点，喝道："你，谁？"

"我们是商人，"年轻人连比带画地说，"做买卖，买皮毛的商人。"

尼摩威赛摇头，用木叉指了指他身上的破衣服，表示不信。

"我们的车掉进山沟里了，"年轻人说，"我们受伤，爬出来。我的朋友病得很重，快死了，请你帮帮我们。"他说着做出恳求的姿势，向尼摩威赛连连点头。

尼摩威赛还是摇头："我，没东西，帮不了。你们，走，离开！"

年轻人说："那么我买一些食物可以吗？"

"怎么买？"

年轻人摸遍了身上，却一文钱也摸不出来。他想了想，手腕一翻，一柄匕首握在了手中。

尼摩威赛立即后退两步，死死地握着木叉。

年轻人把那匕首倒转，刀柄对着尼摩威赛，说道："这匕首能值二十头羊。"

尼摩威赛看着那柄精致的匕首，刀柄还缠绕着金丝，确实能值个大价钱。但他心中犹豫了片刻，还是摇头："这，卖不了。冬天快到了，卖了羊，我也活不了。"

年轻人沉默片刻，叹了口气。他身后那人用力扯他的衣服，要他离开。两人转身向小路走去。

尼摩威赛松了口气，目送两人的背影，忽然说道："向北走！"

"嗯？"

"向北，翻过两个山头，再走五十里，有你们汉人的村子。"尼摩威赛道，"你们到那儿就能……买东西。"

年轻人回头，惨笑着点了点头。忽听身后咕咚一声，另一人扑地倒下。年轻人忙蹲下拉扯，那人已经晕死过去。

"喂，别死在这里啊！"年轻人使劲摇着那人，那人全无反应。年轻人艰难地蹲下，想要把那人抱起来。试了两次，他都失败了，不得不蹲在地上喘息。

"阿兄……"

尼摩威赛一回头，发现妹妹达娃威赛不知什么时候出来了，扶着矮墙站着。她脸色苍白，从屋里走到羊圈这段距离，似乎就消耗了她大半精力。

尼摩威赛惊讶道："你出来做什么？快回去！"

"你要去救他们，阿兄。"

妹妹脸上从未出现过的坚定神情让尼摩威赛更加吃惊："为什么？"

"他有匕首，而且身体很健壮，"达娃威赛说，"对他来说，杀了我们抢粮食根本不是什么难事，但他没有……喀喀喀……"

达娃威赛剧烈咳嗽起来。尼摩威赛紧张道："啊呀！你快回去躺下！"

尼摩威赛要上前扶她，达娃威赛用力揪着领口，怒气冲冲地盯着阿兄，阻止他靠近自己。她喘着气说："阿妈啦……阿妈啦曾经说过，善良的人就是佛派来考验我们的人……你……你如果不救，

三七七

我也……活不了多久！"

"可……"尼摩威赛脑子飞速转动，"我们的粮食……"

"杀羊，怎么都能熬过去！"

"杀……杀、杀羊？"这个问题重大到让尼摩威赛的脑子无法思考，大冷的天，他的背快被汗湿透了。他看着妹妹，不敢相信这样果决的话是从她弱小的身子里发出来的。

达娃威赛虚弱地扶着墙慢慢蹲下，说道："你……你想我现在就死在这里吗？"

"不、不！"尼摩威赛急道，"我马上去！"

年轻人正吃力地背起那人要走，尼摩威赛一路小跑过去，差点摔了一跤，喊道："等等！"

尼摩威赛不顾年轻人奇怪的眼神，把另一人的手从袖子里拉出来，摸了摸，又掀开了另一人裹在头上的布，露出一张清秀的少女的脸，透出一层青灰色的光。

尼摩威赛呆了一呆，说道："不好！"

"怎么？"

"她……她要死了！"

年轻人静静看着尼摩威赛，似乎连激动的力气都没了。

"快！"尼摩威赛倒是激动地跳了起来，"快把她抬进去！"

两人一起动手把少女抬进屋里。这间半埋式的屋子完全由粗糙的原木搭建而成，到处都是粗大的缝隙，光和风透了进来。房间里简陋得连榻都没有，尼摩威赛手忙脚乱地扯了几块羊皮铺在地上，让少女躺下，又找了些皮袄给她盖上。

年轻人自己也一屁股坐在少女身旁，大口喘着气。

"她怎么了？"年轻人问。

"你们汉人到这里来，一般都熬不过去。"达娃威赛也走到门口，扶着门槛艰难地说，"她是不是沾了雪水？"

"呃……"青年尴尬地说，"她掉进河里了……"

"那可……"尼摩威赛沉吟着。

"真会死吗？"

"真会。"

这时，地上的少女开始低声呻吟，露出痛苦的神色，浑身颤抖，豆大的汗珠一颗颗流了下来。她的呼吸越来越虚弱，鼻子仿佛塌陷了进去。

"啊！"年轻人曾经在战场上看过快死的人，知道这种变化意味着什么，急得脸色都变了。"快！快拿热水来！"

"不行！"达娃威赛立即说，"现在喝水，她就死了！去，把酒找出来。"她对尼摩威赛说道。

"可……"

"快去！"

尼摩威赛咬咬牙，一头钻出了屋子。达娃威赛问年轻人："你们是什么人？"

"在下李云当，这是我……表妹长孙绮。"李云当说道，"我们路过此地，结果……遇到山贼，被迫逃亡……"

"长孙？"达娃威赛脱口而出。

李云当一愣："你认识长孙家的人？"

达娃威赛立即摇头道："不认识，我只是……我听过这个姓……你妹妹……还……还……"

李云当突然有一种强烈的感觉，对方不知道为什么，心脏正在疯狂跳动，以至于快要晕倒了。他正要再问，只听尼摩威赛的声音传来：

"找到了！"

尼摩威赛怀里抱着一只土罐跑进来。他掰去上面的封泥，拔出木塞，一股子酒味立即冲了出来。

"是它，"达娃威赛立即凑上去闻了闻，明显松了口气，"阿妈啦当年埋下的。"

尼摩威赛看着这罐酒，露出不舍的神色，达娃威赛低声道："阿兄……"

"是、是，我懂！"

尼摩威赛把酒倒在布上，用布使劲擦长孙绮的手。

"快、快擦！"

李云当的眼睛里有了一丝希望，忙问："擦哪里？"

"手、脚，快！擦！"

李云当一下站起身，却因为身体僵硬而摔倒。他爬到长孙绮脚边，拼命扯下她的鞋，用蘸着酒的布擦着。

擦了快一刻有余，小屋里响起两个人此起彼伏的呼吸声，两人都擦得一头大汗。渐渐地，长孙绮的四肢开始泛红，她的脸也终于从青色变白，继而有了一丝血色。

"活过来了！"尼摩威赛欣喜地叫道，"哈哈，活过来了！"

"哈哈！"

李云当大笑一声，随即脸上保持着奇怪的笑容，一头栽倒在地。尼摩威赛吓了一跳，赶紧去扶他，却听他传出沉重的鼾声，竟然是睡着了。

尼摩威赛再回头看看妹妹，无奈地叹了口气。

他随即注意到达娃威赛的脸色很难看，赶紧上前扶着她坐下。

他刚要转身，达娃威赛的两只小手紧紧抓住了他，她自己浑身都在颤抖。

"怎么了？"

"这个人……"达娃威赛盯着长孙绮，低声道，"姓长孙……"

"啊？"尼摩威赛一惊，随即惊喜地叫道，"他们终于……"

"嘘！"

达娃威赛一下捂住尼摩威赛的嘴，严厉地盯着他。

"也许……也许是不相干的人，"达娃威赛说，"姓长孙的又不是只有一家……你别说话，什么也别说，我来问。明白吗？"

"可……可如果是那个长孙家，那岂不是……"

"不许！"达娃威赛狠狠地打断了尼摩威赛，"想也不许想！这事我来处理，你别管了！"

"嗯……"尼摩威赛乖乖地点了点头，"你……决定吧！"

长孙绮……

长孙绮……

"谁？"

是我……

"风云漫大师？"

是我……

周遭一片黑暗，连自己的脚都看不分明。长孙绮瑟瑟发抖，艰难地一口一口地吐着白气。

"我冷……好冷……好冷啊……"

长孙绮，你需向西去……雪山之上，有你想要的答案……

"我……我想要什么？"

这个世界的秘密……时间的秘密……

"啊……我看到了时间……我看到了过去和未来……"

那只是极小极小的碎片而已……孩子，看到它们不是目的。

"那什么是目的啊……好冷，好冷啊……"长孙绮哆嗦得已快说不出话，她闭着眼睛，慢慢蹲下。

突然，黑暗中亮起了一点光芒。长孙绮抬头看，只见那十字形在空中飘荡着，发着蓝色的光。长孙绮眨眨眼睛，那十字形的背后隐隐浮现出风云漫的脸。他微微叹了口气。

没有人能窥见时间的秘密。窥见者，必祸乱人间。窥见者，必付出代价。

"我……我不懂……"

长孙皇后是第一个窥见秘密的人。但她隐忍不发，兑现了当初发下的绝不透露给世人的诺言。然而……太宗皇帝因此疏远了长孙皇后，并下令李淳风和袁天罡彻查此事。太宗皇帝在含风殿暴毙，李淳风重疾缠身，毁了二十年的修行，袁天罡则变成人不人鬼不鬼的模样。

"袁天罡……对！袁天罡！他……为什么没能进入神遗之地？"

思考，长孙家的孩子。耐心，长孙家的孩子。你必得到想要的答案。

"因……因为……你说他的血脉……我……我好冷……好冷……"

咯咯咯……咯咯咯……长孙绮的牙关咯咯作响，说不出话来，就要晕厥过去。风云漫的身影在她眼前晃动着，焦急地说着什么，然而长孙绮耳朵里开始啸叫起来，一瞬间什么也不知道了……

"你醒了？"

长孙绮一下坐起，瞬间心脏狂跳，眼前一黑，又倒了下去。只听旁边有个女孩的声音说："你别乱动，要养着。"

长孙绮从天旋地转中慢慢回过神来，只见自己躺在一间简陋的木屋里，身体下面垫着皮毛垫子。这垫子一股腥味，显然仅仅是剥下来晒干，而没有经过鞣制。

她略转过头，见旁边坐着一位吐蕃女孩。这女孩裹着厚厚的羊皮袄子，脸上没有寻常吐蕃人那种红色，反而白得发青，两个眼窝深陷。长孙绮立即在心里暗道，她身患顽疾……

但这女孩的眼睛……多么明亮的眼睛，像天空一样澄清。这澄清里面，还有一分坚韧，让人只看她一眼，就永远忘不了这双眼睛。

女孩见长孙绮注视着自己，说道："我叫达娃威赛。"

"我……没死……"

"差一点就……喀喀喀！"达娃威赛剧烈咳嗽，一时说不下去。

"你怎么了？"

达娃威赛摇头："没事……你等等。"

达娃威赛勉强挪动身体，端起旁边土灶上的一只碗，递到长孙绮面前。长孙绮闻到一股味儿，皱了皱眉头。

达娃威赛道："这是羊奶，你喝一点暖身子。我也没力气扶你起来，你能起来吗？"

长孙绮咬牙坐起来一点，接过碗，看着里面浑浊的东西，她吁了口气，一仰头喝完了。

"姐姐要去做的事，一定很了不起。"达娃威赛说道。

长孙绮一愣："什么？"

"我看姐姐的表情，肯定不喜欢这味儿——奶里加了些青稞和草灰，你们汉人一般都不爱喝。但姐姐却一口喝完，是为了让身子早点恢复吧。真好。"达娃威赛低头咳嗽片刻，又说，"真好……"

长孙绮看着达娃威赛，有种莫名其妙的毛骨悚然的感觉。这个女孩明明看上去那么娇小虚弱，却隐隐有股骇人的压迫力。

她再次仔细看了看四周，这小木屋简陋到极点。周遭由乱石堆砌成墙，屋顶则由原木乱七八糟地搭建起来。屋内除了一个土灶，连桌椅都没有。屋里到处挂着羊皮，用来遮挡风雨。但当她再看向女孩的时候，却发现女孩手边居然放着一本破旧的《尚书》。

达娃威赛意识到她看到了这本书，立即不动声色地用裙子遮住了书。

"你是吐蕃人？"

"嗯。"

"可……你怎么会说官话？"长孙绮惊讶地问——女孩甚至还有点吴侬软语的口音。

"我的母亲是汉人。"达娃威赛说。

"那她……"

"父母都已经仙去。"达娃威赛平淡地说，"只剩我和兄长两人。"

长孙绮呆了片刻，才说："你的母亲是官宦之后吧？"

达娃威赛笑了笑，并不说话。

长孙绮瞬间想到，若是自己没有这一身功夫，长孙家败落之时，不知道是不是也会被发配到这样的地方，苟延残喘。这女孩的母亲真不知是幸运，还是不幸。但她显然是个聪明的人，才生下了如此聪明的女儿……

"多谢你救我。"

长孙绮喝了羊奶，呆呆坐了会儿，精神略有些恢复。昨天她记得自己掉下了至少五个瀑布，又和李云当连滚带爬地下了两三个山头。这会儿对方不知已经甩开自己多远了。

　　唉，即使追上又如何呢？那个怪物……

　　长孙绮想到那被怪物捏得像肉饼一样的尸体，以及那瞬间被血染红的雾气，忍不住打了个寒战。

　　她转头看向一侧的窗户。说是窗户，其实只是石块砌出来的一个不规则的洞口，平时用羊皮封着。这会儿阳光刺目，羊皮被掀开，露出远处连绵不断的雪山。

　　据说……它……就在那里……

　　"你想去神山？"达娃威赛忽然问。

　　长孙绮回过神，只见达娃威赛正一眨不眨地看着自己。这目光是如此强烈，长孙绮几乎没有多想，便随口回答道："是……"

　　"你知道怎么去吗？"达娃威赛继续问。

　　长孙绮摇了摇头。

　　"没有向导，你们也敢上山？"达娃威赛看了看窗外，"马上就要大雪封山了。"

　　"向导……走丢了……"

　　"嗯。为什么要去神山？"达娃威赛问出了第四句。

　　长孙绮骤然警觉，这才发现达娃威赛的脸色已经沉了下来。长孙绮犹豫了一下，她已经强烈感受到达娃威赛的态度完全改变，但在这个女孩面前，她却没法撒谎。

　　"我要去神山，寻找神遗之地。"长孙绮一个字一个字地说，"我要求证一件事情。"

　　"神的遗迹？"

长孙绮惊讶地问："你知道？你知道那地方？"

"那地方极其隐秘，天下间知道的人屈指可数。"达娃威赛也望着窗外的雪山，缓缓地道，"那地方……可不是什么好地方。"

长孙绮道："我明白。但我必须去。你认识这个吗？"长孙绮掏出怀里的十字形，拿给达娃威赛看。

达娃威赛只瞧了一眼，就转过头去。长孙绮分明感到了她对这东西的厌恶甚至恐惧，但她隐藏得很好。

"就凭你们两人吗？"达娃威赛随口问，"其他人呢？"

"我们遇到了一次……山崩，"长孙绮道，"其他人都遇难了。"

"你还想去？"

"非去不可！"

达娃威赛深吸一口气，转头对长孙绮说："那么你们快走。"

"走？"

"现在就走。"达娃威赛说道，"现在离大雪封山还有不到十天时间，赶得快的话，你们还有机会活着回来。再晚就迟了。"

"可……"长孙绮不安地问，"我们该怎么走？"

"出门，向北，"达娃威赛指着窗外的雪山，"让那座山始终在你的左边，就能抵达神山。剩下的路，我也不知道，得靠你们自己了。"

"明白了……"长孙绮站起身来，向达娃威赛行了一礼，"谢谢你救我。"

此时门忽然开了，李云当和尼摩威赛走了进来。

李云当大喜："你醒了？欸？你不再躺会儿？"

"我们马上就走。"

"啊？"

"啊？"尼摩威赛也吃了一惊，"可……"

"阿兄！"尼摩威赛刚开口，达娃威赛就打断了他，"他们要赶时间，别留了，让他们走吧。"

尼摩威赛一脸茫然，但达娃威赛严厉地看了他一眼，他就不敢说话了。

李云当也茫然不解，不过见长孙绮要走，他自然也无话可说，抢先一步走到门外等她。

长孙绮走到门口，回头道："你身有隐疾，我知道这种病。如果我能活着回来，会带你去长安，那里或许有医生能治好你的病。"

"啊？真的？"尼摩威赛惊讶地喊了出来。可达娃威赛却转过头去，冷冷地道："不必了。希望你们……自求多福吧。"

呼……呜呜……

李云当裹紧了羊皮，冰冷的雪风还是从各个缝隙钻进来，像直接钻入了身体，冻得他不停地哆嗦。

面前烧着一堆火，他差一点要坐到火堆里去了，但火把脸烤得滚烫，后背还是一片冰冷。他就这样在炙热和冰冷之间颤抖着。

在他前方，长孙绮半眯着眼看着火焰。她的脸色比早上好多了，不过也还能看出气血不足。如果不是太冷，需要强行撑着，可能早就睡倒了。

这是路边一个浅浅的洞子，长孙绮在里面，中间点着篝火，李云当的背就露在外面，真是太小了。

他们本打算赶在天黑前下山，谁知刚过了中午没多久，铅云就沉沉地压了下来。两人有了前几天的经验，知道马上要变天，赶紧在这小洞子里生起篝火。火刚点起来，外面就飘起了雪花。

李云当身上冷，但还没有他的心冷。捉到唯一知道神遗之地的袁天罡的那一刻，他觉得自己是天底下最幸运的人，谁知西蜀雪山还没上到一半，局势就彻底反转，而且照现在的局势看，很可能永远无法挽回了……

"那东西是什么？"

"嗯？"李云当一愣。他一抬头，被长孙绮眼中突然爆发的杀气吓得一哆嗦。

"你认得它，那怪物。"长孙绮一只手慢慢摸到自己腰间，说道，"那是什么？那群人又是谁？你不说，今天就走不出这洞。"

李云当盯着长孙绮的手，心里计算了一下。长孙绮的雷霆一击，很可能是同归于尽的打法，自己即使挡住，那也是两败俱伤。在这鬼天气、鬼地方，那就意味着两个人都不能活着出去……

早在长安，李云当就见识了长孙绮唯一的问话方式——要么说，要么死，根本不给人留任何思考时间……

"他们是大食人。"李云当立即说道，"他们的王叫哈里发，就是他们击败了我的祖父，随后攻陷了我国的京城泰西封。你看到的那团雾，就是他们一路蹂躏我波斯军队、征服我波斯城邦的利器。"

"那究竟是什么？"

李云当指了指天，神色痛苦地道："神，遗落之物，死物。"

长孙绮呆住了："原来……你要去神遗之地，就是因为它？那你为什么不早说？"

李云当苦笑道："一团若有若无的雾气，却杀人如掐蝼蚁。若非亲眼所见，我就算说了，你会信吗？你只会当我是个疯子！"

长孙绮想了想，叹了口气。

"把你知道的，一五一十全部说出来，我不想再有任何遗漏！"

李云当说道："那是……十八年前……大食人围攻我波斯的圣城。经过一年半的鏖战，圣城始终屹立不倒。我们截断了敌军补给线路，他们的粮草即将枯竭。随着死伤的进一步增加，大食人开始绝望，一些部族趁夜逃亡，他们的两翼逐渐空虚，把中间的金帐都暴露了出来。所有人都十分兴奋，最后一战的机会终于来了。"

　　"可……可你们国家还是亡了……是因为那怪物？"

　　李云当捏紧了拳头，恨恨地道："是的！我记得很清楚，那一晚，那死物沿着城墙爬上来的时候，我们还以为是一团雾。没有人会想到，突然之间，它就变成了一团血雾……"

　　长孙绮想到昨天晚上的情形，虽然已过了许久，仍是忍不住颤抖了一下。那雾捏死一个人，比捏死蚂蚁还要容易。可以想见它爬上城墙，爬进密密麻麻的城防队伍里，会是怎样血淋淋的恐怖场面……

　　"谁也没想到，两军对垒，坚持了这么久，最后我们却毁在一场雾里……"李云当继续说道，"我当时就在内城的箭楼上，亲眼见到它爬上了城楼，又慢慢地爬下城楼，爬到城门内，一路留下无数残肢、头颅。整个城墙都被血染红了，血一股一股地往下流，城门内的木盾、草藤都漂了起来，那么多血呢……真是可怕……"

　　"所以……圣城就这样破了？"

　　"不然呢？"李云当苦笑一声，"没有任何东西能够阻止它……它不费吹灰之力就翻过了城门。整个军队崩溃了，士兵不是被捏死分尸，就是魂飞魄散、疯狂逃窜……"

　　"接下来的大半年时间，我们一直在逃亡，躲避这死物。不过听说驾驭这死物也很困难，要消耗大量的殉人……所以，如果不是最紧要的关头，大食人也不会把它放出来。"

长孙绮想了片刻，问道："你怎么知道神遗之地有制服它的法子？"

李云当犹豫了片刻，才说道："几十年前，在大秦有三位圣僧。他们从古老的法典里找到了神旨的解读，说东方有一处神遗之地，其中藏着无尽的宝藏和上古之神遗留下来的神兵利器。于是他们结伴而行，花了十年，终于找到了那处地方……其中一人，你也认识。"

"谁？啊……"长孙绮倒吸一口冷气，"风云漫！"

"就是他。这三位圣僧找到了神遗之地，"李云当说，"但他们无法开启神遗之地的大门。据说能打开大门的，却是长孙皇后……"

长孙绮惊呆了："姑祖母？怎么可能？"

"但传说就是这样。"李云当说，"这件事在你们大唐无人知晓，在我们波斯和大秦的维序者中，却是惊天动地的大事，因为这是有史以来，第一次真的听到有人能开启神遗之地。"

"可……"长孙绮疑惑地道，"可为什么是姑祖母呢？她有什么特别之处？生而知之？那也只是预言之力而已啊？"

"这就不知道了。"

长孙绮歪着脑袋想了片刻，才沉吟道："风云漫和袁天罡的能力来源都是神遗之地？"

"只有这个可能，"李云当说，"这也可以解释为什么风云漫一天不死，袁天罡就乖乖地隐藏在景寺石塔上。风云漫很可能有制住他的办法。"

"对！"长孙绮的思路更清晰了，"所以很可能是姑祖母薨逝多年后，袁天罡和李淳风奉先太宗皇帝之命，要推演未来，于是偷偷去景寺盗取天志石……推演出了《推背图》！当时风云漫被先太宗皇帝故意带在身边，一同远征高句丽，给了他俩最好的机会。"

李云当说："先长孙皇后临终前信了景教，应该就是想保护他。然而先太宗皇帝的命令，他也无法违抗，才不得不眼睁睁看着袁天罡他们做下此事。"

"可是……为什么先太宗皇帝又后悔了呢？"

"权柄。"李云当说，"你忘了吗？先太宗皇帝诛戮拥戴隐太子李建成的八柱国各大家族，心中肯定对谶言之类极其厌恶。先长孙皇后却是独孤皇后的传人，这件事让他有如芒刺在背。先长孙皇后薨逝后，也许太宗皇帝一直纠结在相信和怀疑之间。可是神谕的诱惑实在太大了，于是太宗皇帝终于忍耐不住，让袁天罡等去试探此事的真伪……"

"可是当他真的看到谶言出现后，自己也害怕了……"长孙绮接上他的话，脸色煞白，"天下权柄和神明比起来不值一提，那么自己的皇位就是一个笑话……想要真正君临天下，唯一的办法……就是让世间不再有神……"

两人同时对看了一眼，眼中都是说不出的惊恐和忧虑。十几年前……不，百年来，八柱国幽灵般的存在，被先太宗皇帝文治武功轻易击得粉碎。然而古往今来的第一皇帝，却也在神明面前瑟瑟发抖，没多久就崩逝了……

这些事，李云当和长孙绮之前都只窥到了一星半点，但一路走来，所有的细节逐渐累积，才渐渐看清。可长孙绮脑子里仍然有个疑问——姑祖母究竟如何……

沉默了半晌，长孙绮道："你接着说，你们波斯人又是如何知道此事的？"

李云当道："当时有一位圣僧从东方返回。他到达圣城时，已无力再行路，留下了一些关于先长孙皇后和神遗之地的片言碎语之后，就与世长辞。那些碎语凌乱不堪，让人完全无法理解。直到那死物到来……"

"那死物？"长孙绮一愣，"他……说的是谶言！"

"是的，便如《推背图》一样，他留下的也是谶言。其中一句是：故人自东方来，化而为雾，吞噬万物。神遗此物，神憎恶此雾。"李云当叹气，"吞噬万物，唉，当时我们都没料到，竟然是如此恐怖的雾。"

"神遗此物……神憎恶此物……"长孙绮喃喃地念着，片刻，问李云当，"所以你认为，到神遗之地去，能解开这死物的秘密？"

"除此之外，我实在想不到还有什么法子了。"李云当道，"你瞧，大食人也想要发掘神遗之地，甚至不惜把死物也带来。这足以证明，神遗之地有可以克制它的东西。"

"或者……是能让它更强的东西。"

李云当点头："你说得没错！若这死物真的到了长安，大唐……只怕也无力反抗啊！"

"可现在，一切都晚了。"长孙绮无力地坐下来，"我们掉下了那么高的山，也丢了袁天罡，再也不可能找到神遗之地了……说不定这会儿，他们已经进入神遗之地了呢。"

"唉！"李云当绝望地一拳打在洞壁上，也跟着颓然捂住了脑袋。

两人一时都陷入沉默，只听见柴火偶尔啪的一响。

"那女孩……可不简单哪。"

"什么？"李云当被长孙绮这句没头没脑的话说糊涂了。

"那女孩大概知道神遗之地在哪儿，但她显然对神遗之地很抗拒……或许，叫作害怕更贴切吧？"长孙绮望着火焰，呆呆地出神，一边自顾自地说道，"她很干脆就拒绝了我呢……"

"可是……她不是给我们指了方向吗？"

长孙绮道："她只是想支开我们。她随便一指方向，难道我们还能辨出是对是错？等到大雪封山，想要再见她都难了。她心眼儿可厉害得很呢。"

"那……她指的方向，很可能是让我们出山的路。"

长孙绮苦笑："很有可能！"

忽然，两人同时睁大了眼睛，因为听见外面有人正气喘吁吁地跑来，踩在覆盖住地面的雪上，嘎吱嘎吱响着。

两人都摸到了兵刃。长孙绮使个眼色，李云当继续背对洞口坐着不动，掩护长孙绮做出攻击的姿态。

洞口人影一晃，李云当身体一歪，长孙绮闪电般扑了上去，却又骤然收手，一下撞在洞壁上，吓得来人也一趔趄摔倒在地。

李云当以为刺杀失败，大惊回头，却见尼摩威赛惊恐地坐在地上。

"是你？"李云当探头出去看了看，"你怎么来了？"

尼摩威赛喘了几口气，脸涨得通红。两人好奇地看着他。他憋了半天，终于说道："你们要去哪儿？"

长孙绮还没回答，尼摩威赛却又抢着说："我……我知道！"

"你知道？"

尼摩威赛用力点头。

李云当觉得好笑，长孙绮却笑不出来。她说道："你站起来，地上冷……既然知道，那你这般急匆匆地跑来是做什么？"

尼摩威赛脸涨得更红了，用力挠着耳朵说不出话。

长孙绮见他急得汗都出来了，柔声道："你别急，让我猜猜……是不是你妹妹的病，你很担心？"

　　尼摩威赛眼中立即流露出惊喜的神色，更加用力地点头。

　　长孙绮道："她的病，确实有些严重，而且气血都快耗干了，再拖下去，只怕……"

　　尼摩威赛一下解开背上的包袱，扔在地上，发出咚的一声闷响。李云当吓了一跳，却见包袱里滚出一把铜锤。

　　这铜锤看着硕大，而且似乎是实心的，在地上随随便便就砸了一个小坑。尼摩威赛顾不上捡起铜锤，跪倒在地，眼巴巴地看着长孙绮。长孙绮忙上前扶他，他却死活不肯起来。

　　"我也不是大夫啊，"长孙绮为难道，"我没法给她治病的。"

　　尼摩威赛焦急地道："你……你说认识长安的大夫，是吗？"

　　长孙绮点头："我认识御医。"

　　尼摩威赛不懂御医是什么意思，呆了一下。长孙绮解释道："就是天下最好的巫医。"

　　"啊……"尼摩威赛明显一惊，"那得多少羊他才肯看病？"

　　长孙绮苦笑道："御医不收羊的。"

　　尼摩威赛再度露出绝望的神情，又开始拼命挠头。

　　李云当道："而且我们现在自身难保，确实没法帮你……"

　　"我！"尼摩威赛突然大声吼出来，"我可以帮你们！"

　　"你？"

　　"我！"尼摩威赛一下爬起来，眼中第一次露出光芒，"我知道你们要去的地方在哪儿！"

　　长孙绮和李云当对看一眼，长孙绮惊喜地问："你知道？"

　　"嗯！"尼摩威赛说着将铜锤重新背好，说道，"妹妹不肯告诉你们，她……她是怕你们请我带路。那地方很危险，但我……我不怕！"

"可……从这里到神遗之地，最快要走多久？"

"我去过，最快一天半就能到！"

长孙绮不敢相信地看着他："你真去过？"

"我母亲当年是你们的王后的侍女，就是因为神遗之地，才留在这里的。"

"什么？"长孙绮蒙了，"你说什么？王后？"

"是那个……那个……"尼摩威赛一拍脑袋，指着长孙绮说道，"你、你，就是你那个……你！"

长孙绮还在茫然，李云当脱口而出："长孙？长孙皇后？"

尼摩威赛拍手道："对了，就是叫作长孙皇后！"

"你娘是长孙皇后的侍女？"长孙绮眼睛一下亮了。

"是啊。"

"长孙皇后真到过这里？"李云当激动地问，"她……她知道神遗之地？"

"她怎么会不知道？"尼摩威赛奇怪地说，"她自己进去过啊。"

"长孙皇后是第一个窥见秘密的人。"风云漫的声音在长孙绮脑海里回响，"但她隐忍不发，兑现了当初发下的绝不透露给世人的诺言。"

"可……"

长孙绮一抬手，阻止李云当开口。她忍住怦怦乱跳的心，问尼摩威赛："所以……你从小就去过那里，是吧？"

"是！"

李云当说道："该怎么走，你有地图吗？"

尼摩威赛摇头："不。我带你们去！"

长孙绮道："你？不行！太危险了！"

李云当也道："对，太危险了，你不能去！"

"那地方太隐蔽了，我若不带路，你们根本找不到。最多还有几天，大雪就会封山，到时候你们只有死路一条。你们死了，谁带我妹妹去长安？"尼摩威赛第一次毫无惧色地看着两人，说道，"我要我妹妹活！"

第二十七章

"阿鲁！阿巴依！仁波齐！"

有人大声喊了出来，正在山道上艰难前行的众人立即停下脚，转头向右边看去。

根本听不懂大食语的张谨言一头撞上前面的人，才茫然地停下，跟着结结实实挨了那人一巴掌。

张谨言顿时大怒，刚要一脚踹去，那人把铁链一扯，张谨言这才想到自己跟狗一样，脖子上还套着铁链。粗大的铁链勒住了他的咽喉，往下延伸，套在他的两个脚踝上。这样他只能一步一步艰难地走，永远也不可能迈开脚步跑。

自己纵横漠北押解突厥贵族时使用的枷锁，现在却冰冷地套在自己的脖子上。这冷冰冰的感觉把他拉回了现实，他再看看前面那辆巨大的、用灰麻布蒙着的牛车，当即打了个寒战，一声也不敢吭。

那人呸地吐了他一口口水，转过身去。

张谨言咬着牙忍住心中的怒火，也跟着转头看去，顿时被眼前的景象震撼得忘了愤怒和恐惧。

从早上开始，他们一直顶着浓雾和冰冷的雨雪前进，周围的一切都隐藏在雾气之后，看不分明。张谨言一度以为自己走在类似太行山驿道的路上，直到此刻，一阵狂风吹散了雾气，他才发现——

他们赫然站在一条几乎是嵌入绝壁的道路上，往上看不到头，往下是数百丈的深渊。

张谨言看见崖底的第一刻，腿就软得站立不稳，拼了命往后退去，直到背心顶在冰冷坚硬的崖壁上，才一屁股坐倒在地。

这是个什么样的鬼地方！

他们所在的地方，离谷底已经几百丈高，但在他们的对面，那座巨大的、在阳光下闪烁着金色光芒的雪山，高得仿佛一直延伸到天空的尽头，庞大得比整个太行山还要雄伟。

这座山峰太高了，几十丈的黄色山崖只是它的底部，其上数百丈，是灰色的坚硬岩石，再往上，是更高的完全被雪覆盖的山顶。这片山体高逾千丈，从这个角度看上去，呈完美的三角形状。尖尖的山头一直向上，仿佛刺穿了天。在山头的旁边，一片跨度超过数万丈的旗云无声地飘扬着……

张谨言有生以来，别说看，连想都没想过尘世间有如此伟岸高耸的雪峰。它在碧蓝的天幕映衬下，无比庄严，无比神圣，像……

忽然又一阵狂风刮来，穿过脚下的峡谷，猎猎作响。随着狂风，漫天的云雾再次兜头压了下来，刹那间将四周笼罩，一丈之外的山谷再度被隔绝开来。

但众人仍然痴痴呆呆地望着刚才那山体惊鸿一现的方向，似乎魂魄还未回到躯体……

忽然觉得脸上冷冰冰的，张谨言伸手一抹，竟然是眼泪……在这一瞬间，他心中只有一个念头：这是神山！

这是只有神才有资格存在的领域！

"神……神遗之地！"张谨言激动地喊了出来，"真的存在！

它真的存在！啊呀！"

后面一人一巴掌拍在张谨言后脑勺上，用蹩脚的汉语怒道："不吼！走！"

张谨言回头看，见是对方的头领赛沙尔。

这支队伍经过昨晚一战，还剩六十余人，又抓了张谨言等二十几个没死的，以及原本雇佣的四十几名当地脚夫、两名向导，一共一百多人、十六匹马、十头牛，比得上一支中等规模的商队了。

张谨言脑袋一缩，忙重新背起沉重的包袱。赛沙尔冷冷地看了后面的队伍一眼，手一挥，队伍再度沉默着向前，沿着陡峭的山路，向浓雾深处走去。

张谨言装作整理包袱，蹲下来，偷偷把路旁的三块石头叠在一起，这才若无其事地站起来，跟上队伍。

在张谨言艰难前行的时候，离他们十里远的另一条山路上，长孙绮正用力在山崖上钉紧一根绳索。

绳索的另一头，十几丈的下方，握在李云当手里。他抬头望着趴在石壁上的长孙绮，紧张得额头冒汗。

这是一整块岩石，垂直地竖立着。长孙绮只能抓着其中的一些细小裂缝，慢慢往上爬。

从昨晚开始，凭借尼摩威赛对地形不可思议的熟悉，他们摸黑连续翻越了三座山头。早上，他们睡了不到一个时辰，就又爬起来继续赶路。

直到现在，长孙绮脑子里还是嗡嗡嗡的。

就算用尽所有才智，她也万万想不到，姑祖母竟然是第一个真正进入神遗之地的人！

尼摩威赛的母亲真是长孙皇后的侍女之一。据说，长孙皇后在几十名大唐僧人和三名大秦圣僧的护送下，在二十四年前，也就是她去世前一年的夏至这天，进入了神遗之地。

但在那之后，只有长孙皇后和风云漫回到了营地。长孙皇后也足足昏迷了五天五夜才苏醒过来。

关于神遗之地的事，长孙皇后绝口不提，反而命人拆毁了上山之路。但长孙皇后在回长安之前，独自望着山沉默了许久，终于下令让尼摩威赛的母亲留守在此，但具体要做什么，却无人知晓。

长孙皇后从此音讯全无，尼摩威赛的母亲在此苦等了二十年，结婚，生子，终于也在四年前与世长辞，把当年的秘密带进了土里。

不过，她在离世之前，曾用了好几年的时间，训练尼摩威赛寻找神遗之地。虽然尼摩威赛始终没有找到确切的入口，但他知道自己已经离神遗之地很近了。

此刻长孙绮脑子里有无数问题：

身为皇后，为何不是她，而是袁天罡为皇帝推演了《推背图》？

在神遗之地里，长孙皇后到底见到了什么？

长孙皇后的临终时刻，为什么会信了大秦景教？

风云漫究竟是奉先太宗皇帝之命，还是长孙皇后之命，保护《推背图》？

……

看来，所有的秘密，都隐藏在头顶上这座大山之内！

中午稍微休息了片刻，三人再度动身，不久便来到这片断崖。仰头望去，这片由整块岩石断裂形成的山崖，虽然只有四十来丈高，却因为极其光滑整洁的表面，让人完全不知该从哪里下脚。

尼摩威赛说还有一条小路，可以绕过山崖，不过需要走三倍以上的路程，要多花一天时间。

　　长孙绮和李云当盘算，那伙大食人已经甩下了他们至少两天的路程，还要多绕一天，那就几乎没有追上的希望了。于是决定——爬！

　　这山崖，连土生土长的尼摩威赛都没法翻越。攀爬的重任就交到了长孙绮手里。

　　长孙绮在李云当的帮助下，纵上去三丈来高，抓住了石壁上的第一道缝隙。她沿着缝隙向上，爬了十丈左右。

　　在这个高度，石壁已经是笔直垂落，缝隙也变得极细小，只能凭借手指稍稍钩住缝隙，把整个身体吊在半空。

　　李云当和尼摩威赛都屏住了呼吸，大气都不敢出，眼睁睁地盯着长孙绮一寸一寸往上挪。

　　突然一件东西掉落下来，尼摩威赛吓得一激灵，李云当上前一把抓住那东西，却是长孙绮的鞋子。跟着另一只鞋子也落了下来。

　　长孙绮赤脚蹬在石壁上，从脚心传来的冰冷让她打了个寒战，但脚却踩得实在了许多。她瞄准了不远处的另一处缝隙，深深吸了几口气，突然放开了手，脚在石壁上猛一蹬，借力在陡直的石壁上横着跑了几步，在彻底坠落之前，用三根指头钩住了缝隙。

　　随着长孙绮的身体在空中晃荡，李云当的心也快从嗓子眼里跳出来了。好在长孙绮只晃荡了两下，就再一次紧紧贴在石壁上。她低头看了看李云当，还冲他笑了笑。

　　"还有二十丈，快了！"李云当大喊，"在你左首，有一道缝隙可以斜着往上！"

　　长孙绮抬头张望，很快就看见了那道缝隙。它斜斜地往上，鬼知道延伸到哪里。长孙绮用脚把身体撑起来，弯成弓形，猛地一弹，再次纵起一丈来高，抓住了那道缝隙。

"好！"

下面的李云当和尼摩威赛大声叫好，长孙绮心中却大叫不妙。因为一直都靠手指挂着身体，她感到两只手臂颤抖得厉害，手心里全是汗，双脚却冷得快失去知觉了。

这道缝隙带着她又往上走了快十丈，已经能看到石壁的顶端了。

但她的体力也快到极限。她从来没有想到，在高山上体力会消耗得这么快。此刻肺里像是充满了水一样刺疼，每一口呼吸都很艰难……

她再次垂头，向下面两人笑了笑。

李云当突然快速地脱下厚重的棉衣，把绳子在腰间绕了几圈。

"你做什么？"尼摩威赛问。

"她快撑不住了。"李云当咬着牙道，"我得想法子拉住她！"

长孙绮用脚趾抓住缝隙，让手臂休息了一会儿。她鼓足最后的力气，再次向上攀爬。当她向前跃起，抓住一道深深的裂缝时，突然啪啦一声，裂缝外面薄薄的岩石被她的力道扯断了！

长孙绮骤然向下坠落，手在岩壁上胡乱抓着，却什么也抓不到。眼看就要落下去摔成肉饼，陡然腰间一紧，她被绳子拉扯了一下，又向上荡了起来。

"抓住！"李云当大喊。

长孙绮在向上的力道消失之前，死死抓住了一道裂缝，把身体重新固定在石壁上。她心口乱跳，向上看，却是李云当不知什么时候爬到了石壁的中间部位，用绳索把她荡了起来。

"怎么样？"李云当问。

"我……我没力气了……"长孙绮绝望地摇头。李云当也叹了口气。他知道长孙绮的脾气，没到最后时刻，她绝不会认输。

"绕吧……只要能绕过去，总能想法子的。"

长孙绮点了点头，正要往下跳，突然头顶上什么东西一闪。长孙绮顺手一抓，却是一根绳索。

她大吃一惊，这根绳索竟然是从石壁顶端垂落下来的。

"谁！"

悬崖上一阵急促的喘息，跟着拓跋楠的脑袋冒了出来。

"嘿！"拓跋楠艰难地喘着气说，"赶、赶上了！"

"他们在前方二十里，大概在……"拓跋楠说着，用手指着一张羊皮地图上的某个位置，"这里。"

"你确定？"李云当问。

"昨天他们在这里。"拓跋楠指着另一个位置，"他们在谷地的行进速度大概是一天三十里。"他腿上的伤已经差不多好了，但走路还是一瘸一拐，脸和手臂包着布，遮住烧坏的皮肤。他整个人已不复往日的健硕强悍，目光却愈加杀气腾腾，像是随时准备跟人拼命。

"不慢了。"长孙绮由衷地说。

"上了山，大概是一天十里。"拓跋楠说，"我从益州出发，跟了他们整整十天，只有一天晚上没有跟紧，结果你们就出事了。"

李云当惊讶地道："你怎么到益州的？"他看了一眼心平气和的长孙绮，顿时明白，拓跋楠是她留在外面的一枚棋子。

拓跋楠说道："小姐让我密切监视外面的动静，这拨人的动静可不小，一百多人，据说是从吐蕃过来的。先是一支十人的小队在益州外潜伏，你们刚出城门，他们就尾随而上。大部队似乎大致知道方向，是在第二天凌晨与十人小队会合的。"

李云当皱眉："原来他们一直躲在吐蕃，难怪我从未察觉。"

拓跋楠道："除此之外，似乎还有一支队伍在暗中跟着。"

这下子李云当和长孙绮更加惊讶了："还有一支队伍？谁？"

拓跋楠摇头："这支队伍跟得更加隐秘，我分身乏术，没办法探查。"

"那你怎么知道的？"

拓跋楠道："你们在益州买了马，刚出城门，我去买马，却被告知有人已经暗中包下了益州所有马匹，还有人在大量买牛，连挑夫都在征召之中，似乎要运送很多的辎重。那群人如果真是针对你们的，那便更可怕。"

"为何？"

"因为他们对你们离城的时间都一清二楚，"拓跋楠冷冷地道，"只能证明你们队伍里有卧底。"

"呃……"长孙绮想了想，"武后猜疑，估计是暗中监视我们的人。"

"希望是吧，"拓跋楠说，"只是规模太大，有点想不明白……"

长孙绮道："还是想想咱们的处境。二十里，咱们抓紧走，还是有机会！"

"恐怕没有了……"拓跋楠掰着指头算，"他们有牛车，在这高山上还能驮着重物往上走，我们别说能御寒的衣服了，连食物都没有。你少吃点！"

拓跋楠瞪了一眼正在狼吞虎咽的尼摩威赛。尼摩威赛被他眼神吓得一哆嗦，赶紧躲到李云当背后。

"我们可以一路打着野味过去，"长孙绮道，"这儿狍子可多了！”

“不行！”李云当突然说，“你抬头看看上面到底是什么？”

长孙绮看了看：“还是山林呀？”

“山林上头！”李云当叹了口气，“算了，你这种没见过雪山的人，根本不明白……只要我们再往上翻过一个山头，就只能喝雪水了！”

长孙绮看向尼摩威赛：“是吗？”

尼摩威赛老老实实地点头。

“别说二十里了，就是五里，在这大山里就是永远也追不上的距离。”李云当泄气地一屁股坐下，“以你的本事，若在长安，这块石壁你会气喘心虚地爬不上来？”

长孙绮想了想，默然点了点头。刚才在石壁上，她真的前所未有地感到力不从心，休息了这么久，她还觉得四肢酸软，根本不想挪动一步。

她看了看拓跋楠,拓跋楠也坐了下来,满脸掩饰不住的疲惫……一时间，谁也没有说话，四周寂静了下来。

“走吧。”

片刻，尼摩威赛终于把又硬又干的肉干咽下去，站起来拍拍腿：“走！”

三个人都一动不动，看着他。

“啊？”尼摩威赛走了几步，回头看见六只亮晶晶的眸子盯着自己，吓了一跳，“走啊？”

“怎……怎么走？”长孙绮忍不住问，“二十里远啊，我们追不上了！”

“二十里？”尼摩威赛露出现在才听见这个词的古怪神情，“他们怎么可能走出二十里？他们不可能在两天内穿越冰海子。"

"你说什么？"长孙绮突然屏住了呼吸。

"冰海子，"尼摩威赛说，"你们汉人也叫它冰盔。牛车过不了，他们必须一步一步蹭过去。"

这下拓跋楠和李云当也不由自主地站了起来，三人一起死死盯着尼摩威赛。尼摩威赛咽了口口水，害怕地闭上了嘴。

"你快说啊！"长孙绮急道，"你说牛车过不了？"

"是……冰海子很大，很宽。要去神山之前，必须经过它。那里很危险，到处是裂缝，车过不了的。"尼摩威赛说，"人只有一点一点蹭过去，掉进裂缝里，就没了！"

"离这里多远？"

尼摩威赛拿过拓跋楠手中的地图，思索片刻，指着图中一个山头："应该是在这后面，格拉尔山的西侧，距离这里大概不到八里。"

"你说冰海子很大，全是冰吗？"

"嗯！大，很大！茫茫无际，一眼看不到边！"

长孙绮在敦煌的时候，虽然见过祁连山头的雪，听说过雪山下有巨大的冰川，但从来没有亲眼见过，想象不出究竟有多大的冰会被称作海子。她摇摇头，又问："我们什么时候能追上？"

尼摩威赛望了望天，心中盘算片刻，说道："如果我们赶得快，入夜之前，能抵达冰海子。那之后，就得看他们走了多远了。"

"走！"长孙绮大喊一声。

呼……呼……

狂风像刀一样，在张谨言脸上一刀一刀割着。兜帽被风掀开，冷刀子就顺着领口往衣服里面钻，不一会儿，他感觉连肚子都冻僵了。

但没法子，不用手拽着兜帽，根本拉不住，但他的双手正死拽着绳索，只要一松手，一根皮鞭就呼啸而来，比狂风更快更冷，真的会在身上留下一道深深的口子。

所以他只有眯着眼，心里狂怒地骂着，拼死拖着一大堆补给往前蹭。

刚过午时不久，他们来到冰海子面前。第一眼看到冰海子，张谨言就被深深地震撼了。

这是一片超过几十里宽、上百里长的巨大冰盖，从那座神圣的雪山下一路延伸而来。冰盖的前端还紧贴着地面，十几丈之后就耸立起来，约有一丈高。越到后面，冰盖越厚，仿佛一段江水被冻住了，再被人凭空移到这里。

冰盖的两侧是另外两座低一些的雪山，三座雪山把冰盖夹在其中。这意味着一旦进入这片冰盖，不往前走，就只有原路返回一条路。

"一山坐北，两山耸立，无路可退，死地死地！"略通一点风水的张谨言喃喃自语，随即被一鞭子抽得嗷嗷叫。

队伍就此停了下来。牛车是肯定上不去了，赛沙尔命众人把补给全部卸下，拆了牛车，卸了轮子，用绳索和木板做了三辆简易的拉车。一辆车关着雾气怪物，一辆车放着僵尸一样的袁天罡，最后一辆则运送补给。

忙到天擦黑，终于收拾停当。赛沙尔命人将牛全部宰杀，支起大锅煮熟了，肉一坨一坨准备好，牛皮被剥下来，统统盖在装着那雾气怪物的车厢上。看这架势，是准备要深入冰盖好几天了。

天黑之后，一支支火把亮了起来。赛沙尔手一挥，上百人的队伍拖成一条长长的蛇形，顶着冰风走上了冰海子。

张谨言最后看了一眼身后，那片密林很快消失在夜色中，只有大山的身影，被满天星光勾勒出浅浅的轮廓。

一开始，冰面上铺满风吹来的砾石和尘土，他们走得还不是太吃力。不久，砾石和尘土消失，他们踏上了真正的冰面，瞬间就变得艰难起来。不时有人滑倒，摔得砰然作响。而冰面却又不是真正的平整光洁，而是布满裂缝。一不小心踩到裂缝里，尖锐的冰锋立即就会割得人血肉模糊。

走了还不到一里远，队伍里就响起此起彼伏的惨叫声。而且冰海子斜着向上，有些人摔倒后，一路向后滑去，撞翻了后面的人，火把也在冰面上乱窜，甚至点着了一辆拉车。队伍顿时变得混乱不堪。

赛沙尔暴怒之下，挥刀砍了两名乱嚷嚷的人，才让众人冷静下来。

赛沙尔一眼看见了刘阿翁，将他拽出队伍，喝道："你！想办法！走路！不然，杀！"

刘阿翁冷冷地说："用绳，用布结！"

赛沙尔怔了片刻，点了点头。于是众人纷纷用绳子缠绕在鞋上，没有绳子的则扯下布条，打了十几个结，再缠在鞋上。半个时辰后，再整顿队伍上路，这一下顺畅了许多，摔倒的明显少了。

走着走着，眼前反而亮堂了起来。张谨言抬头看天，只见一轮浑圆的月亮从雪山之上升了起来，照得雪山顶端像是在燃烧一般，发出金色的光芒。

赛沙尔心中激动万分，举起双手，伏地跪拜，其他大食人也纷纷跪下，向圣洁的月亮高呼。

张谨言趁机放开绳索，裹紧了衣服，哆哆嗦嗦地吸着鼻涕。忽然有人用手肘撞了撞他，正是刘阿翁。刘阿翁给他使了个眼色，两人跟着众人跪下，脑袋凑到了一起。

"怎么了？"张谨言压低了声音问。

"等一下会很艰难。"

"啊？啊？"张谨言最怕听到这话，吓得四处张望，"会怎样？你快说啊！"

"这里的人，"刘阿翁冷冷看了看四周，"最多只有一半能活着通过冰海子。"

"啊？为什么？"

"海子里有很多……"

刘阿翁话还没说完，突然身旁的人全部站了起来，他俩忙跟着站起。一名大食人把刘阿翁一推，示意他去前面拖车。刘阿翁一声不吭地往前走去，留下吓得心口怦怦乱跳的张谨言。

又走了一段路，脚下的冰越来越滑，坡却越来越陡。众人已经不能正常行走，必须手脚并用地爬。拉车的人更是吃力，即使鞋子底下缠着草绳和布条，也需要用很大的力气才能勉强把车往前拽，稍不留神，车就会往下滑落。

突然，载着雾气怪物的那辆拉车，一根绳子撑不住力道崩断了。拉车往旁边一歪，其余的几根绳子同样绷不住，也跟着断裂。

在众人的惊呼中，失去平衡的车子横着向下滑去。车子后方的三人躲闪不及，被拉车撞得飞起，顿时头破血流。其中两人被车驾轧断了手脚，痛得狂叫不止。

沉重的拉车继续往下滑，拉车下方的人拼命躲闪。有几名大食人冒险扑上去抓住绳子，却根本拉不住，被带得在地上不停翻滚。

眼见拉车就要落入一道巨大的缝隙，赛沙尔冒死冲到拉车前方，大声喊出了一句指令。

砰砰——两团雾气撞碎了车厢两侧的木板，伸出来牢牢撑住了拉车。一名脚夫欣喜地走上前去拉绳子。赛沙尔高喊了一声，那脚夫却听不懂，自顾自上前。蓦地雾气一把抓住了他，他只来得及叫了一声"我的娘！"就被雾气整个吞噬。

咯咯咯……

随着一阵让人骨头发颤的声音，雾气瞬间变得血红，向内剧烈地翻滚。站得近的几个人觉得脸上热热的，伸手一摸，全是鲜血。

"啊——啊啊啊！"

几名脚夫吓得往一旁狂奔，又撞歪了载着袁天罡的拉车。两名大食人手起刀落，将几人砍翻在地。

赛沙尔又急切地念着什么，张谨言一个字也听不懂，但想来应该是阻止雾气怪物的密语。赛沙尔念了片刻，那雾气慢慢缩回车厢之中。

赛沙尔使了个眼色，几名大食人快速上前，把被砍死的几名脚夫抬起，扔进车厢里，再用牛皮覆盖在厢上，遮得严严实实。

他们用尸体喂养那怪物！张谨言只看得头皮发麻，忽然闻到一股屎尿味，却是旁边仅存的几名脚夫吓得屎尿齐流。张谨言刚要出言呵斥，却发现自己也尿在了裤子里，湿漉漉、冷冰冰，好不难受。

"想活就别作声，"刘阿翁在那几名脚夫身后低声道，"就当没看见。"

等到拉车重新准备好，赛沙尔才一挥手，众人继续往前。

谁知还没走出多远，脚下突然传来啪啦啦的声音。张谨言虽然被镣铐锁着，却仍然身手敏捷，往旁边一跳。他刚才站立的冰面突然崩塌，几丈长的冰面带着两名脚夫掉落下去。

"天杀的……"张谨言刚喊出半句，就死死闭住嘴巴。

刘阿翁上前用火把查看，但见缝隙之下深不见底，传来湍急的流水声。掉下去的人无声无息就被黑暗吞噬了。

众人心中都是忐忑，空气仿佛凝固了。但赛沙尔不说停，就没有人敢稍停片刻。拾起掉落在地的火把，队伍继续沉默地向着被月光点燃的雪峰行进。

在他们的身后，冰海子的边缘，四个人正趁着月色前进。

他们早就看到了远远的一条火把的长龙，在冰海子上蜿蜒前行。估算距离，最多也就三里。

长孙绮等三人都兴奋不已，没想到对方在进入冰海子之前耽搁了这么久，当即闷着头往上冲。尼摩威赛低声的呼喊，他们也听不见。

只冲了不到十丈远，三个人一起摔得山响。李云当和拓跋楠摔得脑袋撞在一起，差点撞晕过去。

三个人颤颤巍巍站起来，这才意识到对方没走远是有原因的。在尼摩威赛的指导下，三人撤回到冰海子之外，找了些枯草。尼摩威赛花了一刻的时间，用枯草搓了几根绳索，缠绕在几人的鞋子上，再用更结实的绳索，把大家两人一组串在一起。

李云当先把绳子绑在自己腰间，顺手递给长孙绮。拓跋楠想要抢过绳子，却被长孙绮一把推开。她接过李云当手里的绳子，自己绑起来。拓跋楠继续死死盯着李云当，把自己和尼摩威赛捆在一起。

"冰上，很危险，"尼摩威赛说，"到处都是裂缝，有时冰面会坍塌，下面是阴河，掉下去就没命了。一个人掉下去，另一个人要赶紧趴下，避免被拉下去。"

"每个人都是另一个人的锚呢，我懂。"李云当说。

长孙绮一边检查自己腰间的绳子绑没绑好，一边问道："那神遗之地就在冰海子对面？"

"我不知道。"尼摩威赛老老实实地说，"我娘曾说，冰海子里隐藏着神遗之地的秘密，我……我偷偷去过两次，但是都没发现。"

"没事，"长孙绮颇有把握地说道，"有人知道。"

"袁天罡？"李云当问，随即皱紧眉头，"他应该就是关键。但现在他在对方手里，只怕他们会先一步找到。"

"那我们就先一步抢回袁天罡！"

"你有计划？"

"没有，走一步看一步。"长孙绮说，"越危险的地方就越有机会，冰海子应该不会让我失望的！走！"

"我走前面探路！"

拓跋楠说着就把跟他绑在一起的尼摩威赛一扯，两人抢先走在前面，朝着远处那火把长龙走去，转眼间就走出老远。长孙绮和李云当被落在了后面。

刚走上冰海子，道路还不难行，长孙绮走得并不费劲，很快就听见身后李云当的喘息声。她稍微调整了速度，让李云当不至于落得太远。

"我一直想问。"

"嗯？"

李云当加快几步，走近了长孙绮，问她："你为什么拼死也要来这里？"

长孙绮一呆，一时竟说不出话。两个人沉默地走了一会儿，只听前方隐约传来呼喊声，但隔得太远，听不分明。

"你呢？"长孙绮头也不回地问，"复国？"

"复国？"李云当苦笑了一声，"我说过不可能了……大食人已经站稳了脚跟，他们身后还有大秦国的影子。哪怕大唐愿意派兵，怎么让几万士兵、十几万役夫穿越万里黄沙去作战？"

"那你……一直嚷嚷着求皇后派兵复国？"

"你不会明白的……"李云当叹口气，"国破家亡的人，除了嚷嚷，什么也干不了。不嚷嚷，我活着该干什么呢？"

这话颓废失落到了骨子里，长孙绮的心一下被揪紧了。她愣愣站住，转头看李云当，李云当却走到了她前面。他的脸隐藏在黑暗中，声音却还很淡定。

"我想要找到对付死物的法子。"李云当说，"虽然已经亡国了，但我……我不能让它继续存在下去。也许这是我偷生到现在，最后剩下的意义了吧。"

李云当忽然回头，吓了正在发呆的长孙绮一跳。他的两只眸子在黑暗中发着蓝幽幽的光，盯紧了长孙绮，问道："那你拼命的理由是什么呢？"

长孙绮怔了片刻，才说："我必须要告诉你吗？"

"当然不必，"李云当说，"只不过到了真要拼命的时候，我也会迷茫，会怀疑，因为不知道你会不会放弃了我的后背。"

"啊？"长孙绮愣了。

"你不用在意，这是我们波斯战士的老话。"李云当笑了笑。

"是什么意思？"长孙绮追问道。

"是刀盾手。"李云当说，"刀盾手通常两个人一组，当面对长枪队攻击的时候，必须背靠背作战。自己的背，全靠有个跟你一样拼死的人守护。如果不知道背后的人是不是真要拼命，自己就会留一手，因为背后的人不拼命，枪就可能扎到自己背上……一来二去，两个人就都不会拼命了……"

他顿了顿，又说："但你是刺客，不是士兵。你习惯了独来独往，我明白的……快走吧。"

李云当往前走着，绳子把尚在发呆的长孙绮拉了一下。长孙绮便跟着继续走。片刻，她忽然说："我不知道。"

"这……也算理由吧。"

"我真不知道，"长孙绮走到李云当身边，对他说，"可是我必须来。风云漫让我来的。"

"嗯？"

长孙绮不再犹豫，掏出了那只十字形，展示给李云当看。星光照亮了十字形，它的内部仿佛流淌着什么光芒。

"这……这不是风云漫的东西吗？"

"如果……"长孙绮低声道，"如果我说……风云漫还活着，还活在这十字形里，你会信吗？"

李云当看了长孙绮一眼，说："我信。"

"真的啊！"长孙绮焦急地说。

"是真的。"李云当双手拍在长孙绮肩头，不让她跳起来，"我见过了那死物后，没有什么再会让我吃惊了。"

"可是……"

"他引导你来的，是吗？"

"……是，你怎么知道？"

"这还用猜？"李云当望着远处那条火龙，说道，"我不也是被死物引导而来的吗？一切的谜团都在那里,我相信我能找到归宿，而你也能明白风云漫真正想借你之手完成的事。"

长孙绮深深吸了一口气，片刻，她的肩膀垂了下来。

"如果这是我的命运，那我就是为了命运而拼命。"

李云当欣赏地看着她。

"好，"他向长孙绮伸出手，"现在我可以放心了。"

长孙绮一巴掌拍开了他的手，却合身上前，紧紧抱住了他。

"我有种不好的预感。"

"为什么？"

"上一次你这样抱我后，我就受伤惨重。"

"哈哈哈哈……"长孙绮在李云当的怀里笑得浑身颤抖，李云当更加用力地抱紧了她。两个人都能感到对方剧烈的心跳。

"放心……"片刻，长孙绮轻轻拍着李云当的背，"有我在背后，不会有人能伤到你……"

忽然，前面的拓跋楠喊了起来："喂！快过来！"

长孙绮和李云当赶紧赶了上去，却见尼摩威赛趴在冰上，一边摸一边爬，不知道在寻找什么。跟他绑在一起的拓跋楠站在一旁发呆。

长孙绮蹲下来，刚要问尼摩威赛，李云当忽然说："嘘……我好像听见了什么声音？"

三个人都凝神倾听，但除了猎猎风声，什么也听不见。长孙绮蹲在地上听，片刻，她也趴了下来，把耳朵贴在冰面上。咕噜噜……咕噜噜……她听见了！

"在这里了！"

摸索了半天的尼摩威赛停在一个地方。他解下背上的铜锤，用力敲打着冰面。

三人不知道他要做什么，但也同时上前，各自用兵刃砸着。不久，听见冰面啪咔一声响。

"退！"

尼摩威赛一声招呼，三个人赶紧退后。尼摩威赛则继续砸，冰面的裂缝越来越多，终于咯咧咧一阵乱响，冰面骤然崩塌，露出一个一丈来宽的洞口。

洞内一片漆黑，只听见湍急的水声，证明下面是一条冰下暗河。众人正看得有些心惊，突然尼摩威赛纵身一跃，跳入了洞里，吓得三个人一起大叫。

只听洞内咚的一声响，随即尼摩威赛喘着气道："我……我找到了……我找到了！你们……你们下来吧！"

"我什么也看不见！"拓跋楠喊。

噌……尼摩威赛点燃了一支火把，火光跳跃，照亮了周围。只见下方果然是一条冰下暗河，黑漆漆的冰水奔腾不休，被火光照亮的点点波光又映照到冰壁上，闪烁不停。

尼摩威赛站在暗河旁的冰面上，向他们招手："来这里！"

半刻之后，三个人陆续跳到了暗河旁的冰面上。拓跋楠拿过火把，举起来仔细打量，但见这条暗河宽约两丈，从看不见的冰洞的一头奔来，涌向看不见的冰洞的另一头。河的两侧，有不少冰面裸露出来，隐约形成了一条路。

"你这放羊娃子，"拓跋楠啧啧称奇，"原来在找这个啊。"

长孙绮问："你以前来过这条暗河？"

"嗯，"尼摩威赛说，"我也是偶然发现的，这条暗河可以直接通到大海口，比他们走得更快。"

"什么大海口？"

"就是……嗯……有很多水的地方。"尼摩威赛搔着头解释，

"我娘说，只有过了大海口，才能到那地方。"

"什么乱七八糟的名字……"

"走吧，"长孙绮说道，"能比他们抢先，哪怕一步也好！"

尼摩威赛当即在前引路，四个人在冰层下方走着。长孙绮不时抬头看，头顶的冰层偶尔还能看到月光，只是变得格外扭曲。火把的火光微弱，照亮不了多远，不过冰层的反光仍然能让人看清脚下的路。

他们一直向上攀爬，有时会爬上一两丈高的冰壁，而暗河从他们身旁流过，形成一道道瀑布。水是从雪山上方融化而下的，因此触手极冷。按照尼摩威赛的说法，只要沾染了这水，就会得病而死，是以四个人都小心翼翼地避开。

走了一个多时辰，四个人都走得气喘吁吁，但河道里没有外面那种狂风，轻松了不少。爬上一道冰壁后，拓跋楠的瘸腿又疼又软，不得不坐下歇息。长孙绮和李云当也跟着坐了下来。

李云当冷眼看拓跋楠，见他除了腿瘸，似乎还因烧伤有其他方面的问题，出气又短又急，对于一个练武之人来说，基本上已经算是废人了。他心里不由得暗暗敬佩，拓跋楠撑着半条命爬这雪山，保护长孙绮，大概根本没有想过要回去。

拓跋楠从怀里掏出一只酒壶，小心地尝了一口。他发现李云当正注视着自己，冷哼一声转过身去，把酒壶收好。李云当哭笑不得，他这敌意真是莫名其妙，好像是自己把长孙家小姐带坏了一样。

坐了不久，他们就感受到了冰壁的真正威力——寒气从四面八方侵入身体，似乎要把身体里所有的热量都带走。

"走，"尼摩威赛说，"坐久了，冰海子的冰妖就要来吸魂了。得走，不停走。"

"我管他什么妖，来一个砍一个！"拓跋楠恶狠狠道。

李云当叹了口气，站起身来："他说得对，我们得继续走。坐下就只有冻死一条路。"

李云当扯了扯绳子，拉着长孙绮起身继续走。拓跋楠恨恨地吐口唾沫，也只得爬起来跟着走。

这下变成李云当和尼摩威赛两人走在前面，各自拖着长孙绮和拓跋楠。

不知又走了多久，长孙绮忽然看见有一块冰壁反射出上百种光芒，流光溢彩，仿佛里面藏着一颗宝石。长孙绮好奇地上前看，差点一脚踩空掉进暗河。幸亏身后的拓跋楠一把抓住了她。

"小心！"

尼摩威赛忽然低声道："嘘……我们在他们下方。"

四个人抬头看，果然看见头顶的冰层透过淡淡的火光。火光影影绰绰，排成长龙，无数影子晃动着——他们竟然走到了大食人队伍的下面。原来那道光，是从冰层上方投射下来的火光。

尼摩威赛灭了火把，这下看得更清楚了。大食人拖着两辆车，正艰难地在冰层上面行走。不时有人摔倒，车子也在左右摆动，看上去走得极其艰难。

"看来走这条暗河真的挺快的。"拓跋楠拍了拍尼摩威赛的肩膀，"放羊的，你不错！"

"快走吧！"李云当催促着。

四个人刚走了几步，长孙绮忽然道："等等！"

她抬起头，仔细观察着上面的动静。

"怎么？他们发现我们了？"拓跋楠问。

长孙绮不答，跟着上面的人走了一段，忽然问尼摩威赛："这儿的冰都像刚才那么厚吗？"

"差不多吧……我也不太清楚……"

长孙绮摸出一条长索，长索的一端有一只钢爪。长孙绮随意地甩着长索，问李云当："你看出来有几辆车？"

"应该是两辆。"

"那你猜袁天罡在哪辆车上？"

三个人同时看定了长孙绮，拓跋楠紧张地问道："小姐……你要做什么？"

"袁天罡会在哪辆车上？"长孙绮不回答他，又问李云当，"你应该看得出来。"

"第一辆，"李云当肯定地说，"第二辆车明显比第一辆重一些。"

"难道不是那雾气怪物会更轻一点吗？"

李云当摇头："不……我见过它爬上城墙，恰恰相反，它十分沉重，走过的地方，尸体都会被压得粉碎。你瞧，第二辆车下面甚至包了铁片来承重，所以把冰层刮出两道深深的痕迹。"

长孙绮凝目看去，果然看见冰层上有两道浅浅的光，与周围的光都不一样。她的目光瞬间犀利起来。

第二十八章

呼……呼……

张谨言大口喘着气，肺里像是烧起来一样疼痛，嗓子里更是一股浓烈的血腥味。他从没有到过这么高的地方，又拖着沉重的拉车，双腿像灌了铅一样沉重，背脊疼得像是脊骨已经一段一段裂开，眼睛看出去一片血红……

到极限了！

他心里有个声音在狂喊：躺下吧！就这样死了吧！一切都完了啊！就死在这里，跟前面那几十个人一样，变成冰块算了！

他现在不是在走，而是四肢着地，艰难爬着。

随着冰海子的坡度陡然上升，所有的人都在奋力攀爬。一名力竭的脚夫刚刚沿着冰坡往下翻滚，渐渐消失在黑暗中。

队伍已经被拉扯成一条长约半里的火龙，围绕着两辆拉车的人最多，越到后面，越是稀稀拉拉的。有十几名大食人殿后，他们负责杀死每一个倒下的人。

张谨言抬头往上看，被月光照亮的金色神峰的三角山尖像矗立在天上……

张谨言知道自己活不到那个地方了……但是这些大食人，死也会走到那个地方才死……

他终于撑不住，扑倒在地。周围的人都在拼死拉着车，根本没人留意到张谨言倒下。

他就那样子绝望地趴在冰面上，想着何时吐出最后一口气，一切就都过去了……

等等……

好像有什么声音从冰里面传出来？

张谨言勉强眯起一只眼，朝冰里面看去。但冰面上覆盖着脏兮兮的雪沫，什么也看不分明。他摇了摇头。

或许是自己快死了，出现幻听了吧？听老人说，人死之前都会看到自己这一生的罪恶，等着下阴曹地府时被阎王爷审判……

叮……咔咧……

冰面又震动了一下。

娘的，难道阴曹地府就在冰下，黑白无常已经忍耐不住，这就要爬上来锁自己了？张谨言突然间又来了力气，伸手拂开雪沫，额头顶着冰面往里看。

黑暗中隐隐有个什么东西……若隐若现……张谨言忍不住眨了眨眼睛——那东西好像真的在往上！

张谨言背上爆出一层冷汗，身旁有个人踩到了他的脚他都顾不上，只是死死盯着那东西，眼见它越来越接近冰层……

这个时候，后面有人大声吆喝，更有人上来踹了张谨言一脚。原来第二辆车拉过来了。张谨言正处在即将被黑白无常索命的巨大恐惧中，整个人早已僵硬，人家踢他也没反应。

有人嫌弃道："死了！把他拖开！"

两个人上前抓住张谨言的脚，把他拖到一旁。张谨言还是呆呆盯着冰面，没有注意到第二辆车拉过来。有人踩到了他的手，张谨言突然发出惊天动地的尖叫，一下跳了起来。

周围的人被这诈尸吓得魂飞魄散，纷纷往旁边跑开，一时间人挤人人推人，脚下的冰面又滑，十几个人都摔得四仰八叉。

张谨言狂叫道："他们是来锁我的！都给老子滚！"

便在这时，咯咧咧……冰层发出一阵响，拉车跟着震动了一下。众人都惊恐地看着冰面瞬间龟裂，无数缝隙像闪电一样向四周扩散。只有已经疯癫的张谨言根本没留意脚下的动静。

蓦地张谨言腰间一紧，被刘阿翁抱住，两人一起重重摔倒在地，跟着向坡下滑去，连着撞翻了好几人。

轰！

他俩的身后，冰层猛地向上爆开，沉重的拉车则向下塌去，瞬间穿透了冰层，直直落入漆黑的洞里。

前后的大食人顿时发出疯狂的喊叫，人群大乱。大食人向洞口冲去，脚夫则四散狂奔，大部分人都在混乱中撞到一起，接着往下滑落。

"他、他们是来找我、我、我的！"

张谨言被刘阿翁劈面一巴掌打得转了两圈才停下。

"蠢货！"刘阿翁压低了声音骂道，"是我！"

张谨言耳朵里嗡嗡作响，眼前金星乱闪，但是脑子终于清醒过来了。他看到刘阿翁脖子上的枷锁不知何时去了，立即说道："刀！我要刀！"

刘阿翁手腕一翻，露出一把匕首。张谨言不待他说，已经把脖子伸了过来。这枷锁是赤铜打造，坚硬无比，唯一的破绽是接口处没有完全封死。刘阿翁把匕首插入接口处的缝隙，用刀背顶着，用力一转。

"啊……"张谨言的脖子被匕首划破,血流不止。但他知道只有这个办法,当下强忍着不动。刘阿翁撬了几下,再用两手抓住略分开的枷锁,用力一掰,终于把张谨言的脖子放了出来。

"还、还有脚踝上的……"

"来不及了!"刘阿翁低声道,"学我!"

张谨言低头一看,刘阿翁把两根原本与脖子上枷锁相连的铁链一左一右缠在腿上。他立即有样学样地缠好,这才跟着刘阿翁一起,猫着腰往下方跑。

"阿拉……阿德巴拉阿亚!"赛沙尔的声音在一片混杂中显得格外镇定,他身旁的许多大食人便跟着他一起念起来,渐渐地队伍开始平静下来。

赛沙尔又大声说着什么,大食人开始有秩序地聚集在洞口附近。张谨言回头看了一眼,却见那洞口还露着拉车的一角,不知道是洞并不太深,还是拉车被卡在洞口了。

张谨言最怕的就是那雾气怪物,此刻见它陷在洞中,却并没有掉下去,心里顿时一紧。他随即想到,为啥车下的冰层会塌陷?难道是自己看见的黑白无常?

队伍后方的大食人往前跑来,挤挤攘攘地挡住了两人。张谨言手中一凉,却是刘阿翁塞给他一把匕首。两人挤进人群,刘阿翁突然用手捂住一个大食人的嘴,张谨言趁黑往他胸口扎了一刀。那人哼都没哼一声,慢慢软倒,黑暗中根本无人发现。

两人就这样一边往外挤,一边捅刀子,顷刻间杀了六七人,混到了队伍最后。队尾还有两人,都戴着兜帽,看不清脸。

刘阿翁故意脚下一软,歪斜地向其中一人倒去,张谨言伸出一只手扶他。两人突然出手,刘阿翁捂住了那人的嘴,张谨言一刀捅去。

不料那人的手闪电般抓住张谨言的手腕,往外一翻,张谨言的腕骨发出咯咯的声音,差点被生生拧断。

"狗辈!"

张谨言疼得大骂,随即看见刘阿翁凭空翻了个身,摔在冰面上。那人另一只手捏住了张谨言的咽喉,但听见张谨言说的话,顿时一怔。

"王八羔子!"张谨言还要再捅,那人脚下使劲,张谨言摔倒在地。那人一脚踩在他手上,疼得他顿时松了匕首。

那人蹲下来,低声道:"别动……是我!"

"我干你娘……"

那人顺手一耳光,打断了张谨言的粗口,说道:"想死就喊得再大声点!"

那人摘下兜帽,张谨言顿时愣住了:"你、你……你没死?"

长孙绮低声道:"袁天罡在哪儿?"

"在……前面那辆车上……"张谨言一惊,"你要做什么?"

长孙绮不答,只拍了拍张谨言的肩膀,就起身和一旁的李云当继续向人群中走去。

张谨言呆呆地看着他们混入人群,转眼却见刘阿翁站了起来,也跟着他们走。张谨言忙一把抓住刘阿翁,低声道:"你疯了! 要去送死?"

"你才是送死。"刘阿翁回头冷冷地说,"我们身无长物,除了冻死在雪地里,还能走到哪里去? 跟着这两人走,兴许还有一线生机。你要走就自己走吧!"

刘阿翁说着甩开张谨言,向前走去。这一瞬间,张谨言心中飞速算计着，已经算得七七八八，当即迈开大步朝两人追去，反而把刘阿翁甩到了身后。

长孙绮往上走着。

人群混乱，明显分成两类，一群人疯狂地往回跑，他们都是被雇来或强抢来的脚夫、马夫。另一群人坚定地往上走，想要靠近拉车，他们是大食的战士。

由于人群混乱，许多火把被遗弃在地，渐渐熄灭。尽管月光明亮，却也照不清每个人的脸，因此大食人除了把拉车周围惊慌失措的人砍翻之外，对其他人一律视而不见。

有几名头目大声呼喊着，召集手下向自己靠拢，另有一些人把路上横七竖八的尸体拖开，清理道路。

长孙绮就在这一片混乱中，低着头，坚定地往前走。在冰海子的表面行走，果然比在暗河道里艰难得多。风吹得很猛烈，冰粒子嗖嗖地打在身上，每走一步，都要付出巨大的体力。

她的目光越过慌乱的人群，越过歪斜地装着那死物的拉车，只盯着最前面那辆拉车不动。忽然脚下一滑，她刚要摔倒，身旁一只手立即扶住了她。

长孙绮回头，看到了李云当沉稳的目光，她一直狂跳的心终于平静了一些。

围在被困住的拉车周围的人都戴着银盔，银盔顶端有一根长长的尾羽。他们脸上蒙着绣着金线的黑布，身着异域流行的锁子甲，腰间佩着弯刀，手中拿着齐眉的短枪。有些人背着弓，有些人背着大食特有的圆盾，有些人则背着铁铲、镐一类的工具。

"这些都是大食王的直属部队。"李云当轻声道，"是大食人最精锐的队伍，比得上武后的百骑。"

长孙绮微微点头。两人把兜帽拉得更低往前走，刚要经过第二辆车，突然有个大食人把长孙绮一推，急促地说了一大堆话。

长孙绮完全听不懂他的语言，迟疑了一下，那人伸手就去摸腰间的弯刀，而长孙绮的匕首也无声地落入手中。李云当一下站在长孙绮身前，用大食语跟那人说了一句。

那人愣了一下，似乎没料到这个脚夫还能说大食语。那人便又说了两句，把李云当一推。李云当跟着那人朝第二辆车走去，手躲在背后做了个手势，要长孙绮自己先去。

长孙绮定了定神，稍微绕开第二辆车，从人群边向上走。身后传来沉重的喘息声，她侧头一看，却是张谨言和刘阿翁。

长孙绮向两侧指了指，刘阿翁立即会意，从左侧包抄。张谨言愣了片刻，也赶紧朝右侧跑去。

第一辆车就在二十几丈之外。因为第二辆车陷入冰窟引发混乱，大多数人都跟着赛沙尔跑过去帮忙，守在第一辆车旁的只有五名大食人。但长孙绮只看了一眼这五人的站位，就知道对方不是寻常人物。

其中一人站在车辆正前方，双手抱胸，腰间别着弯刀，两人在他侧后一丈来远的地方侍立，各持一柄短枪。另两人站在车顶两侧，其中一人一手持弓，一手抚箭囊，另一人则拿着一根长鞭，鞭身曲成环，鞭梢是一个长满钉子的铜球。被这铜球擦到，只怕会被拉下一大块肉。

车前那人的目光扫过来，长孙绮立即垂下头——这个人的功力好不深厚！

那人的目光在长孙绮身上停了一下，周围人群拥挤，他很快就转到别处去了。

长孙绮转身往回走，不久，她看见李云当再次混入人群，向第一辆车走来。长孙绮身材瘦小，在混杂的人群中穿梭自如，悄无声息地来到了李云当身旁。

"有点麻烦。"

"我看到了。"李云当低声回应她，"车前那人我认识，名叫阿萨尔，号称大食第二猛士，臂力极大。"

"很难对付？"

"很难……"李云当思考片刻，说道，"可能我俩联手，都不一定能干掉他。况且他身后那四人也非等闲之辈。"

两个人不停随着人流走动，继续偷偷观察阿萨尔。忽地冰面又是一震，跟着身后的人齐声大喊起来。

随着震动，载着死物的车再度往下沉了一截，这下子车身大半都陷入冰中，而且还在缓慢地下滑。

这下众人再也顾不上拉扯绳索，而是直接上前，用手推车，用身体顶着车，拼死阻止它进一步下滑。赛沙尔念密语的声音越来越大。

"拓跋楠还在下面使劲呢。"长孙绮说道，"死物下去之前，希望他们能跑远。"

"那不能再等了！"李云当说，"拼了！"

"嗯，"长孙绮转头看了李云当一眼，"你打我。"

"呃？"

不待李云当回答，长孙绮又转身朝另一个方向挥了挥手，做了个手势。躲在人群里的张谨言张大了嘴，忙不迭摇摇头，又忙不迭点点头。

长孙绮把兜帽往下一扯，转身朝阿萨尔跑去。李云当一怔，当即拔腿就追。

长孙绮飞速蹿出人群，朝第一辆车跑去。阿萨尔的目光立即像刀一样投射在她身上。

"救命！"长孙绮突然开口。

阿萨尔吃了一惊，只见长孙绮身后有一人冲着她就是一刀砍去。长孙绮踉跄两步，险到极点才躲开，却撞到一名大食人身上。那大食人尚在发呆，就被李云当一刀砍翻在地。

趁这个机会，长孙绮已经跑到离阿萨尔不到两丈的距离。

"快救我！"长孙绮再一次喊道。

"站住！"阿萨尔手握刀柄，整个人岿然不动，"近车，杀！"

李云当一刀砍来，长孙绮往前一扑，躲开这一刀，绕着车跑。第一辆车旁的五人都冷冷地盯着两人，不为所动，兵刃、箭尖却始终对准了两人。无形之间，一股杀气仿佛铜墙一样，始终将两人阻隔在离第一辆车两丈开外。

此时，张谨言也跑到了十丈开外。持弓的大食人立即将弓箭对准他，张谨言也不言语，就在十丈之外也绕着车跑。这个距离射中不难，射杀却有困难，一旦射不中，就会露出空当。持弓的大食人一时犹豫不决，不知道是该射张谨言，还是该把箭对准长孙绮或李云当。

李云当突然用波斯语大喊一声，一刀横劈，长孙绮就地一滚，这一刀擦着她的头皮掠过，划破了兜帽，劈飞了她的发髻。

长孙绮惊叫一声："他是阿罗憾！他要抢袁天罡！"

"阿罗憾"三个字出口，阿萨尔终于皱了皱眉，刹那间死死盯着李云当。

长孙绮这一滚，滚到了阿萨尔身前。阿萨尔骤然觉得右脚背一疼，一柄锋利的刀穿透了整个脚掌，一直刺入冰层之中。

阿萨尔狂吼一声，左脚猛踢，踢中了长孙绮腹部。但长孙绮的身体匪夷所思地倒着直立起来，脚在阿萨尔咽喉处划过，鞋尖里藏着的刀锋无声无息地划开了阿萨尔的气管。

一股鲜血直喷出来，喷到一丈之外。阿萨尔双手死死捂住喉头，想要堵住颈动脉上的口子，但鲜血倒灌回肺里，咕咕作响。

阿萨尔肺里像火烧起来一般，眼前渐渐模糊。他靠着车，慢慢坐下，耳边只听得惊慌的吼叫声、刀子划开皮肉之声、弓弦崩裂之声、长刀破空之声、刀刃砍在冰面的破裂之声……

扑通……持弓大食人的尸体从车上滚落，摔在阿萨尔面前。他额头中了一刀，一直劈到下颌。作为阵列最中间的人，他能被人如此劈死，可见其他人都已经战死。

阿萨尔叹出最后一口气，闭目死去。

这几下来得极快，长孙绮一刀杀了阿萨尔，跟着翻身杀了左侧一名大食人，同时飞刀射中右侧一人。李云当手中刀直飞出去，将车上持鞭的大食人当胸穿透。那持鞭之人的鞭子虽然甩出，却被远远的刘阿翁扔出的石头撞了一下，鞭头的铜球横着飞过长孙绮的头，砸死了右侧中了飞刀的大食人。

只有持弓的大食人准确地射中了狂奔中的张谨言，射得他摔倒在地。但大食人反手抽第二箭之时，长孙绮已经翻上了车，顺手拔出持鞭大食人胸口的刀。持弓大食人闪电般射出一箭，而长孙绮也闪电般砍出一刀。箭在长孙绮手臂上拉出一道口子，刀却砍碎了持弓大食人的头骨。

等到一切停息，仅仅过了几瞬而已。二十几丈之外，围着死物折腾的人根本没留意这边发生的事。

长孙绮一跤坐倒，这时候才感到被阿萨尔踢中的腹部剧痛难忍。李云当忙上前扶她，刘阿翁拼死跑过来，用衣服裹着冰沫，几下便拍灭了车周围的火把。

"快！"刘阿翁低声喊道，"快向北，快！"

李云当拉开车门，微弱的光线下，只见袁天罡仍然昏迷着，周身被捆得跟粽子一样。这倒省了不少事，李云当把他往背上一扛，刘阿翁顺手捡了弓弩和弯刀，转身扶着长孙绮就走。

只听身后气喘吁吁，却是张谨言亡命跑来。

刘阿翁惊讶地道："你不是被射中了吗？"

"你他娘的才被射中了！"张谨言破口大骂，随即捂住嘴巴。刘阿翁低头看，见那一箭的确是射中了张谨言的大腿，却被他缠绕在腿上的铁链卡住，只破了一层皮而已，不禁哈哈一笑。

李云当在前狂奔，刘阿翁帮他扶着袁天罡。张谨言一边跑一边回头看，好几次差点被卡在铁链上的箭绊倒。长孙绮咬着牙，吃力地跟在最后。

"向北！"刘阿翁喊道。

"不！向东！"长孙绮坚定地指着右侧的方向。

"可雪峰在那边！"

"相信我！"

身后忽然爆发出大食人的欢呼声，似乎已经把第二辆车成功地推出来了。

"我们跑不过他们。"刘阿翁气喘吁吁，"天一亮，这冰海子上什么都隐藏不了！"

"所以我们要下去！"

"下？"

长孙绮和李云当朝着东边跑，刘阿翁迟疑片刻，眼见张谨言也跟着跑，只得硬着头皮跟上。

长孙绮跑了一阵，扑在冰面上。张谨言吓了一跳，叫道："你可别死在这里！"

长孙绮把耳朵贴在冰面上听着，慢慢移动。张谨言虽然不懂她在做什么，但也立即趴下，凝神静听。

"他们发现了！"刘阿翁叫道。

张谨言回头看，只见半里地之外，突然火光大盛。大食人终于收拾了局面，重新点燃了火把。他们已经发现了第一辆车的异状，只见十余支火把骤然分开，向四面八方快速移动。

"还有一刻……不到一刻了！"刘阿翁说道，"要是被抓住，就要去喂那死物了！"

"你闭嘴！"张谨言怒道。忽然，他听见冰下似乎有什么动静。

"在这里了！"

李云当闻言，立即放下袁天罡，从背上解下铜锤，用力砸在冰面上。他砸了两下，惊讶地道："糟糕……"

"怎么了？"

"冰太厚了……"李云当到处摸了摸，有些慌乱地对长孙绮说，"冰比之前厚多了……"

"什么？"张谨言怪叫道，"你们要到冰下面去？"

"我们就是从冰下来的。"

"啊……"张谨言脑子转得飞快，"是你们在冰下……把车陷进去的，是不是？"

"我明白了，"刘阿翁也道，"冰下的暗河！"

"快砸！"长孙绮催促着。

当下四个人开始疯狂狠砸冰面。李云当用铜锤，刘阿翁和长孙绮用刀柄，张谨言空着两手，只得把缠在腿上的铁链拖出来砸。

长孙绮把他一推："别砸了，盯着后面！"

张谨言站起身张望，只见一支火把正朝着这边而来。他拿过刘阿翁捡来的弓，心中估算着对方的速度，以及发现自己时的距离。

那火把越来越近，不到五十丈了。

"你还不动手？"长孙绮问，"他快看到了！"

"别忙……"张谨言回答，"他肯定还要确认……"

那火把在某处停顿了片刻，才继续前进，而且对准了众人的方向。

"他发现踪迹了！"长孙绮叫道，"快啊！"

"别慌，"长弓在手，张谨言刹那间像变了一个人似的，信心十足地道，"他看不见……他还在试探。现在我得让他活着……"

长孙绮一怔，一旁的李云当道："他说得对！现在一箭撂倒他，火把熄灭，我们暴露得更快！"

三个人继续闷头狂砸冰层，渐渐砸出一个小坑。突然啪的一声脆响，冰层穿了一个小洞。长孙绮趴在小洞上看了片刻，说道："是暗河！快快，砸大一点！"

此时，那火把已经近到三十丈的距离，火把下的人看得很分明。不过这边几个人都隐在暗处，他似乎听见了什么声音，却还没有亲眼见到。

"再等等……再等等……"张谨言自言自语地说，握着弓的手始终垂着，随着风一摆一晃……

突然，火把停住了。就在这一刻，张谨言手臂一抬，根本没有任何瞄准，箭就离弦而出。二十几丈开外，那人顿了一下，这一箭正中心窝，让他瞬间就失去了意识。

嗖、嗖、嗖——又是三箭射出，分别射中那人双脚与拿火把的左手。火把竟然一时没有掉落，仍在燃烧。

"哎哟……"长孙绮呆住了。

"怎么样？"张谨言得意扬扬，"本官这一手厉害吧？"

"这也没什么，"长孙绮瘪了瘪嘴巴，"火把就算没熄灭，对方仍然能看出它没移动，肯定会怀疑的。"

李云当又猛砸了几下，稀里哗啦一阵响，冰洞往下坍塌了好大一块，差点把刘阿翁陷进去。

等冰洞口稳定下来，长孙绮探头进去，片刻后说道："往左跳，只一丈来宽，只是有点高，可能有四五丈。"

"这么高？那袁天罡怎么办？"

李云当把张谨言一拉："我和长孙绮先下去，你们把他放下来，我们接着。"

说着李云当纵身跳了下去，长孙绮跳下来时却意外地滑了一下，差点掉入暗河。李云当一把将她拽了上来。

长孙绮左脚湿透了，心脏怦怦乱跳，揪着李云当的衣袖不放手。

"你累了，"李云当轻声说，"别绷得太紧，你会撑不住的。"

"喂！快点！"上面张谨言惊慌地喊，"火把开始全往这边来了！"

"不绷紧，怎么撑得下去？"长孙绮深深呼吸了几口，才放开李云当，对着上面喊道："放下来！"

刘阿翁将袁天罡系在长绳上，再慢慢放入洞中。

"快！"张谨言拼命叫，"他们过来了！快点！"

袁天罡刚一落地，绳子都还没收好，张谨言就迫不及待钻进洞口，跳了下来。长孙绮喊道："刘阿翁，快呀！"

刘阿翁笑了笑："我老头子腿脚不利索了，就怕阴湿寒冷。你们走吧。"

长孙绮一呆："刘阿翁？"

"都下来了，留着洞口，他们一样会追来的。"刘阿翁把剩余的绳子与弯刀都扔下来，说道，"我把他们引开，你们快走吧。"

刘阿翁说完，也不待众人回答，转身就跑。他刻意弄出很大的声响，吸引对方。果然看见冰层上方的光一阵乱晃，追着刘阿翁去了。

长孙绮急得叫道："阿翁！阿翁！"

李云当扯住她，低声道："你若把人吸引过来，刘阿翁的努力就白费了！放心吧，他是只老狐狸，一个人说不定还更容易脱身。来吧！"

长孙绮愤怒地回头，看见张谨言一脸庆幸的样子，顿时喝道："你来背他！"

"什么？你再说一遍？"

长孙绮冷冷地道："我不会再说一个字！"

张谨言看看她，再看看李云当，当即悲愤地蹲下，把袁天罡背起就走。

李云当偷笑："这家伙还真挺识时务的。"

长孙绮慢慢放松了握着匕首的手，点了点头。

第二十九章

　　三人沿着暗河继续向前，半个时辰后，拓跋楠和尼摩威赛也赶了上来。

　　长孙绮还没来得及打招呼，唰的一声，拓跋楠的陌刀就朝张谨言的脑袋砍了过去。李云当和长孙绮同时出手，一个拉人一个格挡陌刀。陌刀从张谨言头顶一晃而过，擦飞了他一撮头发。

　　张谨言先是一惊，随即破口大骂："死老头子敢砍阿爷我？"

　　长孙绮冷冷地道："他是我的人。"

　　张谨言当即闭嘴，躲到李云当身后。

　　李云当挡着拓跋楠，问他："你做什么？"

　　"哼！"拓跋楠冷笑，"跟着我们的另一支队伍，是你的手下吧？"

　　冰洞里瞬间沉寂下来，所有人的目光都落在张谨言身上。张谨言根本不等众人开口，就扑通一声跪下。

　　"我、我、我也没有办法啊！"张谨言声泪俱下地说，"那支部队是皇后殿下的百骑，又不归我管，他们跟不跟着，我根本管不着啊！"

　　"他们要做什么？"长孙绮问。

拓跋楠道："还能做什么？抢神遗之地里面的东西呗。到时候我们无论找到什么，统统都是武氏的。"

李云当泄气地一屁股坐倒在地。张谨言刚松了一口气，却见他像屁股上挨了一刀似的又弹了起来，满脸涨得通红。

"走！"李云当大喊一声，"抢在他们之前！走，快走！"

李云当一马当先往前走去。长孙绮略一迟疑，看了一眼张谨言。

"你打算怎样？"

张谨言看到她手里转着圈的匕首，当即道："我全凭娘子差遣！"

长孙绮笑道："你其实是想着，若是得了个什么神器，说不定能成仙呢？是不是？"

张谨言赔笑道："都拼了老命走到这里了，不看一眼，实在是不甘心呀……快走吧！"

几个人继续顺着暗河往前跋涉。明明是冰洞，几个人却走得满头大汗、气喘吁吁。每个人的体力都到了极限，长孙绮在爬一道坎的时候，竟然手一软摔下来，幸亏被身后的李云当接住，才没直接滚到河里去。

"这大雪山……果然……厉害……"长孙绮喘息着说，"我心跳得好快……"

"我……我他娘的才累！"张谨言怒道。他把袁天罡甩开，用匕首小心地把腿上的铁链撬开。

"再往上更费力。"尼摩威赛道，"我娘说的，当年几十名僧人护送长孙皇后，光是过这冰海子，就用了两天。"

长孙绮默默无言，想着姑祖母长孙皇后不像自己这样身具武功，竟然能上到那神遗之地，真是心志坚韧。父亲曾经说过，姑祖母年轻时英姿飒爽，乃女中豪杰。但三十五岁之后，突然变得极虚弱，没过几个月就去世了。看来，雪山之行对她的伤害实在太大了。

李云当仔细查看着袁天罡，见他的印堂、天灵、人中，以及两侧的太阳、头维、神庭等几处大穴，插着一种特制的很短的银针。李云当探手到袁天罡鼻子下，发现他的呼吸异常缓慢，几乎比常人慢了十倍。他们累得死去活来，他倒是悠闲得紧。

拓跋楠忽然问："喂，尼摩威赛，你说后面怎么走？"

尼摩威赛道："我们还得加紧，对方沿着冰海子走，大概明天上午能赶到大海口，一路再没有别的阻拦。"

"大海口是什么地方？"

"就是冰海子的起源，神圣雪山的半山腰。"

"为什么叫作大海口呢？"

"嗯……就是……"尼摩威赛搔着脑袋说道，"反正很大，却又很小……那里有一条非常危险的冰桥，据说穿过了冰桥，就能进入神遗之地，不过我娘不许我进去。"

"你没去过？"拓跋楠问，"那从冰桥能看见神遗之地吗？"

"我……我看不出来，"尼摩威赛憨憨地摇头，"我看见的就是一片绝壁。我娘说，只有被神遗之地允许的人，才看得到那道七彩的门径。据说当年长孙皇后在冰桥前守候了三天三夜，才终于发现了门径。"

四个人对看一眼，同时开口："我们可等不了那么久！"

李云当道："死物一来，我们跑都没地方跑，还怎么守候？"

几个人都是无言，长孙绮道："只能走一步看一步了。大家歇口气，一刻之后再走。"

众人于是都散开，各自找了地方坐下歇息。

李云当刚走到一边，却见拓跋楠一瘸一拐地走了过来。他知道拓跋楠对自己有不小的敌意，便转过去不搭理。

"你想要的其实就是死物吧？"忽听拓跋楠低声说道，"别以为人人都是傻子，看不穿你的居心！"

李云当这一惊非同小可，一颗心差点从嗓子眼里飞出来。他强压下狂跳的心，故作镇定道："你说什么？我听不懂。"

拓跋楠咧嘴笑了，他脸上的一块布松了，露出后面坑坑洼洼暗黑色的脸，显得更加狰狞。

"我会盯着你的。有任何异动，我都会立即杀了你。"拓跋楠说完，拍了拍李云当的肩膀，转身走开。

李云当呆呆站了半天，才疲惫地一屁股坐下，默默叹了口气。他忽然觉得有人盯着自己，一抬头，迎上了长孙绮温柔的目光。

李云当一惊，避开了长孙绮的注视，小心地把自己隐在了黑暗中……

第二天，当长孙绮一行走出暗河，再次站在冰海子之上时，天还没有亮，月亮早已落了下去，星空显得更加明亮。那些紫色、青色、银色闪烁着，银河向大雪山倾斜而去，像是落到了雪山背后的山谷里。

风已经停了，四周寂静得可怕。星空之下的大雪山，庞大的身躯似乎占据了目力所及的整个大地。它直直向上，顶起天穹。

这是大地最接近天空的地方，这是凡尘最接近神的所在。

现在离太阳升起还有大概一个时辰，长孙绮心中却渴望那一刻尽量推迟。因为离星空再度升起还有整整一天，她不知道下一次繁星闪耀时，身边的这些人还在不在……

"可怕……"身旁的李云当轻声说道。

长孙绮转头看他。他的轮廓在星空下格外清晰，一层青色笼罩着他，但他的眸子里却发出明亮的光芒。

仿佛感受到了长孙绮的凝视，李云当叹了口气，说道："我们……真是渺小。"

"是吗？"

"我们……大概会死在这里吧。"

"嗯。"

"可我不后悔来这里。"

"是吗？"

"至少，"李云当回头看着长孙绮，"我是与你一道来的。"

"有我陪葬，觉得还行是吗？"长孙绮面不改色地问。

李云当无声地笑了起来，肩膀止不住地抽动，他伸手捂住了嘴。

"我说得有错吗？"

"没有……"李云当深吸一口气，终于恢复了平静，"这就够了。"

不远处的尼摩威赛挥了挥手，所有人都沉默地朝着他的方向走去。张谨言用绳索拖着紧紧捆着的袁天罡。

他们往前走了很长一段距离，但因为雪山实在太庞大了，看在眼里似乎根本没什么变化。在这周遭全是白色的地方，对远近高低也全然失去了判断能力。

半个时辰之后，他们走到了冰海子的边缘——大海口。当所有人都看到大海口的时候，他们才明白尼摩威赛那句话的意思。

大雪山的正面，是一面高度超过五百丈的白色绝壁。绝壁从天而降，斩断前方的一切，在它的下方，庞大的冰海子却也与它断裂开来。于是大雪山和冰海子之间，有一道宽一百余丈、深四五丈、长达十几里的巨大裂缝。

裂缝里传来轰轰的声音，无数水汽飞上来。原来那轰轰声来自从大雪山绝壁里数不清的洞窟中喷涌而出的冰水。它们落下几十丈的高度，在裂缝深处撞击在一起，翻腾、旋转，而后又纷纷涌入冰海子下方更多的暗河河道之中。

大海口……这里确实像海一样，吸纳着大雪山里永无休止地奔腾的冰水，却又像口子一样，将它们悉数收入，并在冰海子之外变成一条条涓涓细流，从雪山流向草原，从草原流向中原腹地……

长孙绮站在大海口的边上，望着脚下奔腾的水，竟被震撼得浑身颤抖。她勉强稳住心神，回头看去。

冰海子像一块天然的玉石，从大雪山一直延伸到近百里之外。周围的山体还隐藏在阴暗中，它却已经开始发出辉光。

冰海子上，纵横着数不清的裂缝，到处影影绰绰。从这个角度看，根本看不到大食人的踪迹。

"没有举火，他们也隐藏行踪了。"李云当在她身旁说，"看来他们已经确定了方向，正在全力追赶。"

"那我们要更快！"

一行人沿着大海口往北走。大雪山的冰水溅起阵阵水汽，有时水汽被风从缝隙里带出来，茫茫霭霭的，仿佛雾气滚过。但这雾气里面裹挟着细细的冰粒，像冰刀一样割得肌肤生疼。

有时雾气特别浓，几乎看不到一丈之外的人。五个人一直用绳索彼此相连，一个扯一个，不至于迷失。寒气渗入身体，每个人都不停颤抖。这个时候，连张谨言都不再抱怨，而是拼命加快步伐，因为只要停一会儿，就要被冻死。

走着走着，忽然听见白茫茫中传来走在最前面的尼摩威赛的一声大叫，走在拓跋楠身后的长孙绮陡然觉得腰间的绳子一紧，一股大力拉着她往前去。她立即往地上一扑，一把死死抠住地上的冰缝。

但这里刚好是一处斜坡，她根本拉扯不住，被拉得往前飞速滑行。只听后面砰的一声响，李云当也被拉倒了，最后是张谨言的尖叫："谁他娘胆敢扯本官？"

五个人一起在倾斜的冰面上滑落，渐渐变成一个弧形，每个人都拼命想稳住身体。

尼摩威赛大叫："快割绳子！不然都得死！"

拓跋楠一刀割断了绳索，他和尼摩威赛两人逐渐停了下来，但长孙绮、李云当和张谨言却还捆在一起滑落。长孙绮正要摸匕首，突然屁股下的冰啪啦一声裂开，她身体瞬间下落三十丈。绳子陡然绷紧，她身体在空中晃了几下，终于稳住。

只听斜坡上方的李云当大喊："长孙绮！"

长孙绮道："我没事……"

话音未落，便听更上面的张谨言怪叫一声："我的娘！你给老子回来！"

长孙绮一呆，雾气中一个黑影向自己飞来。长孙绮本能地脑袋一歪，想要避开那黑影，却又在瞬间反应过来，一只手死死拽住黑影——竟然是扎成一捆的袁天罡！

这下坠之力太大，只听绳子嘣的一声，终于崩断。长孙绮耳边骤然响起嗖嗖的风声，急速向下坠去！

她茫然地伸手去抓，手指所碰之处，却全是滑不唧溜的冰面，而且垂直的这一面连可供搭手的缝隙都没有。没等抓第二次，砰的一下，她和袁天罡两人重重摔在了一片冰面上，刹那间眼前一黑，昏死过去……

"这是最后一步了。"

"最后一步?"

"是的。"

"之后呢?"

"之后,吾等已无能为力,须得皇后殿下自行进入了。"

长孙皇后的眉头微微皱了一下,随即又舒展开。

在她身前的三大圣僧之首沃尔切见状,深深躬下身子。

"殿下为大唐皇后,一念可得亿万苍生,一念可得神授之意,然而两者却必然无法兼得。"

站在沃尔切身旁的圣僧所罗门也躬身行礼:"殿下走到这里,已突破了神遗之地的三重境界,在人世已无人能及。殿下此刻回头,亦是大功德。"

长孙皇后无声地叹了一口气。她缓缓转身,看着第三位圣僧——此人正是风云漫。

长孙绮环视四周,周围有一片明亮的辉光,像静谧池塘里突然泛起的涟漪,一圈一圈地来回荡漾着,让所有的事物都影影绰绰的,看不分明。

她只看得见姑祖母长孙皇后的背影。长孙皇后仿佛正站在朝堂之上,以母仪天下之姿俯瞰下方的万千臣民。

三名跋涉两万余里、从大秦来到这西蜀雪山的圣僧,始终半躬着身体,恭敬而沉默地等待大唐皇后的决断。可以看得出,光头的沃尔切眉间满是焦虑,所罗门却满脸的憧憬和急切,风云漫介乎两者之间,更多的却是一种说不出的忧虑。

这是哪儿?长孙绮完全感受不到自己的身体,仿佛成了魂灵一般的存在,随着辉光的涟漪漂荡着……她渴望看一看姑祖母的脸,可是长孙皇后始终没有回过头来。

"吾决意了。"

过了好久，长孙皇后终于开了口。她面前的三位圣僧立即垂下头。

"神想要告诉吾什么，吾其实并不在意……吾……只是想看看，神究竟是什么样的存在……吾挣扎到此，想要给世人带回一丝希望……"

"殿下！"沃尔切有些痛苦地说道。

"殿下圣明！"所罗门接过沃尔切的话，激动地道，"这亦正是吾等想要的结果！神……离开人间太久了，世人已经忘却了神！是时候让世人重新聚集在神的庇佑之下了！"

风云漫默默地点了点头，又默默地摇头。

"那么……所罗门尊者，"长孙皇后说道，"为吾指引方向吧。"

"吾的至高荣誉！"所罗门躬身在前，为长孙皇后引路。他俩往前走了几步，便一下融入辉光之中。辉光剧烈地抖动了几下，又恢复正常。

"姑……咕噜噜……"

长孙绮一开口，喉咙里却咕噜噜一阵响。她喘不过气来，忍不住伸手去摸脖子，刹那间，全身的感觉一下涌了上来……

"长孙……长孙绮……绮！"

长孙绮一下睁开眼睛，却发现袁天罡的手臂正好压在自己的脖子上，压得她几乎无法呼吸。她挣扎着推开袁天罡的手，才大大地吸了一口气。

她顾不上头顶的人在喊叫，拼命喘着气，翻了个身，用力撑起身体。突然，她浑身都僵硬了。

一个面目狰狞的和尚，就在不到一尺远的地方，双目圆瞪、凶神恶煞地盯着自己。

他的脸上泛着一层碧绿色，眼中一片空白，看不到任何情绪。长孙绮只呆愣了片刻，就闪电般地跳了起来。

这是个死人！

而且是死了很久的人！

等到长孙绮跳起身来，目光在四周搜索，她背上的汗毛一根一根竖立了起来——周围站着十几个人，每个人都面色如生，却都泛着绿色。

这里全都是死人！

长孙绮这才发现，自己躺着的地方，是漂浮在水面上的一块冰，而周围的水里，那十几个人像插笋子一样矗立着。乳白色的水在他们胸前荡漾，他们浸泡在水里的身体已经模糊不可辨认，露在外面的却一点都没有腐烂。

这里面有穿着吐蕃袍的牧民，有身着中原服饰、看上去像是行商的汉民，甚至有两名光头受戒的和尚。

"长孙皇后在几十名僧侣的陪同下，前往神遗之地……"尼摩威赛的话在她耳边响起，她禁不住再次仔细观察，发现那两名和尚还真是中原人士。其中一人额头有血，双目紧闭，似乎在进入水中之前就死了，另一人却大睁双眼，而且双手合十，嘴巴微张。在生命的最后时刻，他还在念着经文……

"喂！长孙绮！你还在吗？"李云当的声音已经喊得有些嘶哑。

长孙绮呆了半天，才回答道："在……这里……全是冻死的人……"

"啊？"

"别碰水！"尼摩威赛突然大声喊，"千万别碰那水！"

"为什么？"

"那是被鬼沾染过的水！"尼摩威赛喊道，"沾到水的人，魂魄被鬼带走，身体却永远不会腐烂。我娘说，这是受到诅咒的水！"

长孙绮一回头，就看见袁天罡的半条腿已经浸入水中，她吓得头皮发麻，赶紧一把将他拖进来。却见他依然沉睡着，似乎毫无影响。

她再看四周，发现这块冰仅比水面高出半尺左右，长宽不到两丈，而且随着水面的荡漾，冰块晃动不停，不知道什么时候就会裂开或沉没。

"快放绳子下来！"

头顶嗖嗖地响，尼摩威赛顺着绳子快速溜了下来。长孙绮和尼摩威赛一起动手，将袁天罡系上绳子，李云当、拓跋楠等人飞也似的把袁天罡拉上去。

白茫茫的冰雾在河上快速移动着，尼摩威赛胆战心惊地看着河里的死尸，说道："原来……娘说的都是真的……"

"你娘还说了什么？"

"娘说，整条河到处都是被鬼带走魂魄的人，这叫弱水，是从神遗之地流出来的……你看他们，他们像死了，还是活着？"

"不生不死吧，"长孙绮叹道，"谁知道呢……"

"再往前，就是冰桥了。"尼摩威赛忧心忡忡地说，"听说冰桥附近的死尸更多，也更险恶。能过桥的人，都是神允许的。没有神的许可，就算看到了大门，也没法子过去。所以桥下全是……全是没过去的人……"

正在这时，风力骤然加大，快速地刮过裂缝，轰的一声，差点把长孙绮吹下冰块。

两人抓紧绳子，竟被风吹得荡了起来。刚刚落脚的冰块被吹得不停晃动，一下翻了过去。两人都吓得爆出一层冷汗。

长孙绮与尼摩威赛往上爬。脚下的水哗哗作响，一浪一浪拍打在冰壁上，水里的那十几个冻尸也跟着一下一下撞击着冰壁，好像要爬上来抓住两人。

尼摩威赛已吓得浑身发软，连绳子都抓不稳，叫道："死了！死了！鬼魂来了！"

"闭嘴！"长孙绮怒吼，"快爬！"

两人爬到一半，突然间眼前大亮，风竟然把漫天大雾吹散，一束阳光直直投射下来，将整个缝隙完全照亮。

"啊！"尼摩威赛叫道，"冰桥！"

长孙绮迎着狂风向左侧望去，只见三十丈之外，果然有一座长长的冰桥，横跨在冰海子和大雪山的绝壁之间。那冰桥极高，在冰海子这一头由无数的冰棱柱撑起，以一个较大的角度倾斜向上，连接到冰壁上方。最高处离河面约有三十丈。在阳光的照耀下，整个冰桥发出金色的光芒，宛若天上之物。

"大食人！"李云当的声音传来。

冰桥的另一侧，离桥五六十丈远，大食人也刚刚看到冰桥，正在震惊之中。

"啊呀！"

长孙绮飞也似的爬了上去，看见张谨言正帮李云当用绳子把袁天罡紧紧绑在他身上。长孙绮一挥手，众人围着她蹲下。

长孙绮说道："我们可能只有一次机会抢在他们之前冲过冰桥，这一战极其危险，没法子回头。"

李云当和拓跋楠都默然点头。张谨言咽了一口唾沫，咬着牙道："拼……拼了！"

长孙绮回头对尼摩威赛道："你藏在这里。"

尼摩威赛知道自己上前也是添乱，点了点头。

长孙绮犹豫了一下，从怀里掏出一块玉佩，柔声道："若是我们没能回来，你带着妹妹去扬州，找长孙家的人。他们见到这玉佩，自会想办法给你妹妹治病的！"

尼摩威赛感激地接过玉佩，不知道说什么。长孙绮拍了拍他的肩头，站起身向前走去。

李云当也拍了拍尼摩威赛的肩头，说道："把你铜锤再借我一次。"

"好！"尼摩威赛当即解下铜锤交给李云当。李云当向他笑了笑，跟着长孙绮而去。

拓跋楠道："放羊的，你不错。"说着转身就走。

张谨言上前拍了拍尼摩威赛的肩膀，转身一边走一边想：我堂堂检校左府将军，拍了你这贱民的肩膀，这是几世修来的福分，够你小子得意的了，哼！

长孙绮沿着一条狭长的冰裂隙往前跑。她猫着腰，用隆起的冰墙掩护自己。

离冰桥只有几丈远了，现在，她须得抬头才能看到冰桥。

冰桥本身是长约六十丈、宽只有两三丈的冰块，下方是几十根冰柱。每一根冰柱都粗得需三人合抱，它们看似随意地搭在一起，却稳稳地支撑起了冰桥。这很可怕，绝非人力可以达到。

是谁，在什么时候，为了什么搭建起这座冰桥，恐怕世上无人知道。长孙绮仰望着它，心口怦怦乱跳。这神迹一样的存在，比当初在景寺面对将死的风云漫，更让她感到窒息。

尤其让她心底发寒的，是冰柱上那一具具尸体……

这些尸体呈现出各种姿态，有的在攀爬，有的从上方跌倒，有的匍匐在地，有的厮杀在一起，有的身上插着刀枪，有的伸手想要抓住什么……

寒冷将他们的身体凝结，与冰柱融为一体。但寒风却没放过他们，不知道经过多少年的吹拂，他们的衣服几乎都被吹走，仅存的也变成了一条条细碎的布条，缠绕在肢体之间。

风也同时带走了他们身体上的每一根毛发，甚至带走了原本的颜色。每一具躯体都光溜溜的，皮肤白得发青，比冻住他们的冰柱还刺眼。

姑祖母就是从这里过去的吗？在三大圣僧的帮助下？可是现在，并没有什么圣僧能帮助自己，而对面还有一大堆大食人……

此刻，那群大食人似乎还未发现自己。他们拖拽着唯一的拉车，正艰难地朝冰桥走来。

他们的人数也少了一大半，仅剩下三四十人，脚夫一个都没有，不用猜也知道肯定死光了。

"他们过来要多久？"李云当问。

"半刻左右？"长孙绮望着冰桥，心里快速计算了一下，"如果我们开始攀爬冰柱时被他们发现，大概最多只能跑到桥的一半，他们就会上桥。"

"从这个方向爬，他们没那么容易看到。"张谨言说。

"别忘了他们有弓箭。"拓跋楠冷冷地说，"在三十丈外的距离，他们就可以用箭封锁桥的大半范围。如果有长弓，几乎可以覆盖整座桥。"

四个人都咽了口冷气。

"还没算死物呢，"李云当说，"那玩意儿不知会怎样冲锋。"

"我不会管那玩意儿会怎样，"长孙绮冷冷道，"我只管冲我的！"

"好！"拓跋楠立即叫道，"小姐只管放心冲，我来殿后，走！"

四个人走过满地的尸体，沿着冰柱往上爬去。长孙绮爬在最前面，拓跋楠次之，李云当背着袁天罡，又拖着铜锤，爬得有些吃力，张谨言便在他后面不时推他一把。

冰柱上的尸体大多都已经与冰柱混为一体，根本没法避开。四人忍着恶心往上爬，尽量不去看那些仍然睁着的惊恐的眼睛、张开的无声呼喊的嘴。

咯咧咧……走在最前面的长孙绮踩断了一只伸出冰壁的手，差点滑下来。她赶紧贴在冰壁上稳住身体。

"嘿嘿嘿……"

有个人阴笑了一声。

李云当愣了一下。他本来手已经摸到了刀柄，但仍然愣了，因为这声音……好像就从自己的背后传来……

嗖嗖嗖——身旁风声大作，长孙绮的飞刀、张谨言的刀、拓跋楠的陌刀同时向李云当袭来！

李云当还没反应过来，骤然背上一股大力传来，他身不由己地飞腾了起来。长孙绮和拓跋楠同时收手，只有张谨言不依不饶地仍然刺来，却被长孙绮一脚踢歪了剑尖。

"啊！"

李云当在大叫声中，身体在空中翻了个个儿，跟着飞也似的向上爬去。他这个时候才回过神来，竟然是背上那个一直昏迷的袁天罡在带着自己爬！

这一下来得太过迅疾，又太过怪异，剩下的三个人脑子里都一片混乱，眼见袁天罡背着李云当往上爬，三人也来不及想，只是跟着爬。

袁天罡爬上了冰桥，放声尖啸，声音尖锐刺耳，难听至极。李云当一边跟着大叫，抵消他的声音，一边拼命想要解开绳子。但李云当之前生怕袁天罡在攀爬中掉落，所以捆得极牢实，加上袁天罡不停乱动，绳子反而越绷越紧，其中一根更是直接勒住了李云当的脖子，勒得他快要透不过气来。

袁天罡的叫声突然在冰桥上响起，冰桥另一侧的大食人也都呆住了。跟着赛沙尔大喊一声，所有人都快速卸下所有包袱，疯狂地朝冰桥冲来。

长孙绮第一个爬上冰桥，袁天罡已经背着李云当往前跑了十丈远。长孙绮和拓跋楠往前猛追，突然嗖嗖嗖的破空声响起，两人扑倒在地，五六支箭擦着头顶飞过。

冰桥最宽处不到三丈，对方几名弓弩手站好位置就能守住三十来丈的距离。两人不敢站起来跑，只能猫着腰往前蹭，跟袁天罡的距离再度拉开。

后面的弓弩手见射不到两人，便向袁天罡和李云当射去。李云当挣不脱袁天罡，眼见几支箭扑面射来，急得用剑拼命抵挡。这下倒是替袁天罡挡住了箭，让他可以继续狂奔。

突然一名弓弩手"啊"的一声惨叫，被一箭射中胸口，当场倒地身亡。长孙绮回头看，却是张谨言趴在冰桥上。他只冒险抬头看了一眼，便记住对方位置，等一轮箭射过头顶，起身就是一箭射去。

他只射了三箭，就射死两名弓手，对方顿时一阵慌乱。随即便听见赛沙尔大声发令。

"他要弓弩手射一箭就换地方！"拓跋楠说道，"这是要拖住我们！"

"那我们就冲！"长孙绮下定决心，"他们要换地方，就没法时刻瞄准我们！射一轮，咱们就冲几丈再伏地！跟我冲！"

"不，"拓跋楠握紧了陌刀，"我在这里留守。"

"啊？"长孙绮愣了。

"快去啊！"拓跋楠催促道，"他们快爬上来了！"

长孙绮迟疑了一下，拓跋楠转身就朝后面跑去。长孙绮只得朝李云当冲去。

张谨言再射两箭，发现对方果然在移动，已经无法瞄准。不过随着大食人自己开始攀爬冰桥，长孙绮和袁天罡、李云当三人又跑过了冰桥的一半，超出了射程，大食弓手也就暂时停止放箭。

张谨言趁着间隙，站起身就要往下射。突然一名大食人从脚边冒出了头，一刀砍向他的腿。张谨言吓了一跳，抬脚踢开，劈面一箭射中那人的左眼。巨大的力道让那人往后翻倒，带得他后面一人也摔下冰桥。

张谨言又一箭，射中一人肩头。那人痛哼一声，却死顶不退。趁张谨言抽箭的空隙，更多的大食人爬上冰桥，举着刀朝张谨言砍来。

张谨言飞速弯弓搭箭，再次射中那肩头中箭的人，那人终于吃不住跌落下去。忽然眼前刀光一闪，张谨言忙以弓身格挡，被对方一刀砍断了弓脊。

张谨言往后急退，匆忙中一跤摔倒。眼见四五把刀朝自己劈来，张谨言就要闭上眼睛等死。忽听当当当一阵响，拓跋楠的陌刀横劈，顿时劈断了三柄刀，但还是有一把刀砍中了张谨言的腿，砍得他惨叫一声。不过这一刀只是砍到了他腿上的牛筋皮带，割伤了皮肉，却没伤筋骨。拓跋楠挥舞陌刀逼退众人，回头问他："能起不？"

张谨言射死了几个人，又被砍了一刀。他到底是在沙场上杀出来的人，这一刀把他的血性砍上来了，咬着牙爬起来，一摸身上，只有刘阿翁昨晚丢给他的刀。他抽出弯刀，叫道："狗辈！老子跟你们拼了！"

两人站在桥头疯狂乱砍，大食人为了抢攻，都只带了刀，没带盾牌，顶不住陌刀和弯刀往头顶上乱砍，当即被砍下去三人。其他人挤在桥下方冰柱上一个狭窄的落脚处，也拿着刀乱晃，一时间双方砍得乒乒乓乓地乱响。

这会儿，袁天罡已经跑过了冰桥的一半多。李云当被咽喉处的绳子勒得快要晕过去。他脑子里尚存一丝清明，拼死用脚尖在地上拖；慢慢地将袁天罡的速度拖了下来。

他眼前一片模糊，似乎有个什么影子在晃动，越来越大……忽然喉咙一凉，他瞬间张大了嘴，大大地吸了一口气。

李云当这才看清，面前跑的人正是长孙绮，她手里的匕首上血迹斑斑……李云当摸到喉头，摸到一手的血。

"你……多谢！"

长孙绮不管他，又是两刀划来，斩断了他身上的绳子。李云当身上再添两处刀口，但绳子总算松开。他一下跌倒在地，在光滑的冰面上滑了一段，两条腿突然滑出了桥面。

李云当双手乱抓，总算在掉下桥之前稳住了身体。他吓得手脚都软了，撑了两下居然没撑起来，耳边听得长孙绮连连呵斥，与袁天罡交上了手。

李云当深吸几口气，稳住了心神，爬起身抽出长剑，瞧准机会，刺向袁天罡后背。袁天罡陡然回身，一根指头在李云当的剑尖上弹了一下，剑身剧烈震动，李云当差点握不住，不得不连退几步。

"嘿嘿！嘿嘿！"袁天罡发出夜枭般的声音，"尔等宵小，竟敢私闯此地！桥下冻尸便是尔等下场！"

李云当细看他的脸，发现他天灵穴和太阳穴上的针都不见了，当即醒悟，叫道："刚刚他掉下去的时候，把针蹭掉了！"

"你攻上面，我攻下盘！"长孙绮回答他。

李云当长剑抖出剑花，向袁天罡上身刺去。袁天罡屈指来弹，李云当并不与他接触，立即变招。剑光闪闪，李云当绕着袁天罡不停游走，死死缠着他。

长孙绮两手各持一柄匕首，借着光滑的冰面不停旋转，去切袁天罡的双腿。两人一上一下，前后夹击，但袁天罡的身法如同鬼魅一般，在两人凶悍的攻击间隙穿来穿去，两人竟连衣角都碰不到。

眼见两人将袁天罡逼得越来越紧，长孙绮对李云当使了个眼色，两人突然同时交换招式，长孙绮纵起身来，攻向袁天罡咽喉要害，而李云当躬身下去，刺他脚踝关节。

袁天罡双脚凭空而起，身体一拧，同时避开两人的攻击，人却陡然翻出了冰桥，向下坠去。

"啊呀！"长孙绮惊得伸手去抓，什么也没抓到。两人同时探头出去，却都没看到袁天罡。

"他去哪儿了？"

"不知道……啊，你瞧对面！"

两人看向冰桥的对面，这才第一次看清那是一片完整巨大的冰

四五三

壁，高逾百丈，光洁如玉，看不到任何洞口，连缝隙都没有。

"长孙皇后在冰桥上守候了三天三夜，才终于发现了门径。"尼摩威赛的声音同时在两人脑子里响起。

李云当摸到背后的铜锤："完了，要一路砸进去吗？这么大，要砸到几时啊？"

长孙绮思索了一下，重新趴在冰桥上仔细听，说道："他好像在桥下？"

"嗯？"

"来，你抓住我！"长孙绮说着往下一扑，李云当慌忙抓住她的脚踝。

长孙绮倒吊着看，果然见袁天罡在桥下晃悠，风吹得他的袖子鼓得滚圆。他的手指像铁钉一般，随便一插，就插入冰桥里，就这样两只手轮番插着，一路慢慢地向冰桥尽头而去。

听见身后的响动，袁天罡回过头来，对长孙绮咧嘴而笑，露出一口黄牙。

"长孙家的孩子，"袁天罡嘿嘿笑着，"尔来错了地方。此乃神之所在，凡人岂能窥见？"

"你不也是凡人？装神弄鬼唬谁呢？"长孙绮大叫，"我姑祖母也来过！"

袁天罡明显一愣，转身快速往前。

"我要怎么进去？"长孙绮不依不饶地喊着。

"凡人岂能进入神域？"

"我该怎么进去？"长孙绮继续大喊，"我姑祖母进去过，你知道办法，对不对？"

"嘿嘿嘿……"袁天罡不理她。

"快上来！"

长孙绮使劲挣扎，不让李云当把她拉上去。她抓住冰桥边缘，继续喊道："袁天罡！大唐已经没有你的位置了！你要去哪儿？"

"天下之大，何处不是吾栖身之所？"

"《推背图》是不是你故意传出去的？"

袁天罡一下定住。片刻，他慢慢回过身来。

"传出去便传出去吧，"袁天罡冷笑道，"世人自要迷惑，关吾何事？"

"你故意传出去，其实是想引我出来，带你到此！"长孙绮这时候脑子突然出奇地清醒，"你根本没有疯！你一直在装疯卖傻，等待时机！"

"长孙家的……"袁天罡一时间被长孙绮的气势压住，哽了片刻才道，"便是又如何？"

"我要收拾这天下残局！"

"凭你？"袁天罡哈哈大笑。笑着笑着，他笑不出来了，因为长孙绮掏出了一个十字形，在狂风中不停摇摆。

"快点！"李云当大喊，"他们快撑不住了！"

"袁天罡！"长孙绮对他怒目而视，"我的命运在此，谁也阻挡不了我！你若现在帮我，也许以后我会救你一命！"

袁天罡犹豫了一下，但仍然自顾自地用手吊着桥往前。

"没有入口，你不也只有死吗？"长孙绮大喊，"袁天罡！我可以帮你进去！你敢不敢上来？"忽然一阵云雾飘来，遮蔽了袁天罡的身影。

长孙绮低头看桥下，只见冰桥下密密麻麻数百具尸体。这些尸体无不举手向上，像是期望能抓住什么。它们都瞪大眼睛、张着嘴巴，显然死不瞑目。

她忽然身体腾空而起，李云当已迫不及待地把她扯了上来。只听张谨言大叫："快跑！"

张谨言和拓跋楠两人拼命跑，连身后射来的箭都顾不上。再看桥头，刚刚还死命往上冲的大食人一个都看不到了。

不用想也知道，那死物被放出来了！

四个人拼命跑过冰桥，跑到冰壁下面。站在下方，才愈发觉得冰壁太高太大了，远远超出人的想象。冰壁像从天穹垂落下来，而人却像蝼蚁那般渺小。

这群蝼蚁倒没有耽搁，抢起铜锤刀剑，乒乒乓乓在冰壁上一阵乱砸。但是冰壁的坚韧程度远超之前冰海子上的冰层，砸了半天，只砸出几个浅浅的坑。

张谨言急得乱吼："我们完了！我们完了啊！"

李云当也是满头大汗，回头看，那死物果然已经从桥的另一端冒了出来，赛沙尔和其余大食人小心翼翼地跟在它身后。那几名戴着铜头盔的人用骨笛呜呜地吹着，指挥死物前进。在冰面上，它似乎移动得更慢，但……它占据了冰桥的那一头，就意味着桥上的人全都无路可退了！

长孙绮忽然问李云当："你说它很重？"

"是啊……怎么？"

"重，那就是说里面有东西？实实在在的东西？"

"肯定啊！我在波斯见过它被卡在箭楼的缝隙里，最后毁了箭楼才出来。"

"那就拦住它！"长孙绮坚定地说，"把它拦在冰桥中央！"

"什么？你疯了？"张谨言跳起老高，"要送死你自己去！"

"必须想办法把它弄到河里去！"长孙绮勃然大怒，对着张谨言吼道，"不然全都得死！"

"对！"李云当立即点头，"你说怎么做？"

长孙绮一面飞速解下背上的包袱，一面道："我需要有人把它挡在桥中央，掩护我找机会！"

拓跋楠呸了一口，一声不吭，扛着陌刀就朝冰桥中央走去。

长孙绮叫道："把酒给我！"

拓跋楠掏出酒壶，头也不回地扔给长孙绮，继续向前走去。长孙绮哗啦一下扯出纵云绳，飞快地绑在自己腰间，转头对李云当说："快，把剑给我！"

拓跋楠走到冰桥中央停下。大食人的骨笛声变得激烈，那团雾加快了节奏，离拓跋楠不到三丈远了。拓跋楠拔出一把匕首，猛地将瘸的那只脚紧紧钉在了冰桥上。

拓跋楠仰天暴喝，声如炸雷，震得桥两头的人都心头狂跳。一名戴着铜面罩的大食人吓得本能地往后一退，接着脚下一滑，从冰桥上摔了下去。他尖厉的惨叫声响起，跟着扑通一声，冰河里只是微微荡漾了一下，再也没见他浮上来。

这一下，连那死物似乎都被震住，停在原地，雾气慢慢弥漫开，又偷偷缩回去，显得犹犹豫豫。

"来啊！"拓跋楠杵着陌刀，轻蔑地呸了一口，"杂种。"

死物向前一扑，要把拓跋楠扑倒。拓跋楠的陌刀猛地直劈，刀气激荡之下，竟然将扑向他的雾气向两侧劈开，隐约露出雾气中藏着一团黑黑的东西。

死物明显大惊，往后一退，拓跋楠哈哈大笑："你个杂种还知道逃！过来！"

雾气陡然暴涨，立起来超过三丈高。死物发出一连串尖锐的嘶嘶声，再度朝着拓跋楠扑去。拓跋楠牢牢站定，一步也不退，持着陌刀猛劈。他的陌刀比寻常的横刀长了几乎一尺，刀身又厚又重。拓跋楠将所有的力量都灌注在刀里，每一刀劈出都如雷霆一般，雾气一接近就被刀风吹散，一时间死物竟然拿他没什么办法。

大食人更加焦急，剩下两名戴铜面罩的走到死物身后，拼命吹着骨笛。突然雾气往后一收，在一众大食人反应过来之前，一下裹住了那两人。随着两声凄厉的惨叫，那两人扭曲的尸体飞起老高，落下来在冰桥边缘一撞，落入河中。

片刻，淅淅沥沥的一阵血雨才落下来，洒在心胆俱裂的大食人身上。他们顿时炸了窝，疯狂地往后跑去，跳下冰桥。奔跑中好几人慌不择路失足落入河中，也无人理会。顷刻间，桥中央便只剩下死物和拓跋楠两人。

雾气翻滚着，慢慢向中间收缩，越聚越拢……隐隐约约地，一个模糊的人形在雾后显现出来。

拓跋楠握着刀柄的手青筋暴出，头上豆大的汗一滴滴流下，他却笑了笑，说道："杂种，你终于敢出来见……"

砰！

话音未落，雾气突然被一股匪夷所思的劲力拍出一个大洞，拓跋楠左边肩头顿时血肉横飞，整个肩膀和手臂打着旋地飞了出去。下一个瞬间，鲜血狂喷而出，一直激射到三丈之外。拓跋楠身体立即软倒，无声无息地缩成一团。

便在此时，长孙绮和李云当一前一后，对着死物猛冲过来。雾气再次翻滚，凝聚成团，向长孙绮正面拍去。

谁知长孙绮离死物还有两丈远的时候，陡然纵身一跃，笔直地朝着桥下扑去，霎时没入桥下。这大出死物的意料，呆了一下。冲在后面的李云当也一下扑倒在地，让拍出去的雾气完全拍了个空。

"她是长孙皇后的传承者！"李云当用波斯语大喊，"她是观音婢的传承！"

雾气明显地剧烈收缩，死物朝着长孙绮跳下的地方抢上两步，站在冰桥边缘往下看去。桥下寒风凌厉，河水微微荡漾，水面上那上百具冻尸就跟着一晃一晃的，仿佛在向它呼喊着什么。

什么？那是什么风声？

风把雾气吹得往后翻腾，那个隐约的人形再次显露出来。他垂头向下寻找，心急得连对雾气的控制都减弱了，任雾气往下坠落，把他的头更加清晰地暴露出来——

"啊！"李云当发出痛苦的惨叫，那人眼角瞥了一眼，却见李云当两只手臂上缠绕着一根绳子，绳子绕过冰桥，巨大的力道把他的手臂勒得皮开肉绽，他却死也不肯放松。

绳子的另一头是……死物还没来得及回头，身后风声大作，被绳子从冰桥另一头甩出来的长孙绮杀过来了！

死物猛地回头，想要将长孙绮拿下，眼前却是一片火光——长孙绮跳下桥之前，点燃了紧紧裹在剑身上的浸了酒的衣服，此刻挥舞着刺上来，死物一时竟拿这火团没有办法，本能地往后退了一步。他的身体猛地一震，一只脚滑出了冰桥！

他反应极快，生生把身体稳住，但此刻长孙绮扑了上来！

死物反手一掌拍去，雾气向外激射，嗖嗖嗖如无数把飞刀，长孙绮双手拼死挡在面前，手臂、双腿瞬间被割出无数道细碎的口子。这劲气往后射去，嘣的一声，纵云绳崩断了！

长孙绮的剑裹着火，穿透疯狂晃动的雾气，终于狠狠扎进了一团硬硬的东西之中。死物发出夜枭一般的声音，一只脚再度滑出冰桥，但他另一只脚仍死死撑着。

"不要！"李云当突然跳起身来大喊。

在他喊出之前，长孙绮已经合身撞了上去！她整个人往下扎去，在撞击死物的一瞬，手在冰桥上一撑，双腿画出一道完美的弧线，借着这翻滚之力，重重踹在死物头顶！死物再也撑不住身体，往冰桥下坠去！

但长孙绮的身体也支撑不住，朝冰桥下掉落！她根本来不及转身，只是反手本能地一抓，希望能抓住什么……

在她眼里，这一刻仿佛凝滞了，耳朵里嗡嗡作响，外界的一切声音都听不到。她看见雾气像沸腾了一般，颤抖着，扩散着，继而被桥下的狂风吹散，露出了一颗……一颗光溜溜的脑袋！

这颗脑袋上别说没有头发，连眉毛甚至汗毛都没有一根，光滑得匪夷所思。但他的皮肤却是死人一样的颜色，光照在如此光滑的脑袋上，却没有任何反光，同样暗淡得匪夷所思。

他眼睛里看不到眸子……确切地说，是看不到眼白，整个眼眶里一片漆黑，所以根本不知道看着的地方是哪里。

从眉心到天灵，从侧面的太阳穴到脑后的风府穴，插着十几根铁钉。这些铁钉深入脑中，不知道插了多少年，露在外面的部分早已生锈，与他的脑袋融为一体，像一颗颗长出来的黑色瘤子。他大张着嘴，脸上肌肉扭曲，显得极其愤怒惊恐。

这一刻往下坠落，长孙绮心中却怪异地兴奋莫名——这死物，终于要被自己彻底毁灭了！

长孙绮深吸一口气，就要准备落入河中，突然手腕一紧，跟着身体一顿，停在了半空！

周遭的一切刹那间回归正常，风声嗖嗖作响，拓跋楠的一声大喝传来："抓住了吗？"

"抓住了！"李云当回道。

长孙绮这才抬头看，却是李云当一把死死抓住了自己的手腕。他整个人都已经扑出了冰桥断面，只凭另一只手里的短刀刺入冰桥，稳住了两个人的身体。

长孙绮只看了一眼李云当，就又低头向下看，死物呢？那死物呢？只见河里像开了锅一样沸腾，无数尸骸在水中翻滚，根本看不见那团雾气。他被水吞没了！他消失了！他死了！

长孙绮一瞬间热泪盈眶。李云当把她往上拉扯，她身体里却一丝力都没有，只是泪眼婆娑地看着河水翻腾，看着尸骸在水面沉浮，看着那团雾气突然从水里冒出来，往上猛地一蹿！

"快上去！"长孙绮狂叫。

雾气往上蹿了十来丈，就失去了力量。它向四面八方快速散开，彻底消融。但中间那颗光溜溜的脑袋却凭借散去雾气的最后力量，再一次往上蹿来！

李云当的身体已半截退回了冰桥，长孙绮突然痛苦地大叫一声——一个全身被剥了皮的人一把抓住了她的脚踝！

那人也在痛苦挣扎，失去了雾气的保护，他没有肌肤保护的身体就暴露在空气中，身上各部位迅速出现黑色斑纹，且快速蔓延着。但他死死抓着长孙绮的脚，五根指头深深刺入肌肤，差点刺到长孙绮的踝骨里去。

"啊……"长孙绮痛得眼前发黑，差点晕死过去。李云当继续把她往上扯，可是那死物沉重异常，她就像扯线木偶一样，被两端扯得越来越长，手脚都到了快脱臼的边缘。

"放……放了我……"长孙绮用最后的力气挣扎着说，"快……放……"

李云当死命往上扯，但长孙绮脚下传来的力道猛地加大，差点把他扯了下去。他身体再度落下冰桥，急切之下一把抓住插在断面上的短刀，却抓住了刀锋。李云当闷哼一声，血从指缝里汩汩涌出，他也死不松手。

突然呼啦一声，眼前黑影晃动，却是浑身是血的拓跋楠跳了下去。

李云当的心一下揪紧，眼见拓跋楠从容地往下落，越过了已经昏死过去的长孙绮，还朝她点了点头。

死物骤然发出嘶嘶狂叫，但是他躲不开了！陌刀从天而降，拓跋楠毕生的功力都集中在这一刀中，寒光闪动，一刀将他拦腰斩成两段！

直到死物的半截身体往下跌落，李云当才从震惊中回过了神，放声大喊："快抓住！"

拓跋楠那一刀劈出，顺势就扔了陌刀，伸手去抱住死物的上半身。但死物被砍断了身体，却依然未死，嘶嘶长叫声中，不甘心地松开长孙绮，两人一起往下落去。

死物在空中再也无借力之处，拓跋楠死死抱住了他，两人砰的一声落入河里。河水翻腾，眨眼间就将两人吞没……

"……啊！"

过了半刻，直到李云当把长孙绮拉上冰桥，他憋着的一口气才终于吼了出来，跟着头一歪，晕死过去。

第三十章

"……喂……快醒醒……快醒醒!"

一个焦急的声音在耳边不停响起,李云当赫然睁开眼睛,随即喉头一紧,哇地又吐了一口血出来。

这口血吐在一旁使劲推他的张谨言身上。张谨言怪叫一声,跳起老高。

"你……你没事吧?"

李云当艰难地摇了摇头。他环视四周,发现张谨言把自己和长孙绮都拖到了冰壁前。长孙绮依然昏迷不醒。他凑上前看,吃了一惊,长孙绮的脸色已变得青黑。他扯开长孙绮的绑腿,只见被那死物抓住的地方,皮肤变成紫黑色,好多地方都脱落下来,里面的肉也开始腐烂,味道酸臭难闻。

这样子并不陌生,当初在圣城城头,他见到过太多被腐蚀得只剩骨架的人……

"快想办法啊!大食人又要冲过来了!"

张谨言刚说完,只听呼哨一响,桥的另一头果然出现了几个人影。他们似乎还未从死物落入冰河的震撼里清醒过来,呆呆地看着河里,不时地激烈争吵着。也许下一刻,他们就要冲过来报仇了。

但现在又能做什么呢？想到这里，李云当嘿嘿地傻笑出来。

"你疯了啊！我们完了！"张谨言上蹿下跳，在冰壁上疯狂地又踹又捶，发出狼一般的嘶吼。

李云当坐到长孙绮身旁，慢慢躺下。他侧头看长孙绮，伸手握住了长孙绮的手，才惊讶地发现她的手很烫，手臂上，脸上，全是汗珠，脸已完全青肿了。

她活不了多久了……没事，谁都活不了了……

李云当又咧开嘴巴笑，笑得全身的伤口都扯着疼。正痛苦并快乐着，忽然，有个人走到了他面前。

李云当看着似乎是凭空出现在面前的袁天罡……他从哪里来的？

张谨言听到响动，转过身来也傻了。但他的反应比李云当快多了，当即扑到袁天罡脚下，抱着后者的大腿大叫："神仙爷爷救我！"

李云当也下意识地动了一下，却又重新躺回去。

"尔，不相信吾？"袁天罡问他。

李云当咧嘴笑笑："我只是不大想活了而已。"

"若吾能救她呢？"袁天罡指了指长孙绮。

李云当眼睛突然亮了起来，一跃而起，颤声道："真的？可……可她被死物污染……"

袁天罡冷哼一声："她本就有资格进入，不过是被你们拖累了而已！把她那东西拿给吾。"

"什么？"

袁天罡不再说话。李云当紧张地思索着，把长孙绮翻过来。她胸前的十字形上沾满了她自己的血迹，正隐隐闪光。

"是这个？"李云当刚要扯下十字形，袁天罡却像见了鬼一样，立即转身躲开。

"啊！啊！是的！是这……恶心的东西！"袁天罡说着，一指冰壁，"送给它，送给它好了！"

"送？"

李云当再次迷惑了。张谨言见他发呆，急不可耐地一把抢过来。但十字形的绳子十分有韧性，张谨言拉扯不断，当即把长孙绮整个人扯到冰壁边上，用十字形狠狠砸着冰壁，叫道："神仙爷爷！天人爷爷！太上老君爷爷！救苦救难观音……"

啪……喀喀咔……

冰壁里隐隐传来一阵沉闷的声音。李云当和张谨言同时抬头看冰壁。

"怎么？"张谨言惊喜地问，"成了吗？"

回答他的是一道比太阳、比闪电还要明亮的光，以及突然出现的空虚……

在身体坠落的一瞬间，李云当本能地扑上前紧紧抱住长孙绮，闭上眼睛。耳边风声凌厉，张谨言的惨叫声迅速远去，他觉得自己和长孙绮的身体都变得极轻，似乎张开手臂就能飞上天去……

砰！

李云当的背结结实实撞在坚硬的冰上，长孙绮的身体再压下来，他一时间摔得气都出不了，蜷缩成一团。

老半天，他才咳出一口血，终于能够呼吸了。他贪婪地大口大口吸气，全身的剧痛慢慢减弱了一些，这才看了看长孙绮。她基本上……已经没有呼吸了……

李云当心中冰冷，连爬起来的力气都没有。他继续茫然地躺着，不知该做什么，也懒得想这是掉到了哪儿……

"尔在犹豫什么？"传来袁天罡冷冷的声音，"尔并不相信神遗之地，为何还要拼死前来？"

"我……我曾经相信过……"李云当忽然间泪流满面，忍不住伸手捂住脸，"可是……她快死了……"

"没有人能长命百岁。"袁天罡说道，"偷生之人，必将付出代价。尔，不是见到了吗？"

"谁？"李云当一凛，"死物？"

"尔，不是也想当死物吗？"

"你……在哪里？"

没有人回答。

不知哪里来的力气，让李云当咬牙把长孙绮放下，一翻身爬了起来。

这是一个冰洞，跟冰海子下的冰洞差不多大。但冰海子下的冰洞是由暗河冲刷出来的，冰壁很不规则，到处都有冲刷的痕迹。这儿却像是什么人开凿出来的一般，冰壁非常光滑，看不到明显的凸出之物。

不知道哪里来的光，在冰壁的后面闪烁，让洞里始终处于一种忽明忽暗的状态。暗的时候，只看得见面前的事物；亮的时候，可以看到冰洞向下延伸出去老远。

每一次光线明暗变化，都是由远及近而来，仿佛冰墙后面有什么光源在不停奔跑一般。

这样的场景前所未见，但这几天来心力交瘁，见过太多的事，李云当对此也见怪不怪了。

正在这时，前方的洞窟里传来张谨言的尖叫："这是什么？喂！人呢？李云当！你在哪里？"

李云当四处看了看，奇怪，并没有看到张谨言，但刚才他说话的声音，明明就在左近。

"李云当！伪姓贱民！"张谨言不知在哪里大喊，"本官命令你快出来！"

李云当觉得身体里的力量恢复了一些，当即把长孙绮背起来，沿着冰洞往前走去。

冰洞呈螺旋形，一直弯弯曲曲地向下。光芒不停地从后方沿着冰壁追来，又消失在看不见的前方，仿佛在指引着他。

张谨言的声音似乎并不远，可是李云当走了半天都没找到。冰洞似乎无休无止地往下，背上的长孙绮又重又僵硬，他走得气喘吁吁，在冰洞里竟然出了一身大汗。

冰洞里不时有怪异的声音传来，初听似乎是风声，但又像是夹杂着什么人声。声音在冰壁上反复撞击，传到李云当耳朵里就变得更加缥缈、模糊，像叹息，像怒吼，像嘶哑的尖叫……

突然，冰壁里的光一下消失不见，周围霎时陷入一片漆黑，伸手不见五指。李云当一下站住，手摸到旁边的冰壁，凝神倾听。

陡然间，一股巨大的气浪扑面而来，吹得他站立不稳，一屁股坐倒在地。要不是身后的冰壁挡着，差点要被这气浪吹飞。

幸好气浪来得快，去得更快，嗖的一下就消失无踪，留下李云当趴在地上大口喘息。

冰壁又慢慢亮起来了……

李云当茫然地四处打量。冰壁仍然是刚才的模样，但他本能地感觉有不同……很大的不同……但他偏偏又说不出来哪里不一样。

"波斯的王子。"

突然，有个声音近在咫尺地响起，吓得李云当一激灵。可是四周还是看不到袁天罡人在哪里。

"再次询问尔的本心……为何，你要来这里？"

李云当揉了揉眼睛……在冰壁之中，有个模模糊糊的影子！

此刻，冰壁依然像之前一样，有光飞速地划过。每一次光划过眼前这一片冰壁，就会映照出那个影子的轮廓。他长袖飘飘，头发也跟着舞动，仿佛浮在空中。

一个念头冒了出来，李云当几乎脱口而出："袁天罡？"

"正是吾。"袁天罡点了点头。

"你……到底是人是鬼？"

"尔若是还纠结人鬼，可见尚不知这世间的真实。吾既非人，亦非鬼，吾乃，存在。"

"我……不明白……"

"吾其实应感谢尔等送吾至此，了结了尘世的负累。"袁天罡说道，"尔想救她的命吗？"

"想！"

"那便随吾来吧。"

一道又一道的光掠过，袁天罡的影子飘飘悠悠往前。李云当来不及细想，背起长孙绮就追了上去。

他顺着螺旋状的冰洞往下走，前方突然出现一个人，却正是刚才还在大呼小叫的张谨言。

不知为何，张谨言张大了嘴，手指向前方，似乎正看到什么诡异之物。但他全身僵硬，像是在一瞬间被冻僵了。

"他死了？"李云当大叫。

"并没有，"袁天罡的影子说道，"他只是还没来得及移动。"

"什么？"李云当有些蒙，不过追赶袁天罡的步伐却没有停下，张谨言很快就被甩到了身后。

"因为尔的时间远远快于他，所以若想要看到他动一下，尔需要等上一个月。"

李云当脑子里一片混沌，嘴巴张了张，干脆还是放弃了。

他们向下跑去，越来越快，冰洞越来越窄，光也越来越暗淡。许多地方，从冰洞的上方垂下许多冰柱和冰刀，锐利的尖锋闪着寒光，李云当不得不猫着腰钻过去。

他全身都快虚脱，喘得上气不接下气，可是袁天罡的影子没有一丝减速的意思。突然眼前一片大亮，李云当闭着眼片刻，才逐渐适应了这明亮的光。他慢慢地走入光中……

"长孙家的孩子……"

"长孙家的……孩子……"

"绮儿……绮儿……"

长孙绮慢慢睁开眼睛，眼前一片混沌，像是整个人浸没在水里。水面不停荡漾着，层层波纹荡来荡去。数不清的颜色随着水波而晃荡，柔和、平静……

这感觉太舒服了，长孙绮不知道有多久没有这样惬意了。她舒服得甚至呻吟了一声，大大地伸了个懒腰。

"绮儿……"

那声音继续呼唤着。

长孙绮终于忍不住哗啦一声，从水里一下坐了起来。

阳光，从溶洞顶端的洞口投射进来，一束大的，十几束小的，插入这宁静隐秘的空间。光束里无数浮尘飞舞，一些白色的蛾子和青色的蝶儿在光束里穿来穿去，翻飞的翅膀投下一道道快速闪动的模糊影子。

脑袋冒出温泉，立即觉得外面还有些冷。长孙绮重又缩回来，只把鼻子以上的地方露出水面。她呆呆看着水面上的蒸汽缓缓上升，一些气泡咕噜噜冒出来，反射着七彩的光芒，而后又在瞬间破碎。

"绮儿。"

长孙绮转头看，呀，是娘亲！她终于也找到这个地方了吗？

她穿着一袭淡青色长裙，披着一条鹅黄色披帛，闲闲地挽了个发髻。因为头发太多，发髻沉甸甸的，快坠到肩头了。

她坐在温泉旁的乳石上，一只手抚弄着泉水，抬头看着那裸露出的天幕。她整个人都浸润在一片光芒之中，长孙绮使劲眨眼睛，也瞧不清她的面目。

"绮儿呀，"娘亲叹了口气，"你这般顽皮，将来可怎么乖乖地为人妻、为人母呀？"

"啊？"长孙绮嘟起嘴巴，"我不想嫁人。我就想跟娘亲在一起。"

娘亲轻声笑了一下。片刻之后，她有些落寞地说："将来……跟着你的师父……该有多辛苦啊……"

"师父？"长孙绮奇怪地问，"教孩儿功课的耿师父不是在长安吗？"

娘亲摇了摇头。她伸手抚着垂到眼前的发丝，长孙绮却分明见她好像在拭泪。

"娘亲？你怎么了？"

娘亲叹了口气："先皇后说的话，娘亲一句都听不懂。然而……

谁能知道她说的是真是假呢？她自己小名叫作观音婢，她见我的第一天就告诉我，我将来会在这观音峡里生下你……"

"姑祖母说你会在这里生下我？"长孙绮惊讶地问，"娘亲就是为了这句话，才……"

娘亲点了点头，又摇摇头："绮儿，你现在还小，不明白你姑祖母是个怎样的人……可……可成为影响天下的人，这担子对你来说，是不是太重了……唉……"

娘亲的身影晃动，在光束中变得越来越模糊。长孙绮心中大急，要从池子里爬起来，谁知池子里的水突然剧烈波动，继而形成了一个巨大的旋涡。水底下有一股力量死死拽着长孙绮，让她动弹不得。

"娘！娘啊！"长孙绮拼命挣扎，却被一下拖入水中。她在水中翻滚了几下，调整好身体，在池底上奋力一蹬，终于哗啦一声扑出了水面。

映入眼帘的，却是漫漫无际的一片黄沙。

长孙绮怔了片刻，才突然想起："呀，今天是沐浴的日子，师父呢？"

她往前看去。周围耸立着两座巨大的沙丘，把这片方圆不过三十丈的小水塘夹在中间。奇怪的是，千百年来，这片水塘从未干涸，也从未被沙子掩埋。师父说，水塘是这片沙漠的"眼"。

长孙绮在水塘里漫无目的地游来游去。两座沙丘中间，形成一个完美的倒三角形，太阳就在这个三角形里往下沉落。一开始天幕碧蓝，万里无云。当太阳就要落到倒三角形的顶点时，突然间，点燃了接近地平线的几丝原本淡淡的云彩。

云彩迅速燃烧起来，让西方天幕变得一片血红。

太阳继续往下，在血红的云彩的掩护下，慢慢沉入地平线。它变得越来越大，光芒也越来越刺目，仿佛夜晚时它将死去，明天又是新的一轮红日，所以要赶着这最后的时刻，把所有的一切都抛射出来。

长孙绮眨了眨眼睛，只见那红云中，突然疾驰出一匹白马，白马上一人身着红衣，眉目如画，长发飘飘，犹如天人一般向她驰来。

"师父！"

高昌公主鲜衣怒马，在沙丘之上狂奔，她的声音远远地传入了长孙绮的耳朵。

"绮儿！长孙皇后的命令，便是为师的使命！然而……一切似乎太晚了！"

"绮儿！为师恐惧于这使命，毋宁说，为师恐惧于这使命之下的你！"

"绮儿！大秦僧侣引诱了长孙皇后！他们并不知道，他们在最初的那一刻已经犯下罪孽！"

"绮儿！长孙皇后触碰了不该触碰之物！世人终将因此受到惩罚！然而，你可以阻止这一切！"

"师父……你在说什么啊？"长孙绮呆呆地看着高昌公主在左首的沙丘上跑过，远远地兜回来，又策马跑上了右首的沙丘。她急急忙忙，就是不肯停下看自己一眼。

"师父！"

"绮儿！"高昌公主终于跑出沙丘，朝着两座沙丘之间的那条路跑去。太阳在她身影的远处彻底落下，天空中的火渐渐熄灭。暮色从长孙绮的身后迅速越过天际，朝着太阳落下的地方飞速袭去。

"不要相信你看到的一切……只能相信你的本心……"高昌公主的身影被暮色吞噬了。在一切消失之前，她的声音断断续续传来："然而本心……太艰难了……你必须……"

长孙绮惊慌地爬出水塘，刹那间周遭变得扭曲，继而一股匪夷所思的狂风扑面而来，沙丘、水塘、师父……一切都被风刮得粉碎。

长孙绮在一片虚无中奔跑着，她连脚下的地都看不清楚，只觉得有无数光影晃动，无数声音在身旁萦绕。她惊恐地四处打量、寻找，可是光影太快了，她什么也抓不住。

忽然，有一团辉光的速度似乎慢了下来，在她眼前渐渐扩大，继而把她整个融入其中……

这是一个巨大的洞穴，大得长孙绮一直把头仰得差点一跤坐倒，才勉强看到顶端……在那比长安大雁塔还要高的地方，金光灿烂。那是……

长孙绮使劲揉了揉眼睛，她实在认不出来那金光闪闪的是什么，其形状是极简单的四角锥体，却是从上往下倒垂下来的，前所未见。

金光闪闪的东西下方，是无数六棱柱形状的冰柱。与撑起冰桥的冰柱不同，这些冰柱一根根晶莹剔透，没有一丝杂质，隐隐透出蓝色的光芒。

它们相互簇拥在一起，形成一个巨大的三角锥体，一直延伸到那倒垂的四角锥体的下方，但两者之间隔着一丈左右的距离。长孙绮忽然闪过一个念头，当年这两者应该是连在一起的，不知发生了什么事，让两者分离……

冰柱锥体底边有几十丈宽，走近了，越发有一种压迫感，更有一种人力无法违抗、此乃天意所在的敬畏感。

环绕冰柱锥体的，是一圈水池。池子里的水平静如镜，倒映着头顶的金色锥体，像是上下两个一模一样的世界。

长孙绮望着冰柱呆呆出神，这场景似乎在哪里见过……

"长孙家的孩子。"

长孙绮回过头，只见一个身穿麻衣的人缓缓走近。他摘下兜帽，露出一张永远在微笑的脸。

"风云漫大师……"长孙绮茫然地说出他的名字。她随即又有些迷惑地低下头，但胸前那枚十字形却不见了。

风云漫朝她点了点头。

"这是哪里？"

"你一直想来的那个地方。"

"神遗之地？"

风云漫一面仰头看着顶端那金光灿灿的四角锥体，一面绕着冰柱锥体外的池子走。长孙绮不由自主地跟着。她走了两步，低头一看，只见地面却不是冰层，而是一种她从未见过的东西，又光滑，又坚硬，而且她赤着脚，却一点也感觉不到寒冷。

地板上用金色线条勾勒出无数细碎的花纹。再看远一点，这些花纹组合成不同的形状，一直延伸到远处的洞壁。

这洞多大啊……长孙绮张大嘴巴，四处环视着。最近的洞壁也离她几乎有两百丈远，全是由这不知名的东西组成。那些金色的线在洞壁上勾勒出的形状更加一目了然。长孙绮不知道那些形状的含义，只勉强辨认得出一些简单的东西：三角、圆形、六芒星……

她身旁的池子也有至少二十丈宽，但似乎并不很深，可以看得见池子底部也同样有着金线勾勒出的形状。

如此大的地方，除了自己和风云漫，并没有任何别的人，甚至……连一丝生气都没有。

她张着嘴巴看了半天，忽然回过神，风云漫已经走到前方去了。

她赶紧追上去。

"神遗之地只是凡人给予的称谓，"察觉到长孙绮跟了上来，风云漫开口说道，"事实上，没有人真正知道是谁、什么时候、为了什么，建造了此处。"

"不是……神吗？"长孙绮问。

风云漫一笑："神……是哪位神呢？是你们大唐的老子、天竺的佛祖，还是我大秦的皇父？是伏羲、女娲，还是那位西王母？"

长孙绮一时哑然。

风云漫继续往前走，随手指着穹顶那金色的东西，问道："你知道那是什么吗？"

长孙绮摇头。

"离此三万里的遥远地方，"风云漫说道，"有一条大河，我们大秦人称呼它为尼录河。河的两侧，有许多高耸入云的石塔。"

"高耸入云？"长孙绮瞬间想起了李云当的话，不禁说道，"比大雁塔还高？"

"是呢。"风云漫温柔地说，"那石塔整个便是一个巨大的四角锥体。这，便是其中一个石塔的顶端。"

"黄金的？"

"黄金的。"

"那……得有多重啊？"长孙绮更加好奇地看着那倒悬在穹顶的锥体，"可为什么是倒着的？"

"因为人要仰望以敬神，而神，却需要俯瞰众生。"

"那是……神？"

"或许是神的眼睛吧？神也许无时无刻不在注视着我们呢。"

长孙绮转了一圈，环视四周，问道："可我是怎么进来的呢？"

"你是长孙皇后的传承者，"风云漫说，"见到你的第一眼，我就知道。原本，我以为传承在长孙皇后薨逝后就断了，没想到她竟然遥遥地传给了你。你身体里的血脉，便是开启神迹的关键。"

"血脉？"

"是的。"风云漫长长叹了口气，透着说不出的怅然，"传说，世人之中，有一些神的血脉传承者……他们既稀少，又珍贵，而且绝大多数传承者都并不自知……有了天志石，这些血脉传承者便能窥见时空流转，进入神迹……那血脉，便是开启一切的根源！"

"所以……姑祖母就是用她的血，成为第一个进入神遗之地的人？"

"是的。"

"可是……为什么姑祖母并没有跟任何人说起此事，反而还早早就忧虑过重以致薨逝了呢？我娘曾经说，姑祖母去世前很不快乐，是被心事活活熬死的。"

"这个嘛……大概，是因为被某个问题困惑了吧？"风云漫回头看着长孙绮，"长孙家的孩子，你说未来之将来能够被改变吗？"

"啊？我不知道……"

"那么换一个问题吧，"风云漫慢慢悠悠地说道，"已去之过去能够被改变吗？"

"……呃……不能吧？"

"是哪一个不能？"

"都……都不能吧？"长孙绮试探着说。

风云漫笑道："你们大唐人爱算命，若是算到有凶吉之事，能躲得开，或是迎得来吗？若一切应验，未来之事算是被改变了呢，还是没有？"

"这……"长孙绮被彻底问蒙了。

"你们大唐人都爱说'命运使然'四个字，然而，若人人都能算准而改变命运，那命运使然，使的是哪个然？"

长孙绮脑子里嗡嗡作响，只觉得陡然间触碰到一个从未思考过的问题，偏偏这问题无比巨大。虽然她连问题本身是什么都还没理解，却敏锐地感到这问题很可能是天地间第一等的问题。

"你是怎么想的？"风云漫追问着。

"我……我……"

长孙绮目光闪烁，躲开风云漫的逼视。她的视线落在那池水面上。不知什么时候，水面微微泛起了涟漪。

长孙绮惊讶地问："哪里来的风？"

风云漫笑了："哪有什么风……"

长孙绮没有听到他的话，她整个人都被这一池子水吸引了。水轻微地波动，在长长的池子边缘来回撞击，波纹就越来越密，越来越高，越来越激烈，她的心也跟着怦怦乱跳。一种莫名的感觉抓住了她，她忍不住蹲下来，伸手在水中荡了两下。

水温柔地回应着她，在她手腕边缠绕。

风云漫在她身后沉默不语。他的脸渐渐变得僵硬，继而失去颜色，变成了一尊石像……

"我可以……我想……"长孙绮克制不住池水对她的诱惑，将双脚放入水中，沿着池子边缘慢慢滑入。

听不到风云漫的声音，长孙绮想回头看。然而她此时才注意到，头顶那黄金的锥体开始旋转起来。与此同时，周围骤然亮了许多，却是那无数条金色的线开始发光。转眼之间，洞窟里所有的金线都发出光芒，照得长孙绮眼睛都快睁不开了。

"怎么了？"她惊慌地问。

"长孙家的孩子，"金光之中，风云漫的身影模糊了，他的声音也在渐行渐远，"好好看着吧……若命运使然，那么命究竟是什么呢……"

长孙绮刚要喊他，突然池水往中间一收，跟着向外猛地喷射。她骇得浑身一紧，轰——仿佛天崩地裂一般的巨大声浪，将她震得飞腾起来。

这一下，脚再也踩不到地面，身边也没有了任何可攀缘之物，长孙绮在空中翻滚着、飘浮着。声浪持续不断，水从各个方向冲击着她，她根本无法做出任何反应，就像大海的狂浪中一片小小的树叶，被反反复复地吞没又浮出……

长孙绮已经感受不到身体的任何存在，只剩下一腔魂魄。随着声浪，一些闪光开始出现。闪光越来越频繁，快速穿越混沌的四周。她唯一残存的意识，留意到了闪光里的一些画面……

一条蜿蜒宽阔的河流，穿过一大片肥沃的土地。河流的两侧，有大大小小耸入云霄的四角锥体的石塔。石塔四周，是雄伟的宫殿和密密麻麻的土坯房。

天幕低垂，半空中的云层忽然被云层后的什么东西点亮了。须臾，一枚接着一枚的火流星穿透云层，向地面袭来。顷刻之间，火流星轰然冲入宫殿与城镇之中，溅起冲天的火焰。大火很快弥漫开来……

突然，大火之中，一座石塔顶端的金色塔尖腾空而起，划出一道蓝色的光芒，刺入云层，直向东方飞去……

这一片光芒迅速缩成一个小点，融入万千光点之中。长孙绮恍恍恍惚惚地又飘浮了一阵，另一片光芒在眼前展开——

　　所罗门在前引路，长孙皇后和风云漫、沃尔切跟在他身后。四人走到一道巨大的拱门之前，所罗门向长孙皇后奉上一把匕首。长孙皇后用匕首刺破手心，血滴洒在了拱门上。

　　须臾，鲜血发出刺目的光芒。光像有生命一般，四处游走，四个人都震撼得不敢稍动。光绕了片刻之后，突然嗖的一下钻入拱门之中。随着一阵剧烈的震动，拱门慢慢地打开了，一阵海潮般巨大的声浪传了出来。

　　长孙皇后、所罗门、沃尔切三人，步入了刚才长孙绮与风云漫所在的洞窟，唯一不同的，是冰柱与那黄金的四角锥体仍然连在一起。

　　风云漫只往里瞧了一眼，就恭敬地站在大门之外，闭目侍立。

　　进入大门的三人皆被眼前的一切震撼，但又神色各异。

　　长孙皇后虽感震撼，但始终举止从容。沃尔切环顾四周，老泪长流，感慨着神迹的伟大。

　　只有所罗门迫不及待地朝着冰柱跑去。他仰望着头顶的倒悬金色塔尖，又笑又哭，张开双臂，似乎想把它揽入怀中。

　　当所罗门就要跑到池子边上时，沃尔切忽然朝他跑去，一边跑一边大喊着什么。可是海潮般的声浪一波一波地袭来，长孙绮听不清任何话语。

　　所罗门不顾一切地跳入池中，向冰柱游去。沃尔切在池边站住了，继续大声呼喊着。

　　此时，长孙皇后的手垂下，一滴残血滴落下来。她的眼前，突然出现无数光点，纷纷扬扬地围绕着她旋转、翻滚。长孙皇后双眼迷离，仿佛看到了什么不可知的事物，她神情时而紧张，时而欣慰，时而悲痛……难以自已。

长孙绮仿佛也感受到了那种情绪上的极度波动，止不住地颤抖起来，就像那天在秘书省，她第一次打开漆匣的一瞬……同时心中明镜一般——原来母亲在观音峡生下自己，师父忍辱负重培养自己，并不是没有原因的……

长孙皇后在这里看到了一切！

她设下了一个跨越二十多年的局，要破了这神人之争的大势！

正在长孙绮心摇神荡之际，大殿内的光芒突然减弱了下来，那震耳欲聋的浪潮般的声音也消失无踪。一种难以言说、令人毛骨悚然的感觉，让殿内的空气都仿佛凝固了。

沃尔切转身跑到长孙皇后身前，急切地说着什么。长孙皇后犹豫片刻，点了点头，转身离去。沃尔切则再一次回到池子旁呼喊着。

"快走……快啊……快走啊！"长孙绮的心怦怦乱跳，忍不住喊了出来。

长孙皇后越走越快，就在她离大门还有十来步远时，风云漫已经向她伸出了双手，突然之间，冰柱上方发生了一次爆炸。

原来与四角石塔尖相连的部分炸裂开来。这爆炸的威力巨大，瞬间将冰柱尖端炸得粉碎，无数闪亮的冰晶，像雨点一样坠落。它们花了老长的时间，才纷纷落在地上。

这场景在长孙绮看来分外美丽壮观，对在场的人来说，却是一场灭顶之灾。正在呼喊的沃尔切直接被碎屑吞没，等到烟尘散去，整个人不知所终……

最后时刻，风云漫冲入大门，拼死护住长孙皇后，他的后背被冰晶碎屑刺得血肉模糊。他顶着剧痛，把长孙皇后往外推。

但长孙绮不管怎么仔细寻找，也看不到所罗门的踪影。池子里的水像开了锅一样沸腾，涌出暗红的血，于是池子沸腾得更凶猛了……

突然，一个皮开肉绽、血肉模糊的人跃出水面，仰天狂叫着……

长孙皇后在冰海子前屹立，手里握着一块闪烁着的冰晶。一名侍女在她身后，从风云漫大师的背上小心地拔下一片片天志石碎屑，郑重地放入一只金筒中。

光迅速收缩，长孙绮的眼前再度一片模糊。她想要再看一眼，那光点已经飞驰而去。来不及思考，一个又一个的光点在她面前飞速展开：

定州军营里，袁天罡浑身剧烈颤抖，喃喃地念叨着……李淳风在他身后，运笔如飞。风云漫侧立在太宗皇帝身旁，神色犹豫……太宗皇帝面色铁青，取出金筒。金筒的正面嵌着一块完整的冰晶，赫然便是长孙皇后手里握着的那块……

景寺的殿堂内，风云漫正将紫檀盒放回供桌上。片刻后，他又从紫檀盒中拿出那只金筒，思索着……幻象剧烈闪烁，再次清晰时，那块冰晶已经变成了一只十字形……

再往后，光闪烁得更快，更混乱，长孙绮只能勉强抓住其中几个零散的画面：

身着衮服、头戴冕冠的武后站在太极殿前，一面写着大大的"周"字的旗帜升了起来，而下面则是百官跪拜……

长安城烟尘滚滚，无数外族在城内疯狂屠杀……

大漠之上，数以万计的部落朝着一个巨大的土丘聚集，土丘上飞扬着三面大纛——黑纛、白纛和花纛……

一艘艘怪异的、吐着黑烟的船在海上对峙，相互喷射着火龙……

一条银色的金属之龙喷射着火焰，腾空而起……

"这是……这是……"长孙绮惊恐地说,"已去之过去,和……未来之将来!"

"你终于明白了。"

"为什么?"长孙绮大叫,"姑祖母究竟做了什么?"

"她以神嗣血脉,开启了神明之门……"

"那为何……为何又遭到了神的惩罚?"

"因为神不欲让人看到这些。"风云漫的声音里带着难以掩饰的失望和痛苦,"我们凡人……还未做好接受这一切的准备……所以一旦受到凡人触碰,神迹就会崩塌,直至完全毁灭……"

"可……"长孙绮用尽全力抗拒着越来越大的压力,以及越来越难以忍受的眩晕感,说道,"袁天罡还是知道了神遗之地的秘密!"

"长孙皇后回到长安之后,虽然想抹去所有相关之物,但还是留下了蛛丝马迹……临终前,她把从神迹中带出的天志石赐给了景教。"

"可是……姑祖母已经去世!"

"长孙皇后之血,并非天下独一无二。事实上,我与袁天罡也拥有相同的能力,只是太弱而已。仅仅书写《推背图》,就耗尽了那些碎屑里的神力。先太宗皇帝后来将长孙皇后带回的天志石与金筒,一并封存入大内。"

"可……可我找到金筒的时候,并没有什么天志石呀?"长孙绮略一迟疑,便恍然大悟道,"是你!你偷出金筒后,就把天志石做成了十字形!"

"是的。"

"为什么?"

"吾曾想，若借助天志石之力量，将世事推演给世人，世人能不能改变命运。然而……吾错了……"

"世人不能改变命运？"

"不！"风云漫叹息一声，"世人不能改变世事！"

"可……"

"《推背图》出世，没有成为指引凡间之物，却变成了心怀叵测者相互倾轧、钩心斗角之物。假以时日，更多的人知道谶言，便有更多的事端发生。一切……变得更加混乱血腥了……天志石，终究不应该为世人所持……"

长孙绮感觉自己的意识也在慢慢消退，似乎这口气一吐，就会立即死去。

她挣扎着问："为什么……让我……看到这些……"

"因为有一件事，需要你做。"

"啊？"

"事关你们长孙家族，更事关世间大事，而只有你窥见了此事。"

"可是我……不明白啊！"

"长孙皇后曾于时间幻象之中，看见了你。"风云漫说道，"所以亲自为你挑选了高昌公主做师父。吾一开始并不相信，但见你一路走来，却忽然明悟，能阻止神的意志在世间流传的，只有你了。"

"可我……"

"你瞧……"

光芒再次闪动，长孙绮在恍惚间再一次看到了大殿内的情形。不过这一次，她却看到了李云当！

李云当跪在池边，池水荡漾，似乎有一缕头发漂浮在水面上。

李云当呆呆地看着那缕头发，忽然，他伸出手，想要去摸那池水。

袁天罡的声音响起来："若触碰此水，你便是另一个死物。"

李云当浑身战栗着，手在距离水一尺远的地方停住。他咬牙说道："可……她……为什么？"

"她是拥有神之血脉者，"袁天罡说，"此水对她大有补益，所以我让你把她送入水中。你却不然。"

"我……我……"李云当低声道，"我便是为此而来……变成死物，那又如何？报不了仇，我活着……还有什么意义？"

李云当的手慢慢往下，离水面越来越近了，近到只有一两寸的距离。池水极平静，像一面镜子，投射出李云当扭曲变形的脸。片刻，他的手又一点一点地抬了起来。

"不……"李云当失魂落魄地自语道，"不行……我……我若是变成了死物，她……岂不是要杀了我……"

"若不能成神，便会成魔。"袁天罡道，"你若成了魔，倒也能长命百岁。"

"长命百岁有什么用？哈哈哈……"李云当忽然笑了起来，脸色却比哭还难看，"就算成了魔，也复不了国……大食和大秦的维序者此时只怕早已结盟，我波斯……被抛弃了……被抛弃了！"

突然，一声嘶哑的夜枭之声远远传来。李云当一下跳了起来，却又失足结结实实地摔了一跤，摔得头破血流。他顾不得疼，爬起来疯狂地四处寻找，叫道："谁？谁在那里？"

远远的拱门处人影晃动，有个人慢慢走了进来。李云当猛地一呆，随即脸上的表情由悲痛变成了狂怒。

"我要杀了你！"李云当抽出剑，不顾一切冲了上去。

长孙绮的目光越过李云当起伏的肩头，落到了那具失去人皮、只留下血肉的大秦圣僧所罗门的身上。

"快跑！"

两个字尚未出口，长孙绮只觉声浪往内骤然一收，跟着再向外喷射，周遭无数的光点飞也似的向四面八方散去，身体的感觉瞬间回来了！

她本能地一吸气，却吸入一大口水，肺里顿时火烧一般疼痛。她这次发现自己真的在水中。下方的水不知道有多深，完全陷入黑暗之中。

她朝上看，水面晃荡着蓝色、金色、红色的光芒，显得斑驳而怪诞。长孙绮奋起最后的力气，猛地往上一蹿，一下蹿出了水面。

哗啦——长孙绮扑在池子边上，但池子边缘滑不唧溜，她又往下滑去。

"长孙绮！长孙……长孙绮！"

有人在大喊。

长孙绮眼前的世界仍然一片混沌，但她清晰地听到了李云当的喊叫。长孙绮用手钩住了池子边缘，一寸一寸地把自己拽了上去。

刚扑上池子边缘，长孙绮便哇的一下，大口大口吐出水。她吐得胃都开始痉挛，不过神志终于清醒了过来。

"长孙绮！快跑！"

长孙绮没有管那声音，只是环视四周，却见自己居然真的身处在刚才见到的那片池子里，而外面那巨大的洞穴，地面和洞壁上的金线也清晰无比地映入眼帘。

她屏住呼吸抬头看……处在池中，再看身后那堆晶莹的冰柱，更觉得它们仿佛盘古一样，托天踏地般高大宏伟……

刚才那一幕……风云漫……

长孙绮摸到胸前，十字形还有些烫。究竟刚才是梦，还是此刻是梦？

等等……所罗门掉入池子里，惹了天罚，变成了死物，而沃尔切被冰柱砸倒，风云漫带着长孙皇后逃走……难道自己也变成死物了？

长孙绮想到这里，头皮发麻，低头向下看，却吓了一跳，发现自己居然什么都没穿，赤裸着身体。池子围绕着冰柱，可池水却不冷反热，像那禅真宫下寺里的温泉一样，泡得原本白皙的肌肤泛起了一片片淡粉色。

"啊呀！"

一声惨叫传来，长孙绮终于回头去看，正看见李云当往左侧拼死一扑，躲过了死物的致命一击，右腿仍是被死物拍了一下，倒飞出去四五丈远才滚落在地，哇地吐了两口血，瘫软着爬不起来。

死物还活着！

失去了雾气的掩护，他丑陋的身体毫无保留地暴露在外。不知道他是如何接上了被拓跋楠砍断的半截身体，可以明显看出腰间连接处一片狼藉，似乎还没有完全恢复原状，走路也一瘸一拐的。但这并不妨碍他把李云当打得遍体鳞伤，苦苦支撑。

长孙绮深吸一口气，感到体内的力量前所未有地充盈，仿佛只需振臂一跃，就能飞到天上去一般。她哗啦一声破水而出，已经飞出了池子，却又瞬间在空中身体一扭，以一个狼狈的姿势砰的一声砸回水里。

"李……李云当！"长孙绮尖叫出来。

"快……跑啊！"

"把眼睛闭上！"

"什么？"李云当躺在地上，用双手撑着往后退，眼见死物狰狞至极的脸离自己只有三尺不到，奋起最后的力气叫道："我挡着他，你……"

忽听身后水声轰然大作，有什么东西从空中飞来。李云当抬头想看，却被长孙绮一脚踩到脸上，顿时眼前金星乱冒，啥都看不见了。

长孙绮踹晕李云当的同时，身体一歪，再把他踹得滑出去老远。死物一拳直直砸在地上，砸得方圆三四丈内地板破碎龟裂开来。周围的金线明显亮了一下，又迅速暗淡下去。

长孙绮就地一滚，刚站起身，面前风声大作，死物双腿不动，身体匪夷所思地转了一整圈，将另一只手向长孙绮面门甩来。这一巴掌来得极快，尖锐的破空声刺耳，当真有雷霆之势！

啪！

长孙绮一只手稳稳地接住了死物的手，她脚下的地板再度破裂，啪啪啪啪，裂缝延伸出去五丈有余。

死物那双因为没有上下眼皮而凸出在外的眼球转了转，嘴巴微微裂开，露出一个不敢相信的神情。

"死物……不……"长孙绮也扭过头看他，眼中发出光芒，"所罗门大师，你没有想到，我得到了神的认可吧？"

所罗门发出嘶嘶的声音，浑身颤抖着，血不受控制地从他的七窍流下。

"我虽然不知道为何如此，但显然，我与你并不相同。"长孙绮的手慢慢往回收，所罗门吃不住劲儿，竟被她渐渐拉近。他发出惊恐的叫声，身体向后拼命挣扎，但长孙绮的手像铁箍一样，他已经挣扎得血肉崩裂，可还是没有丝毫挣脱的迹象！

"你，乃侵入之人。"长孙绮紧紧盯着他的眼睛，"你诱惑长孙皇后，侵入此处，只是想满足你的私欲。所以神剥下了你的皮，让你生不如死几十年。然而我，我！"

所罗门陡然身体一沉，双腿齐齐向长孙绮面门踢来。长孙绮肩头微侧，轻轻避开所罗门的腿，跟着身体猛一转，又是一转……一连转了十几圈，这才一松手。

所罗门如离弦之箭一般飞出差不多五十丈，才砰地撞在洞壁的上方。稀里哗啦……洞壁破裂，大块大块的残片裹着所罗门一起落下。

过了老半天，所罗门才推开了最大的一块残片，一点一点把自己的上半身撑起来。覆盖在他身上的碎屑还没落光，一双赤脚已经出现在他面前。

所罗门使劲摇了摇头，艰难地从嗓子里挤出一句话："你……谁……"

"我是神选之人。"长孙绮说道，"我的姑祖母、我的师父，还有风云漫大师……我受他们的指引，一步步来到此地，就是要弥补由你而生出的这许多事！"

所罗门发出一声巨大的尖啸，双脚猛地一蹬，地板啪啦一声破裂。他就势向前冲去，长孙绮侧身避开，不料所罗门手臂不可思议地伸长了一丈有余，一把兜住了长孙绮！

长孙绮猝不及防，被所罗门带得也飞出十几丈远，撞上了池子的边缘才停下。池子边缘被撞出了一个巨大的坑，只差一尺就要彻底破碎。池水像海啸一般涌动，冲到池子对面，轰的一下涌了出去。

不过当身子处于空中之时，长孙绮就已扭转身体，翻到了所罗门背上，膝盖顶住他脊柱。这一下两人摔落，却只是所罗门正面撞上地面，而长孙绮在落地的一瞬连着滚了五下，滚过了池子边缘，落入池水之中，卸去所有力道。

所罗门趴在地上，伸长的手慢慢往回收。突然，长孙绮从池水中高高跃起，一脚踩在他的手臂上。巨大的冲击之下，所罗门的手臂竟然从中而断，皮肉和碎骨向四面激射而去，俨然是手臂从中间爆炸了一般。

只听砰砰砰之声不断，顷刻之间，所罗门的四肢皆被踩断，血肉之下的地板，也显出四个深深的坑洞。

"你也感觉到了，对不对？"长孙绮低头看着自己被鲜血覆盖得看不到肌肤颜色的脚，心中泛起难以形容的感觉，自言自语道，"这可怕的力量……你也感觉到了，对不对？"

四肢断裂，再也无法动弹的所罗门发出嘶嘶的声音，竟是咧嘴大笑。

长孙绮像是在看别人的身体一样，把自己全身上下看了个遍。虽然一点儿也不累，她却开始喘起气来。

"原来如此……原来风云漫大师、袁天罡……还有你的力量，都是从此而来……"

"是的，"所罗门由衷地说道，"多么美妙的感觉……你无法想象君临天下是什么样子……你无法想象……如神一般存在是什么样子……长孙家的孩子……看哪……看！"

长孙绮放下双手，抬头看向不远处的冰柱，还有那高高洞顶之上倒悬着的四角金色锥体。

"那就是力量的来源……"所罗门两颗裸露的眼球也死死盯着锥体，"它虽然让我生不如死，却也……欢欣无限……有了这力量，痛苦又算得了什么？死亡又算得了什么？我……我……你在做什么？"

所罗门突然放声尖叫出来。

长孙绮纵身一跃，疾如闪电，朝着冰柱猛冲而去！

砰！

冰柱发出沉闷的响声，长孙绮像石头一般坠落，落入池水之中。

"啊哈哈哈！"所罗门放声狂笑，"你……你这个蠢货！凡人，竟然想撼动神！哈哈哈哈哈哈……"

所罗门还在笑，却见池水砰然炸开，长孙绮赤裸的身体再次破水而出，撞在刚才她碰撞的地方。

再一次，长孙绮无力地跌落下来。

"哈哈哈哈哈！愚昧的凡人！"

砰！再一次的撞击。这一次，长孙绮落入水中，半晌都没有动静。池水渐渐平静了下去……

"哈哈哈哈哈哈……"

所罗门笑着笑着，总觉得哪里不对劲。他的目光在冰柱上来回搜索，突然一怔——那里，刚刚长孙绮拼死撞击的地方，似乎……出现了一个点。

仅仅是一个点，极小极小的点，若不是所罗门获得神力之后眼力大增，或者周围的冰柱不是那样晶莹剔透，根本不可能留意到那个点。

但……一旦看见了那个点，它就绝不肯消失，在所罗门的眼里仿佛越来越大……

哗啦……长孙绮破水而出，一步一步走出池子，再也不回头看一眼。

"凡……凡人怎么可能……"

叮当——

一个东西被长孙绮随意地扔在了所罗门身旁，他却看不到。四肢断裂，所罗门只能拼死蠕动身体，慢慢地转过去。

那是……

所罗门浑身不由自主地颤抖起来，继而他的七窍开始往外喷射黄浆。

那是十字形！那是冰晶！

然而，此刻的冰晶已完全失去了光芒，因为它原本尖锐的头部已经破碎了！

"啊……啊啊啊啊……"所罗门狂叫，"你做了什么！你知道你做了什么！"

"人破不了神的东西，可谁说神不能？"长孙绮冷笑一声，找到池子边上堆好的自己的衣服穿上，扛起李云当就走。

"畜生！混蛋！你毁了神迹！你竟敢毁了神迹！"所罗门疯狂号叫着，"世人完了！一切都完了啊啊啊！"

不知过了多久，长孙绮和李云当的身影早已消失。所罗门的四肢终于又慢慢生长了出来，只是还很纤细，似皮包着骨头。但所罗门顾不上这些，用力往前胡乱地蹭着。他终于成功地蹭上了池子边缘，离池水只有一步之遥了。

他感到渴，咽喉撕裂一般地疼。离开了雾气的保护和滋润，他的身体根本承载不住血和体液，时时刻刻都在流逝，拖到现在，他那本就残破的身体已经快变成干尸了。

他朝着池水贪婪地伸出脑袋，然而池水却向下退去。所罗门再往前伸，池水也跟着往下，始终在他舌尖能达到的极限前方一丁点。

所罗门伸手去捧，手却经不起折腾，再次从中间折断。他渴得浑身每一处都疼痛难忍，每一处都像火在燃烧，当即奋起最后的力

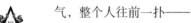

气，整个人往前一扑——

啪的一声，所罗门结结实实地摔在池子坚硬的底部。纯净得仿佛镜面一般的水就在他身旁，他看得见水里那丑陋的暗红色的干尸徒劳地向水伸出手，水却始终残忍地拒绝着他。

"啊……啊！"所罗门仰天狂叫，"为什么？为什么啊！"

仿佛是为了回应他的呼唤，高高的冰柱之上，那被风云漫带走做成十字形，又被长孙绮带回的冰晶所留下的小孔洞，微微震颤了一下。

下一刻，冰柱从这个位置猛然断裂开来！

轰——

一根冰柱接着一根冰柱，这些矗立了不知多少年的神遗之物，仿佛等待了太漫长的岁月早已心生疲惫一样，崩塌得那么急不可耐。它们还没彻底倒塌下来，在空中就相互碰撞，继而断裂、破碎，变成一团碎裂的冰晶，如银河万千星辰，又如无数把自天垂落的神罚之刃，无声无息地降落下来——

一瞬间，白色烟雾充满了整个洞窟，将一切淹没……

张谨言往下走着，螺旋向下的冰洞，一波又一波不知从何而来的流光闪过……他的心怦怦乱跳，不知道前方究竟通向地狱还是西方极乐，不过似乎也差不多……

他走了半天，忽然一顿——地上有一块铜牌。他捡起来看，活见了鬼！这不是一刻钟之前，他扔在地上做标记的铜牌吗？

张谨言脑子里第一时间闪过"鬼打墙"三个字。他还没尖叫出来，突然听见前方传来急促的脚步声。

张谨言扔了铜牌，转身就跑。嗒嗒嗒……身后那人几乎顷刻间就追了上来。张谨言回头一看，刚好一轮光芒闪烁，冰洞映出一个巨大而古怪的身影，他胯下顿时一热，浑身僵硬，再也迈不动一下。

张谨言紧闭双眼，生平第一次无限虔诚地大叫："救苦救难观音菩萨九天玄女太上老君……"

"快跑！"

那东西越过了他，继续往前跑去。

"欸？"

张谨言听这声音好不耳熟，睁开眼看却见长孙绮扛着李云当跑了过去。他一句话不问，当即闷着头跟着跑，裤腿里湿漉漉的也顾不上了。

三人跑了一阵，突然张谨言吼道："鬼打墙！鬼打墙！"

"怎么？"气喘吁吁的长孙绮问。离那冰柱远了，她感到力量正在迅速流逝。

"我来过这儿！我、我已经在这儿跑了无数次了！"张谨言抓扯自己的头发，发疯似的狂叫，"那铜牌是我扔的我扔的！"

长孙绮肩头的李云当挣扎了一下，低声说道："袁……袁天罡……"

长孙绮愣了一下，跟着脱口人喊道："袁天罡！出来！"

一道身影立即出现在他们面前的冰壁之中，吓得张谨言的胯下又湿了一轮。

"带我们出去！"长孙绮对袁天罡喝道，"我必须活着回长安！"

袁天罡没有犹豫，立即沿着冰壁向前而去，长孙绮把李云当往张谨言身上一推，只说了句："跟上！"就追着袁天罡去了。

这一下，他们立即走上了一条完全不同的路。冰洞变得低矮，光线也暗淡下来，地面崎岖不平，蜿蜒着向上。

长孙绮一边跑，一边气喘吁吁地说："你……你是不是跟风云漫一样，永远留在这里了？"

　　"吾无所谓来，无所谓去。"

　　"神遗之地……还有别的神遗之地吗？"

　　"天下皆是神之地。"

　　"要怎样……怎样才见得到神？"

　　"此乃天意，不可强求。"

　　"你这个混蛋！"

　　"尔言甚佳。"

　　说话间，长孙绮脚下一绊，差点摔倒。她这才惊讶地发现，脚下的地变平了，前方出现了一个洞口，洞口处隐隐传来轰鸣声。

　　长孙绮望着洞口，明显犹豫了一下。这时候，袁天罡说话了。

　　"长孙家的孩子，"袁天罡的声音变得柔和，如长孙绮第一次在塔上见到他一般，"再见了。"

　　长孙绮一惊，回头看他，他的影子在冰壁中渐渐变淡。一种莫名的恐惧抓住了长孙绮，她禁不住喉头一哽，伸手摸到冰壁上。

　　"所以我……我永远……也无法再见到神迹了，是吗？"

　　"你已经见过一次了。"袁天罡柔声说，"凡人之中，或许只有你与长孙皇后见过神迹还能全身而退，何苦再贪？"

　　"我不是贪，我……我……"长孙绮眨眨眼，眼泪一颗颗落下来。她捂着脸，片刻才说："所罗门说得对，尘世的一切，或许再也无法留恋了……"

　　"你可以选择留下。"

　　那一瞬间，长孙绮的眼睛亮了。但随即，她的眸子又晦暗了下去。

　　"去吧，长孙家的孩子。别害怕，时候到了。"袁天罡向她点了点头，随即消失无踪。

"哈，哈……"张谨言使了老鼻子劲，把李云当从地上生拉活拽起来，见长孙绮兀自发呆，叫道，"走……走啊！"

长孙绮迅速地抹去眼泪，回头正看见李云当关切的目光。她朝他笑了笑。

正在这时，冰洞剧烈晃动了一下，跟着开始持续不断地乱抖起来，冰洞内传来一阵雷鸣般的声音。

长孙绮立即上前跟张谨言一道搀扶李云当，朝洞口跑去。跑出几十丈，眼前豁然开朗，他们冲出了洞口。冰桥就在面前，三人同时松了一大口气，忍不住一起坐倒在地，大口喘息着。这时候哪怕大食人提着刀子冲上来，也顾不得了。

喘着喘着，张谨言忽然奇怪地说："那是什么？"

长孙绮顺着他手指的方向看去，也是一惊。冰桥后的冰原上，突然冒出一百多人，全都穿着黑衣黑甲，戴着厚厚的帽子，与几十头牦牛一起，密密麻麻地散布在冰桥四周。

大食人呢？一个都看不见，若不是跑了，难道是全部被杀了？

忽听有人大声喊着什么，跟着有人咣咣咣地敲响了锣，声音急促。听到锣声，原本围在冰桥四周的人纷纷向周围散去，有些人跑得连滚带爬，好像见了鬼一般慌张。

"等等……"长孙绮眼尖，看清楚了喊话那人的模样，"那不是你手下王成吗？"

"啥？"张谨言凝目细看，突然间一跃而起，发出死了老娘般的惨叫，"狗辈啊！不要啊啊啊！"

张谨言一边狂叫一边朝冰桥跑去，对面的人没料到冰壁下方居然多出几个人来，也是一怔。还没来得及看清，那堆满尸骸的冰桥

末端骤然亮了起来——

轰!

震耳的一声巨响，冰桥挨了一鞭似的抖动起来，几十具本已冻成冰块的尸骸冲上了天空，又没头没脑地砸下来，当场砸死了几个站得近的人，人群大乱。

冰桥发出咯咧咧、咯咧咧的刺耳声响，下一刻，失去了支撑的冰桥向一侧歪斜而去，在空中就崩裂成三四段，砰然砸入下方的河水之中！

在冰桥歪斜的一瞬，张谨言已经冲上了冰桥，他疯狂地往后一扑，顺着冰面滑出几丈远，脑袋撞在冰壁上，差点撞晕过去。

张谨言颤巍巍地站起来，狂叫道："王成！你个死贼头！给我滚过来！"

人群中的王成听见了张谨言的声音，明显吓了一跳，但他死也不肯往这边看，反而在众人的簇拥下飞快跑开。

"狗辈！给我回来！"张谨言哇地吐出一口血，"狗辈……"

"别喊了，"长孙绮冷冷地说，"再喊也没用了。他们用的是黑火药吧？"

"黑火药？"

此言一出，李云当脸色大变，张谨言双脚一软，坐倒在地，绝望地点了点头。其时黑火药在大唐已有人使用，据说只一包黑火药，就能炸飞一座木屋。虽然民间对黑火药知之甚少，但李云当、长孙绮这样的贵裔却是早有耳闻。

李云当越想脸色越是煞白，长孙绮却镇定了下来。

"原来他们跟来，并不是要杀我们。"长孙绮慢慢地说，"武后是要毁了神遗之地。就算毁不了神遗之地，也要想法子毁了进入神遗之地的路，是不是？”

张谨言绝望地捂着脸大哭："是……这帮狗辈！说好了等我出去再……这群天杀的！我完了！完了啊！"

"可……为什么！"李云当愤怒地大喊，"为什么一定要毁了它？武后究竟在想什么啊！"

"这有什么难理解的？"长孙绮说，"对寻常人来说，神器之类确实很稀罕，可是对皇权来说，却反而是祸害……谁知道什么人会拿到神器，会做出什么事呢？他们已经坐拥天下，手握权柄，连几句谶言都忌讳成那样子，又怎么会让神器现世呢？如今……"

话音未落，脚下猛地又是一跳，冰洞内部的震动此刻终于传了出来。只听头顶啪啦啦一连串暴雷似的炸响，三人一起抬头，只见左上方的一片冰壁已坍塌下来，逾百丈高、厚几十丈的冰结结实实地砸在冰海子和冰河之上，顿时掀起滔天的冰屑团。

一片接一片地，这些屹立了不知多少万年的冰壁向下崩塌着倾泻着，连冰海子都痛苦地挣扎起来，被狂暴之力砸得破碎、断裂开来……冰海子上的人和牛群疯狂逃窜着，跑得稍慢的全被裂开的冰缝吞噬，消失无踪……

张谨言的狂叫被这天崩地裂般的巨响完全掩盖，众人耳朵里只有轰鸣，眼前只有冰屑，浑身瑟瑟发抖，难以自持。

一片纯白之中，李云当紧紧抱住了长孙绮。长孙绮一怔，慢慢地也抱紧了他。

便在此时，冰洞口猛地向上跳了起来，三人被震到了空中。一股夹杂着冰晶与碎屑的狂风从洞内狂奔而出，一下将尚未落下的三人裹挟着，砰然冲了出去……

尾声

一名内侍匆匆跑过观鱼轩前的道路。

这条路他跑了不下百次，但今天是最紧张的一次。因为通向观鱼轩的廊桥上三步一岗、五步一哨，站满了全副武装的重甲禁军。而沿着水池的堤岸上更是被翊卫围得水泄不通。他每跑过一道门，便要彻底搜查一次，才许进入。

内侍一边跑一边忍不住腹诽：便是当年玄武门，也没这么多人呢！

虽然这么想，内侍却不敢怠慢，一路小跑进了殿门，然后立即停下，细细地擦拭了汗，整理衣冠，严格按照宫中所谓"从容端庄"之态，一步步走上前。

转过了一面蜀绣的《山河万里芙蓉》巨幅屏风，便进入大殿。外面围得跟铁桶一般，大殿内却只有寥寥几人，上首的分别是武后、太监阳宝、武后的三名贴身侍卫，下首的则是前检校左府将军、如今待罪听参的张谨言，前波斯使臣阿罗憾、赐国姓的李云当，及前赵国公之孙女长孙绮。

见到内侍进来，阳宝立即上前，接过内侍手里的盒子，然后示意他站在一旁，自己拿着盒子回到武后身旁。

武后淡淡地瞧了一眼盒子，继续对下首那三人说道："之后呢？"

"回禀殿下，"张谨言一脸诚恳严肃，不紧不慢地拱手行礼，从容说道，"当日，臣等进入冰洞，向下约百十丈，伸手不见五指。臣等点燃火把，而洞内冰冷，火竟不得燃！此时，忽有些微神奇亮光闪烁，点点似萤火于冰壁中飞舞不停！臣虽惊惧，但身负帝后所托，便是死又何足惜？于是臣当先引路，继续向下……"

张谨言侃侃而谈，翻来覆去，只说那洞中光芒如何，又遇到鬼打墙，无法穿越之事，又说到最后冰壁崩塌，整座山都塌了下来，他又是如何遇事不慌，借着冰洞喷射出的一股气浪，险到极致地飞过冰河，落在冰海子之上……听得连武后都扬了扬眉毛，似乎甚有兴味。

站在张谨言身后的李云当偷偷看了长孙绮一眼，见她神色如常，便不说话。

张谨言又要说到他如何奋力反击，与那冰壁中作祟的鬼影搏斗，武后忽然打断了他。

"长孙绮，"武后问道，"袁天罡人呢？"

长孙绮沉稳地行了一礼，在开口前先看了看张谨言。张谨言被她看得心虚胆战，赶紧将头低下去。

"回禀殿下，小女子最后一次见到袁天罡，是在冰桥之下。"长孙绮不紧不慢地说，"彼时，袁天罡似乎想从下方接近冰壁，然而冰桥不久就断裂，从此之后，小女子再未见过他，想来恐怕已落入冰河之中死去。"

武后有些不满地蹙了蹙眉："那么此番探究，尔等便只是见到死物，与那冰洞中的光芒。所谓神遗之地呢？"

长孙绮略一迟疑："小女子确实在冰洞中见到了神遗之地。"

"哦？"武后坐直了身体，"如何？"

张谨言赶紧抢先说道："神人乎！天宫乎！殿下！臣虽受冰壁所限，未能进入，但透过冰壁，仍是看到了许多难以形容之物、难以言表之事！"

武后明显眼睛一亮："卿细细说来。"

"是！"张谨言顿时兴奋莫名，忍不住上前一步，说道："那神遗之所，真是人间仙境！虽在冰壁之后，但仍能见到其形制庞大，比这大兴宫，不知大了几百几千倍！而其高处……"

"小女子请殿下立即扑杀此獠！"长孙绮突然厉声喝道，"以正视听，以振国风，以绝天下悠悠之口！"

张谨言一呆——刹那间，他突然想起了长孙绮在冰河暗洞里说的那些话，顿时眼前一黑。

武后平淡地问："为何？"

"殿下。"长孙绮拱手道，"天下是帝后之天下，还是神人之天下？是高祖、太宗皇帝励精图治而成就之大唐，还是神人成就之大唐？是陛下与皇后御众臣如臂使指，而大唐三万里疆域大治，还是神人直面百姓，而天下自安？"

殿内陷入一种可怕的沉寂之中。张谨言自从雪山回来，不知道是吓出了的毛病，还是染了风寒，动不动就要失禁。听了长孙绮的话，他胯下一紧，顿时爆出一身冷汗，拼命忍住才没当场尿出来。

长孙绮上前一步，更大声地道："天下乃人间之天下，非神鬼之天下！孔圣敬鬼神而远之，便是此理！是以小女子再次请殿下下旨，立即扑杀张谨言，以儆效尤！"

哧！张谨言终于还是尿在了裤子里，当即跪下，在地上砰砰砰地磕头，颤声道："臣、臣、臣……死罪！"

武后却伸手从已经目瞪口呆的阳宝手里拿过那盒子，盯了长孙绮片刻，忽然一笑："长孙家怎么生出你这个妙人儿来，真是稀奇……神遗之地的事，张谨言，从今往后，勿要再提了。"

武后一边说，一边打开盒子，从里面取出几页纸，慢慢地看了片刻，才说道："然而市井之间，这谶言到底是传开了？"

"是。"刚才那名内侍赶紧走到武后面前跪下，小心地答道，"自张将军等人西行之日起，奴才就使人暗中查访。这两个月以来，共查得流散谶言二十二条，共五百四十三人得知，目前都拘在大理寺。但消息来源仍不得而知，奴才有罪，请殿下严惩。"

"罢了。继续查着，务必要在年底之前了结！"

"遵旨！"

武后叹口气，继续看那些搜集来的谶言。

"不必看了。"长孙绮说道，"前番乃是疯了的袁天罡无意之间泄露出去，后面嘛，则是小女子回京后故意传出去的。"

这下殿内不是沉寂，而是轰然一下炸开。所有人都露出惊骇莫名的神情，连武后都一瞬间呆住，随即脸色沉了下来，愤怒地将盒子扔在地上。

"长孙绮！"张谨言抢上一步，满脸涨得通红，怒道，"你疯了吗？你竟敢……你……你狂妄！你、你们长孙家要谋逆吗？！"

"小女子自有理由。"

"你、你有个屁的理由！"张谨言气疯了，随即想到在武后驾前失仪，一下捂住嘴巴。

阳宝也叫道："拿下她！"

武后身后的侍卫刚要动，武后狠狠一拍扶手："让她说！"

侍卫们立即停下。

长孙绮说道："其实以殿下之英明，恐怕在刚才小女子说出口的一瞬，就已经明白了。防民之口甚于防川，既然袁天罡当初疯癫之时已无意间露出了许多谶言，所以小女子为了我大唐天下，便将所知谶言都教给了几个小孩，让他们随意传去。"

张谨言张口结舌，李云当却反应过来了，不禁拍手说道："妙啊！"

长孙绮朝他笑笑，又对武后拱手说道："袁天罡、李淳风奉旨推演《推背图》，其谶言所说，无论真假，传出去都会震动世间。然而小女子流传出的，却刻意隐去了解词，并将本就晦涩难懂的谶语打散，随意穿插。这样，因无人能真正解释清楚，又或每个人理解不同，口耳相传之下，原本清晰明了的谶言就会变得越来越混乱、越来越模糊，让人更加不明就里，于是更加胡乱解释。数载之下，便是有人知道全部谶言，也不可能解读了。"

这事情太匪夷所思，偏偏这道理却极浅显易懂，而且连张谨言都禁不住点头，因为人性便是如此，确实可行！

"可是……"张谨言忍不住问，"你怎么会知道那些内容的？"

"我送袁天罡前往雪山时，他于昏迷中一直断断续续地念着。"

张谨言急道："昏迷之中说的，怎知道是真是假？"

长孙绮奇怪地看他："是真是假，很重要吗？反正在我看来，那些全都是胡言乱语，一句都当不得真。怎么，张将军认为是真的？"

张谨言一下呆住，忙道："啊不……不不不！"

张谨言忙不迭地给武后行礼，说道："皇后，臣恭喜皇后殿下！谶言真伪难辨，则天下纷纷，再也无人知道真正的内容了！"

武后听了，略微出了一会子神，才侧过头说道："吾听闻长孙冲、长孙濬等，中书省的意思是按谋逆应治死罪？"

阳宝低头回答："是。"

"长孙皇后为天下女子之楷模，赵国公也位列凌烟阁之首，中书省如此作为，未免寒心。"

阳宝立即道："是。奴才稍后便将殿下的旨意传给中书令许敬宗，让其立即拟旨重新发落。"

武后点了点头，又对长孙绮道："吾正琢磨着，要在这后宫之中设立三品女官，与那些男子一样，同中书门下平章事，甚至位列三公。你愿不愿为吾驱使？"

这下轮到长孙绮呆住了。

长孙绮、李云当走出观鱼轩时，太阳已经落到了就日殿背后，刚好挂在飞檐下。此时云霞颇多，天上如垂了一道幕帘，让那日头看上去橙黄一轮，仿佛一盏纯色宫灯，全无在天穹顶端时那般让人不敢逼视。

两个人就站在千步廊上，一起看那"宫灯"慢慢西沉去。一队宫女匆匆从嘉寿殿下走过，她们的身影在太阳的映照下微微闪光，应是衣物上的挂饰，又或是嫔妃赐给的发簪吧。

"我有一件事……"

两人同时开口，都是一怔。

"你先说。"

"我先说。"

长孙绮毫不客气地道："那日是不是你把我衣服脱了的？"

李云当顿时尴尬："呃……这……"

长孙绮狠狠瞪了他一眼。

"是……"李云当赶紧举起手发誓，"但那时你被死物所害，

五〇三

快没了呼吸！是袁天罡让我如此做的，说是能救你的命！"

长孙绮瞪着他，直到他快要缩成一团，目光才突然变得温柔。她转过头，低声道："那便是救了我……多谢，你已救我好多次了……"

"你不也救了我吗？"

"那便两不相欠吧！"

长孙绮说着就往外走，李云当赶紧喊她："喂，你还未听我说呢！"

"你无非是想问我，为何拒绝了武后。"

"是啊！"李云当追着她出了廊桥，问道，"武后要设立三品女官，第一个就找了你，可见在她心中，你是不二之选。这不是你们长孙家重新崛起的契机吗？"

"我不想。"

"可……为什么？"

一队禁军从旁边经过，长孙绮和李云当都住了口，一起侧身避让。却听有人不耐烦地催促禁军："走快些！"

两人抬起头，只见终于去掉"检校"二字的左府将军张谨言穿上了亮光闪闪的铠甲，刻意侧过身去，对跟在后面的王成怒目而视："怎的？本官两月未训，你们便拖沓如斯？都给本官跑起来！"

张谨言说着，当先一抽马鞭，骑着马逃也似的向前跑去，让两人想开口都来不及。看着禁军突然被训斥，不得不匆忙跟上，有人撞到了别人，有人掉了长枪，不免有些狼狈，两人相视而笑。

等禁军走远了，长孙绮转头问李云当："殿下欲给你差遣，去安西都护府当值，你为何也拒绝了？"

李云当长叹一口气："罢了。大唐能给我多少人？十万？

二十万？以数十万之兵，越两万里黄沙雪山去复国，岂非可笑？你别转移话题。我问你，你将尼摩威赛兄妹俩也安顿在长安了，你自己到底想要做什么？"

"我吗？"长孙绮再次看向就日殿，然而太阳已经完全落了下去，再也看不到了。

天幕之下，一片寂寥。

长孙绮舔了舔有些干涩的嘴唇，手腕一翻，一枚小小的冰晶出现在手里。她一字一顿地说："我……要找到下一个神遗之地！"

完